Amulya Malladi
Das Haus der Glücklichen Mütter

amazon crossing

Das Buch

Priya hat alles, was man sich nur wünschen kann: einen liebevollen Ehemann, eine erfolgreiche Karriere und ein Haus im angesagten Silicon Valley in Kalifornien. Doch das, was sie mehr als alles andere begehrt, kann sie selbst nicht bekommen: ein Kind.

Asha, die in einem Dorf in Südindien lebt, besitzt dagegen nur sehr wenig. In einer winzigen Hütte zieht sie zwei Kinder groß und kämpft zusammen mit ihrem Mann täglich ums Überleben. Asha träumt heimlich von einer besseren Ausbildung für ihren hochbegabten Sohn. Unter dem Druck ihrer Familie begibt sie sich schließlich widerstrebend ins »Haus der Glücklichen Mütter«, eine Babyfabrik, in der sie einem kinderlosen Paar im Ausland das Einzige leihen kann, was für sie von Wert ist: ihre Gebärmutter.

Voller Witz und Wärme erzählt Amulya Malladi die berührende Geschichte zweier Frauen, die vor dem Hintergrund der wachsenden Leihmütter-Industrie Indiens gemeinsam Kontinente und Kulturen überbrücken, für ihre Chance aufs Glück.

Die Autorin

Amulya Malladi hat bereits sechs Romane veröffentlicht, darunter »Hundert Arten, eine Mango zu essen« und »Liebeskummer auf Indisch«. Ihre Bücher wurden in mehrere Sprachen übersetzt.

Die Autorin hat Ingenieurwissenschaften und Journalismus studiert und ist als Führungskraft im Marketing eines internationalen Herstellers für medizinische Instrumente tätig. Zusammen mit ihrem Mann und zwei Söhnen lebt sie in Kopenhagen, wo sie ihre Freizeit am liebsten mit dem Schreiben und der Malerei verbringt.

AMULYA
MALLADI

DAS HAUS DER GLÜCKLICHEN MÜTTER

ROMAN

Aus dem Amerikanischen
von Marina Ignatjuk

amazon crossing

Die amerikanische Ausgabe erschien 2016 unter dem Titel »A House for Happy Mothers« bei Lake Union Publishing, Seattle.

Deutsche Erstveröffentlichung bei
AmazonCrossing, Amazon Media E.U. Sàrl
5 Rue Plaetis, L-2338, Luxembourg
Februar 2017

Umschlaggestaltung: semper smile, München, www.sempersmile.de
Umschlagmotiv: © Shahbaz Aslam / Shutterstock; © TairA / Shutterstock;
© Transia Design / Shutterstock
Lektorat: Verlag Lutz Garnies, Haar bei München
www.vlg.de
Printed in Germany
By Amazon Distribution GmbH
Amazonstraße 1
04347 Leipzig, Germany

ISBN: 978-1-477-81942-5

www.amazon.de/amazoncrossing

Für Søren, in guten wie in schlechten Zeiten.

Teil 1

Empfängnis

Kapitel 1

Schaukel, Kindchen, hoch oben im Baum / sanft weht der Wind, die Wiege schwingt …

Wieder und wieder erklang das Wiegenlied in ihrem Kopf, während sie versuchte einzuschlafen.

Bricht der Ast, wird die Wiege fallen. / Und herab kommt das Kindchen mit Wiege und allem.

Nur diese eine Chance, dachte sie verzweifelt. Gott, gib mir diese eine letzte Chance. »Bitte, bitte, bitte«, flüsterte sie leise. Und obwohl sie im Bett lag, kniete sie im Geiste betend auf dem Boden.

***

Um zwei Uhr morgens gab Priya endgültig auf, noch einschlafen zu wollen. Ungläubig sah sie ihren Ehemann an, der neben ihr lag. Wie konnte er nur schlafen? Warum quälten ihn nicht die gleichen Sorgen wie sie? Warum brummte ihm nicht der Schädel vom Durchdenken aller furchtbaren Szenarien, die sich ereignen könnten?

Sie stupste ihn an.

»Was?«, murmelte Madhu, ohne die Augen zu öffnen.

»Ich kann nicht schlafen«, antwortete Priya.

»Zähl Schäfchen«, gab er murmelnd zurück und drehte ihr den Rücken zu.

Sogar im Halbschlaf musste er noch Witzchen reißen.

»Verdammt noch mal, Madhu, ich drehe noch durch«, klagte sie frustriert.

»Ich geb dir hundert Dollar, wenn du dich schlafen legst, und fünfhundert, wenn du einfach nur still bist«, erwiderte er. Er machte ein Geräusch, das wie ein Kuss klang, und schnarchte dann weiter.

Priya seufzte.

Er hatte ein Recht auf seinen Schlaf. Sie selbst sollte unbedingt auch schlafen. Doch das konnte sie seit einer Woche nicht mehr richtig; seit sie von Kalifornien aus nach Hyderabad geflogen waren. Es waren sieben aufreibende Tage gewesen. Sie hatten eine Leihmutter ausgewählt, die ihr Baby austragen sollte. Priya hatte sich ihre Eizellen entnehmen lassen. Eine furchtbare Prozedur. Und dann hatte Madhu in einen Becher ejakuliert. Ihr Baby war in einem Reagenzglas entstanden und der Leihmutter eingepflanzt worden. Und nun würden sie in nur wenigen Stunden erfahren, ob die Leihmutter schwanger war. Sie wurden nicht immer schwanger. Es war schon vorgekommen, dass es nicht passierte.

Oh Gott, bitte, bitte, betete Priya still, bitte lass sie schwanger sein.

»Weißt du was, es ist taktlos von dir, zu schlafen, während ich hier neben dir schmore«, warf sie Madhus schlafenden Umrissen vor. Sie bezweifelte, dass er sie hörte. »Es handelt sich hier ja nicht einfach um das Baby der Nachbarn, weißt du.«

Madhu gab keinen Laut von sich. Ganz offensichtlich war das nicht der beste Weg, um ein Baby zu bekommen. Am leichtesten wäre es, selbst schwanger zu werden, doch das hatte für sie beide nicht gerade gut funktioniert. Und jetzt, nach drei

Fehlgeburten und drei erfolglosen Versuchen, sich künstlich befruchten zu lassen, die jeweils etwa 10 000 Dollar gekostet hatten, war die Leihmutterschaft zum letzten Ausweg geworden. Zum einzigen Weg, um ein eigenes Kind zu bekommen und eine Familie zu gründen.

»Priyasha, sei nicht dumm; wenn du kein Kind bekommen kannst, dann bist du vielleicht nicht dafür bestimmt, eins zu haben«, hatte ihre Mutter gesagt. »Hast du mal daran gedacht, anstatt einer fremden Frau dein Kind einzupflanzen?«

Ihre Mutter, die sich Sush nannte, was die Kurzform von Sushila war, rief Priya niemals bei ihrem Spitznamen, wie es sonst alle taten.

»Dein Name bedeutet ›sehnlicher Wunsch‹, denn du warst sehnlich erwünscht und das wirst du auch immer sein«, sagte Sush gern. Doch was Sush sagte, stand in starkem Widerspruch zu dem, was Sush tat: Ständig gab sie Priya das Gefühl, in jedem Aspekt ihres Lebens jämmerlich versagt zu haben. Alles andere zu sein als die Tochter, die Sush gewollt hatte.

»Mein eigenes Kind beutet mein Volk aus«, hatte Sush geklagt, nachdem Priya ihr ihre Entscheidung am Telefon mitgeteilt hatte. »Das kann ich nicht unterstützen, Priyasha. Das werde ich niemals unterstützen. Damit werden die Armen ausgebeutet, und du solltest dich schämen.«

Als sie zum ersten Mal mit Madhu über die Idee gesprochen hatte, waren ihm beinahe die Augen aus dem Kopf gefallen.

»Hast du 'nen Knall?«

»Hör mir erst mal zu, Madhu«, hatte Priya geantwortet.

»Hast du 'nen Knall?«, wiederholte er.

Priya seufzte. »Ja«, räumte sie ein. »Ich hab 'nen Knall. Ich will ein Baby und verdammt noch mal ... komm schon, Madhu, das ist unsere letzte Chance. Verflucht, das ist unsere einzige Chance. Unsere aller-, allerletzte Chance. Ich will das machen.«

»Nein«, hatte Madhu erwidert. »Priya, das ist nicht irgendein handgearbeiteter indischer Sari, den du in einem Fairtrade-Laden kaufst. Das ist ein Kind. Du kannst dir doch nicht einfach einen Körper mieten.«

Doch danach hatte Priya ihm eine E-Mail nach der anderen geschickt – mit Informationen darüber, wie sicher es ist, wie erfolgreich es für andere wie sie gewesen war, und am allerwichtigsten, wie das Geld, das sie der Leihmutter geben würden, ihrer Familie dabei helfen würde, ihren Lebensstandard zu verbessern.

»Nein«, hatte Madhu erneut gesagt. »Wenn du den Armen helfen willst, dann spende Geld.«

»Wir spenden bereits Geld«, erwiderte Priya. »Aber jetzt will ich, dass die Spende auch etwas für *mich* bewirkt.«

»Eine gemeinnützige Spende ist aus Prinzip selbstlos«, widersprach Madhu.

Wieder und wieder hatten sie Meinungsverschiedenheiten, bis er schließlich nachgegeben hatte. Doch obwohl Madhu zugestimmt hatte, hatte er sich nicht von der Seitenlinie wegbewegt. Wenn sie erst einmal das Kind hätten, würde es nicht mehr wichtig sein, wie sie dazu gekommen waren, dachte Priya, und bis dahin würde sie mit Madhu schon fertigwerden; und sie würde mit ihrem eigenen Schuldgefühl und dem von ihnen beiden fertigwerden … und dann würde das Baby da sein, und alles wäre wieder in Ordnung. Denn sobald Priya sie beide zum ersten Mal als eine Familie gesehen hatte, sobald sich dieser Gedanke in ihrer Psyche eingenistet hatte, hatte sie nicht mehr zurückdenken und einfach akzeptieren können, dass sie ein kinderloses Paar bleiben würden. Das war nicht genug.

Tief schlafend drehte sich Madhu zu Priya um. Sie lächelte ihn an. Er würde einen großartigen Vater abgeben, dachte sie, und berührte sanft sein Gesicht. Würden sie eine Tochter oder einen Sohn bekommen? Eine Tochter würde er verwöhnen.

Wenn sie ein Pony haben wollte, dann würde Madhu ihr das hübscheste aller Ponys schenken. Seine Tochter würde ihn um den kleinen Finger wickeln. Und wenn es ein Junge wurde? Oh, Madhu würde losgehen, ihm eine Kricketausstattung kaufen und ihm beibringen, wie man den Ball wirft und schlägt. Er würde seinen Sohn vergöttern. Sie würden eine großartige Vater-Sohn-Beziehung haben, in der aus beiden mit zunehmendem Alter Freunde wurden.

Ja, sie konnte es vor sich sehen, Madhu würde ein wunderbarer Vater sein. Doch was sie selbst betraf, war sich Priya nicht so sicher. Was für eine Mutter würde sie sein? Ihre eigene Mutter war nicht gerade das Paradebeispiel einer liebevollen Mutter gewesen.

»Grafikdesignerin? Wieso? Du hast einen Master in Stadtentwicklung; warum um alles in der Welt willst du nicht den Schwächeren auf dieser Erde damit helfen?«, hatte Sush wissen wollen, als Priya den Beruf gewechselt hatte.

Priyas Absichten waren ehrenwert gewesen. Sie hatte die Universität in Berkeley mit einem Bachelor in Politikwissenschaften abgeschlossen und dann ein Masterstudium an der Ohio State University angehängt. Sie hatte die Absicht gehabt, einen Job bei einer nichtstaatlichen Organisation zu finden und ihr Leben damit zu verbringen, die Erwartungen ihrer Mutter an sie tatsächlich zu erfüllen. Andererseits hatte sie jedoch schon immer eine kreative Ader gehabt.

Sush hatte die künstlerischen Fähigkeiten ihrer Tochter nie zu schätzen gewusst (»Künstler verdienen kein Geld und helfen niemandem«), doch ihr Vater, Andrew, hatte das »Hobby« seiner Tochter unterstützt.

Trotzdem war Priya stolz, dass sie ihre gestalterischen Fähigkeiten gut hatte einsetzen können, und zwar auf die bestmögliche Art und Weise: Sie verdiente damit ihren Lebensunterhalt. Sie arbeitete als Art Director einer Werbeagentur, das hieß, sie koordinierte die Kreativen, die Texter und Grafikdesigner – Menschen, die kreativer waren als sie selbst – in einem unternehmerischen Rahmen, und darin leistete sie gute Arbeit. Das Brainstorming, der kreative Teil, war fantastisch, doch der administrative Nonsens bestand aus endlosen Mitarbeiterversammlungen, aus E-Mails zum »Arschretten«, aus Händchenhalten bei unzufriedenen Kunden – all diesen Egos, die immer wieder gestreichelt werden wollten. Doch kein Job war perfekt, und Priya war mit ihrer beruflichen Laufbahn zufrieden. Sie strebte nicht nach Höherem. Alles war gut.

Madhu, der in eine Unternehmerfamilie hineingeboren worden war, konnte ihren mangelnden Ehrgeiz nicht verstehen, und wenn sie sich über die Machenschaften und die Hinterhältigkeit in der Businesswelt beschwerte, dann kommentierte er nur: »Du hörst dich genauso an wie Sush.«

Vor ihrer ersten Fehlgeburt hatte sie regelmäßig gemalt; einige kleinere Arbeiten waren in Galerien gelandet, und ein paar davon hatten sich tatsächlich verkauft. Doch trotz dieser kleinen Erfolge war ihre Malerei immer wie eine private Meditation gewesen, ein persönliches Gespräch mit ihrem tieferen Selbst, ein tief sitzendes Bedürfnis, sich auszudrücken. Als sie ein Baby nach dem anderen verlor, war etwas in ihr verkümmert. Sie konnte nicht mehr so malen wie früher.

»Wenn unsere Tochter eine Musikerin werden will, dann kann sie das«, flüsterte sie nun dem schlafenden Madhu zu. »Wir werden sie nicht dazu drängen, dieses oder jenes zu sein, sie soll nur sie selbst sein.«

Er rührte sich nicht, und Priya zügelte den Drang, ihn wieder zu wecken, damit er mit ihr zusammen Nachtwache halten konnte, solange sie auf Neuigkeiten darüber warteten, ob ihr Kind empfangen worden war.

***

Priya hatte genau zwei Stunden lang geschlafen, als Madhu sie sanft wachrüttelte. Er war fertig angezogen. Sie roch die Seife an ihm, und sein Haar war noch feucht. Unten erklang das Klappern von Küchenutensilien. Das Hausmädchen wusch Teller ab, und Priya konnte den Filterkaffee riechen, den Sairam, ihr Schwiegervater, jeden Morgen trank – der gleiche Kaffee, den Madhu zu Hause in der Bay Area, komme was wolle, jeden Morgen trank, egal, ob er Zeit dafür hatte oder nicht.

»Ist es schon spät?«, fragte Priya schlaftrunken.

»Nicht wirklich«, antwortete er etwas ausweichend, und Priya setzte sich auf.

»Wie spät?«, wollte sie wissen, und ihr Herz schlug schneller. Wenn sie dafür schon nicht pünktlich sein konnten, wie um alles in der Welt würden sie dann etwas erledigt bekommen, wenn das Baby erst mal da war?

»Entspann dich, wir haben noch eine Stunde Zeit, um uns fertig zu machen«, antwortete er.

Srirampuram lag zwei Autostunden von Hyderabad entfernt, doch wenn man den Verkehr bedachte, planten sie lieber drei Stunden ein, um rechtzeitig anzukommen.

Da Priya vor dem Schlafengehen gebadet hatte, beschloss sie, aufs Duschen zu verzichten und sich so schnell wie möglich fertig zu machen. Sie wusste, dass sie eine Menge Zeit damit verlieren würden, dem reichhaltigen, südindisch inspirierten Frühstück ihrer Schwiegermutter aus dem Weg zu gehen.

***

»Iss, *Amma*, iss«, sagte Prasanna. »Iss ein *Idli*. Oder einfach nur eine Schüssel *Sambhar*. Du bist zu dünn, Priya, deine Schlüsselbeine stehen hervor.«

»*Atha*, mir ist wirklich nicht danach«, antwortete Priya. Ihr Magen verkrampfte sich vor Anspannung. »Heute nur Kaffee für mich. Morgen esse ich was, versprochen.«

Beim ersten Kennenlernen hatte Priya Madhus Eltern mit ihren Vornamen angesprochen. Doch schon bald hatte Madhu ihr nahegelegt, sie *Atha* und *Mava* zu nennen, Schwiegermutter und Schwiegervater, so wie es sich für gute Telugu-Inder gehörte. Priya hingegen hatte ihm gesagt, er solle ihre Eltern ausschließlich Andrew und Sush nennen.

Priya schaute Madhu zu, wie er sich auf das Frühstück stürzte. Er vermisste solche Gerichte in Kalifornien. Obwohl auch dort südindisches Essen erhältlich war, kam es nicht an dieses Ferienessen heran – es war von *Amma* zubereitetes Essen.

»*Amma*, lass sie in Ruhe«, sagte Madhu und legte sich ein weiteres frisches *Idli* auf den Teller.

»Sie ist zu dünn, Madhu«, beschwerte sich Prasanna. »Sie muss essen.«

»Es ist in Ordnung, wenn sie einmal kein Frühstück isst«, meinte Sairam, auch wenn er seiner Frau zustimmte, dass Priya zu dünn war.

»Mag sein, dass Bohnenstangen in Amerika die Norm sind, aber hier mögen wir unsere Frauen wohlgerundet«, erklärte Prasanna bestimmt, woraufhin sich Priya beinahe an ihrem Kaffee verschluckte.

Madhu schaute von seinem *Idli* auf und schüttelte den Kopf. »Sie sieht fabelhaft aus«, sagte er und zwinkerte Priya zu.

»Ich verstehe nicht …«, fing Prasanna an.

»Das musst du auch nicht, *Amma*; sie ist meine Frau«, unterbrach Madhu sie und stand auf. »Wir müssen los. Und jetzt wünsch uns Glück und hör auf, an Priyas Aussehen herumzunörgeln.«

Es gab andere Ehemänner, indische Ehemänner, die sich immer auf die Seite der Eltern stellten. Oft hörte Priya andere indische Frauen – zumeist die Ehefrauen von Madhus Freunden – darüber herziehen, dass sich während der Besuche bei den Schwiegereltern alles nur um deren Ansichten und Belange drehte.

»*Arrey*, direkt vor mir sagt sie ihm, was ich ihrer Meinung nach bei der Erziehung unserer Kinder falsch mache, und er nickt einfach nur. Das ist so demütigend«, beschwerte sich neulich eine der Ehefrauen.

»Meine hasst mich einfach nur. Beschwert sich über alles, was ich tue, und er sitzt einfach da und lässt es geschehen. Wenn meine Eltern etwas über meinen Mann sagen würden, dann würde ich ihn verteidigen. Ist es zu viel verlangt, das Gleiche von ihm zu erwarten?«, stimmte eine andere ein.

Wenn sich die Blicke dann auf sie richteten, konnte Priya nicht wirklich etwas zum Thema beitragen. Es wurde erwartet, dass sie von ihren eigenen grauenvollen Erfahrungen mit ihrer Schwiegermutter berichtete, doch was sollte sie sagen? Madhu war immer auf ihrer Seite.

»Viel Glück«, sagte Prasanna. Sie klang nicht verärgert, sondern hatte resigniert und akzeptiert, dass Priya nichts essen würde. »Was auch immer geschieht, Priya, Kopf hoch, okay?«

Anders als Andrew und Sush waren Prasanna und Sairam vollkommen damit einverstanden, die Möglichkeit der Leihmutterschaft in Anspruch zu nehmen. Sie sahen es nicht als Ausbeutung der Armen an, so wie Sush; sie sahen es als Chance an, mit der sie ein Enkelkind haben konnten, während sie einer anderen Familie dabei halfen, ein besseres Leben zu führen.

***

»Weißt du, ein mickriges *Idli* hättest du einfach essen und damit diese ganze Frühstücksgeschichte beenden können«, sagte Madhu, als sie sich in den Verkehr einfädelten. Bereits jetzt, früh um sieben, ging es chaotisch zu, und im Verlauf des Tages würde es nur noch schlimmer werden. Hier gab es keine

Stoßzeiten – Stoßzeit herrschte immer.

»Dann bevorzugst du also eine ›wohlgerundete Frau‹ statt einer gesunden?«, neckte ihn Priya. Sie wollte sich heute nicht streiten.

»Na ja, was genau meinst du mit ›wohlgerundet‹?«, fragte Madhu und hupte, weil jemand nicht schnell genug fuhr.

»Glaubst du wirklich, dass dich der Typ vor uns bei all dem Lärm überhaupt hupen hört?«, fragte Priya.

Die motorisierte Rikscha machte den Weg frei für Madhu. »In Indien muss man hupen, sonst kommt man nie an.«

»Und jetzt hupt dich einer an«, sagte Priya und drehte sich um.

»Keine Ahnung, wen der anhupt, aber ganz sicher nicht mich«, meinte Madhu.

Priya konnte sich nicht vorstellen, auf den Straßen von Hyderabad zu fahren. Schon als Insasse in einem Fahrzeug war es stressig genug, auch wenn man den Wagen nicht selbst lenkte. Als sie zum ersten Mal mit Madhu nach Indien gereist war, hatte sie darauf bestanden, dass er nicht selbst fuhr. Sie hatte zu viele grauenvolle Geschichten über Verkehrsunfälle dort gehört. Doch er war auf diesen Straßen zu Hause, egal, wie sehr sie sich verändert hatten. Madhu hatte gesagt, er würde lieber in der Hölle schmoren, als sich von jemandem chauffieren zu lassen. Für ihn sprach, dass sie noch immer gesund und munter waren – und das Auto hatte keine einzige Schramme. Nun ja, zumindest war keine neue hinzugekommen.

»Also«, fing Priya an, als Madhu es gerade so schaffte, einem Motorroller auszuweichen, der sich kurz entschlossen vor sie gesetzt hatte, ohne genug Abstand zu halten. Madhu nannte die Menschen, die er davor bewahrte, sich selbst umzubringen, die »Selbstmordbrigade«. Sie fanden sich überall auf den Straßen – die Frau mit ihrem Baby, der Motorroller, das Moped, das Motorrad, die motorisierten Rikschas, sie alle schnitten unbekümmert die Bahn der anderen und hofften aufs Beste.

»Also, was?«, fragte Madhu.

Sie hatte keine Ahnung, ob ihn das Fahren stresste. Er wirkte entspannt, während er hupte, bremste und die Gänge wechselte.

»Du hast es mir immer noch nicht verraten«, antwortete Priya.

Sie hatten die letzten paar Tage darüber gesprochen, und jedes Mal, wenn sie das Thema ansprach, war Madhu empfindlich geworden.

»Ich will nicht darüber reden«, sagte Madhu, und Priya sah, dass es ihm peinlich war.

»Komm schon, hast du einen von den Pornos gebraucht, die sie dir gegeben haben, oder nicht?«, fragte Priya mit einem Lächeln.

»Ich will nicht darüber reden«, wiederholte er.

»Du weißt aber schon, dass ich es dir sagen würde, wenn's um mich ginge«, sagte Priya. »Und es war auch nicht das erste Mal, dass du … du weißt schon«, sie hielt inne, um dem mehr Gewicht zu verleihen, »in einen Becher masturbiert hast.«

»Und damals hab ich's dir auch nicht gesagt«, erwiderte Madhu.

Beide wussten, dass sie sich über diese Nebensächlichkeit unterhielten, um sich nicht damit zu beschäftigen, ob ihre Leihmutter schwanger geworden war oder nicht. Sie hatten sich speziell für diese Frau und gegen zwei andere entschieden. Für Madhu war ihr Alter ausschlaggebend gewesen. Sie war fünfundzwanzig und hatte zwei Kinder. Es war ihre erste Leihmutterschaft. Sie stammte aus einer guten Familie und hatte eine Schwägerin, die ebenfalls schon einmal Leihmutter gewesen war. Ihr Ehemann arbeitete als Anstreicher, und sie lebten in einem Dorf in der Nähe von Srirampuram. Die beiden anderen Frauen waren ein wenig älter als sie und früher schon Leihmütter gewesen. Aus irgendeinem Grund hatte es Madhu und Priya nervös gemacht, dass sie so etwas schon einmal getan hatten. Eigentlich hätten sie sich sicherer fühlen sollen, weil die Frauen mehr Erfahrung damit hatten, trotzdem wollten sie diese eine Frau.

Auch ihr Name hatte für sie gesprochen.

Priya hatte sich sofort zu Asha hingezogen gefühlt, weil ihr Name »Hoffnung« bedeutete, so wie ihr eigener Name, Priyasha, auch. Die eine Hoffnung gab der anderen Hoffnung eine neue Hoffnung; das hatte etwas von Vorsehung an sich, als hätte es das Universum so geplant.

Swati Gudla, ihre Ärztin und die Inhaberin von »Happy Mothers«, der »Klinik der Glücklichen Mütter«, einer Fruchtbarkeits- und Leihmutterschaftsklinik in der Nähe von Hyderabad, war von ihrer Wahl begeistert gewesen und hatte ihnen versichert, dass Asha eine wundervolle Leihmutter sein würde.

In den vergangenen paar Monaten hatten Madhu und Priya Doktor Swati übers Telefon recht gut kennengelernt. Viele, viele Gespräche hatten sie führen müssen: über Geld, Rechtliches, Gesundheit und mehr. Bei ihrer ersten gemeinsamen Skype-Runde hatten sie die Ärztin sofort gemocht. Sie war bodenständig, sprach vernünftig über den Ablauf und warnte sie vor den emotionalen und finanziellen Kosten. Finanziell gesehen war eine Leihmutterschaft um einiges günstiger als drei künstliche Befruchtungen. Was das Emotionale anbelangte, hofften die beiden, dass es weniger qualvoll sein würde.

»Du weißt, dass ich es dir sagen würde, wenn ich den Porno gebraucht hätte«, fuhr Priya in ernstem Ton fort. »Ich wünschte, für Frauen wäre es so einfach. Dank der Entnahmeprozedur rumort es mir immer noch im Bauch.«

Madhu streckte die Hand aus und legte sie auf ihre.

»Ich wünschte mir auch, du hättest es mit einem Porno machen können«, sagte er. »Ich weiß, dass es wehgetan hat.«

»Aber das war's wert, stimmt's?«

Madhu zuckte mit den Schultern. Auf diesen Punkt ging er nicht ein, weil es Priya verletzen würde, doch sie wusste, dass er, anders als sie, nicht »um jeden Preis« ein Baby haben wollte. Er wäre auch vollkommen glücklich damit gewesen, ein Leben ohne Kinder zu verbringen. In gewisser Weise wäre er glücklicher gewesen, wenn sie adoptiert hätten. Prinzipiell hatte Priya nichts gegen Adoption, doch sie sah sie als allerletzte Lösung an. Und zum jetzigen Zeitpunkt stand ihnen diese Option noch zur Verfügung. Wenn das nicht funktionierte, dann vielleicht … Oh Gott, bitte lass es funktionieren.

»Meinst du, dass das Baby Telugu lernen wird?«, fragte Madhu.

»Nun ja, wenn du Telugu mit ihr sprichst, dann wird sie Telugu lernen. Wenn ich Telugu mit ihr rede, dann wird sie lernen, schlecht Telugu zu sprechen.«

Priya sagte immer »sie«, wenn sie über das Baby sprach. Sie wusste nicht, wieso, aber sie war überzeugt davon, dass es ihr vorbestimmt war, ein Mädchen zu haben.

»In Anbetracht der Umstände sprichst du fabelhaft Telugu«, erwiderte Madhu. »Ich kann immer noch nicht verstehen, warum Sush es dir nicht beigebracht hat. So ein Versäumnis. Immerhin ist es deine Muttersprache.«

»Ich vermute, es war ihr nicht so wichtig.«

Obwohl sie eine indische Mutter hatte, war Priyas Verbindung mit Indien so gut wie nicht vorhanden. Als Kind war sie einmal hingefahren, konnte sich jedoch kaum daran erinnern. Zu Hause hatte es zwar hin und wieder indisches Essen gegeben, davon aber nicht viel und nicht jeden Tag. Ein wenig klassische indische Musik reihte sich zwischen Mozart und Mahler ein. Sie hatte praktisch keine indischen Filme zu sehen bekommen. Von ihren Eltern abgesehen, war Priyas Onkel, der vor Jahren gestorben war, Sushs einziger Verwandter in Indien gewesen.

Priyas Großeltern waren alles andere als begeistert darüber gewesen, dass ihre Tochter einen Weißen geheiratet hatte, und nur selten zu Besuch gekommen. Priya konnte sich nur vage an sie erinnern und fühlte sich nicht mit ihnen verbunden.

Erst nachdem sie Madhu kennengelernt hatte, machte Priya Erfahrungen mit Indien. Sie war begeistert darüber, dass er genau wie Sush ein Telugu war und aus Andhra Pradesh stammte. Er hatte Priya den Gefallen getan, sich mit ihr auf Telugu zu unterhalten, und ihr geholfen, grundlegende Sprachkenntnisse zu entwickeln. Jetzt konnte sie es fast anständig sprechen, wenngleich auch mit starkem amerikanischem Akzent.

Bevor Priya Madhu kennengelernt hatte, hatte sie immer das Gefühl gehabt, dass ein Teil von ihr fehlte. Zwar war sie Halbinderin, an ihr selbst war jedoch nichts indisch. Einen durch und durch indischen Ehemann zu haben, der ihr dabei half, die indische Seite in ihr zu entdecken, hatte ihr ein Gefühl von Vollständigkeit gegeben.

Als sie sich der Klinik näherten, verfielen sie in Schweigen. Mit stillen Gebeten kämpften sie gegen die schleichende Befürchtung an, dass die Leihmutter nach diesem ersten Mal doch nicht schwanger geworden war und sie es in ein paar Monaten womöglich noch einmal versuchen mussten, falls sie ihr Vorhaben nicht komplett aufgaben.

Madhu parkte und stieg aus. Priya blieb beim Auto stehen und wollte nicht hineingehen. Seit so langer Zeit hatte es immer nur schlechte Neuigkeiten gegeben, und nun hatte sie eine Höllenangst davor, zu glauben, dass es dieses Mal anders sein könnte.

Ihre Hände zitterten.

Madhu legte den Arm um sie und küsste sie zärtlich. »Du musst dich entspannen«, sagte er sanft.

»Ich könnte es nicht ertragen, wenn sie nicht schwanger ist«, gestand Priya mit Tränen in den Augen. »Ich … ich weiß nicht, was ich dann tun würde. Ich will ein Baby, Madhu.«

»Ich weiß«, erwiderte Madhu, als Priya sich an ihn schmiegte.

Sie hob den Kopf und lächelte ihn mit feuchten Augen an. »Ich bin so ein Schisser«, sagte sie und wischte sich die Tränen mit einem Taschentuch aus ihrer Handtasche fort.

Er grinste, und sie setzten sich in Richtung Eingang in Bewegung. Als sie den Empfangsbereich betraten, beugte er sich leicht zu ihr hinunter. »Ich hab den Porno nicht gebraucht«, flüsterte er Priya ins Ohr. »Ich hab an dich gedacht, in dem blauen Victoria's-Secret-Teil.«

Beiträge aus dem Forum von

www.deineleihmutterschaft.de:

FastMutter: *Unsere Leihmutter hat unser Baby verloren. Das ist so eine schmerzliche und furchtbare Zeit. Ich höre von Leuten, die zum ersten Mal schwanger werden und dann eine problemlose Schwangerschaft haben, und ich kann nicht verstehen, warum wir das nicht auch haben können. Das war unser zweites Mal. Ich glaube, mein Mann ist so weit aufzugeben.*

Mami8774: *Es tut mir so leid um deinen Verlust. Das ist furchtbar. Mit unserem ersten Baby ist alles gut gegangen. Bei unserem zweiten Baby mussten wir es drei Mal probieren, bevor wir schwanger wurden. Also, haltet durch.*

Prietysmami: *Wir haben soeben das erste Trimester überstanden. Ich kann mir kaum vor-*

stellen, wie es dir gehen muss. Ich hatte solche Angst. Und es ist nicht leicht, weil wir hier in Dallas sind und das Baby in Gujarat. Die reine Qual.

NobuNobi: *Meine SM und mein SV sind dagegen, dass wir uns eine LM nehmen, und waren echt fies wegen der ganzen Sache. Jetzt kommen sie zu Besuch und machen mir ständig ein schlechtes Gewissen. Ich meine, sie sagen, das sei alles meine Schuld und habe nichts mit meinem LE zu tun. Also mal ehrlich, mein LE hat doch sein S****ßsperma dazugegeben, oder etwa nicht? Ich habe Probleme mit dem Uterus, und deshalb mussten wir den Weg mit der LM gehen. Das tut wirklich weh. Unserer LM geht's sehr gut. Sie ist fast im fünften Monat schwanger, und wir sprechen jede Woche mit ihr. Ich sehe ihren Bauch über die Webcam. Müsst ihr auch mit der Ablehnung der Familie klarkommen?*

UnoBaby: *Meine Freunde waren sehr dagegen. Jetzt erzähle ich es niemandem mehr. Das geht sowieso niemand was an. Eine meiner Freundinnen hat sogar gesagt, dass ich diese arme indische Frau ausbeute. Aber meine LM möchte uns helfen, und für sie bedeutet das Geld, das wir ihr geben, dass sie das Leben ihrer Kinder verändern kann.*

VersuchNr1: *Meine Mutter unterstützt mich auch kaum bei dieser Sache und beschuldigt mich ebenfalls der Ausbeutung der armen Menschen in Indien. Aber ich stimme UnoBaby zu, dass diese Sache beiden Seiten zugutekommt. Wir warten auf eine Nachricht, ob unsere Leihmutter schwanger ist. Ich drücke die Daumen.*

Neuling1209: *Ich bin so froh, dass ich dieses Forum gefunden habe. Ihr scheint alle echt toll zu sein. Ich wünsche euch das Beste. VersuchNr1 und NobuNobi, es tut mir so leid, dass eure (Schwieger-)Eltern es euch so schwer machen. Und FastMutter … ich fühle mit dir. Ich möchte wirklich gern ebenfalls den Weg über die Leihmutterschaft gehen. Habt ihr Vorschläge, wie ich meinen Mann davon überzeugen kann?*

KannNichtEmpfangen1970: *Mein Mann hat sich erst strikt geweigert, doch nachdem ich ihm die Bilder, Erfahrungsberichte und die Webseite von Dr. Patel gezeigt hatte, konnte ich ihn umstimmen. Inzwischen arbeiten wir an Baby Nr. 2, und er wäre auch für ein drittes zu haben, wenn wir das wollen. Das ist eine großartige Methode, ein eigenes Baby zu bekommen, wenn man selbst keine Kinder bekommen kann. Es ist ein Geschenk.*

Mami8774: *Halt einfach Fakten und Beweise bereit. Ich hab darauf geachtet, dass ich alle*

Informationen vorliegen hatte, bevor ich mich mit meinem Mann zusammengesetzt habe. Wie sich herausgestellt hat, brauchte ich das gar nicht, weil er sich selbst schon erkundigt hatte. Aber er hatte Angst gehabt, das Thema anzusprechen, weil er dachte, ich wäre dagegen! Die Geschichte ging also richtig gut aus. Ich hoffe, dass sie für dich auch gut ausgeht.

Kapitel 2

Jedes Mal, wenn der Bus bremste, legte Asha die Hand auf ihren Bauch und versuchte, das Leben darin zu beschützen. Es war eine instinktive Geste, die ihr nicht einmal bewusst war.

Sie wusste, dass sie schwanger war. Zwar hatte man den Bluttest noch nicht gemacht, um es zu bestätigen, doch sie war sich ganz sicher. Erst drei Tage waren seit dem Eingriff in Doktor Swatis Klinik vergangen, doch sie wusste es bereits. Gerade an diesem Morgen hatte sie beim Zähneputzen Zahnfleischbluten gehabt. So war es auch bei Manoj und Mohini gewesen. Eine Frau kennt ihren Körper.

Erneut ging ein Ruck durch den Bus, und dieses Mal merkte Asha, dass sie die Hand anhob, doch statt sie zum Bauch zu führen, ballte sie sie zur Faust und ließ sie in den Schoß sinken. Dieses Mal würde es anders sein als zuvor. Dieses Baby war nicht ihr eigenes.

Pratap schlief mit dem Kopf ans schmutzige Fensterglas des Busses gelehnt. Sie hatten um vier Uhr früh aufstehen müssen, damit sie um neun Uhr in der Klinik sein konnten. Asha hatte ihren besten Sari angezogen, auch wenn ihr klar gewesen war, dass er zerknittert sein würde, wenn sie Doktor Swatis Klinik erreichten. Sie hatte darauf bestanden, dass Pratap seine guten

Hosen und das gute Hemd anzog, und sie hatte das Hemd sorgfältig gebügelt, damit es auch wirklich keine Falten hatte. Inzwischen hatte es überall Falten und war mit Schweißflecken bedeckt. Sein Geruch mischte sich mit dem der anderen Passagiere.

Kantamma, der Schneider im Dorf, hatte das Hemd genäht. Den Stoff dafür hatte Asha aus Hyderabad mitgebracht, nachdem sie dort bei einer Hochzeit gewesen war. Es war blauweiß gestreift und stand ihm gut. Pratap war es egal, was er trug, doch für Asha war es wichtig, dass sie heute wie ein hübsches Paar aussahen, das gut situiert war, auch wenn sie ihren Bauch für Geld verkaufte – *ganz besonders*, weil sie das tat.

Beinahe war sie dafür dankbar, dass ihre Eltern nicht mehr lebten. Ihre Mutter war vor fast fünf Jahren gestorben, kurz nach Ashas Hochzeit. Sie hatte Bauchspeicheldrüsenkrebs gehabt, und die Ärzte im staatlichen Krankenhaus hatten ihnen bei der Diagnose gesagt, dass sie nur noch etwa ein Jahr zu leben habe. Ashas Eltern hatten sofort damit begonnen, einen Ehemann für sie zu suchen – ihre Mutter wollte sie verheiratet sehen, bevor sie starb.

Die Ersparnisse hatten nicht für eine Mitgift gereicht, und sie wussten, dass das bedeutete, dass Asha keine gute Partie finden würde. Ursprünglich hatte Ashas Bruder Venkat heiraten und eine Mitgift erhalten sollen, die dann dafür verwendet worden wäre, Asha zu verheiraten. Doch Venkat hatte sich bei der Bank, für die er arbeitete, in eine Kollegin verliebt. Ashas Eltern gefiel die Vorstellung einer Liebesheirat nicht, doch Venkat war schon immer dickköpfig gewesen. Niemand konnte ihm vorschreiben, was er zu tun hatte. So hatte er sich auf und davon gemacht und die Frau, die er liebte, ohne jede Mitgift geheiratet – und so Ashas Chancen ruiniert, einen guten Ehemann zu finden. Das Beste, das sie sich hatten leisten können, war ein Anstreicher gewesen. Prataps Familie war nicht geldgierig (schließlich gab es keine Töchter, die verheiratet werden mussten) und hatte nur verlangt, dass die Hochzeit gut ausgerichtet wurde und dass das Mädchen den grundlegenden Schmuck mitbrachte: Goldarmreifen, eine Goldkette und goldene Ohrringe.

Venkat und seine Frau Prabha wohnten inzwischen weit weg, in Vizag. Asha sah Bruder, Schwägerin und ihre beiden Töchter nur selten. Sie hatte sie einmal zur Bestattung ihres Vaters besucht, der nach dem Tod ihrer Mutter zu Venkat gezogen war. Er hatte seine Frau nicht sehr lange überlebt; nur ein Jahr später war er einem Herzinfarkt erlegen.

Es war seltsam gewesen, den Bruder, mit dem sie aufgewachsen war, im Kreise seiner Familie zu treffen. Eine Familie, die ihm wichtiger gewesen war als seine eigene Schwester. Doch so sollte es auch sein. Einmal im Jahr, zu *Ugadi*, dem Neujahr der Telugu, schrieben sie sich Briefe, doch darüber hinaus war Asha klar, dass Prataps Familie jetzt die einzige Familie war, die sie hatte. Die Beziehung zu ihrem Bruder war mit ihren Eltern gestorben. Wahrscheinlich war es besser so, dachte Asha. Sie bezweifelte, dass ihr Bruder es gutheißen würde, dass sie für Geld mit dem Baby eines anderen Paares schwanger wurde. Und sie würde sich dafür schämen, sollte er es jemals herausfinden.

Es war ein seltsamer Tag – ein Tag voller Vorahnungen, ein Tag, an dem sich alles, ihrer aller Leben, völlig verändern würde. An diesem Tag kümmerten sich Ashas und Prataps Nachbarn, ein älteres Ehepaar, um Manoj und Mohini. Sie behandelten die Kinder wie ihre eigenen Enkel, und Asha wusste, dass es ihnen das Herz brechen würde, wenn Pratap und sie das Dorf verließen.

Bevor sie das Haus verlassen hatte, hatte Asha ihre schlafenden Kinder geküsst. Mohini war fast zwei, eine kleine Prinzessin und Prataps ganze Freude, und Manoj – so ein wunderschöner, kluger Junge – gerade mal fünf, und er konnte schon lesen. Es machte ihr Angst, dass er das bereits konnte, und zwar auf Englisch und Telugu! Als sein Lehrer ihnen gesagt hatte, dass er einer dieser *sehr intelligenten* Jungen war, wussten Asha und Pratap, dass sie etwas unternehmen mussten. Mit dem, was Pratap als Maler verdiente, konnten sie Manoj keine Ausbildung in einer Großstadtschule ermöglichen.

Pratap machte ein Geräusch und rührte sich im Schlaf. Im ruckelnden Bus war es ziemlich unbequem – dennoch schlief er. Da saß sie nun, schwanger mit dem Kind eines anderen Mannes, und er schlief tief und fest wie ein Baby, dachte Asha verärgert. Sie wollte ihn aufwecken und ihm klarmachen, was für eine Gräueltat sie beging.

Das war sowieso alles seine Schuld. Es war Prataps Bruder gewesen, Raman, der den Samen gesät hatte. Letztes Jahr hatte Kaveri, Ashas Schwägerin, für ein britisches Paar, das in Nottingham in England lebt, ein glatzköpfiges, blauäugiges Baby zur Welt gebracht. Bevor Kaveri und Raman ihnen davon erzählt hatten, hatte Asha nicht einmal gewusst, dass es diesen Ort gab. Für das Austragen ihres Babys hatten die Eltern Kaveri fünf Lakh Rupien bezahlt. Fünf Lakh Rupien! Pratap waren beinahe die Augen aus dem Kopf gefallen. Und als der Lehrer mit ihnen über Manoj gesprochen und gesagt hatte, dass er auf eine bessere Schule gehen sollte, hatte Pratap angefangen, mit Asha darüber zu sprechen. Sie konnte ihm nicht die ganze Schuld geben, nicht wirklich, denn fünf Lakh Rupien waren eine Menge Geld, und das hatte sie ebenfalls nachdenklich gemacht. Konnte sie das? Konnte sie tun, was Kaveri getan hatte? Und nun hatte sie es getan, genau wie Kaveri.

Asha fragte sich, ob sie überhaupt eine Wahl gehabt hatte. Hätte sie Nein sagen können? Hätte sie egoistisch sein und sagen können, »nein, das ist mein Körper, ich entscheide«?

Und jetzt? Jetzt war es zu spät. Der Samen war aufgegangen, und sie konnte spüren, wie ihr Körper das Kind, das nicht ihres war, bereits umhegte.

Ashas Schwiegermutter Puttamma, die jetzt bei Kaveri und Raman lebte (denn sie hatten eine Wohnung aus Ziegelstein mit innen liegendem Badezimmer), hatte ebenfalls gemeint, dass das eine großartige Idee sei.

Aber das Kind anderer Leute zu gebären – das Baby von Fremden –, wie würde sie sich dabei fühlen? Wäre das eine frevelhafte Handlung? War es frevelhaft, der Natur ihr Recht zu verweigern, jemanden unfruchtbar zu machen, indem man dieser Person dennoch ein Kind gab? Würde Asha dadurch etwas von der Mutterschaft für ihre beiden eigenen Kinder genommen werden? Konnte es sie als Mutter irgendwie korrumpieren? Würde es ihre Seele beflecken?

»Wohin fahren Sie?«, fragte die Frau, die im Bus neben Asha saß. Sie war dick und nahm viel Platz ein. Der Sitz war für drei Passagiere gedacht, doch aufgrund der Ausmaße der Frau saß Asha so gut wie auf Prataps Schoß. Pratap war ebenfalls ein großer Mann, was die Sache nicht leichter machte.

»Srirampuram«, antwortete Asha und schaute auf Prataps Hände. Seine Fingernägel schienen immer mit Resten von Farbe umrandet zu sein, dieses Mal in Weiß. »Unsere Verwandten leben dort. Wir besuchen sie«, fühlte sie sich verpflichtet, weiter auszuführen.

Ihre Verwandten lebten tatsächlich dort. Die große Wohnung, die sich Kaveri und Raman mit dem Babygeld gekauft hatten, war in Srirampuram. Auf jeden Fall konnte sie niemandem die Wahrheit sagen. Die Gesellschaft hatte ihre Regeln, und obwohl inzwischen viele Frauen heimlich die Kinder anderer Leute in ihren Bäuchen trugen, blieb das ein Tabu, ein schmutziges Geheimnis. Die Geschichte, die sie allen erzählen würden, war, dass Asha schwanger geworden war und das Baby dann verloren hatte. Niemand im Dorf würde jemals die Wahrheit billigen. Anständige Frauen benutzen ihre Körper nicht, um damit Geld zu verdienen. Wenn das jemand herausfinden würde, wäre der Name ihrer Familie ruiniert. Asha konnte nicht anders, als sich zu fragen, was, davon abgesehen, ruiniert werden würde. Ihr Herz, ihr Verstand, ihr Körper? Was, wenn dieses Baby ihre Gebärmutter zerstörte? Was, wenn Gott sie dafür bestrafte, dass sie gegen seinen Willen agierte und ein Kind zur Welt brachte, dessen Geburt er nicht gewünscht hatte?

»Ich fahre nach Hyderabad«, erzählte die Frau. »Meine Tochter bringt ihr Kind zur Welt – es kann jederzeit so weit sein. Ich werde zum ersten Mal Großmutter. Haben Sie Kinder?«

»Zwei«, antwortete Asha, und es versetzte ihr einen Stich. Was würde sie sagen, nachdem das Baby, das jetzt in ihr heranwuchs, herausgekommen war? Würde sie trotzdem noch sagen, sie hätte zwei Kinder, obwohl sie ein drittes ausgetragen und geboren hatte?

Pratap wechselte die Seiten und legte seinen Kopf auf Ashas Schulter ab, wo er leise weiterschnarchte. Er schlief richtig fest, dachte sie erstaunt – trotz der Motorengeräusche, der Hitze, des Schweißgeruchs, und ganz zu schweigen vom Leben in ihrem Bauch.

Der Lärm des Busmotors konkurrierte mit dem der Hühner, die sich, zusammengepfercht in Körben, auf den hinteren Sitzen befanden. Die Leute unterhielten sich, das Radio spielte Telugulieder, Zeitungen raschelten beim Umblättern, und Babys weinten, was die Atmosphäre im vollen Bus noch drückender machte. Eine Frau, die auf der anderen Seite von Asha saß, hielt einen Korb mit Gemüse auf dem Schoß – Tomaten, Koriander, Gurken und Bittermelone. Die Leute brachten ihre Waren zum Markt in Srirampuram. Jemand im Bus aß *Mirchi Bajjis*, und Asha konnte die Chilischoten und das Öl riechen, in denen sie ausgebacken waren. Die Schwangerschaft schärfte bereits ihren Geruchssinn. Sie konnten so viele Tests machen, wie sie wollten, dachte Asha; sie wusste bereits, dass sie schwanger war.

»Wir haben einen Jungen und ein Mädchen«, erzählte Asha stolz. Von jedem eins, sagte sie gern – eine Errungenschaft.

»Wir hatten wissen wollen, ob das Kind ein Junge oder ein Mädchen ist, doch man wollte es uns nicht sagen; Sie wissen ja, wie das heutzutage ist«, erzählte die Frau. »Es ist eine Schande, dass die Leute ihr Baby noch im Bauch töten, nur weil es ein Mädchen ist.«

»Ja«, sagte Asha und versuchte, sich trotz Prataps Gewicht auf ihrer Schulter bequemer hinzusetzen.

»Das ist Ihr Ehemann? Als was arbeitet er?«, fragte die Frau.

Asha erzählte es ihr, und die Frau lächelte. »Gut aussehender Mann.«

Asha lächelte zurück und schaute dann Pratap liebevoll an. Er war gut aussehend – mit seinem Schnurrbart und den verwegenen Gesichtszügen. Er war hochgewachsen und gut gebaut, so wie sein Vater.

Als Frischverheiratete waren ihr zwei Dinge an ihm aufgefallen: seine Größe und der Geruch nach Terpentin und Farbe. Als sie ihn zum ersten Mal nach der Arbeit gesehen hatte, von Kopf bis Fuß mit Farbklecksen überzogen, war sie schockiert gewesen. Er hatte Terpentin benutzt, um die Farbe zu entfernen, während er in dem Wasser badete, das er aus dem Brunnen geschöpft hatte. Den Brunnen im Hinterhof teilten sie sich mit einigen Nachbarn, und er war ein ständiger Zankapfel. Insbesondere im Sommer, wenn der Brunnen fast trocken war, beschwerten sich die Leute, dass Pratap so viel Wasser verbrauchte, um sich zu waschen. Also hatte Asha angefangen, Wasser zu horten, und zwar in einer großen weißen Tonne mit Deckel, die sie nur für diesen Zweck gekauft hatte. Jedes Mal, wenn sie Wasser holte, nahm sie etwas mehr mit und zweigte es dorthin ab. Inzwischen hatte sie sich an das Terpentin und die Farbe gewöhnt und sogar an seine Größe.

Die Frau und Asha unterhielten sich den ganzen Weg bis nach Srirampuram, und Asha war dankbar für die Gesellschaft. Als sie ausstiegen, kannte Asha die gesamte Lebensgeschichte der Frau und ihrer drei Kinder. Die Frau wusste nichts über Asha. Da gab es nichts zu erzählen. Das Aufregendste, das Asha je erlebt hatte, erlebte sie jetzt, und davon konnte sie niemandem erzählen.

***

Im Wartezimmer von »Happy Mothers« wimmelte es nur so vor Leben. Abgesehen von Asha, befanden sich noch drei weitere Frauen dort. Eine war etwa im fünften Monat schwanger, und die anderen beiden sahen aus, als könnte die Geburt jede Minute einsetzen. Jede der Frauen trug das Baby anderer Leute aus. Einige würden weiße Babys bekommen, einige braune Babys, und einige würden halb weiße, halb braune Babys haben. Als Asha erfahren hatte, dass ihr Baby größtenteils indisch sein würde, war sie froh gewesen. Nicht, dass das von Bedeutung wäre, doch für einen Teil von ihr war es logischer, dass eine indische Frau ein indisches Baby aus ihrem Bauch herauspresste.

Kaveri hatte ihr weißes Baby nach der Geburt nicht zu Gesicht bekommen. Erst Monate später hatte sie es auf dem Foto einer Karte gesehen, die ihr die Eltern geschickt hatten. Es zeigte die beiden – und ein lächelndes weißes Baby – vor einem geschmückten Baum. Auf der Karte stand FROHE WEIHNACHTEN, als wäre Kaveri Christin, die diesen Feiertag beging. Es erschien einem irgendwie unmöglich, dass ein solches Baby aus Kaveri herausgekommen war, denn sie war so dunkel wie Kohle.

Die Eltern und der kleine Junge sahen so fröhlich aus,

dass Kaveri Tränen in den Augen gestanden hatten. »Ich habe sie glücklich gemacht«, sagte sie zu Asha. »Zu wissen, dass ich ihnen so viel Glück gegeben habe, macht es die Mühen wert.«

Asha hatte nicht angemerkt, dass dieses Glück die Eltern fünf Lakh Rupien gekostet hatte, zuzüglich dessen, was auch immer sie Doktor Swati für ihre Klinik und ihre Dienste zahlten, was wahrscheinlich noch wesentlich mehr war.

Es fühlte sich falsch an, so etwas für Geld zu tun, doch andererseits würde Asha es, wäre sie finanziell bessergestellt, ja auch nicht tun, oder? Wenn Manoj eine Schule in der Stadt besuchen musste, dann brauchten sie das Geld, und dies war ein einfacher – oder besser gesagt, praktikabler – Weg, es zu verdienen. So hatte Ashas Schwiegermutter Puttamma argumentiert. Kaum hatten sich Kaveri und Raman ihre Ziegelsteinwohnung gekauft, war Puttamma aus Ashas und Prataps Hütte ausgezogen. Bei Kaveri und Raman gab es nun eine Toilette, auf der man wie auf einem Stuhl sitzen konnte, mit Spülung. Nun brauchte sie nicht mehr mit einem Krug Wasser in der Hand auf die Suche nach einer Stelle in den Büschen zu gehen.

Puttamma war ganz und gar dafür gewesen, dass Asha und Kaveri ihre Gebärmutter vermieteten. »Es ist für einen guten Zweck und allemal besser, als eine Niere zu verkaufen, oder etwa nicht?« Sie hatte leicht reden, dachte Asha. Die alte Frau kann keine Kinder mehr haben, also glaubt sie, dass es ein Kinderspiel für uns ist, ein fremdes Baby zu bekommen.

Sie sah Pratap an, den einzigen Mann im Wartezimmer. Mit seiner großen, maskulinen Gestalt wirkte er vor den rosa und blau getünchten Wänden mit Babybildern fehl am Platz. Er hatte gesagt, dass er Asha nicht dazu drängen wollte, das zu tun. Dann hatte er es aber doch getan. Sie wusste, dass er nur die Rupien auf dem Bankkonto sah. Sie dagegen hatte sich Sorgen gemacht; sie hatte sich deswegen den Kopf zerbrochen und geweint … und sich dann noch mehr Sorgen gemacht. Sie war sich immer noch nicht sicher, ob sie das Richtige taten. Doch es war sinnlos, diesen Umstand zur Sprache zu bringen. Das Baby befand sich in ihr. Und mehr gab es dazu nicht zu sagen.

Bei der ersten Begegnung mit Doktor Swati hatte Asha große Bedenken gehabt. Die Ärztin war freundlich und mitfühlend gewesen, hatte erklärt, wie leicht der Eingriff sei, welche Vorteile Asha und ihre Familie am Ende davon hätten und welches Glück sie zwei Menschen schenken würde.

»Nur wenige von uns bekommen eine Chance, ein derart großes Geschenk zu geben«, sagte Doktor Swati. »Sie haben diese Chance. Doch wenn Sie auch nur ein Körnchen Zweifel haben, dann sollten Sie es nicht tun.«

Asha hatte eine Handvoll Körnchen Zweifel gehabt, doch sie schauspielerte und verbarg sie, und Doktor Swati hatte ihr geglaubt. Es half, dass Pratap offen für die Idee war. Das Einzige, womit er ein Problem hatte, war der Umstand, dass sie die letzten vier Monate der Schwangerschaft in einem Haus von »Happy Mothers« wohnen würde, in dem alle Leihmütter bis zur Geburt lebten.

»So viele Monate, in denen ich meinen Mann und die Kinder nicht sehen kann?« Diese Vorstellung hatte Asha überhaupt nicht gefallen.

»Sie können zu Besuch kommen. Sie haben Glück, denn Sie können bis dahin in Srirampuram wohnen. Wir haben Frauen aus Hyderabad, Vizag, Warangal hier, und sie ziehen gleich nach der Befruchtung ins Haus. Diese Frauen sehen ihre Familien erst wieder, nachdem das Kind zur Welt gekommen ist und sie nach Hause zurückkehren«, erklärte Doktor Swati. »Und bei Ihren eigenen Schwangerschaften gehen Sie doch auch von zu Hause fort und wohnen während der letzten Monate bei Ihrer Mutter, nicht wahr?«

»Meine Mutter ist tot«, erwiderte Asha.

»Pratap und die Kinder können jeden Tag zu Besuch kommen – außer, wenn sie krank sind; dann erlauben wir es nicht, um sicherzustellen, dass Sie und auch die anderen Frauen im Haus gesund bleiben«, fuhr Doktor Swati fort. »Aber davon abgesehen kann Pratap jeden Tag nach der Arbeit und der Schule vorbeikommen und Zeit mit Ihnen verbringen, Asha. Was denken Sie, Pratap?«

»Ja, ja«, antwortete Pratap. »Das ist kein Problem. Meine Schwägerin wird mit den Kindern helfen, solange Asha hier ist.« Asha hatte das für Kaveri getan, also schien es selbstverständlich, dass sie für Asha das Gleiche tat.

Kaveri hatte gesagt, dass es toll gewesen war, volle vier Monate lang aus dem Haus und von Mann und Kindern fortzukommen. Sie hatte die Zeit mit Frauen wie ihr verbracht, und zusammen hatten sie Filme gesehen, von einer Haushälterin zubereitetes Essen gegessen und keinerlei Hausarbeiten gemacht. Jemand kochte und putzte für sie und machte sogar ihre Betten. In jenen Monaten hatte sie sich wie eine Königin gefühlt, und Kaveri hatte zugegeben, dass es ein herbes Erwachen gewesen war, nach Hause zu kommen und alles wieder selbst machen zu müssen.

Sie hatten sowieso darüber nachgedacht, nach Srirampuram zu ziehen, wenn das Baby erst mal da war und sie ihr Geld bekommen hatten. Genau wie Kaveri und Raman würden sie sich eine Wohnung kaufen und Manoj in einer guten Schule in der Stadt anmelden.

Mit dem Geld konnte Manoj werden, was auch immer er wollte, dachte Asha. Vielleicht würde er Arzt werden, so wie Doktor Swati, die sich so souverän und selbstsicher auf Englisch unterhalten konnte. Vielleicht würde er Ingenieur werden wie die, die sie im Fernsehen gesehen hatte und die für große Unternehmen in Amerika arbeiteten.

»Glaubst du wirklich, dass es eine gute Idee ist, bei Kaveri und Raman zu wohnen? In ihrer Wohnung wird es sehr eng werden«, fragte Asha, während sie darauf warteten, die Ärztin zu sehen.

»Es ist gut, mit der Familie zusammenzuwohnen«, antwortete Pratap. »Sie werden uns helfen und wir ihnen. Raman spricht auch mit seinem Chef wegen einer Arbeit für mich. Wenn du schwanger bist, kann Manoj mit einem Teil des Geldes, das wir dann von Doktor Swati bekommen, jetzt bereits in eine gute Schule gehen.«

Asha nickte und hielt den Mund. Er hatte bereits entschieden. Er fragte nicht nach ihrer Meinung, sondern sagte ihr, dass er eine Entscheidung getroffen hatte. Sie würde einfach tun müssen, was er wollte. Da das Geld, das ihnen zugutekommen würde, ihren Anstrengungen zu verdanken war, hatte sie angenommen, dass sie mehr Mitspracherechte haben würde. Doch Pratap schien das nicht so zu sehen. Und was hätte sie schon sagen können: »Das ist meine Gebärmutter, also gehört das Geld mir.« Nein. Das war nicht ihre Art. Sie hatte noch nie eine Entscheidung infrage gestellt, die Pratap getroffen hatte. Frauen wie sie tun so etwas nicht. Dennoch ärgerte es sie, dass er nicht mit ihr darüber gesprochen hatte; so, als sei sie nur ein Körper, keine Person mit Gefühlen und einem Verstand. Es war, als existiere sie nicht.

»Es wird schön sein, dort zu leben; in der Stadt statt in unserem Dorf«, fuhr Pratap fort.

Asha wusste, dass er das Glück seines Bruders beneidet hatte und nun begierig war, sich und seiner Familie die gleichen Vorteile zu verschaffen.

Bevor Asha antworten konnte, wurden sie von einer Schwester in weißem Kleid und mit weißer Haube aufgerufen: »Pratap und Asha Vardhan?«

Asha stand auf und prüfte ihren Sari, stellte sicher, dass alles genauso lag, wie es sein sollte. Pratap war bereits zum Sprechzimmer der Ärztin losgegangen. Einen Augenblick lang schaute sie seinen Rücken an, dann streckte sie ihren eigenen durch und folgte ihm.

Kapitel 3

Von Leihmutterschaft hatte Priya zum ersten Mal durch Poonam erfahren, die sie bei einem Kochkurs für südindische Küche kennengelernt hatte. Priya hatte sich immer für eine sehr gute Köchin gehalten, doch dann hatte sie Madhus Mutter getroffen, Prasanna, die quasi ein Jamie Oliver der südindischen Küche war. Und Madhu liebte die Gerichte seiner Mutter.

Es war nicht wirklich ein Konkurrenzkampf, das war ihr klar – denn konnte Prasanna einen Coq au vin zaubern oder ein Schokoladensoufflé, das einem auf der Zunge zerging? Dennoch, Priya konnte nicht anders, sie wollte, dass Madhu bei ihrem *Sambhar* mit Kokosnusschutney das Wasser im Mund genauso zusammenlief wie bei dem seiner Mutter.

Eine Werbeanzeige auf Facebook führte Priya zu einem Kochkurs im Restaurant Sakshi, das Mrs Sachidanadan gehörte, oder Mrs S, wie sie sich für die Nichtinder vereinfacht selbst nannte, denn für diese war ihr Nachname ein Zungenbrecher.

Und Mrs S hielt ihr Versprechen. Sie verwandelte Priya von einer Amateurin der südindischen Küche zu einer anständigen Köchin, und Priya wusste, dass sie nach vier weiteren Monaten, die der Kurs noch dauerte, gute Chancen hatte, *Dosa*, den heiligen Gral der südindischen Küche, zu meistern.

Poonam besuchte den Kurs vorwiegend, um mal von zu Hause rauszukommen. »Ich hab zwei Kinder, und mein Mann ist fast fünf Tage die Woche unterwegs auf Reisen. Jeden Freitagabend bin ich so weit, mir die Kugel zu geben. Aber seit ich diesen Kurs mache, fühle ich mich zumindest jeden zweiten Samstag wie ein normaler Mensch und nicht wie ein überfordertes Hausmütterchen oder wie eine Getriebene, die kopflos durch ihren Alltag hetzt«, hatte Poonam Priya in ihrer ersten Stunde erzählt.

Normalerweise würde sich Priya nicht mit dem Typ Frau verstehen, zu dem Poonam gehörte. Sie war eine Hausfrau, die ihren Ehemann bestimmen ließ, wie ihr Leben ablief. Sie brauchte die Erlaubnis, einen Kochkurs zu besuchen, ins Shoppingcenter oder in den Supermarkt zu gehen – für alles. Sie ging zum Friseur und log, was es gekostet hatte, als könnte sich ihr Mann nicht einfach die Kontoauszüge ansehen. Wenn ihr Mann bemerkte, dass sie sich etwas Neues gekauft hatte, sagte sie: »Was? Das alte Ding?«

Doch Poonam konnte sich in die Tragödie von Priyas Leben hineinversetzen. Sie hatte selbst fünf Fehlgeburten und drei misslungene künstliche Befruchtungen durchgemacht, bevor sie über »Happy Mothers« eine Leihmutter angeheuert hatte. Jetzt hatte sie zwei Kinder, die sie in den Wahnsinn trieben.

Priya hatte Poonam und ihren Mann, Ranbir, an einem Samstag sogar zum Mittagessen zu sich eingeladen, damit sie ihr halfen, Madhu davon zu überzeugen, eine Leihmutter in Anspruch zu nehmen.

Natürlich hatte sie nicht damit gerechnet, dass es sich als Albtraum erweisen würde, Poonams Kinder bei sich zu haben. Natasha war drei Jahre und Tara vierzehn Monate alt, und beide waren eine leibhaftige Werbung für Verhütungsmittel.

Dieses Mittagessen war für Madhu der Wendepunkt gewesen.

»*Arrey yaar!* Man kann adoptieren, aber weiß Gott, was man sich da ins Haus holt«, fing Ranbir an, als sie sich mit Getränken und Snacks in den Patio setzten.

»Ich glaube, Adoption ist eine gute Sache«, erwiderte Madhu so geduldig, wie er konnte.

»Gut für Leute wie Angelina Jolie und Brad Pitt, aber für Leute wie uns ist es ein Spießrutenlauf«, fuhr Ranbir fort. »Es dauert Jahre und kostet enorm viel Geld. Außerdem weiß man nicht, was für ein *Blut* man sich da ins Haus holt.«

»Man holt sich ein *Kind* ins Haus«, sagte Madhu und stellte sein Bier vorsichtig auf dem hölzernen Gartentisch ab. Priya wusste, dass er es Ranbir am liebsten ins Gesicht schütten würde.

Poonam hielt Tara im Arm und legte Ranbir die Hand auf die Schulter. »Na komm, Ranbir, vielleicht hätten wir adoptiert, wenn wir die beiden nicht von einer Leihmutter hätten haben können.«

Ranbir zuckte mit den Schultern. »Ich glaube nicht. Meine Eltern haben einmal einen Jungen mit nach Hause gebracht … er war etwa zehn oder so. Da haben wir noch in Chandigarh gewohnt. Der Junge kam aus einer armen Familie. Ein Waisenkind, glaube ich, und wir wollten ihn zu uns nehmen, damit er im Haushalt verschiedene Sachen erledigt. Doch er hat sich als richtiges Schlitzohr herausgestellt. Er hat uns bestohlen und unseren Nachbarn Geschichten über uns erzählt. Es war ein Desaster. Wir mussten ihn fortschicken.«

Dieses Mal war es Priya, die sich kerzengerade aufsetzte.

Ranbir schaute sie an und seufzte. »Ich kann dir ansehen, was du denkst. Du fragst dich, warum um alles in der Welt wir einen zehnjährigen Hausangestellten haben … Schau mal, bei uns hätte der Junge ein besseres Leben gehabt. Auf der Straße zu leben hat nur wenig mit *Slumdog-Millionär* zu tun; da gibt's keine Spielshowgewinner am Ende des dunklen Lochs, das ihr

Leben ist«, erklärte Ranbir. »Das sind nun mal die Fakten in Indien. Genau wie … *array*, Natasha, hör auf die Rosen rauszurupfen, *beta*!«

Sowohl Priya als auch Madhu bemerkten, wie sich der harsche Ton, mit dem er über Indien gesprochen hatte, zu einem zuckersüßen verwandelt hatte, als er sein quirliges Töchterchen ansprach, das damit beschäftigt war, Priyas gut gepflegten Garten zu plündern.

»Deshalb fanden wir es sinnvoll, eine Leihmutter in Indien zu suchen«, fuhr Ranbir fort. »Die Leute dort brauchen das Geld. Unsere Leihmutter hat zwei Kinder und keinen Ehemann. Sie lebt bei ihren Eltern. Ihr Vater arbeitet bei einem Reinigungsteam für Büros oder so ähnlich. Die Familie hat nur wenig Geld. Auf diese Weise kann die Mutter ihren Kindern ein besseres Leben ermöglichen.« Ranbir lächelte seine Töchter an. »Und wir bekommen Freude. Unermessliche Freude.«

Ranbir und Poonam waren ganz gewöhnliche Leute, so wie sie selbst auch – mit gewöhnlichen Gehältern und normalbürgerlichen Leben. Das waren Menschen wie du und ich und nicht irgendein Paar, das in einer Fernsehshow über seine Erfahrungen berichtet. Es waren alltägliche Menschen. Und wenn sie das schaffen konnten, dann konnte es doch nicht so schwer sein, oder? Außerdem war es legal. Wenn Leihmutterschaft eine dermaßen furchtbare Ausbeutung wäre, dann hätte man ein Gesetz dagegen verabschiedet, oder nicht? Und die Methode war sicher. Tausende Paare auf der ganzen Welt hatten auf diese Weise Babys bekommen. Obendrein war es erschwinglich.

Priya glaubte nicht an diesen Blutunsinn, doch sie hatte durchaus schon Horrorgeschichten über Adoptionen gehört. Dass man jahrelang warten musste und dann vielleicht trotzdem kein Baby bekam. Dass einem das Herz brach, wenn man glaubte, man habe ein Kind, und dann klappte es doch nicht. Oder noch schlimmer, man adoptierte vielleicht ein behindertes

Baby und hatte vorher nur eine dunkle Ahnung, welche Belastungen damit einhergingen. Adoption war zwar eine Option, doch sie war für sie weniger attraktiv als die Leihmutterschaft.

Wenn sie eine Leihmutter beauftragten, brachten sie nicht nur ihr eigenes Baby nach Hause, sie halfen einer armen Frau auch dabei, ein besseres Leben zu führen. Was waren schon neun Monate, in denen das Baby ausgetragen wurde, gegen ein ganzes Leben voll *unermesslicher Freude*, wie Ranbir es formuliert hatte: Da gab es nichts, worüber man lange nachgrübeln musste. Als die Sonne unterging, hatte Madhu zugestimmt, mit der Ärztin, der Leiterin von »Happy Mothers«, zu sprechen. Priya hatte Poonams Familie nie wieder zu sich eingeladen, doch sie freute sich, Poonam jeden zweiten Sonntag beim Kurs zu treffen und ihre Leihmutterschaftspläne mit ihr zu besprechen, ohne dafür schief angesehen zu werden.

***

»Sieht sie nicht dünner aus als beim letzten Mal?«, flüsterte Priya ihrem Mann ins Ohr, als ihre Leihmutter und deren Ehemann Doktor Swatis Sprechzimmer betraten.

»Das bildest du dir nur ein«, antwortete Madhu und hielt ihre Hand fest umklammert.

»Sieh sie dir an, sie ist sogar noch dünner als ich«, meinte Priya und gab sich große Mühe, sich zusammenzureißen und ihre Nervosität zu verbergen.

Priyas Flüstern war lauter gewesen, als sie angenommen hatte, und alle Anwesenden drehten sich zu ihr um.

Priya und Madhu lächelten verlegen. *Namaskaram*, begrüßten sie Asha. Irgendwie schien es unangemessen, dachte Priya, sich wie Fremde zu verhalten, wenn diese Frau doch inzwischen schon mit ihrem Kind schwanger sein könnte.

»Also, der Bluttest ist ausgewertet, und Asha ist schwanger«, sagte Doktor Swati lächelnd.

Priya stieß keuchend die Luft aus. »Gott sei Dank.«

Madhu griff nach ihrer Hand, und sie umarmten sich. Er küsste sie auf den Mund, und beide lachten leise. Etwas Magisches war geschehen. Dann lösten sie sich voneinander, denn ihre freudige Reaktion kam ihnen beinahe vulgär vor. Die Leihmutter und ihr Mann saßen schweigend da und zeigten keinerlei Gefühle.

»Herzlichen Glückwunsch«, sagte Doktor Swati.

Vielleicht wird die Frau dazu gezwungen, das Baby zu bekommen, dachte Priya. Vielleicht freut sie sich deswegen nicht. Doch warum soll sie sich auch freuen?, überlegte sie weiter. Es war ja nur ein Lohnbaby.

»Das ist ein ganz besonderer Augenblick«, fuhr Doktor Swati fort. »Und ich bin mir sicher, dass Sie Hunderte Fragen haben … Sie beide.« Sie schaute zuerst Priya und dann Asha an.

Priya riss sich zusammen, beugte sich vor und berührte die Hand der Leihmutter. »Danke vielmals«, sagte sie auf Englisch. Zwar verstand Priya recht gut Telugu und hatte zugestimmt, alle Maßnahmen in der Klinik in Madhus Muttersprache durchzuführen, doch sie fühlte sich verloren und nicht in der Lage, in ihrer angenommenen Sprache die Worte zu finden, die ihre Freude und ihre Dankbarkeit ausdrücken konnten.

»Bitte schön«, antwortete die Frau schüchtern auf Englisch mit starkem Akzent. Und in diesem Moment stellte Priya erleichtert fest, dass die Frau gar nicht so dünn war. Durch ihren Sari zeichnete sich eine kleine Wölbung festen Bauchs ab.

»Wie geht es jetzt weiter?«, fragte Madhu.

»Nun, in zwei Wochen machen wir einen Ultraschall. Wenn wir den Herzschlag hören, dann wissen wir, dass alles gut geht«, antwortete Doktor Swati. »Ich erwarte keine Fehlgeburt, aber man kann nie wissen.«

Priya kannte die Unvorhersehbarkeit von Fehlgeburten zur

Genüge. Ihre drei waren vollkommen unerwartet eingetreten.

»Das verstehen wir«, sagte Madhu und lächelte die Frau an, die sein Kind trug.

Priya fragte sich, wie er sich in dieser Situation fühlte. Was empfand er für diese Frau? Fühlte er sich natürlicherweise von ihr angezogen, weil sie sein Kind zur Welt bringen würde? Nein. Priya schüttelte den Kopf. Das waren verrückte Gedanken. Sie hatte keinen Grund, auf diese Frau eifersüchtig zu sein. Asha war eine Leih-Babymacherin, keine Leih-Ehefrau.

»Können wir dabei sein, wenn Sie den Ultraschall machen?«, fragte Priya.

Doktor Swati nickte. »Ich habe das bereits mit Asha besprochen, und sie würde sich freuen, wenn Sie dabei sind.«

»Danke«, wandte sich Priya erneut an Asha. »Vielen Dank.« Sie wusste, dass es lächerlich klang, wenn sie sich ständig wiederholte, doch ein einfaches Danke und etwas Geld brachten nicht wirklich zum Ausdruck, wie dankbar sie war – nicht, wenn das, was sie von Asha bekamen, etwas so Enormes und Lebensveränderndes war. Asha nickte nur und starrte dann auf ihre Hände auf dem Schoß.

»Vielen Dank«, wiederholte Priya, dieses Mal an Ashas Ehemann gerichtet, der sichtlich rot wurde und schnell nickte. Wie hieß er noch mal? Priya versuchte, sich zu erinnern, doch sie kam nicht darauf.

»Asha, Pratap, haben Sie Fragen an Madhu und Priya?«, wollte Doktor Swati wissen, und als sie die Köpfe schüttelten, fuhr sie fort: »Wenn Sie dann bitte draußen warten würden. Ich werde mit ihnen sprechen und rufe Sie dann wieder herein.«

Priya dankte dem Paar ein weiteres Mal, bevor es Doktor Swatis Sprechzimmer verließ, und Madhu hielt ihre Hand ein wenig fester. Was zum Teufel taten sie hier? Sie überließen dem Bauch dieser Frau ein Baby, einen Menschen, und heute Morgen hatte sie sich nicht einmal an den Namen des Ehemanns dieser Frau erinnern können. In zwei Wochen fuhren sie zurück nach Kalifornien und ließen ihr Baby hier bei jemandem, den sie überhaupt nicht kannten. Das war der reine Wahnsinn.

»Priya, alles okay?«, fragte Madhu, als er ihre Blässe bemerkte. Er legte den Arm um sie. »Du solltest glücklich sein; wir sind schwanger.«

»Ich *bin* glücklich«, sagte Priya. »Aber dieses Baby wird weit weg von mir heranwachsen, und das ist einfach … das macht mir Angst.«

»Das kann ich mir vorstellen«, sagte Doktor Swati mitfühlend. »Aber Asha und Pratap sind Mitglieder einer warmherzigen und liebevollen Familie. Sie werden sich gut um Ihr Baby kümmern.«

»Er schlägt sie doch nicht, oder?«, sprudelte es aus Priya hervor.

Madhu warf ihr einen fragenden Blick zu.

»Nein«, antwortete Doktor Swati amüsiert.

»Tut mir leid, ich komme mir so blöd vor«, sagte Priya.

»Das brauchen Sie nicht. Sie sind nicht die erste Mutter, die diese Fragen hat und so reagiert. Es bedeutet großen Stress, wenn jemand anderes, jemand, den Sie nicht täglich sehen, Ihr Kind austrägt«, erklärte Doktor Swati. »Aber ich verspreche Ihnen, wir behalten dieses Baby im Auge, genau wie Asha. Und über Pratap brauchen Sie sich keine Sorgen zu machen. Er ist ein freundlicher und sanfter Mann.«

Beim ersten Gespräch mit den beiden hatte Priya das Gefühl gehabt, dass sie ein gutes Paar waren. Es war nur ein Bauchgefühl, ein Instinkt gewesen. Und sie sahen so süß aus zusammen. Vor der hochgewachsenen, breiten Gestalt ihres Mannes wirkte Asha beinahe klein und zierlich. Er war wie ein Quarterback gebaut. Asha schien eine gute Mutter zu sein, die liebevoll von ihren Kindern und ihren Hoffnungen für sie sprach. Sie wirkte aufrichtig, als sie sagte, dass sie anderen Menschen helfen wollte und sich deshalb dazu entschieden hatte, Leihmutter zu werden. Trotzdem hatte Priya das besorgte Gefühl beschlichen, dass diese Frau nicht hundertprozentig einverstanden war. Doch der Ehemann, der freundliche Ehemann, der seine Frau nicht schlug, hatte überzeugend gewirkt.

»Ihre beiden vorherigen Schwangerschaften sind wirklich unkompliziert verlaufen. Sogar die Wehen und Entbindungen waren leicht«, hatte er gesagt. Er hatte ihnen erzählt, dass er bei ihr gewesen war, als ihre Kinder zur Welt kamen. Das war nicht der typische indische Ehemann, der draußen mit Zigarren – oder was auch immer indische Männer sich zur Feier der Geburt eines Kindes schenkten – wartete, um Blut und Chaos nicht mit ansehen zu müssen.

Priya nahm den Ausdruck des Bluttests zur Hand, der vor ihr auf dem Schreibtisch der Ärztin lag, und strich mit den Fingern über die seltsamen Nummern und Zahlen sowie über die Zeile hinweg, in der stand SCHWANGERSCHAFT = POSITIV.

»Sie werden sicherstellen, dass sie ihre Vitamine und so weiter einnimmt?«, fragte Priya, obwohl sie die Antwort darauf kannte. Als Doktor Swati nickte, nickte sie ebenfalls. »Und sie wird alle zwei Wochen in Ihre Sprechstunde kommen?«

»Ja, und einmal die Woche im zweiten Trimester. Wenn sie im dritten Trimester ist, werde ich sie täglich sehen«, erklärte Doktor Swati. »Unsere Schwangerenvorsorge ist auf dem modernsten Stand; was das betrifft, brauchen Sie sich um nichts Sorgen zu machen.«

»Ich weiß, dass Sie sehr professionell arbeiten. Ich wollte Ihre Fähigkeiten nicht infrage stellen«, entschuldigte sich Priya und stellte, bevor sie es vergaß, schnell noch eine weitere Frage: »Meinen Sie, es ist okay, wenn wir hin und wieder mit Asha sprechen?«

»Ja, ja«, antwortete Doktor Swati. »Wir können es so arrangieren, dass Sie anrufen können, wenn Asha zu ihren Kontrollen kommt. Die Schwester wird Sie auf den neuesten Stand bringen, und Sie können ebenfalls mit Asha sprechen.«

»Können … ich will nicht unhöflich sein, aber können wir ihr ein paar Dinge schicken, die sie vielleicht gebrauchen könnte? Das wären Geschenke und nicht Teil der Bezahlung«, fragte Priya.

Doktor Swati schien einen Moment lang darüber nachzudenken und sagte dann: »Einige Eltern haben keinerlei Kontakt mit der Leihmutter, aber wenn Sie sich dafür entscheiden, mit ihr in Verbindung zu bleiben, dann ist das ganz Ihre Sache. Ich weiß, dass einige Eltern einmal im Monat ein Hilfspaket für die Kinder und die Mutter schicken; etwa Feuchtigkeitslotion, Shampoo und Unterwäsche … kleine Dinge des täglichen Bedarfs. Ich kenne jedoch auch ein paar Eltern, die ihre Leihmutter überhaupt nicht kennenlernen möchten. Manchmal ist das einfacher.«

Priya wusste, dass sie nicht zu diesen Müttern gehörte. Sie musste die Frau kennen. Sie musste eine Verbindung zu ihr haben. Eine Frau, die ihr völlig fremd war, war zu einem der wichtigsten Menschen in Priyas Leben geworden, zumindest für die nächsten siebenunddreißig Wochen. Wie konnte sie diese Frau nicht kennenlernen wollen?

***

»Worüber lächelst du?«, fragte Madhu, als sie zurück nach Hyderabad fuhren.

»Letztens habe ich ein sehr, sehr niedliches Babybett bei Babies›R‹Us gesehen … Ich war mit Nina einkaufen, ihre Schwester bekommt ein Baby, und ich dachte, falls wir jemals ein Baby bekommen, dann würde ich dieses Bettchen kaufen«, antwortete Priya. »Was denkst du, wie lange sollten wir warten, bis wir anfangen, Babyzeug zu kaufen?«

»Ah. Meine kapitalistische amerikanische Konsumfrau«, erwiderte Madhu heiter, doch dann wurde er ernst. »Mir wäre es lieber, wenn wir erst etwas kaufen, wenn das Baby geboren ist.«

»Aber dann haben wir nichts da, wenn wir mit ihr nach Hause kommen«, wandte Priya ein.

Madhu zuckte mit den Schultern. »Ich … ich will nicht … das ist so schwer, Priya. Erinnerst du dich an die Kricketuniform, die ich gekauft habe, als du das erste Mal schwanger warst? Es hat mich fast umgebracht, sie wegzuwerfen, aber ich konnte sie auch nicht behalten. Ich will das einfach nicht noch mal durchmachen.«

»Und wo wird das Baby dann schlafen, wenn wir nach Hause kommen?«, fragte Priya.

»Frag Nina oder Krysta oder eine deiner Freundinnen, ob sie etwas für dich kaufen können, sobald das Baby geboren ist. Du hast Krysta bestimmt tausend Mal beim Umzug geholfen und hast weiß Gott wie viel Geld für Ninas Kinder ausgegeben – sie sind dir was schuldig, und wenn sie's nicht tun, dann bitte ich Athar, uns zu kaufen, was wir brauchen. Farah wird von der Idee wahrscheinlich ganz begeistert sein«, sagte Madhu.

»Das kannst du vergessen. Ich werde Krysta fragen. Farah will ich nicht einmal in der Nähe meines Kinderzimmers haben«, stellte Priya klar. Sie liebte ihre Freunde und vertraute blind darauf, dass sie ihren Geschmack kannten. Bei Madhus Freunden war das nicht der Fall. Davon abgesehen konnte sie seinen besten Freund, Athar, und seine Frau Farah nicht ausstehen.

»Wie du willst – und ich glaube, ich würde nicht wollen, dass Farah *irgendein* Zimmer in unserem Haus einrichtet«, sagte Madhu. »Ihr Stil ist sehr speziell.«

»Meinst du protzig?«, schlug Priya vor.

Madhu lachte. »Ich dachte eher an vulgär, aber ja, geht in

dieselbe Richtung.«

Eine Weile lang fuhren sie schweigend weiter.

»Es gibt keine Garantie, oder?«, fragte Priya leise.

»Nein«, sagte Madhu und legte seine Hand auf ihre. »Aber diesmal habe ich ein gutes Gefühl.«

»Ich habe Angst, Madhu«, gestand ihm Priya.

Madhu schwieg eine ganze Weile, und als er dann seine Hand wegnahm, um in einen anderen Gang zu schalten, sagte er: »Ich habe auch Angst.«

***

Zu Hause wurden sie von Prasanna mit einer geöffneten Schachtel *Ladoos* empfangen. Madhu hatte seine Eltern von unterwegs angerufen und ihnen die guten Neuigkeiten erzählt. Prasanna gestand, dass sie die Süßigkeiten schon am Tag zuvor gekauft und dann versteckt hatte, nur für den Fall. Priya beschloss, erst Poonam und danach ihre Eltern anzurufen.

»Siehst du, es ist genauso abgelaufen, wie ich es gesagt habe«, sagte Poonam laut und versuchte, gegen das Geschrei ihrer Kleinen anzukommen. »Ranbir, ich telefoniere; kannst du Tara hochnehmen? Natasha, hör auf, deine Schwester an den Haaren zu ziehen.« Eine kurze Pause entstand, dann ertönte ihre Stimme ungeduldig: »Nein, sie ist keine Puppe. Ranbir, kannst du dich bitte darum kümmern? Ich bin am Telefon.«

»Tut mir leid«, sagte Poonam. »Da bin ich wieder. Ich habe mich ins Bad gerettet. Manchmal treiben mich die beiden Mädchen in den Wahnsinn.«

»Ich kann's kaum erwarten, bis es mir auch so geht«, sagte Priya und hatte Mühe, ihre Freude zurückzuhalten. Normalerweise würde sie sich in Gedanken fest vornehmen, ihre Kinder anders zu erziehen als Poonam, doch in diesem Moment hätte sie alles dafür gegeben, überhaupt sagen zu können, dass ihr

Kind sie in den Wahnsinn trieb.

»Das wird schneller kommen, als du denkst«, orakelte Poonam.

»Aber was, wenn sie das Baby verliert? Wir haben noch keinerlei Garantie«, verlieh Priya ihrer Sorge Ausdruck. Zuerst hatte es mit der Empfängnis klappen müssen, dann mussten sie die Kontrolle in der zweiten Woche überstehen, dann die in der zwölften Woche, die in der zwanzigsten Woche, dann die in der fünfundzwanzigsten, und dann …

»Indische Frauen sind hart im Nehmen; sie wird das Baby nicht verlieren«, versicherte ihr Poonam.

Nachdem sie sich von Poonam verabschiedet hatte, rief Priya ihre beste Freundin Krysta an und danach notgedrungen ihre Eltern. Es war immer eine schlechte Idee, sich mit ihrer Mutter zu unterhalten, wenn sie so richtig glücklich war; Sush konnte das nur ruinieren. Doch Priya musste es ihnen erzählen. Immerhin waren sie die Großeltern. Egal, dachte Priya, ich rufe lieber meinen Dad an.

»Sie ist schwanger, Dad«, sagte Priya gleich, nachdem sie Hallo gesagt hatte. »Wir sind schwanger. Wir bekommen ein Baby.«

»Das sind tolle Neuigkeiten«, sagte ihr Vater, und sie unterhielten sich eine Weile, bis er fragte, ob sie mit ihrer Mutter sprechen wollte.

»Nein«, antwortete Priya.

»Warum nicht?«

»Weil sie sich wieder wegen der ganzen Adoption-oder-Leihmutter-Sache anstellen wird«, erwiderte Priya. »Und ich bin zu glücklich, um mich runterziehen zu lassen von …«

»Komm schon, Priya«, unterbrach Andrew sie. »Sush freut sich für dich.«

»Nein, tut sie nicht«, widersprach Priya frustriert. Sie wusste, was Sush sagen würde, und wappnete sich für die Gardinenpredigt, die sie halten würde.

»Doch, doch, sie freut sich. Hier …« Trotz ihrer Proteste reichte ihr Vater das Handy an Priyas Mutter weiter. Andauernd tat er das, ihr ganzes Leben lang hatte er das getan. Andrew war ein abwesender Elternteil – ein anwesender Ehemann, aber ein abwesender Elternteil. Er liebte Priya, darüber hegte sie keinerlei Zweifel, doch bei ihrer Beziehung mit Sush hatte er sich immer herausgehalten. »Ich kann eine Beziehung mit dir haben und eine mit deiner Mutter, aber ich kann nicht Vermittler in der Beziehung zwischen euch beiden spielen«, sagte er immer. Priya hatte es vor langer Zeit aufgegeben, sich bei ihrem Vater Unterstützung holen zu wollen, wenn ihre Mutter sich gegen etwas entschieden hatte. Sein Erziehungsmotto war einfach: *Wenn deine Mutter einverstanden ist, dann bin ich das auch.*

»Herzlichen Glückwunsch, meine Liebe«, sagte ihre Mutter steif. »Aber du weißt, dass du ein paar Wochen abwarten musst, bevor du feierst, damit du sicher sein kannst, dass es keine Fehlgeburt gibt.«

»Mummy, warum musst du dieses Wort überhaupt erwähnen?«, wollte Priya wissen. »Denk positiv. Keine negativen Schwingungen, bitte.«

»Das hat nichts mit positiv oder negativ zu tun. Ich bin nur vernünftig. Im ersten Trimester kommt es zu Fehlgeburten, das weißt du besser als sonst jemand. Ich will nur, dass du darauf vorbereitet bist«, erwiderte ihre Mutter.

»Ich will nicht ständig auf den schlimmsten Ausgang vorbereitet sein!«, schrie Priya beinahe. »Ich will nicht an die schlimmen Dinge denken, die passieren können. Können wir nicht einfach übers Baby reden? Können wir nicht darüber reden, wie wundervoll es für dich sein wird, Großmutter zu sein?«

»Es wird kein Baby geben, wenn es eine Fehlgeburt gibt, Liebes«, sagte ihre Mutter ruhig. »Ich will nur nicht, dass du dir jetzt schon zu viele Hoffnungen machst.«

»Also soll ich die nächsten neun Monate einfach nur auf die schlimmstmöglichen Nachrichten warten?«, fragte Priya.

Sie hörte, wie ihre Mutter Tausende von Kilometern entfernt in Seattle seufzte. »Wie immer verstehst du mich falsch und verdrehst meine Worte. Ich sage nur, dass das die frühen Tage der Schwangerschaft sind und du dich wappnen solltest. Es ist genau wie damals, als du schwanger warst und nicht auf mich hören wolltest …«

»Nur, weil ich eine Fehlgeburt hatte, heißt das noch lange nicht, dass sie auch eine haben wird«, sagte Priya bissig. »Ich muss los. Tschüss.«

Sie legte auf, bevor ihre Mutter noch ein weiteres Wort sagen konnte.

***

»Wie ich sehe, hat Sush wie üblich ihre wundervolle Persönlichkeit herausgekehrt«, bemerkte Madhu, als Priya ins Fernsehzimmer stürmte, wo die Süßigkeiten zusammen mit ein paar frittierten herzhaften Snacks ausgebreitet lagen. Der Anblick des Essens reichte aus, um in Priya die Sehnsucht nach einem frischen Salat mit einem einfachen Zitronensaftdressing zu wecken.

»Sush wollte, dass ich auf eine Fehlgeburt vorbereitet bin«, berichtete Priya und ließ sich in einen Sessel neben Madhu fallen.

Prasanna bot ihr einen Teller mit *Ladoo* an, und Priya nahm eins, nur um eine weitere »Iss etwas, du bist zu dünn«-Szene zu vermeiden.

»Deine Mutter ist kein schlechter Mensch. Manchmal ist sie schwierig, da stimme ich dir zu, und das jetzt zu sagen war unangebracht, aber du musst das loslassen«, kommentierte Prasanna, und Priya zog ruckartig die Augenbrauen hoch.

Madhu räusperte sich. Es gab Regeln. Wenn Priya über ihre Mutter herzog, war das okay. Doch niemand sonst war es erlaubt, etwas über sie zu sagen.

»Sie sieht die Dinge einfach anders als du«, fuhr Prasanna fort, und Priya stopfte sich das *Ladoo* in den Mund, damit sie nichts Unhöfliches und Unverzeihliches sagen konnte.

»Es ist nicht ihre Absicht, deine Gefühle zu verletzen.«

»Das weiß sie, *Amma*«, schaltete sich Madhu ein. »Ich habe eben mit Mayuri telefoniert und es ihr erzählt.« Mayuri war Madhus einziges Geschwister. Sie war zwei Jahre jünger, Single, lebte in London und schien sich nicht um die Regeln zu kümmern, nach denen ihre Eltern lebten. Prasanna und Sairam sprachen nur wenig über Mayuri – sie sagten es nicht, doch es war offensichtlich, dass ihnen ihre zweiunddreißigjährige alleinstehende Tochter peinlich war.

»Kann keinen Mann finden und hab keine Zeit, um ein Baby zu bekommen, vielleicht ist das auch für mich eine Option. Muss dann aber einen Samenspender finden«, hatte Mayuri gesagt, als Priya ihr von ihrem letzten verzweifelten Versuch erzählte.

In Indien war es für Mayuri schwer gewesen. Damals wollten alle Arzt oder Ingenieur werden, und sie hatte sich für Modedesignerin entschieden. Ihre Eltern waren entsetzt gewesen. Nicht genug, dass sie eine arrangierte Ehe ablehnte, auch einen Beruf, der Ansehen versprach, lehnte sie ab.

Doch sie hatte es geschafft. So schwer es auch gewesen war, Mayuri arbeitete nun für eine internationale Handelskette und betrachtete sich selbst als Beweis dafür, dass Inder erfolgreich auch Berufe außerhalb von Ingenieurwesen und Medizin ergreifen können.

»Wie geht's deiner Schwester? Sie ruft uns nie an«, sagte Prasanna und richtete ihre Aufmerksamkeit rasch von der bösen Sush auf die böse Mayuri.

»Mayuri hat viel zu tun, *Amma*«, antwortete Madhu.

»Ihr habt alle so viel zu tun. Die ganze Zeit seid ihr beschäftigt. Immer nur Arbeit, Arbeit, Arbeit«, moserte Prasanna und sah dann ihren Mann an. »Warum sagst du nie was dazu?«

Wie immer war Sairam in seine Zeitung vertieft und schaute nun verdutzt auf. Er hatte die Unterhaltung nicht mitverfolgt. Das tat er nie. Priya dachte oft, dass Madhu seine Geistesabwesenheit von Sairam hatte. Weiß Gott, woher der Rest seiner Persönlichkeit kam. Wenn man sich Mayuri und Madhu anschaute, dann staunte man darüber, dass sie Eltern wie Prasanna und Sairam hatten. Die beiden waren ein relativ konservatives indisches Paar und hatten ihre Kinder nach ihren Moralvorstellungen und Werten erzogen: Pflicht war wichtig, Glück war es nicht. Dennoch schienen sowohl Madhu als auch Mayuri ihr eigenes Glück zu verfolgen, ohne von der Art ihres Aufwachsens beeinflusst zu sein. Dagegen war Priya in ihrer Kindheit und in der damaligen Beziehung zu ihrer Mutter stecken geblieben. Egal, ob es um ihre beruflichen Entscheidungen oder um die Familienplanung ging, Priya empfand es stets als belastend, wenn ihre Mutter aus ihrer ablehnenden Haltung keinen Hehl machte.

»Stell es dir so vor«, hatte Mayuri ihr einmal erklärt, die selbst wegen dieses Themas ein paar Tausend Pfund für fünf Jahre Selbstfindung in einer Therapie ausgegeben hatte: »Immer und immer wieder gehst du in einen Buchladen und fragst nach einem Dutzend roten Rosen. Selbstverständlich gibt es dort keine roten Rosen, und du gehst enttäuscht wieder nach Hause. So läuft das zwischen dir und deiner Mutter ab. Jedes Mal erwartest du Rosen und wirst jedes Mal enttäuscht. Ich habe gelernt, in einem Buchladen nicht nach Rosen zu fragen. Deshalb habe ich keine Probleme mit meiner *Amma*.«

»Bei dir hört sich das so einfach an.«

»Ich habe nicht gesagt, dass das einfach war«, hatte Mayuri erwidert. »Ich habe lange dafür gebraucht, und es hat mich viel Mühe gekostet. Eine Menge Tequila, leichtsinnige One-Night-Stands und Seelenklempner haben auch eine Rolle dabei gespielt.«

***

Immer, wenn sie nach Indien kamen, blieben Priya und Madhu für mindestens zwei Wochen; ihre Zeit war jedes Mal gefüllt mit Besuchen bei Madhus Familienangehörigen und Freunden aus seiner Unizeit. An diesem Abend gingen sie aus, um Madhus Freund Jeevan und dessen Freundin Rosie zu besuchen. Jeevan und Rosie trotzten der Konvention und lebten ohne den Segen der Ehe zusammen. Seine Eltern waren nicht erfreut, dass er mit einem christlichen Mädchen liiert war, und ihre Eltern hatten sie verstoßen, weil sie mit einem Nichtchristen zusammen sein wollte, und das obendrein auch noch, ohne ihn zu heiraten. Jeevan und Rosie hatten vor, irgendwann zu heiraten, doch im Moment waren sie zu sehr mit ihrer Karriere beschäftigt. Jeevan war Partner in einer Beratungsfirma für Software, und Rosie besaß ihre eigene Werbeagentur.

Sie trafen sich auf ein paar Drinks in Jeevans und Rosies Haus in Banjara Hills. Die riesige Villa war extra so entworfen worden, dass sie Neid erregen musste. Jeevan und Rosie schmissen gern Partys, die legendär waren. Ihre Silvesterparty war bei Weitem eine der glanzvollsten, bei der Madhu und Priya je gewesen waren.

Jeevan und Rosie hatten sich bewusst gegen Kinder entschieden. Sie passten nicht zu ihrem Lebensstil. »Wir verreisen gern«, hatte Jeevan ihnen erzählt. »Wir sind gern unter Leuten und haben ein forderndes Berufsleben. Wir haben keine Zeit für Kinder.«

Priya konnte verstehen, dass ein Mann so etwas sagte – verdammt, sie konnte sich sogar vorstellen, dass Madhu so sprechen könnte –, doch ihr war unbegreiflich, dass Rosie genauso empfinden konnte. Wenn Priya nicht so hartnäckig geblieben wäre, hätte sich Madhu auch mit einem Leben ohne Kind abgefunden. Er wäre vielleicht enttäuscht gewesen, aber er wäre darüber hinweggekommen, anders als Priya.

»Möchtest du nicht Leben in dir spüren? Möchtest du nicht ein Baby im Arm halten, Mutter sein?«, fragte Priya, und mit der Zigarette in der Hand zuckte Rosie mit den Schultern.

»Und all das hier aufgeben?«, erwiderte sie und strich sich mit der Hand über ihre wohlgeformte Figur.

»Deine Figur kannst du zurückbekommen«, sagte Priya. »Ich kenne jede Menge Frauen, die Kinder haben und fantastisch aussehen.«

»Süße, wenn's sein muss, kann ich mir meine Figur zurückkaufen«, sagte Rosie lachend. »Aber ich sehe einfach nicht, wie ein Kind zu unserem Leben passen soll. Erst letzte Woche musste Jeev zu einer Konferenz nach Paris, und ich habe ein paar Tage freigenommen und bin mitgefahren. Wir hatten Riesenspaß. So was könnten wir nicht tun, wenn mir ein Kind an der Brust hängt.«

Damals hatte sich Priya gewünscht, sie wäre Rosie ähnlicher; dass sie nicht diese brennende Sehnsucht danach hätte, Mutter zu sein, was sie und Madhu davon abhielt, tolle Urlaubsreisen zu unternehmen.

Als Madhu Jeevan zum ersten Mal von ihren Plänen erzählt hatte, eine Leihmutter zu finden, und er ihn gebeten hatte, »Happy Mothers« für ihn zu überprüfen, hatten Jeevan und Rosie das für eine exzellente Idee gehalten.

»Das ist der einzig vernünftige Weg, ein Kind zu bekommen«, meinte Rosie jetzt, während sie auf der Terrasse mit Blick auf den Pool Mojitos servierte. »Jemand anderes fett werden lassen.«

»Oh Gott, das ist nicht der Grund, warum wir das tun«, erwiderte Priya.

»Ich weiß, Süße«, sagte Rosie, setzte sich neben Jeevan und zündete sich die nächste Zigarette an. »Aber du musst zugeben, dass das eine angenehme Art und Weise ist, es zu tun. Wenn ich Kinder haben wollte, dann würde ich es so machen. Jemand anderes kann sich mit dem ganzen Blut und Dreck rumplagen.«

»Aber wenn du Blut und Dreck nicht haben willst, was machst du dann, wenn das Baby zu Hause ist? Dann gibt es nämlich Kacka und Dreck«, wandte Jeevan ein, und Rosie lachte unterdrückt auf.

Priya und Madhu schauten sich an und dachten beide dasselbe – diese beiden mussten *dringend* erwachsen werden.

»Zehn Lakh hört sich für uns nicht nach viel Geld an«, meinte Rosie. »Aber für sie ist es wahrscheinlich eine Menge.«

»Zehn Lakh sind ein netter Batzen Geld«, protestierte Madhu.

»Vor hundert Jahren vielleicht«, entgegnete Jeevan. »Kannst du dich an die Zeit erinnern, als es noch eine große Sache war, ein *Lakhpati* zu sein? Das war so was wie, in den USA ein Millionär zu sein. Inzwischen scheint beides nicht mehr viel zu bedeuten. Eine Million Dollar bringt dich nicht mehr weit, und ein Lakh ist gar nichts. Ich habe zehn Lakh für mein Auto bezahlt, und ihr zahlt so viel für ein Baby. Das ist absurd.«

Einer von Priyas alleinstehenden Kollegen, der keine Kinder haben wollte, hatte ihr einmal zum Scherz gesagt, dass Priya ihm in zehn Jahren ihr Kind und er ihr seine Jacht vorstellen würde.

»Wie läuft es so in den USA?«, fragte Jeevan Madhu und lachte laut auf, als dieser mit einem unverbindlichen Laut antwortete. »Wie oft muss ich dich bitten, wieder hierher zurückzuziehen, Mann? Hyderabad ist genauso sexy wie San Francisco, und man kann hier so viel Geld machen. Wenn du herziehst, nehme ich dich als Partner auf. Deine Erfahrung im Verkauf wird für mein Unternehmen ein großer Gewinn sein.«

Ständig versuchte Jeevan, Madhu anzuwerben, doch der

würde um nichts in der Welt nach Indien ziehen, nicht, solange er mit Priya verheiratet war. Die Ferien hier zu verbringen war eine Sache, doch in Indien zu leben – jeden Tag diese entsetzliche Armut zu sehen, den Schmutz und den Staub, den verzweifelten Lebenskampf, das Leiden der Menschen –, das wäre zu belastend.

Indien war schwer zu ertragen, wenn man nicht hier aufgewachsen war. Die bittere Verzweiflung der obdachlosen Menschen; die zerlumpten Kinder, die um Geld bettelten; die dünnen dunkelhäutigen Frauen, die stöhnend die Hand ausstreckten, während ein Baby an ihrer ausgetrockneten Brust nuckelte – es war ein meilenweiter Unterschied zu den USA, wo Armut eine ganz andere Bedeutung hatte als hier. Madhu versuchte Priya immer davon abzuhalten, jeder Hand, die darum bat, Geld zu geben, doch sie konnte nicht anders. Ein paar Rupien für jeden machten in der Summe nicht viel aus für sie, doch für den Menschen, der darum bettelte, waren sie ein Geschenk, ein gestilltes Bedürfnis.

»Fördere das Betteln nicht«, mahnte Madhu immer.

»Ich bin nicht diejenige, die das Betteln fördert«, erwiderte Priya dann. »Wenn ihr euer Land auf Vordermann bringen und diesen Leuten ein menschenwürdiges Leben ermöglichen würdet, dann wären sie nicht hier.«

Jedes Mal verließ Priya Indien mit dem Gefühl, Glück gehabt zu haben, und war dankbar für den Luxus und all die Privilegien, die sie genoss. Wenn sie ein Kind hätte, dann würde die Kleine alles haben, was sie brauchte; es gäbe keinen Grund, auf den Straßen zu betteln. Doch diese Frauen hatten keine andere Wahl. Genau wie Asha, die das Baby fremder Leute in ihrem Bauch wachsen lassen musste, um ihrer Familie ein besseres Leben zu ermöglichen. Es war keine eigentliche Wohltätigkeit, doch Priya war überzeugt, dass sie über die Leihmutterschaft einer Frau half, die sonst auf der Straße enden konnte.

Deren Familie würde ein besseres Leben haben, und Priya bekam ein Baby. Wie konnte ihre Mutter nur denken, dass dieses Arrangement unfair war?

»Glaub mir, Priya würde es in Indien am Ende schön finden«, sagte Rosie.

»Nein, würde ich nicht«, entgegnete Priya und nippte am Mojito. »Keine zehn Pferde könnten mich hierherbringen. Nicht für die Liebe, nicht fürs Geld. Kalifornien ist mein Zuhause.«

»Und was wäre, wenn Madhu darauf bestehen würde, hierherzuziehen?«, fragte Jeevan herausfordernd.

Priya sah Madhu an, und er lächelte – dieses warme Lächeln, das ihr sagte, dass er sie liebte und es nichts gab, das er nicht für sie tun würde.

»Wird er nicht«, antwortete Priya selbstsicher.

»Er muss also für dich zurückstecken und in Kalifornien leben?«, forderte Jeevan sie heraus.

»*Arrey!* Wollen wir mal kein Drama daraus machen. In Kalifornien gefällt's mir um einiges besser als in Hyderabad«, unterbrach Madhu seinen Freund. »Ich kann mir nicht vorstellen, woanders zu leben.«

Priya wusste, dass das stimmte. Madhu war selbst viel zu sehr zum Amerikaner geworden, als dass er in Indien leben könnte. Er mochte hier aufgewachsen sein, doch mittlerweile würde er nicht mehr dazugehören.

***

Als sie in dieser Nacht wieder zurück in Madhus ehemaligem Kinderzimmer waren, liebten sie sich mit beinahe verzweifelter Leidenschaft – dank der Freude über Ashas Schwangerschaft und der drei starken Mojitos. Unterbrochen von Gekicher und laut geflüsterten Ermahnungen, leise zu sein, fielen sie übereinander her und berührten sich. Sie genossen den Sex wie schon lange nicht mehr. Der Druck war weg. Diesmal hatte der Sex nichts mit Babymachen zu tun – er war rein zum Vergnügen.

»Glaubst du, deine Eltern haben uns gehört?«, fragte Priya verschwitzt und außer Atem, als sie fertig waren.

»Die ganze Nachbarschaft hat uns gehört«, antwortete Madhu, und sie brachen in schallendes Gelächter aus. »Und dieses Bett quietscht höllisch.«

»Glaubst du, sie wissen, was das Quietschen bedeutet?«, fragte Priya. Der Rum kreiste noch durch ihre Adern und brachte sie zum Kichern.

»Wahrscheinlich.«

»Glaubst du, sie wären entrüstet, wenn sie es noch mal hören würden?«, fragte sie.

Madhu fing an, auf dem Rücken liegend vor und zurück zu schaukeln. Das Bett quietschte, und Priya musste hysterisch lachen. »Unser Bett zu Hause macht nicht so einen Höllenlärm, oder?«, fragte sie.

»Ich glaube nicht, aber es ist schon so lange her, dass wir beide guten Sex hatten, vielleicht hab ich's nur vergessen«, sagte er. »Wenn wir zurück sind, müssen wir das unbedingt mal ausprobieren, als Experiment quasi, nur um sicherzugehen, dass es nicht quietscht, wenn das Baby im Nebenzimmer liegt.«

»Ja, es wär nicht gut, wenn wir das Baby wecken«, meinte Priya und lehnte sich zufrieden in die Kissen zurück. »Wir werden ein Baby haben«, sagte sie mit Rührung in der Stimme.

»Ja«, stimmte Madhu zu. Er legte sein Kissen ans Kopfende des Bettes und lehnte sich an. »Wir müssen über Namen nachdenken. Wir brauchen ein paar gute Namen.«

»Ich glaube, wir können dem Baby erst einen Namen geben, wenn wir es sehen.«

»Stimmt. Aber wir können eine Liste mit Favoriten aufstellen«, meinte Madhu.

Diese Unterhaltung hatten sie schon einmal geführt, als Priya zum ersten Mal schwanger gewesen war. Beim zweiten Mal hatten sie zu viel Angst davor gehabt.

Priya konnte etwas von der alten Angst spüren. Was, wenn es eine weitere Fehlgeburt gab? Sie fürchtete, es könnte Pech bringen, wenn sie über Babynamen sprachen. Andererseits wollte sie darüber sprechen, weil das Baby dadurch real wurde. Erneut verspürte sie die Ängste und Sorgen, die in der Schwangerschaft aufkamen, auch wenn dieses Mal eine andere Frau aus einer anderen Welt ihr Baby an ihrer statt austrug.

»Mir gefällt der Name Abhay für einen Jungen«, fuhr Madhu fort.

»Amerikaner können Abhay nicht aussprechen, sie werden *Abby* sagen«, wandte Priya ein und schob ihre Ängste beiseite. »Mein Vater wird *Abby* sagen. Ich glaube, wir müssen einen Namen finden, den alle aussprechen können. Mir gefällt immer noch der Name Ayesha.« Das war der Name, den sie sich für das Mädchen ausgesucht hatten. In jener wunderbaren, sorgenfreien Zeit ihrer ersten Schwangerschaft waren beide überzeugt davon gewesen, dass sie eins haben würden.

»Mir auch«, sagte Madhu. »Aber ich dachte, dir gefällt Anastasia.«

Priya schüttelte den Kopf. »Krysta hat mir erzählt, dass sie eine Kusine namens Anastasia hat, und alle haben sie Nasty Girl – fiese Liese – genannt.«

»Super. Der Name ist also ruiniert«, kommentierte Madhu.

»Wir haben keine Jungennamen«, sagte Priya nachdenklich. »Wie wäre es mit …« Sie seufzte. »Mir fällt keiner ein.«

Madhu legte den Arm um sie und zog sie an sich. »Wir haben jede Menge Zeit, um den richtigen Namen zu finden.«

Priya rutschte zu ihm und kuschelte sich an seine Brust. »Und um das Kinderzimmer einzurichten. Wir werden einen Schaukelstuhl zum Füttern des Babys brauchen. Ich werde das

Stillen vermissen.«

»Doktor Swati hat gesagt, dass man das ermöglichen kann.«

Priya schüttelte den Kopf. »Das würde sich nicht natürlich anfühlen. Und es ist schon okay; dann kannst nämlich auch du nachts aufstehen und das Baby füttern.«

Als sie einschliefen, lagen sie sich in den Armen, und Priyas Gedanken weilten bei dem Baby, das in Ashas Bauch heranwuchs.

Beiträge aus dem Forum von

www.deineleihmutterschaft.de:

VersuchNr1: *Wir haben großartige Neuigkeiten. Unsere Leihmutter ist schwanger, und das schon beim ersten Versuch. In zwei Wochen gehen wir zum Ultraschall und fliegen dann zurück nach Kalifornien. Ich bin so begeistert, aber ich habe auch Angst, mein Baby Tausende Kilometer weit weg zurückzulassen.*

Mami8774: *Herzlichen Glückwunsch. Und ich weiß, was du meinst. Mein Herz ist in tausend Stücke zerbrochen, als ich weggefahren bin. Ich fand die Vorstellung unerträglich, dass jemand anderes mein Baby bekam. Aber am Ende war es das alles wert, als ich mein Kind in den Armen hielt. Beim zweiten Baby war es viel einfacher. Ich wusste, was ich tat, und letztlich war es so leichter, als noch mehr Fehlgeburten zu haben.*

LetzteHoffnung77: *Glückwunsch! Ich*

weiß, wie du dich fühlst; ich habe den ganzen Weg zurück nach Amerika geweint. Aber Mami8774 hat recht, wenn du dein Baby in den Armen hältst, dann vergisst du die schlimmen Zeiten. So wie Frauen vergessen, wie schlimm die Wehen und die Entbindung waren – das sind unsere Wehen und unsere Entbindung, das sind unser Schmerz und unser Leiden. Niemand hat behauptet, dass es leicht sein würde, aber am Ende ist es wunderschön.

UnoBaby: *Vollkommen richtig. Ich liebe mein Baby. Ich kann mich nicht mal an die schlaflosen Nächte in Sorge erinnern. Ich bin bereit, es noch mal zu tun. LOL.*

FastMutter: *Wir werden es noch mal versuchen. Unsere LM hat das Baby verloren – jetzt geht's also zurück ans Zeichenbrett sozusagen. Dieses Mal wird es viel schwerer werden. Aber herzlichen Glückwunsch zur Schwangerschaft, VersuchNr1. XOXO.*

Kapitel 4

Asha funkelte Pratap wütend an, als sie sich zum zweiten Mal an diesem Morgen übergab.

»Das ist weder bei Mohini noch bei Manoj passiert«, sagte er besorgt. »Bist du dir sicher, dass alles in Ordnung ist?«

»Ja«, antwortete Asha, obwohl sie ihn am liebsten angeschrien hätte. Jetzt tat er besorgt. Jetzt, nachdem er sie bereits dazu gezwungen hatte. Er hatte Manojs Zukunft benutzt, um sie zu erpressen, und jetzt litt sie unter teuflischer Übelkeit. Wenn sie gewusst hätte, dass das passieren würde, dann hätte sie niemals zugestimmt, das Baby einer anderen Frau zu bekommen.

»Doktor Swati sagt, das ist ein Zeichen dafür, dass mit dem Baby alles in Ordnung ist«, erklärte Asha und ärgerte sich über sich selbst, weil sie ihren Ehemann beruhigte und dabei selbst immer noch den Geschmack von Erbrochenem im Mund hatte. Warum musste er nicht leiden? Er sollte den gleichen Aufruhr im Magen verspüren – immerhin war es seine Idee gewesen.

Die Übelkeit hatte eine Woche, nachdem sie den Herzschlag des Babys in Doktor Swatis Klinik gesehen hatten, eingesetzt. Die Eltern waren im Sprechzimmer dabei gewesen. Asha wusste, wie sie hießen, doch sie zog es vor, von ihnen als Eltern zu sprechen, von der Mutter und dem Vater.

Die Mutter war immer noch spindeldürr. Sie trug Hosen und eine Bluse, und ihre Schlüsselbeine traten hervor. Sie hatte leuchtend blaue Augen und dunkle Haare – und sah aus wie Aishwarya Rai, die Bollywood-Schauspielerin, nur nicht ganz so hübsch. Der Vater war nicht so groß wie Pratap, und er war dünn, jedoch nicht so dünn wie seine Frau. Er trug eine Sonnenbrille, die er jedes Mal, wenn er ein Gebäude betrat, in seine Hemdtasche steckte. Asha fragte sich, ob die Brille rausfallen würde, wenn er sich bückte, um etwas aufzuheben. Beide rochen teuer, und auch wenn sie Inder waren, kamen sie ihr wie Ausländer vor; sie unterschieden sich stark von anderen Menschen, mit denen sie bisher in engen Kontakt gekommen war.

Als Doktor Swati bei der Ultraschallaufnahme auf den Herzschlag gedeutet hatte, hatten Vater und Mutter mit dem Finger darauf gezeigt und den Monitor so angesehen, als sei er etwas Kostbares. Asha hatte sich vernachlässigt gefühlt, so als sei sie als Person und was sie empfand bedeutungslos; für die Eltern war allein das Baby von Bedeutung, da machte sie sich keine Illusionen. Sie war nur ein Behältnis, kein menschliches Wesen. Ihre Beziehung, wenn man das so nennen konnte, drehte sich um das Baby in Ashas Bauch. Sobald das Baby auf der Welt war, würde es keine Beziehung mehr geben. Sie würde ihnen egal sein. Für sie würde Asha aufhören zu existieren. Es gab keinen Grund, sich deswegen schlecht zu fühlen; Asha hatte das von Anfang an gewusst. Doch als sie dort mit dem kühlen Gel auf ihrem Bauch dalag, kam ihr das irgendwie seltsam unfair vor, dass sie neun Monate lang sehr gut versorgt werden würde, und danach wäre nichts mehr da – nichts außer dem Geld.

Bevor die Eltern gingen, schüttelten sie ihr die Hand; die Mutter hatte sie sogar umarmt, als sei sie überwältigt gewesen. Wieder und wieder hatte sie auf Englisch Danke gesagt. *Danke, Entschuldigung, Bitte, Ich liebe dich* – das waren die englischen

Phrasen, die jeder kannte, sogar ein armer Niemand wie Asha oder Pratap.

Der Vater sprach ausschließlich Telugu, klar und perfekt, die Mutter eine Mischung aus Telugu und Englisch. Ihr Telugu hatte einen starken Akzent, so wie ein Ausländer es sprechen würde, und es war gespickt mit vielen englischen Worten, von denen Asha nicht alle verstand.

Als sie mit ihren Kindern schwanger gewesen war, hatte es keinen Ultraschall gegeben. Ihre *Dai*, die Hebamme des Dorfes, hatte sie hin und wieder untersucht und alles für gut befunden. Doch diesmal war es anders. Doktor Swati hatte ihr Vitamine verordnet und ihr erklärt, wie weit sie sich körperlich belasten durfte, ganz besonders, was das Kochen und Putzen und die Versorgung der Familie betraf. Zuvor hatte das niemand getan, und sie konnte sich des Gefühls nicht erwehren, dass ihre Kinder weniger wichtig waren als das Kind, das sie jetzt in sich trug.

»*Bitte* passen Sie gut auf unser Baby auf«, hatte die Mutter gesagt, als sie gegangen waren. Sie hatte *Bitte* auf Englisch gesagt und den Rest auf Telugu.

»Ich werde gut auf das Baby aufpassen«, hatte Asha geantwortet.

»Wir möchten Ihnen ein Gerät geben, mit dem das Baby uns hören kann«, fuhr die Mutter fort. »Werden Sie dem Baby unsere Stimmen vorspielen?«

Doktor Swati hatte Asha erzählt, dass einige Eltern das taten. »Ja«, hatte sie zugestimmt und ein weißes Gerät mit ihren Stimmen darauf von ihnen entgegengenommen. Doch es würde auch ihre Stimme hören und die von Pratap und Manoj und Mohini, dachte Asha. Würde das Kind sie nach der Geburt vermissen?

»Wir werden im letzten Monat herkommen und bleiben, bis das Baby geboren ist«, sagte der Vater zu ihr. »Wenn Sie irgendetwas brauchen, geben Sie einfach Doktor Swati

Bescheid.« Asha konnte sich nicht vorstellen, was sie brauchen sollte, doch sie sagte Ja.

»Falls Sie je das Gefühl haben, dass etwas nicht stimmt, kommen Sie sofort zu Doktor Swati«, sagte die Mutter. »*Bitte*, gehen Sie einfach zu ihr.«

Asha konnte die Angst der Mutter spüren; sie fühlte sich genau wie ihre eigene an, als sie mit Manoj schwanger gewesen war. Das war ihre erste Schwangerschaft gewesen, und sie war überzeugt davon gewesen, dass sie ihn irgendwie verletzen würde.

»Keine Sorge«, beruhigte Asha die Mutter. »Ich verspreche, dass ich gut aufpassen werde.« Die Mutter starrte sie an, als wolle sie sichergehen, dass sie die Wahrheit sagte. Ohne nachzudenken nahm Asha die Hand der Frau und legte sie sich auf den Bauch. »Ich werde dieses Kind wie ein Geschenk für Sie behandeln. Ich verspreche es.«

Asha war überrascht über ihre eigenen Worte und Handlungen, doch die Qual der Frau hatte sie berührt, und darauf hatte sie einfach reagiert. Doktor Swati würde den Eltern Berichte über den Gesundheitszustand von Asha und dem Baby schicken, und damit musste sich die Mutter begnügen. Asha konnte sich kaum vorstellen, wie schwer das sein musste. Sie erinnerte sich daran, wie sie den fünf Monate alten Manoj zum ersten Mal bei ihrer Schwiegermutter hatte lassen müssen. Obwohl sie für ihr *Puja*, ihre Gebete, nur zwei Stunden lang im Haus eines Nachbarn gewesen war, hatte sie sich die ganze Zeit über Sorgen gemacht. Zumindest kannte sie ihre Schwiegermutter und hatte ihr vertraut, doch diese Menschen ließen ihr Kind für viele Monate im Bauch einer Fremden zurück. Sie mussten sich einfach auf den guten Glauben und auf Doktor Swatis Wort verlassen, dass alles gut gehen würde.

»Wenn Sie irgendetwas brauchen, egal was, geben Sie bitte Doktor Swati Bescheid«, hatte der Vater erneut zu ihr gesagt.

»Vielen Dank, dass Sie uns helfen.«

»Sie helfen mir ebenfalls«, hatte Asha erwidert, und zum ersten Mal, seit das alles begonnen hatte, verspürte sie den Hauch eines Gefühls, dass das, was sie tat, richtig war. Dieses Paar würde überglücklich sein, wenn sie entband. Niemals könnte sie jemanden derart glücklich machen wie diese beiden Menschen.

»Ich frage mich, was in dieser Schwangerschaft sonst noch anders sein wird«, murmelte Asha und verließ das Badezimmer.

Sie waren bei Kaveri, Raman, ihren Jungs und Puttamma eingezogen. Die *große* Wohnung von Prataps Bruder mit ihren beiden Schlafzimmern, dem Fernsehzimmer und der kleinen Küche platzte fast aus allen Nähten.

Doktor Swati hatte sie gewarnt, dass jede Schwangerschaft anders verlaufe. Diese hatte ihr bisher alle Energie entzogen. Asha bewegte ihren müden Körper zu einem Sessel im Fernsehzimmer und sank in die Polster.

Ramans Familie war zu einer Hochzeit nach Hyderabad gefahren und würde erst in zwei Tagen wiederkommen. Kaveri hatte genug Essen gekocht und alles im Kühlschrank verstaut. Asha musste es nur noch aufwärmen. An den Kühlschrank hatte sich Asha erst gewöhnen müssen. Sie hatte noch nie einen besessen, doch Kaveri hatte ihr versichert, dass er wirklich sehr leicht zu bedienen sei. »Wenn du erst mal kaltes Wasser aus dem Kühlschrank getrunken hast, wirst du Wasser nie wieder anders trinken wollen«, hatte Kaveri ihr prophezeit.

Manoj erledigte seine Hausaufgaben am Esstisch. Pratap saß neben ihm und überwachte seine Arbeit. Er konnte die englischen Worte zwar nicht verstehen, doch er sah es als seine Pflicht an, bei seinem Sohn zu sitzen.

»Bekommst du ein Baby, *Amma*?«, fragte Manoj. Er war reifer, als es seine fünf Jahre vermuten ließen – das hatten sie schon früh bemerkt –, deshalb war es keine Überraschung, dass er verstand, dass Asha schwanger war.

»Wir reden später darüber«, erwiderte Asha und seufzte dann. »Erzähl niemandem davon.«

»Ist es ein Geheimnis?«, fragte Manoj.

»Ja«, antwortete Asha.

»Wieso?«, wollte er wissen.

»Das ist einfach so. Also erzähl es niemandem in der Schule, okay?«, sagte Asha.

Manoj überlegte kurz und schüttelte den Kopf. »Das verstehe ich nicht. Warum soll ich niemandem erzählen, dass ich einen Bruder oder eine Schwester bekomme?«

»Weil wir das so sagen«, schaltete sich Pratap ein. Das Problem mit Manojs ungewöhnlicher Intelligenz und Reife lag darin, dass er mehr Fragen hatte, als seine Eltern beantworten konnten.

In diesem Augenblick wachte Mohini auf, und Pratap eilte schnell ins Kinderzimmer, um sie hochzuheben. Alle vier Kinder schliefen in einem Zimmer. Kaveris Jungs waren sechs und acht Jahre alt und hatten sich mit Manoj und Mohini immer gut verstanden. Doch Asha machte sich Sorgen über das Schlafarrangement. Ein paar Tage lang hielt man alles aus, aber neun Monate lang?

Asha, Kaveri und Puttamma teilten sich das zweite Schlafzimmer, während die Männer im Fernsehzimmer schliefen. Kaveri und Raman hatten ihre Räume sehr großzügig angeboten und sogar Ashas und Prataps Angebot abgelehnt, eine Art Miete zu zahlen, während sie dort wohnten. »Wir sind Familie, das ist nicht nötig«, hatte Kaveri gesagt. »Du hast dich um meine Familie gekümmert, als ich ein Baby bekommen habe, und jetzt bin ich an der Reihe, mich um dich und deine Familie zu kümmern.«

Asha legte die Hand auf ihren nervösen Magen; noch war der Bauch nicht gewölbt. Nichts deutete auf die Veränderung hin, die sie durchlief. Sie streichelte über ihren Bauch und hielt dann inne; es war eine sinnlose Geste. Es war nicht ihr Kind. In dieses Baby durfte sie sich nicht verlieben – es war anders, als es mit ihren eigenen Kindern gewesen war. Sie musste es einfach nur in sich heranwachsen lassen. Sie würde sich keine Namen aussuchen oder darüber nachdenken, was sie tun würde, wenn es erst einmal geboren war, oder ob es ein Junge oder ein Mädchen sein würde.

Dieses Mal war all das ohne Bedeutung. Sobald das Baby draußen war, war es nicht mehr ihres. Sie würde es nicht einmal sehen müssen. Wenn sie es wollten, war ihr gesagt worden, dann konnten Leihmütter einen kurzen Blick auf das Baby werfen, bevor sie es den rechtmäßigen Eltern übergaben. Doch würde sie nach diesem einen Blick noch in der Lage sein, das Baby fortzugeben? Natürlich wäre sie das. Sie schüttelte den lächerlichen Gedanken ab.

Pratap brachte die verschlafene Mohini zu Asha. »Halt sie; ich mache ihre Milch fertig.«

Asha drückte Mohini an sich, sog ihren besonderen Duft ein und küsste ihre pummelige Wange. »Hast du gut geschlafen?«

Mohini nickte. »Geschlafen«, sagte sie und lachte dann, als Asha ihr die weichen Füßchen kraulte.

»Kuss«, sagte Asha und hielt ihr die Wange hin. Da Mohini einen echten Kuss noch nicht im Repertoire hatte, leckte sie ihrer Mutter stattdessen eher die Wange.

Asha küsste ihre Tochter auf die Nase. »Du bist so ein hübsches Mädchen. So ein hübsches Mädchen.«

Mohini wandte sich von Asha ab, griff sich den Stahlbecher mit der Milch, den Pratap ihr hinhielt, und trank ihn aus. Asha schaute zu, wie ihre Tochter mit Gusto trank, und fühlte sich erleichtert. In der Vergangenheit hatte es Tage gegeben, an denen sie nicht genug Milch gehabt hatten. Doch diese Zeiten waren vorbei. Jetzt würden sie immer genug Geld haben, um Milch zu kaufen. Sie würden die Armut ihrer Vergangenheit hinter sich lassen. Der Alltag würde kein ständiger Kampf mehr sein. Sie würden in der Lage sein, sich Reis und Zucker zu kaufen, dazu jedes Gemüse, das sie wollten, und nicht nur Kartoffeln.

Früher hatte Asha immer und immer wieder das Geld gezählt, das sie in einer leeren Blechdose in der kleinen, engen Küche ihrer Hütte versteckt hielt, um sicherzugehen, dass sie genug Reserven hatte, um Lebensmittel für den kommenden Tag zu kaufen. In den Wochen, in denen Pratap keine Arbeit gefunden hatte, war das ein tägliches Ritual gewesen. Dann hatten sie von dem bisschen Geld leben müssen, das sie hatten sparen können, während er verdient hatte.

Pratap hatte stets ein schlechtes Gewissen gehabt, wenn er zu Hause herumsaß, also ging er im Dorf herum und sprach mit den Leuten, um herauszufinden, ob er in angrenzenden Dörfern oder in Srirampuram Arbeit finden konnte. »Wir könnten uns etwas Geld im Dorfladen borgen«, hatte Pratap mehr als einmal vorgeschlagen.

Doch aus Angst, jemandem Geld zu schulden und in Abhängigkeit zu geraten, hatte Asha ihn immer gebeten, das nicht zu tun. Dennoch war es nicht etwa so, dass Pratap auf sie gehört hätte. Letztlich wollte er selbst nicht durch Schulden belastet werden, denn er hatte mit ansehen müssen, wie sein Vater sein gesamtes Leben lang gearbeitet hatte, um Schulden zu tilgen, die er einmal als junger Mann aufgenommen hatte. Das war sowohl für Pratap als auch für Raman eine Lehre gewesen.

»Wir arrangieren uns mit dem, was wir haben«, hatte Asha immer gesagt. »Wir haben genug, um den Kindern Essen zu kaufen.« Doch noch während sie das aussprach, sorgte sie sich, ob sie wohl am Ende des Monats die Miete aufbringen könnten. Manoj hatte eine staatliche Schule besucht. Es war keine gute Schule gewesen, doch es war eine Schule, und sie war kostenlos. Immer gab es genug andere Ausgaben, und ihr war klar, dass sie nie genug Geld haben würden, um eine gute Schule für Manoj bezahlen zu können, wenn das so weiterging.

»Solange die Kinder zu essen haben«, hatte Pratap wiederholt, »ist alles in Ordnung.«

Das waren schwere Zeiten gewesen. Unmögliche Zeiten. Und es war kein Ende in Sicht gewesen. Doch jetzt würden sie ein Zuhause haben, ihr eigenes Zuhause, und sie würden sich nicht mehr jeden Monat um die Miete sorgen müssen. Sie würden ein Polster haben, sodass sie überleben konnten, auch wenn die Lage schwierig wurde. Asha würde nicht mehr hungrig ins Bett gehen müssen, weil sie das gesamte Essen Pratap und den Kindern gegeben hatte. Manoj konnte zu dem Mann heranwachsen, der er bestimmt war zu sein.

An die Vorteile zu denken, die ihr dieses Baby bringen würde, beruhigte ihren nervösen Magen und half, die Übelkeit abklingen zu lassen. Doch diese Pause war nur von kurzer Dauer, und wenig später lief sie wieder mit revoltierendem Magen ins Badezimmer.

***

»Du hättest zur Hochzeit mitkommen sollen«, sagte Kaveri zu Asha am Abend ihrer Rückkehr aus Hyderabad. »Du kannst dich nicht neun Monate lang verstecken. Wir erzählen einfach allen, dass du das Baby verloren hast, so wie ich auch.«

Puttamma lag bereits schlafend im Bett, während Kaveri und Asha auf Kokosnussmatten auf dem Boden lagen, die Köpfe in weiche Kissen gebettet.

»Ich fühle mich einfach nicht besonders gut«, gestand Asha. »Immer diese Übelkeit. Das war weder bei Manoj noch bei Mohini so.«

»Ich war auch viel müder als sonst«, erzählte Kaveri. »Glaubst du, dass sich unser Körper anders verhält, weil die Babys nicht unsere sind?«

Asha überlegte einen Moment lang. »Kann sein«, sagte sie. »Hast du wirklich nichts dabei empfunden, das Baby wegzugeben?«

»Es gehörte nicht mir«, antwortete Kaveri. »Es gehörte jemand anderem. Das war mir immer klar. Als ich für die letzten Monate im ›Haus der Glücklichen Mütter‹ gewohnt habe, war da auch eine Frau, die das sehr mitgenommen hat. Ihrem Empfinden nach gehörte das Baby ihr, und sie meinte, damit ein Stück ihrer Seele zu verlieren. Aber wir haben einen Vertrag unterschrieben; es ist unsere Aufgabe, klug damit umzugehen und unser Herz nicht an etwas zu verlieren, das uns nicht gehört.«

Asha hoffte, dass es ihr, wenn der Moment kommen würde, ihr Neugeborenes fortzugeben, nicht so wie dieser Frau ergehen würde. Sie hoffte, dass sie Abstand dazu haben und nichts empfinden würde. Doch als sie sich die Hand auf den Bauch legte, fragte sie sich, wie eine Frau Distanz zu dem Leben haben konnte, das in ihr heranwuchs. »Aber dieses Leben wächst in deinem Bauch heran; fühlt es sich nicht so an, als gehörte es zu dir?«, fragte sie.

»Man lässt diese Gefühle in sich nicht zu«, erwiderte Kaveri. »Asha, versprich mir, dass du sie nicht zulässt. Es wäre dumm, das zu tun. Das ist nicht dein Kind. Es wird dir eingepflanzt, und du bist wie eine Maschine; du lässt es nur in dir heranwachsen; für dieses hier wirst du nicht die Mutter sein.«

Asha glaubte nicht, dass es so einfach sein würde. Wenn das Baby sich bewegte und sie es beruhigte, indem sie sich über den Bauch strich, wie sollte sie sich dann nicht wie eine Mutter fühlen? »Erzähl mir vom Leihmutterhaus«, bat Asha stattdessen.

Kaveri lachte leise. »Am Anfang ist es schwer, von zu Hause

und den Kindern fort zu sein, doch nach einer Woche wollte ich nicht mehr nach Hause zurück. Gauri hat uns umsorgt. Früher war sie auch Leihmutter gewesen, schon zweimal, und jetzt kümmert sie sich um die Schwangeren. Wir hatten auch noch eine Köchin und ein Hausmädchen – und haben selbst keinen Finger gerührt. Jeden Tag verbrachten wir zwei Stunden im Computerzimmer und haben gelernt, mit den Geräten dort umzugehen. Ich habe nichts begriffen. Aber diese andere Frau … ich weiß ihren Namen nicht mehr … sie hat's begriffen, und ich hab gehört, dass sie damit einen Job in irgendeinem Callcenter in Hyderabad bekommen hat.«

»Wirklich?«, staunte Asha. Jeder wusste, dass man für die Arbeit in einem Callcenter sehr gut bezahlt wurde.

»Und Englischunterricht wird auch angeboten«, fuhr Kaveri fort. »Ich habe nicht viel gelernt. Aber ich kann sagen: ›Hallo, wie geht es Ihnen heute Morgen?‹«

»Was heißt das?«, fragte Asha.

»Damit fragt man, wie es jemandem geht«, erklärte Kaveri. »Und du bekommst dort auch Rückenmassagen, wenn dich der Rücken schmerzt. Mir hat er nicht wehgetan, aber ich habe geschwindelt und jeden Tag eine Massage bekommen. Das war fantastisch.«

»Und nachdem das Baby da war?«

Bevor Kaveri antworten konnte, unterbrach Puttamma sie bissig: »Könnt ihr beiden mit dem Geschnatter aufhören und endlich schlafen?«

Kaveri und Asha verstummten.

Asha schloss die Augen und versuchte zu schlafen. Doch Schlaf schien nicht greifbar für sie, ähnlich wie Seifenblasen, die beim Wäschewaschen aufstiegen.

Sie erinnerte sich an die Zeit, als Kaveri das Dorf verlassen hatte; da war sie im sechsten Monat schwanger gewesen. Als sie zurückgekommen war, hatte sie allen erzählt, sie habe das Kind verloren. Alle hatten großes Mitgefühl gezeigt, und niemand erriet, was sie in Wirklichkeit getan hatte.

***

Am nächsten Morgen wachte Asha in einem emotionalen Ausnahmezustand auf; sie fühlte sich aufgerieben und durcheinander. In der Nacht hatte sie vom Baby geträumt. Es hatte blaue Augen und dunkle Haare gehabt. Im einen Moment hielt sie es noch im Arm, im nächsten schon nicht mehr. Im Traum hatte sie geschrien und immer wieder den Kopf geschüttelt, wenn ihr eine Frau in einem gestärkten weißen Krankenschwesterkittel, wie sie die Betreuerinnen bei »Happy Mothers« trugen, sagte, dass da kein Baby sei, dass es nie eins gegeben habe. Asha war in Tränen aufgelöst, und dann war der Traum zu Ende gewesen. Doch die aufgeflammte Panik brannte immer noch in ihr.

Asha rieb sich die Augen, und der Traum verblasste. Sie ließ den Kopf kreisen und wollte gerade aufstehen, als sie Raman und Pratap – wie immer – über das Honorar sprechen hörte. Wie sollte man das Geld verwenden? Sie waren so sehr darin vertieft, dass sie Ashas inneren Aufruhr gar nicht bemerkt hatten.

»Kauf einfach eine Wohnung«, riet Raman.

Natürlich würde Pratap das nun auch tun, dachte Asha ärgerlich, als sie aufstand. »Das ist mein Geld«, murmelte sie, während sie die Falten ihres Saris, die sich im Schlaf gelöst hatten, wieder zusammensteckte. »Ich verdiene es mir mit Schweiß und Blut und Schmerz und Übelkeit«, fügte sie hinzu, fasste ihre Haare zusammen und band sie mit einem Gummi zu einem Dutt.

Über so große Geldsummen reden zu können war derart neu, dass Pratap das Thema immer wieder anschnitt. Und

Raman war überzeugt, er sei der beste Berater für Pratap, weil er mit dem Geld, das seine Frau verdient hatte, bereits solche weisen finanziellen Entscheidungen getroffen hatte.

Der beste Berater, na ja, dachte sich Asha mit der Hand auf dem Türknauf.

Puttamma und Kaveri hatten Asha ausschlafen lassen, weil die Schwangerschaft sie müde machte. Normalerweise stand sie früh auf, um die Kinder für die Schule fertig zu machen. Zusammen mit Kaveri packte sie kleine Henkelmännchen, die sie in die Schultaschen der Kinder stopften, und dann liefen alle hinaus, damit sie den grün-gelben Schulbus nicht verpassten.

Heute war jedoch Sonntag. Außer Puttamma, die einen Großteil des Tages im Tempel verbrachte, waren alle zu Hause. Sie hatte gesagt, sie gehe zum Beten hin, doch Kaveri hegte den Verdacht, dass sie es mit so vielen Menschen im Haus nicht aushielt und ausging, um auf der Straße mit den anderen alten Schachteln zu tratschen.

Asha war froh, dass die Kinder hier in Srirampuram auf eine bessere Schule gingen als im Dorf, wo es nur ein Strohdach, eine Tafel und einen Lehrer gegeben hatte, der mit Müh und Not alle Fächer unterrichtete.

Asha war überrascht gewesen, als sie erfahren hatte, dass von Ramans und Kaveris Geld nichts mehr übrig war. Sie hatten mehr als zwei Lakh für den Kauf ihrer Wohnung ausgegeben und den Rest für den Kauf von diesem und jenem verprasst. Jetzt hatte Kaveri vor, erneut Leihmutter zu werden, damit sie etwas Geld für Girishs und Sirishs Ausbildung zurücklegen konnten.

Ginge es nach Asha, würde sie an erster Stelle Geld für Manojs und Mohinis Ausbildung beiseitelegen, und erst wenn das geregelt wäre, würde sie anfangen, sich um ein Zuhause zu kümmern. Zwischenzeitlich könnten sie in einer Mietwohnung leben, irgendetwas Kleines in Srirampuram, oder, wenn noch Geld übrig wäre, vielleicht auch etwas Kleines kaufen. Sie könnte wieder anfangen, Damenblusen zu nähen, und etwas dazuverdienen, um Pratap zu helfen. In Srirampuram würde es mehr Bedarf an Textilarbeiterinnen geben, und sie war eine gute Näherin. Sie fertigte all ihre Kleidung selbst, sogar Prataps Hemden, und jedermann wusste, dass es nicht leicht war, ein Hemd zu nähen.

»Ja, ich denke auch, dass wir eine Wohnung kaufen sollten. Das gibt uns Sicherheit, und es ist eine Investition in die Zukunft. Der Wert kann sich nur erhöhen. Deine Wohnung hast du dir vor einem Jahr gekauft, und sie ist im Wert bereits gestiegen«, hörte sie Pratap sagen. Sie beschloss, die Tür des kleinen Schlafzimmers so laut wie möglich zu öffnen.

Die Männer verstummten und lächelten sie an.

»Hast du gut geschlafen?«, fragte Pratap beinahe verlegen.

Asha nickte und ging an ihnen vorbei zu Kaveri. Am liebsten hätte sie laut geschrien, doch sie hütete sich davor, ihrem stolzen Ehemann vor seinem Bruder zu widersprechen.

»Ich weiß«, flüsterte Kaveri wissend. Sie saß am Esstisch und schälte Kartoffeln. Den Tisch hatten sie kostenlos von Ramans Chef bekommen, der sich einen neuen gekauft hatte. Die Männer befanden sich im angrenzenden Fernsehzimmer. Es war klein und hatte dünne Wände. Die beiden kleinen Schlafzimmer führten in das Fernsehzimmer und den angrenzenden Essbereich. Jegliche Unterhaltung, auch wenn sie nur flüsternd geführt wurde, konnte kaum als privat bezeichnet werden.

»Was weißt du?«, fragte Asha mit eisigem Ton.

»Ich weiß, was du denkst: dass es dein Geld ist und dass er dich zumindest fragen sollte, wofür er es ausgibt«, antwortete Kaveri.

Asha erwiderte nichts, denn egal, was sie sagte, es würde sich so anhören, als spräche sie schlecht über Pratap, und eine gute Ehefrau spricht mit ihrer Schwägerin nicht schlecht über ihren Ehemann – oder überhaupt auch sonst mit niemandem.

»Ich habe genauso gedacht«, fuhr Kaveri fort. »Jetzt haben wir kein Geld mehr übrig. Er hat alles für diese Wohnung und anderen Unsinn ausgegeben. Die Wohnung ist eine gute Sache. Wir werden immer ein Zuhause haben. Aber wir hätten klüger mit der Ausbildung der Jungs umgehen sollen.«

»Er hat dir diese schöne Halskette gekauft«, bemerkte Asha.

Kaveri zuckte mit den Schultern. »Gut, dass sie aus Gold ist; zumindest kann ich sie verkaufen, wenn ich muss.«

»Wirst du es noch mal machen?«

»Ich weiß nicht. Vielleicht.«

»*Amma*, wann ist das Essen fertig?«, rief Girish aus dem Fernsehzimmer. Die Kinder sahen sich zusammen einen Telugufilm an. Es war elf Uhr vormittags, und so wie es sonntags üblich war, hatten die Kinder ein leichtes Frühstück bekommen und warteten nun auf ein frühes vollständiges und großes Mittagessen.

»Es ist fertig, wenn's fertig ist!«, rief Kaveri zurück. »Man könnte meinen, wir seien Hausmädchen.«

»Das sind wir ja auch«, sagte Asha.

»Eines Tages sollten wir einfach streiken«, schlug Kaveri vor. »Hinsetzen, die Füße hochlegen und den ganzen Tag fernsehen. So war das Leben im Leihmutterhaus. Es fühlte sich an wie im Urlaub.«

Dank Kaveri fing Asha an, sich auf den Umzug ins Leihmutterhaus zu freuen. Zwar würde sie ihre Kinder vermissen, aber verdiente sie es nicht, sich ein paar Monate lang einmal um niemanden kümmern zu müssen? Man stelle sich das nur mal vor, jemand, der für einen kocht, putzt und einen massiert – was für ein Leben!

***

Aufgrund der beengten Wohnverhältnisse hatten Asha und Pratap nur wenig Zeit miteinander verbracht. Davon abgesehen war es nicht erlaubt, etwas zu tun, auch wenn sie allein hätten sein können. Doktor Swati hatte sie gebeten, drei Monate vor Beginn und während Ashas gesamter Schwangerschaft keinen Sex zu haben.

Pratap schien es peinlich gewesen zu sein, zu hören, dass eine Frau solch intime Dinge besprach, doch Asha war erleichtert gewesen. Sie tat es nicht gerne, wenn sie schwanger war. Genau genommen tat sie es generell nicht gerne, aber andererseits kannte sie kaum eine Frau, die es mochte. Kaveri war anders. Sie sagte, sie hatte Spaß daran, was sich für Asha völlig unsinnig anhörte.

Asha wollte alleine mit Pratap über das Geld sprechen und hatte geplant, den neuesten Chiranjeevi-Film mit ihm anzusehen, *Shankar Dada Zindabad*. Es war ein Remake eines erfolgreichen Hindifilms. Asha fand die Hindiversion, die sie vor einem Jahr zusammen mit Kaveri und den Kindern gesehen hatte, besser als die Telugufassung. Mohini war mittendrin eingeschlafen, doch Manoj hatte der Film sehr gut gefallen, genau wie Kaveris Jungs. Zu jener Zeit hatte Kaveri das weiße Baby schon zur Welt gebracht, und sie hatten sich ihre neue Wohnung gekauft. Seltsam, dass das erst ein Jahr her war. Asha hatte Kaveri damals dafür verurteilt, dass sie mit einem weißen Baby schwanger geworden war – und nun hatte sie selbst den widrigen Umständen nachgeben müssen.

»Was für ein zusammengeschusterter Film, komplett *bakwaas*«, sagte Pratap auf dem Weg zurück nach Hause. »Chiru wird zu alt für solche Filme, und die Handlung war totaler Humbug.«

»Na ja, er ist jetzt wie alt, sechzig?«, meinte Asha.

»Und er spielt immer noch den dreißigjährigen Helden«, spöttelte Pratap. »Ich glaube, es kommt ein Punkt, an dem man loslassen und Vaterrollen spielen muss, so wie es Nageswara Rao gemacht hat.«

»Ähm, hör mal …«, fing Asha an und zögerte ein wenig, bevor sie mit dünner Stimme und vor Angst mit hektischer Stimme weitersprach. Nie zuvor hatte sie Pratap infrage gestellt. Wie würde er reagieren? »Wirst du das gesamte Geld für eine Wohnung ausgeben?«

Asha war erst achtzehn Jahre alt gewesen, als sie den zwei Jahre älteren Pratap geheiratet hatte. Als sie ihn und seine Eltern zum ersten Mal während der Brautbesichtigungszeremonie im Haus ihres Vaters gesehen hatte, hatte sie enorm große Angst gehabt. Vor der Hochzeit hatten sie nur ein Wort miteinander gewechselt. Sie hatte *Namaskaram* gesagt, und er hatte genickt.

Jetzt hatte sie zwei Kinder von ihm. Sie hatte mit ihm geschlafen. Sie hatte Sex mit ihm gehabt. Und dennoch hatte Asha immer noch Angst vor Pratap. Es war keine Angst im engeren Sinne – er hatte sie nie geschlagen –, es war nur ein Gefühl, nicht vollkommen sicher zu sein. Es waren die kleinen und die großen Dinge. Wenn sie zum Beispiel ihre Tage hatte, war sie zu verlegen, um ihm zu sagen, warum sie keinen Sex haben konnte; sie teilte es ihm durch Zeichensprache mit – ein spezieller Blick und ein Kopfschütteln, weil sie es nicht laut aussprechen konnte.

Sie war nicht wie Kaveri, die Raman anschrie und anbrüllte, sogar vor ihren Kindern. Kaveri fiel das wirklich leicht, so als sei gar nichts dabei. Sie schien es nicht seltsam zu finden, dass sie ihren Ehemann beim Vornamen nannte – »Raman, du Hurensohn …«, fing sie immer an. Asha nannte Pratap immer *yenvandi*, das universelle »lieber Ehemann«.

Also kostete es Asha unglaublich viel Mut, Pratap zu fragen, ob er entschieden hatte, das Geld für das Baby zum Kauf eines Apartments zu verwenden. Sie erwartete, dass er sich über ihre Einmischung in Geldangelegenheiten ärgern würde; doch er überraschte sie, denn er schien überhaupt nichts dagegen zu haben. »Ich weiß es nicht. Das ist, was Raman uns rät. Aber ich weiß nicht, ob es das Richtige für uns ist. Wir haben Manoj«, antwortete er.

Asha hätte vor Erleichterung tanzen können. »Und seine Ausbildung ist so wichtig.«

»Ja«, stimmte Pratap zu. »Wir müssen ihn auf eine bessere Schule schicken. In Hyderabad gibt es ein gutes Internat. Dort könnte er hingehen.«

Ein Internat?

»Aber das würde bedeuten, dass wir ihn nicht mehr jeden Tag sehen können«, fuhr Pratap fort. »Ich weiß nicht, ob das funktionieren wird. Vielleicht können wir etwas Gutes in Srirampuram finden. Chinna, ein Mann, mit dem ich zusammenarbeite, hat von einer Schule erzählt, auf die der Sohn seines Chefs geht, und sie soll sehr gut sein. Dort trägt man Uniform und Krawatte und all das.«

»Ja, es wäre besser, wenn er bei uns zu Hause bleiben könnte«, stimmte Asha zu und spürte, wie ihr eine Last von den Schultern fiel. Wenn er über das Geld nachdachte, hatte er Manoj im Blick. Er hatte nicht vor, die Zukunft seiner Kinder zu verschachern, nur um ihnen ein Zuhause zu kaufen.

Eine Weile lang gingen sie schweigend weiter. Plötzlich fragte Pratap: »Kommt es dir seltsam vor, dass du das Baby dieser Leute für Geld austrägst?«

»Ja«, gestand Asha. »Sehr seltsam.«

»Weißt du, es schien okay zu sein, als wir uns alle darüber unterhalten haben, aber jetzt bist du tatsächlich schwanger, und es ist … es fühlt sich merkwürdig an«, sagte er. »Erinnerst du dich, wie oft ich dir über den Bauch gestreichelt habe, als du mit Manoj und Mohini schwanger warst? Das kann ich jetzt nicht tun.«

»Ich kann das jetzt auch nicht tun.«

»Ich weiß nicht, ob es mir recht wäre, dass du das noch mal

machst«, sagte Pratap. »Deshalb möchte ich mit dem Geld vorsichtig umgehen und gute Entscheidungen treffen. Raman will, dass Kaveri es noch mal macht.«

»Kaveri hat gesagt, sie ist sich nicht sicher«, erwiderte Asha.

Pratap nickte. »Raman hat mir erzählt, dass Kaveri noch Monate nach der Geburt des Babys nur geweint hat. Sie haben niemandem davon erzählt. Aber das Ganze hat Kaveri sehr mitgenommen.«

Asha lief es kalt den Rücken runter. Die Frau im Leihmutterhaus, von der Kaveri ihr als warnendes Beispiel erzählt hatte, weil sie sich zu sehr mit ihrem Baby identifiziert hatte – war diese Frau etwa Kaveri selbst gewesen? War das der Grund, warum Kaveri ihr so eindringlich geraten hatte, keine Gefühle zu entwickeln? Weil sie wusste, wie hart es war loszulassen?

»Glaubst du, dass es mir schwerfallen wird, das Baby wegzugeben?«, fragte sie Pratap.

»Ich hoffe nicht«, antwortete er. »Aber wenn wir von Anfang an darauf achten, dass wir uns beide stets dessen bewusst sind, dass es nicht unser Baby ist, dann sollte es schon gut gehen.«

Wenn er sich nur selbst zuhören könnte, was er da sagte, dachte Asha. Als sei das Ganze so leicht. »Ja, wir werden darauf achten«, sagte sie.

Pratap lächelte und legte den Arm um sie – und in diesem Augenblick fühlte sich Asha sicher und geborgen. Und ein paar Atemzüge lang vergaß sie ihre Probleme und das eigenartige Leben, das in ihrem Körper Form annahm.

Teil 2

Erstes Trimester

Kapitel 5

Das Empfängnisdatum war der 10. Januar 2013, folglich war der Geburtstermin für den 3. Oktober 2013 errechnet worden. Demnach war Asha jetzt in der fünften Schwangerschaftswoche. Laut der Webseite, die Priya zurate zog, bestand der Embryo jetzt aus drei Schichten. Aus der äußeren Schicht würden sich Gehirn, Nerven und Haut entwickeln. Die Plazenta funktionierte einwandfrei.

Sie lag mit Madhu im Bett. »Weißt du, du kannst noch so oft auf diese Webseite schauen, das Baby wächst trotzdem nicht schneller«, sagte Madhu, während er mit der Fernbedienung durch die Fernsehsender zappte.

Priya hatte den Kampf um ein fernsehfreies Schlafzimmer verloren und Madhu den Kampf um ein laptopfreies Bett. Beide hatten stichhaltige Argumente für ihren Standpunkt vorgebracht, doch letztlich hatten sie sich nur darauf einigen können, dass sie eben dem anderen nicht zustimmen konnten. Priya glaubte, dass ein Bett zum Lesen, für den Sex oder zum Schlafen da sei. Madhu fand jedoch keinen Gefallen am Lesen (Sush mochte immer noch nicht glauben, dass Priya einen Nichtleser geheiratet hatte; für sie war das ein Skandal), und er mochte es, sich gemütlich im Bett die Wiederholung irgendeiner Sendung anzusehen. Mit diesem Arrangement hatten sie sich abgefunden, und keiner von beiden störte sich mehr daran.

»Ich glaube, dir ist nicht ganz klar, unter welchem Druck ich zurzeit stehe«, erwiderte Priya.

»Na gut, aber mach dich nicht verrückt«, sagte Madhu, beugte sich zu ihr und gab ihr einen Kuss. »Ich muss jetzt schlafen.«

»Hast du keinen Jetlag?«, wollte Priya wissen. Im Büro war sie den ganzen Tag über reizbar und schläfrig gewesen, doch jetzt fühlte sie sich hellwach.

»Jetlag ist was für Weicheier«, erwiderte Madhu, und nur zehn Sekunden später sah sie, wie sich seine Brust sanft hob und senkte. Sie lächelte und betrachtete ihn, wie er schlief. Er war so leicht und friedlich eingeschlummert.

Anstatt etwas auf ihrem iPad zu lesen, suchte sie im Internet nach unnötigen Informationen über Leihmutterschaft und deren emotionalen Preis und las sich immer wieder die Argumente dafür durch, dass es eigentlich eine gute Sache war, einer armen indischen Frau den eigenen Embryo einzupflanzen.

»Madhu?« Priya stupste ihn an. »Madhu?«, wiederholte sie ein wenig lauter.

»Was?«, fragte Madhu und vergrub das Gesicht im Kissen.

»Glaubst du, was wir getan haben, war richtig?«

Madhu drehte sich um und schaute sie mit einem Ausdruck an, aus dem sie sofort Unglauben, gepaart mit einer Prise Verärgerung, herauslas. »Du willst mich wohl auf den Arm nehmen«, sagte er. »Hast du mich wirklich gerade geweckt, um mich zu fragen … ja was eigentlich?«

Priya biss sich auf die Lippen. Vielleicht war es keine gute Idee gewesen, ihn zu wecken. »Schlaf einfach weiter«, beschwichtigte sie ihn rasch.

Madhu stöhnte, setzte sich auf und schaute sie eindringlich an. »Du musst dich beruhigen. Trink etwas Wasser oder nimm eine Tablette oder so.«

»Ach du meine Güte! Ich hab dich geweckt, weil ich mir Gedanken mache. *Tut mir furchtbar leid.* Wird nicht wieder vorkommen, Herr Griesgram«, entgegnete Priya, klappte ihr iPad zu und legte es auf den Nachttisch.

»Du weckst mich mitten in der Nacht, und jetzt bist du sauer auf *mich*?«, fragte Madhu empört. »Verdammt noch mal, hast du 'nen Knall oder was?«

»Ständig bist du nur am Fluchen – aber sobald das Baby da ist, wirst du dir das verkneifen müssen. Vielleicht solltest du jetzt schon mal damit anfangen«, sagte Priya.

Madhu schüttelte den Kopf. »Du brauchst 'nen Psychodok … nein, nicht nur einen, du brauchst 'ne ganze Scheißhorde Psychodoks.«

»Du drückst dich wirklich wunderbar gewählt aus«, kommentierte Priya. »Unsere Tochter wird mal so süß aussehen, wenn sie flucht.«

Sie sahen einander an; Madhu war immer noch perplex, und Priya seufzte geschlagen. »Na gut, dann bin ich eben verunsichert und versuche, einen Streit vom Zaun zu brechen.«

»Solange wir uns darüber einig sind, ist es ja gut«, murrte Madhu. »Ich leg mich jetzt wieder schlafen. Weck mich bloß nicht wieder auf. Außer es gibt ein Erdbeben … über sechs Punkte auf der Richterskala, und auch nur, wenn jemand stirbt.« Er küsste sie auf die Nasenspitze. »Du bist völlig irre, aber ich liebe dich«, sagte er, drehte sich um und schlief sofort wieder ein.

»Ich liebe dich auch«, flüsterte sie.

Priya zählte Schäfchen, im Rhythmus seines Schnarchens.

***

An einem heißen Nachmittag im August hatten sie sich vor der Bibliothek kennengelernt. Beide waren im zweiten Jahr ihres Masterprogramms gewesen. Er studierte Computertechnik, und sie machte einen Abschluss in Stadtentwicklung. Sie hatte auf einer Bank im Schatten eines Baumes gesessen und sich den Stundenplan für das kommende Semester angesehen, als er gerade aus der Bibliothek kam. Vorher waren sie sich noch nie über den Weg gelaufen. Er hing mit anderen Indern ab, die genau wie er in die USA gekommen waren, um ein Aufbaustudium zu absolvieren. Priya verkehrte in vollkommen anderen studentischen Kreisen, die nichts mit Ingenieurwesen oder indischer Herkunft zu tun hatten.

Als er an ihr vorbeiging, fiel ihm ein Buch auf den Boden. So wie Madhu ihr erstes Zusammentreffen später erzählte, klang es noch klischeehafter als in einem schlechten Hindifilm, denn als er das Buch aufgehoben habe und sie durch die Sonnenbrille erblickte, sei es um ihn geschehen gewesen. »Liebe auf den ersten Blick«, nannte er es immer.

»Hi«, hatte er sie angesprochen, als er das Buch mit dem Titel *C++-Programmierung für Fortgeschrittene* aufhob und sich wieder aufrichtete.

»Hi«, erwiderte Priya, ohne ihn wirklich anzusehen.

»Bist du Inderin?«, fragte er, und Priya hob ruckartig den Kopf. Nur Inder stellten diese Frage, und das auch nur, um sie gleich darauf anzugraben. Sie war keine waschechte Inderin, sondern das, was man dort eine »AGVD – eine in Amerika geborene, verwirrte *Desi*« nannte, wobei *Desi* auf Hindi »Landsmann« bedeutet.

»Halb«, antwortete sie, aber nur, weil er gut aussah. Normalerweise hätte sie kurz angebunden gesagt, sie habe viel zu tun, und wäre aufgestanden und gegangen.

»Und was bist du mit der anderen Hälfte?«, fragte er.

»Amerikanisch«, antwortete sie. »Aber … im Grunde bin ich durch und durch Amerikanerin, nur ethnisch gesehen Halbinderin. Und du?«

»Ich bin seit einem Jahr in den USA, daher fühle ich mich auch durch und durch wie ein Amerikaner«, erwiderte er und setzte sich unaufgefordert neben sie – für Priya eine ziemlich optimistische Einschätzung der Situation seinerseits. »Aber ethnisch gesehen bin ich komplett indisch.«

»Oh«, hatte sie erwidert und angefangen, ihre Bücher in die Tasche zu packen. Für sie war es Zeit zu gehen.

»Kann ich dich auf eine Tasse Chai einladen?«, fragte er. Hätte er Kaffee gesagt, dann wäre sie wohl gegangen, doch er hatte Chai gesagt, und aus irgendeinem seltsamen Grund hatte sie das charmant gefunden.

»In der Mensa gibt's keinen Chai«, erklärte Priya.

»Na, dann kann ich dir eine Tasse Chai machen. Ich wohne nur …« Er hielt inne, als er sah, wie sie die Augenbrauen hob. Hatte er etwa im Ernst geglaubt, sie würde mit zu ihm nach Hause gehen, obwohl sie ihn vor gerade mal zwei Minuten kennengelernt hatte?

»Andererseits könnte ich dich auch einfach auf eine Tasse Kaffee einladen«, lenkte er da mit einem breiten Lächeln ein.

Für Priya war es nicht Liebe auf den ersten Blick gewesen. Doch sie hatte den gesamten Tag mit ihm verbracht und war dann über Nacht in seinem Zimmer gelandet. Er hatte in einem Apartment gewohnt, das er sich mit einem Freund teilte.

Noch nie hatte Priya mit jemandem gleich beim ersten Treffen geschlafen. Prinzipiell glaubte sie an die Regel, damit bis zum dritten Date zu warten. Doch irgendetwas an Madhu hatte sie dazu gebracht, mit ihm zu schlafen. Ihr Liebesspiel war ebenso charmant gewesen wie ihr spontanes Date. Er war umsichtig, freundlich und zärtlich gewesen.

»Ist das okay? Bist du okay?«, hatte er so oft gefragt, dass sie ihm hatte sagen müssen: »Du, das ist keine qualvolle Operation, die du hier ausführst, weißt du?«

Da hatte er gelacht. »Was soll ich sagen, das ist alles neu für mich.«

»Was, Sex?«

»Na ja, das auch, aber vor allem hatte ich noch nie Sex mit einer Frau, die so schön ist wie du«, hatte er mit einem Augenzwinkern erwidert.

Nachdem sie sich geliebt hatten, hatte Madhu zwei Schalen mit Reis und *Dal* aufgewärmt und in sein Zimmer gebracht. Sie hatten die Reste des indischen Gerichts gegessen und dazu Weißwein aus der Flasche getrunken, und irgendwann im Verlauf jener Nacht hatte sich Priya in ihn verliebt.

Danach waren sie unzertrennlich gewesen. Süchtig nacheinander. Priya hatte keinerlei Zweifel daran gehegt, dass Madhu der Mann fürs Leben war. In dieser Beziehung hatte es für sie eine Klarheit gegeben wie bei keiner anderen zuvor. Und auch jetzt, Jahre später, war sie sich immer noch vollkommen sicher, dass er der einzige Mann war, der sie so glücklich machen konnte, wie sie es war.

Hin und wieder fragte sie sich allerdings, ob er es bereute, dass sie ihre Beziehung so überstürzt angegangen waren. Wünschte er sich vielleicht insgeheim, dass er noch etwas gewartet hätte – dass er eine fruchtbare Frau geheiratet hätte? Oder eine Frau, die nicht so »babyversessen« war wie sie?

Sie wusste, dass Madhu sie nicht verletzen wollte, wenn er sie so nannte, dennoch tat es Priya weh. Wahrscheinlich wusste er es nicht einmal. Im Großen und Ganzen hatten Madhu und Priya beide einen ziemlich trockenen schwarzen Humor und ein ziemlich dickes Fell. Doch etwas an dem Ausdruck »babyversessen« ging Priya unter die Haut. Wahrscheinlich war es vergleichbar damit, wie wenn man einem Irren ins Gesicht sagt, dass er ein Irrer ist – die Wahrheit tat weh.

***

»Kaum wird man dreißig, geht man aus dem Leim, und alles fängt an zu hängen«, beschwerte sich Krysta bei Priya, als sie sich nach ihrem Spinningkurs zu einem Kaffee zusammensetzten. Dreimal die Woche rafften sie sich auf zum Spinning und landeten dann nach Sauna und einer Dusche im Starbucks in der Castro Street, unweit ihres Fitnessstudios.

»Das ist schon einige Jahre her, dass du dreißig geworden bist – wie bei mir auch«, sagte Priya zu Krysta. Sie beide waren gleichaltrig und hatten die Schallgrenze zu »dreißig« bereits vor einem halben Jahrzehnt durchbrochen.

»Du bist verheiratet, du zählst nicht. Du kannst ja sogar unrasierte Beine haben«, wandte Krysta ein.

»Kannst du auch.«

»Nein. Ich muss jederzeit bereit sein, denn man weiß nie, wann das Schicksal zuschlägt. Ich könnte ja einen Mann im Biomarkt treffen, und dann landen wir vielleicht bei mir zu Hause und … dafür muss ich unbedingt glatt rasierte Beine haben«, argumentierte Krysta.

»Du gabelst im Biomarkt Männer auf?«

»Darum geht's doch gar nicht – und ja, einmal habe ich einen sehr netten Berater von BCG im Biomarkt kennengelernt. Er war süß, Rumäne oder Bulgare oder so, aber wie du siehst, ging das nicht sehr lange«, antwortete Krysta.

Es war nicht gerade so, dass Krysta sich durch die Betten schlief, doch im Vergleich zu Priya, die seit Ewigkeiten mit demselben Mann zusammen war, schien sie eine sexuelle Superheldin zu sein. Krysta konnte überall Männer aufgabeln, egal, wo sie hinging. Priya bezweifelte, dass es ihr auch so leichtfallen würde, Männer aufzugabeln, wenn sie jetzt ein Single wäre. Auf der anderen Seite profitierte Krysta sicher auch ein wenig davon, dass sie blond, groß und schlank war. »Dein Hintern kann ruhig breit werden – und wahrscheinlich wird er das auch, bei deinen indischen Genen –, aber ich muss in Form bleiben«, sagte sie.

Krysta war die einzige ihrer Freundinnen, die ununterbrochen über ihre Dates, über ihre Affären und über ihr Gewicht sprach. Dabei war Krysta keine dumme Blondine. Sie war Vizepräsidentin einer großen Hotelkette und verantwortlich für deren Nachhaltigkeitsmanagement. Ihre Abteilung sorgte dafür, dass überall in den Badezimmern diese wichtigen Schilder hingen, die darum baten, Handtücher wiederzuverwenden und dadurch Wasser zu sparen.

»Mein Hintern wird nicht breiter«, entgegnete Priya bockig. »Ich gehe zum Spinning.«

»Klar, aber gegen deine Gene kommst du nicht an. Und wer sagt denn, dass ein dicker Hintern schlecht ist? JLo scheint mit ihrem Sitzfleisch ganz gut klarzukommen«, erwiderte Krysta. »Apropos JLo, nächsten Monat fliege ich zu einer Konferenz nach Rom.«

»Was hat JLo mit Rom zu tun?«

»Hat sie nicht in Rom geheiratet?«

Manchmal wunderte sich Priya darüber, wie Krystas Verstand arbeitete.

»Ach, wer weiß«, meinte Krysta. »Egal, ich fliege jedenfalls nach Rom. Willst du mitkommen? Nina vielleicht auch? Ich muss nur einen Tag lang zur Konferenz, weil ich einen Vortrag halte, und danach wäre ich ganz für euch da. Ich habe gehört, dass wir ein paar Spitzenzimmer in unserem Fünfsternehotel buchen können.«

»Ich kann nicht einfach nach Rom verschwinden; ich bekomme ein Baby«, sagte Priya, ohne nachzudenken. Noch während sie die Worte aussprach, wurde ihr klar, wie idiotisch sie sich anhörte. Herrgott noch mal, sie war ja nicht mal schwanger. »Ich werde Nina mal fragen«, lenkte sie entschuldigend ein. »Aber vermutlich bringt sie die ganze Ich-werd-meine-Kinder-so-vermissen-Ausrede an.«

»Wirst du auch mal so werden?«, fragte Krysta.

Priya zuckte mit den Schultern. »Keine Ahnung. Ich weiß nicht, was für eine Mutter ich sein werde. Ich bin einfach nur froh, dass ich die Chance bekomme, eine zu sein … weißt du?«

Krysta nickte, und Priya merkte, wie sich eine Last auf ihre Schultern legte, wie jedes Mal, wenn sie an das Baby dachte.

»Du wirst eine gute Mutter sein«, sagte Krysta.

»Woher weißt du das?«

»Bauchgefühl«, meinte sie.

Priya schüttelte den Kopf. »Madhu sagt, dass ich immer etwas brauche, um das ich mir Sorgen machen kann. Wenn es nicht ums Schwangerwerden geht, dann ist es: *Wird die Leihmutter das Baby verlieren?*, und wenn's das nicht ist, dann: *Werde ich eine gute Mutter sein?* Ich möchte eine gute Mutter sein. Ich möchte vollkommen anders sein als meine Mutter.«

»Hey, jeder hat Probleme mit den eigenen Eltern, aber das bedeutet nicht, dass sie alles falsch gemacht haben«, wandte Krysta ein. »Dein Vater ist ein guter Mensch. Ich weiß, er stellt sich immer auf die Seite deiner Mutter, aber er war für dich da. Deine Mutter dreht zwar total am Rad, aber sie ist immer noch Teil deines Lebens – sie macht dich unglücklich, wenn sie dich besucht, aber sie ist da. Ich rede so gut wie gar nicht mit meinen Eltern. Sie haben keine Ahnung, wie ich mein Leben führe. Ich sehe sie einmal im Jahr und … ganz ehrlich, für mich sind sie Verwandte, aber nicht Familie.«

Priya lächelte Krysta an. »Dann bin ich wohl der Jammerlappen hier, was?«

»Mit Sicherheit, aber dafür sind Freunde ja da – um einem die Wahrheit zu sagen, wenn man sich wie ein kleiner jammernder Trottel benimmt«, sagte Krysta und trank ihren Kaffee.

***

Priya traf sich mit ihren Freunden immer ohne Anhang in Cafés und Restaurants, Madhu hingegen mochte lieber Unternehmungen mit seinen Freunden samt deren Frauen und Kindern im Schlepptau. Unglücklicherweise bedeutete das, dass Priya sie ebenfalls ertragen musste. Wenn es nur die Männer wären – zumeist Freunde aus der Zeit von Madhus Ingenieurstudium in Indien –, dann hätte sie trotz deren konservativer politischer Einstellung kein Problem damit. Aber die Ehefrauen? Niemand sollte gezwungen sein, diese Frauen ertragen zu müssen.

»Weißt du, ich bitte dich doch auch nicht darum, Zeit mit Nina und Jordan zu verbringen, oder?«, schoss Priya die erste Salve.

»Du musst nicht mitkommen«, erwiderte Madhu. »Ich würde es mir zwar wünschen, denn sonst werden sie darüber klatschen, dass wir uns trennen. Aber davon abgesehen …«

Oh Gott! Priya konnte sie schon laut und deutlich hören.

»Vielleicht trennen sich die beiden, *yaar*«, würde Aditi mit ihrem starken Akzent auf Englisch sagen.

»Ja, ja; nie begleitet sie ihn zu unseren Partys, als seien ihr seine Freunde egal«, würde Farah mit den für Inder typischen nickenden Kopfbewegungen hinzufügen und sich über den Bauch streichen. Sie war mit Madhus bestem Freund Athar verheiratet und andauernd schwanger. Inzwischen war sie bei Kind Nummer drei oder vier angelangt; Priya zählte nicht mehr mit.

»Ich habe sie noch nie gemocht, Miss AGVD, immer hält sie sich für was Besseres«, äffte Priya Brijeshs Frau Simran nach.

Madhu grinste. Niemand mochte Simran. Früher war Brijesh ganz normal gewesen, doch dann hatte er Simran kennengelernt und war zu einem seltsamen und geldgeilen Pantoffelhelden mutiert. Madhus Freunde sprachen über Brijesh mit den Kürzeln VS – *vor Simran* – und NS – *nach Simran*.

»Wer weiß, vielleicht amüsierst du dich sogar«, meinte Madhu und schlüpfte in ein kurzärmeliges weißes Hemd.

»Haben wir überhaupt ein Geschenk für JoJo?«, fragte Priya. JoJo stand für Jasmeet, die ihren fünften Geburtstag feierte.

»Ich habe eine Barbiepuppe gekauft. Brijesh hat mir den Tipp gegeben. Sie liegt bereits im Auto«, sagte Madhu.

»Na, du scheinst ja alles im Griff zu haben.«

»Immer zu Diensten, Schatz.«

Priya verzog das Gesicht.

»Wenn du mitkommst, verspreche ich dir wilden, schmutzigen Sex«, bot Madhu an.

Hm. »Na gut, aber keine Gespräche über Babys«, warnte sie ihn. Sie wollte ihre Leihmutterschaft nicht mit den überaus fruchtbaren Ehefrauen von Madhus Freunden diskutieren.

»Aber klar doch.«

»Was? Hast du es etwa einem von ihnen erzählt?«, wollte Priya wissen.

Wenn sie ihren Freunden etwas erzählte, dann behielten die es für sich. Wenn Madhu seinen Freunden etwas erzählte, dann erzählten sie es ihren Frauen, und die Frauen stellten sicher, dass Priya erfuhr, dass sie es wussten.

Einmal hatte Madhu den blöden Fehler gemacht und Athar von ihren Problemen mit der künstlichen Befruchtung erzählt. Und es kam, wie es kommen musste: Bei Karthiks und Lathas zehnjährigem Hochzeitsjubiläum sagten ihr alle, die anwesend waren, wie sehr ihnen das leidtat, und dann fingen sie damit an, Horrorgeschichten über künstliche Befruchtung zu erzählen, die sie von ihren Freunden und über Social Media gehört hatten. Und wenn es gerade nicht um Unfruchtbarkeit ging, dann um das ganze Thema von *Kinder sind großartig, aber wenn du keine hast, dann bedeutet das nicht, dass dein Leben weniger wert ist*. Das sagten nur Menschen, die Kinder hatten. Leute, die ihre biologischen Bedürfnisse befriedigt hatten, konnten leichthin behaupten, dass das nicht so wichtig sei und dass man auch ohne eine Familie glücklich sein könne. Priya war das peinlich gewesen, und sie war sich minderwertig vorgekommen.

»Ich muss das nicht unbedingt auf Facebook lesen, okay?«, sagte sie.

»Entspann dich einfach, niemand interessiert sich dafür,

dass wir eine Leihmutter haben«, sagte er, ohne sie anzusehen.

»Hast du es Athar erzählt?«, fragte Priya geradeheraus.

»Nein«, erwiderte er, ohne zu zögern.

Priya glaubte ihm nicht.

***

Für JoJos Geburtstag hatten Brijesh und Simran ihr schönes Haus in Milpitas bis zum Abwinken dekoriert. Als Priya die rosa Blumen, rosa Luftballons und den in Rosa gehaltenen Vorgarten erblickte, machte sie ein würgendes Geräusch.

»Himmel, hier sieht's aus, als hätte jemand überall rosa Gummibärensaft hingekotzt«, kommentierte Madhu.

»Warum muss man Erwachsene zu einer Kindergeburtstagsfeier einladen? Ich würde JoJo auch nie zu meiner Geburtstagsparty einladen«, maulte Priya und trat beiseite, damit sie nicht von JoJo und ihrem Trupp umgerannt wurde.

»Und wer zum Teufel nennt sein Kind JoJo?«, wollte Priya wissen, während sie mit aufgesetztem Lächeln das Haus betraten.

»Promis und Spinner«, flüsterte Madhu ihr ins Ohr, und Priya musste sich das Lachen verkneifen.

»Oh, ihr seid gekommen«, flötete Simran, als sei sie tatsächlich überrascht, obwohl Madhu ihr bereits vor vier Wochen, als die Einladungen per Post und E-Mail sowie über Facebook versandt worden waren, mitgeteilt hatte, dass sie kommen würden. »Das Geschenk könnt ihr auf dem Tisch dort abstellen.« Simran deutete auf einen Tisch, auf dem sich Geschenke stapelten. »So viele Geschenke werden ein verzogenes Kind aus ihr machen, aber man wird nur einmal im Leben fünf.«

»Stimmt«, sagte Priya.

»Und du siehst so hübsch aus, Priya«, sagte Simran und legte Priya die Hände auf die Schultern. »Was ich nicht alles dafür geben würde, meine frühere Figur zurückzuhaben. Wenn man erst mal Kinder bekommt, dann geht alles den Bach runter – die Titten, der Bauch, einfach alles.«

Tja, na dann ist es ja gut, dass ich keine bekommen werde, wollte Priya schon sagen, stattdessen nickte sie lächelnd, dann warf sie Madhu einen strafenden Blick zu. Der legte einfach nur den Arm um seine Frau. »Wie wär's mit was zu trinken, Simran? Ich könnte wirklich ein kühles Bier vertragen«, sagte er und entführte Priya aus Simrans Angriffszone hinein ins Wohnzimmer, das mit rosa Luftballontieren dekoriert war, die von der Decke hingen.

»Wir hätten fast beschlossen, kein Bier anzubieten … immerhin ist es eine Kinderparty«, sagte Simran und lächelte dann. »Aber Brijesh hat ein Machtwort gesprochen. Du weißt ja, wie sehr er sein Sam Adams liebt.«

Madhu und Priya nickten, lachten artig über den Scherz und quetschten sich zwischen die Armlehne und Farah aufs Sofa.

»Wie geht's dir, Priya?«, fragte Farah und umarmte sie über ihren riesigen Babybauch hinweg. »Und Madhu, du siehst super aus. Athar geht immer mehr in die Breite; ich habe wenigstens eine Ausrede dafür«, sagte sie und streichelte ihren Bauch, »aber du bist noch tipptopp in Form.«

Madhu sah verlegen aus. Athar war etwas übergewichtig. Bis auf seinen ausladenden Bauch war seine Figur okay, und ehrlich gesagt war der Bauch auch schon vor zehn Jahren da gewesen, als Farah ihn geheiratet hatte.

»*Arrey yaar*, Madhu, du fliegst nach Indien und kommst zurück, und kein Anruf, kein Hallo. Was ist los, Mann?« Brijesh trat hinter ihnen ans Sofa.

»Hatte einfach nur viel Arbeit«, antwortete Madhu und schüttelte Brijesh die Hand.

»*Kya*, Arbeit-*shurk*«, erwiderte Brijesh. Er sprach ein wenig undeutlich; wie Simran gesagt hatte, liebte Brijesh sein Bier. Es war fünf Uhr am Nachmittag, und soweit Priya es beurteilen konnte, hatte der Mann bereits ein Sixpack intus. Simran hatte es geschafft, eine Menge an Brijesh zu verändern, doch den Proll hatte sie ihm nie ganz austreiben können. Er trank immer noch wie ein Loch, ging mit seinen Jungs aus und nahm nicht wirklich Anteil am Leben seiner Kinder.

»Kindererziehung ist Simrans Aufgabe. Brot nach Hause zu bringen ist meine«, sagte Brijesh gerne. Priya fand das beleidigend, doch Simran schien es nicht zu stören. Wer weiß, wäre Madhu Partner in einer Softwarefirma, die in den Neunzigern noch vor der Internetblase an die Börse gegangen war, dann wäre Priya heute vielleicht auch zu sehr damit beschäftigt, ihr Diamantarmkettchen zu bewundern, um sich an so etwas zu stören.

Priya wusste, dass sich Madhu unter seinen Freunden manchmal wie ein Versager vorkam. Sie hatten von den boomenden Neunzigern profitiert, Geld verdient und Unternehmen aufgebaut oder Aktienoptionen zu Geld gemacht, während Madhu bei Oracle langsam, aber stetig aufgestiegen war. Jetzt hatte er einen sicheren Job und eine anständige Karriere, doch Millionär würde er niemals werden. Selbst Karthik, der einst wie Madhu in einem normalen Job angefangen hatte, hatte einen Reibach gemacht, als das Start-up-Unternehmen, bei dem er gearbeitet hatte, von Microsoft aufgekauft worden war. Jetzt hatten er und seine Frau Latha genug Geld, um sich ein wunderschönes Haus in Los Gatos zu kaufen und in Indien in Immobilien zu investieren.

Madhu waren solche Dinge wichtig. Ihr nicht. Für ihn bemaß sich Erfolg in Dollarnoten. Das war etwas typisch Indisches, hatte Priya begriffen. Sie fragte Madhu immer wieder, ob er sich in seinem Job glücklich und gefordert fühle – der Rest, so glaubte sie, würde sich schon ergeben.

»Ich warte immer noch auf den großen Zahltag«, erwiderte Madhu dann oft. »Aber ich glaube nicht, dass er kommen wird. Man wird nicht reich, indem man sich in einem internationalen Konzern hocharbeitet. Man wird reich, indem man ein Unternehmen gründet und es an die Börse bringt.«

Priya gehörte nicht zu den Silicon-Valley-Leuten. Ihr akademischer und beruflicher Hintergrund war ein anderer. Doch selbst Latha, Karthiks zumeist intellektuell unterbelichtete Frau, konnte sich einigermaßen intelligent über den Internetboom, die Internetblase und den Aktienmarkt unterhalten. »Ich habe ihn dazu gebracht, unser Geld rauszunehmen, und es war zum richtigen Zeitpunkt«, sagte sie. »Du hättest ihn damals sehen müssen, wie er mich angeschrien hat, aber jetzt weiß er zu schätzen, was ich getan habe. Hätten wir unser Geld länger dort belassen, dann hätten wir fünfzig Prozent davon verloren. Stimmt's, Karthik?«

»Stimmt«, bestätigte Karthik. »Meine Frau ist ein Finanzgenie.«

»Und, wann ist der Geburtstermin, Farah?«, fragte Aditi.

Aditi und Tarun hatten einen fünfjährigen Sohn, Dhruv, und sie hatten beschlossen, es dabei zu belassen. Dhruv hatte viele gesundheitliche Probleme gehabt, doch jetzt schien es ihm endlich besser zu gehen. Aufgrund seiner häufigen Krankheiten hatte Aditi, die Beraterin bei Ernst & Young gewesen war, ihre Karriere aufgeben müssen – und Priya hatte das Gefühl, dass sie verbittert darüber war.

»Im April«, antwortete Farah. »Und ich kann's kaum erwarten. Aber das war's dann, *bhai*. Keine Kinder mehr. Drei sind mehr als genug.«

»Komm schon, *memsaab*, wie soll ich ein Kricketteam zusammenbekommen, wenn du jetzt aufhörst?«, scherzte Athar.

»Den Rest wirst du mit deinen anderen Frauen bekommen müssen«, spöttelte Farah.

Die Unterhaltung wurde unterbrochen, als sieben Kinder ins angrenzende Esszimmer stürmten und mit dem Anschneiden der Torte und dem Liedersingen begonnen wurde.

»Versprich mir, dass wir nicht so eine Party wie die hier veranstalten, wenn unser Kind fünf wird«, flüsterte Priya Madhu ins Ohr.

»Versprochen«, sagte Madhu. Er machte große Augen, als JoJo ihre jüngere Schwester, die lautstark ein Stück Torte forderte, fortschubste.

»Das ist mein Geburtstag!«, rief JoJo.

»Bebe möchte nur ein Stück von der Torte, *beta*«, sagte Simran geduldig.

»Sie soll von meiner Torte wegbleiben. Das ist mein Geburtstag!«, schrie JoJo trotzig.

»Und versprich mir, dass unsere Kinder mal netter sein werden als ihre«, ergänzte Madhu, und Priya nickte mit ebenso entgeistertem Blick, als JoJo Bebe erneut fortstieß. Ihre Eltern rügten sie nicht, sondern trugen einfach die schreiende jüngere Schwester fort.

Am Ende bekam jeder ein Stück Torte, sogar Bebe. Es gab *Samosas* und *Pakoras*, Hammel-*Biriyani* und Unmengen von Süßigkeiten für die Kinder.

Außer natürlich für Dhruv, Aditis Sohn.

»*Arrey*, Aditi, ein bisschen Schokolade wird ihm nicht schaden«, meinte Simran.

»Nein«, sagte Aditi und nahm ihrem Sohn einen Mars-Miniriegel aus der Hand. »Du weißt doch, Dhruv – keine Süßigkeiten.« Dann warf sie Simran einen verärgerten Blick zu. »Süßigkeiten darf er nur freitags essen, und dann nur ein Stück. Bei all dem verarbeiteten Zucker heutzutage dürfen wir mit unseren Kindern keine Risiken eingehen und … na ja, Übergewicht ist außerdem auch ein echtes Problem.« Sie blickte demonstrativ JoJo an, die, gemessen an ihrem Alter, mehr Babyspeck mit sich herumtrug, als gut für sie war.

»Ich kann sie nicht ausstehen«, sagte Aditi zu Priya, nachdem Simran verärgert über Aditis Anspielung auf ihre dickliche Tochter rausgegangen war.

Priya nickte nur. Bei diesen Leuten würde sie niemals über jemand anderen aus dem Bekanntenkreis reden. Untereinander zogen sie zwar übereinander her oder lästerten über jemand, doch schließlich waren sie wieder beste Freunde, wohingegen sie eine Außenseiterin war.

»Ich habe diese blöden Partys so satt«, lamentierte Aditi. »Ich habe es so satt, zu Hause zu hocken. Du hast wirklich Glück, Priya – keine Kinder, kein Drama. Du kannst dich beruflich und privat entfalten und mit deinem Mann schlafen, ohne dir Sorgen zu machen, wer gleich wieder ins Schlafzimmer kommt.«

»Na ja …«, fing Priya an, hielt dann aber doch den Mund. Das alles würde sie gern für ein Baby hergeben, hatte sie sagen wollen, doch ihr wurde klar, dass Aditi nicht über sie gesprochen hatte, sondern einfach ihrem Ärger Luft machte.

»Bei meinem ersten Job bei Ernst & Young war ich nach zwei Jahren Manager und hab ein sechsstelliges Gehalt verdient«, fuhr sie fort. »Und jetzt verbringe ich meine Zeit damit, mir Sorgen zu machen, wann Dhruv wieder krank wird und wann ich Erbrochenes wegwischen muss. Dagegen hat sich sein Leben«, sie machte eine Kopfbewegung zu ihrem Mann hin, »kein bisschen verändert. Tarun verfolgt seine Karriere, hat das sechsstellige Einkommen und viele soziale Kontakte. Er könnte sogar nebenbei noch eine Affäre haben, dann wäre sein Leben wirklich perfekt, oder?«

Priya legte ihren Arm um Aditi und führte sie auf die Terrasse hinter dem Haus, fort von den fröhlich schmausenden Kindern. »Was ist passiert?«, fragte sie. Es war offensichtlich, dass dieser Gefühlsausbruch eine ganz neue Dimension annahm.

»Ich habe angefangen, mich wieder zu bewerben«, erzählte Aditi betrübt lächelnd. »Ich dachte, es würde leicht sein. Aber das ist es überhaupt nicht. Bei Sun wollten die mich als Programmmanager für fünfzigtausend im Jahr. Fünfzig? Schon als Uniabsolventin hab ich mehr verdient. Und jetzt bin ich fünfzig wert.«

»Vielleicht musst du dich erst wieder hocharbeiten«, meinte Priya.

»Priya, ich bin fast vierzig; es gibt kein Sichhocharbeiten mehr. Scheiße, für mich ist es einfach vorbei«, erwiderte sie und legte dann ihre Hand auf Priyas. »Gib deinen Job nicht auf. Egal, was kommt. Bleib im Berufsleben. Wenn du das aufgibst, dann bist du am Arsch, genau wie ich.«

»Hast du den Job bei Sun angenommen?«

Aditi schüttelte den Kopf. »Hast du gewusst, dass Tarun befördert worden ist? Vizepräsident für Unternehmensentwicklung. Er muss noch mehr reisen; jetzt sind es drei Tage die Woche und ein paar zusätzliche Wochenenden. Bei seinem Terminplan kann ich keine Vollzeitstelle haben. Ich meine, jemand muss Dhruv zur Vorschule bringen und wieder abholen. Verdammt noch mal«, fluchte sie, den Tränen nahe. »Ich hätte sogar den Job für fünfzigtausend fast akzeptiert. Warum darf er eine Karriere haben und ich nicht?«

»Nimm dir ein Kindermädchen«, schlug Priya vor. »Wenn er so viel Geld verdient, dann sollte das doch kein Problem sein.«

Aditi schüttelte erneut den Kopf. »Tarun glaubt, dass das nicht gut ist für Dhruv.«

»Dann sag ihm, dass er zu Hause bleiben soll.«

Aditi lachte. »Das kann ich nicht. Er verdient so viel mehr, als ich es je getan habe oder jemals tun werde. Das Leben, das wir führen, haben wir nur ihm zu verdanken. Ich fahre einen

Lexus, Priya. Ich müsste eigentlich glücklich sein.«

»Sagt Tarun das?«

Aditi nickte und nahm sich eine Serviette vom Terrassentisch, um sich die Tränen von den Wangen zu wischen. »Keiner von denen versteht das«, sagte Aditi und deutete mit dem Kinn aufs Haus. »Sie alle sind der Meinung, ich hätte einen Sechser im Lotto gewonnen. Tarun hat einen super Job und ich den Luxus, dass ich zu Hause sitzen darf und zu einer Hirntoten verblöde.«

»Worüber sprecht ihr Mädels denn?«, fragte Tarun und trat mit einem Glas Scotch in der Hand zu ihnen. »Über eure vor Leben strotzenden Männer?«

Madhu folgte Tarun, stellte sich neben Priya und legte den Arm um sie.

»Wisst ihr, ihr seid von uns allen schon am längsten zusammen, und trotzdem benehmt ihr euch noch wie die Turteltäubchen«, bemerkte Tarun. »Der Mann kann seine Finger einfach nicht von dir lassen, Priya. *Kya magic hai?*«

»Vielleicht, weil sie sich immer noch lieben«, sagte Aditi.

»Ich liebe dich immer noch, *jaaneman*, mein Leben«, sagte Tarun und zog Aditi mit melodramatischer Geste in seine Arme. Sie zuckte zusammen und schob ihn fort.

»Du riechst nach Whisky«, sagte sie.

»Tja, das passiert eben, wenn man Single Malt trinkt, Schätzchen«, erwiderte Tarun.

»Das heißt dann wohl, dass ich fahren muss«, murmelte Aditi. »Ich hole Dhruv; es ist Zeit, nach Hause zu gehen.«

»Zu Befehl, Madam!« Tarun salutierte. »Sie ist ein Tyrann«, sagte er zu Madhu und Priya. »Wir sollten mal zusammen zu Abend essen.«

»Na klar«, sagte Priya.

»Wow«, meinte Madhu, nachdem das unglückliche Paar die Terrasse verlassen hatte. »Glaubst du, dass wir irgendwann mal so enden wie die beiden?«

»Nein«, antwortete Priya. *Gott, ich hoffe nicht.*

»Bist du sicher?«

»Ja.«

»Wollen wir nach Hause?«, fragte Madhu.

»Okay«, sagte sie.

Doch sie blieben noch auf einen Drink, während Simrans Haushälterin, eine Mexikanerin namens Maria, sauber machte.

Sie saßen auf der Terrasse, und die leichte Brise wirkte beruhigend. Das war das Beste daran, in Kalifornien zu leben, dachte Priya: Sogar im Februar konnte man, nur mit einer leichten Jacke bekleidet, draußen sitzen. Sie kuschelte sich an Madhu und fühlte sich sicher in ihrer Ehe. Nichts ließ einen die eigene Beziehung mehr schätzen, als die beschissene Beziehung eines anderen Paares zu sehen.

»Okay, Priya, da wir jetzt etwas mehr Ruhe haben, erzähl uns von dieser Leihmutter«, sagte Farah.

Priya versteifte sich und spürte den beruhigenden Druck von Madhus Arm.

»Leihmutter?«, fragte Simran. »Hörst du das, *bhai*? Niemand erzählt uns etwas.«

»Als Athar es mir erzählt hat, konnte ich es nicht glauben, aber in Anbetracht all deiner Probleme ist das eine großartige Lösung, *nahi*?«, fuhr Farah fort. »Also, diese Frau ist in Indien? Wie viel kostet es?«

Priya schaute Madhu nicht an, denn sie wusste nicht, ob sie ruhig bleiben könnte, wenn sie ihm ins Gesicht sah.

Athar sah ebenso verlegen aus wie Madhu. »Farah, ich bin sicher, dass die beiden nicht darüber reden möchten.«

Farah wedelte mit der Hand. »*Arrey*, ein Baby zu bekommen ist eine gute Nachricht. Also, Priya, erzähl uns, wie funktioniert das?«

Priya holte tief Luft. »Wie Athar bereits gesagt hat, wir

wollen nicht darüber sprechen. Und wir stehen erst ganz am Anfang.«

»Also gibt es die Gefahr, dass ihr das Baby verliert?«, fragte Latha.

»Nein«, sagte Madhu sofort. »Wir fühlen uns nur nicht wohl dabei, darüber zu reden.«

»Aber so sollte man eigentlich immer die Babys bekommen«, meinte Farah und strich sich über ihren dicken Bauch. »Ich meine, dann muss man nicht fett werden oder die Wehen und die Geburt durchmachen. Athar, wenn wir unsere weiteren Kinder auf diese Weise bekommen, dann können wir ein Kricketteam zusammenbekommen.«

Priya wäre am liebsten aus der Haut gefahren. Wie konnte Farah es wagen, das auf die leichte Schulter zu nehmen? Priya konnte kaum schlafen. Sie hatte ungeheuer große Angst um ihr Baby, das Tausende Kilometer entfernt im Bauch einer Fremden heranwuchs. Und diese Frau machte Witze darüber?

Stille senkte sich über die kleine Gruppe. Sie wurde durchbrochen von Lathas Tochter Noma, die weinend auf die Terrasse kam. »JoJo hat mich gehauen«, sagte sie und rieb sich die Schulter. Noma war sieben und schmächtig. Mit der kräftigen JoJo konnte sie nicht ganz mithalten.

Nihil, Lathas fünfjähriger Sohn, folgte ihr mit einem undefinierbaren Schokoriegel in der Hand. »Mein Bauch tut weh, Mama«, sagte er und setzte sich auf Lathas Schoß.

»Wir sollten gehen«, sagte Priya daraufhin und erhob sich.

Sie saßen bereits im Auto, als Athar herausgerannt kam. Madhu senkte die Scheibe auf seiner Seite, doch Athar sprach an Priya gewandt: »Es tut mir leid, Priya. Ich weiß, du wolltest das geheim halten …«

»Ist schon okay, Athar«, erwiderte Priya, ohne ihn anzusehen, und drehte den Zündschlüssel.

»*Yaar*, es tut mir echt leid«, sagte Athar zu Madhu, der einfach nur nickte. »Ruf mich an, okay?«

Madhu winkte Athar zu und schloss das Fenster.

Sie fuhren schweigend nach Hause. Priya war nüchtern, weil sie den Fahrdienst übernommen hatte, doch welchen Rausch auch immer Madhu sich zugelegt hatte – jetzt war er schnell verpufft.

»Es tut mir leid«, sagte er, kaum dass sie das Haus betreten hatten. »Priya, es tut mir echt leid.«

»Du hast mich angelogen, Madhu; du hast mir in die Augen gesehen und gelogen«, erwiderte sie. »Wie zum Teufel soll ich dir noch vertrauen?«

»Ich hätte dir sagen sollen, dass ich mit ihm geredet habe. Ich hab einen Fehler gemacht, und jetzt sagst du, dass du mir nicht mehr vertrauen kannst?«, fragte Madhu ungläubig. »Ich musste mit jemandem reden, und das habe ich auch getan. Du brauchst mich nicht zu beleidigen. Ich habe gesagt, dass es mir leidtut.«

»Und das soll alles wiedergutmachen?«, wollte Priya wissen.

»Nein, aber hin und wieder sollte man es auch gut sein lassen. Das Leben darf nicht so verdammt ernst sein«, entgegnete Madhu.

»Ernst? Du hast es ihm erzählt, und er hat es ihr erzählt, und sie hat's allen erzählt. Ich habe dich gebeten, dich beschworen, dass wir das für uns behalten, aber du hast einfach keinen gesunden Menschenverstand«, schimpfte Priya und bereute es sofort. Ihn als dumm zu bezeichnen war nicht fair, das wusste sie, doch ihr war nicht danach, nachzugeben, keinen Zentimeter, nicht mal einen halben.

»Weißt du, wir sind jetzt genau an dem Punkt angelangt, wo Tarun und Aditi auch stehen. Sie sind nur ehrlicher als wir beide«, sagte Madhu, als sie ins Wohnzimmer traten.

»Das meinst du doch nicht ernst, oder?«

Ohne eine Antwort ging Madhu ins Schlafzimmer.

Priya folgte ihm und war nun bereit für einen richtigen Streit. »Ich liebe dich«, sagte sie. »Aber du liebst mich nicht wirklich, stimmt's? Sonst …«

»Jetzt bin ich also nicht vertrauenswürdig, ohne gesunden Menschenverstand, und ich liebe dich nicht. Noch was?«, wollte er wissen.

Priya holte tief Luft. »Nein, im Moment ist das alles«, sagte sie, ging ins Bad und knallte die Tür hinter sich zu.

Als sie sich beruhigt hatte und wieder herauskam, saß er in Unterwäsche auf dem Bett. Sie trug immer noch das Kleid, in dem sie zur Party gegangen war.

»Können wir uns jetzt wieder versöhnen?«, fragte Madhu.

Priya sah ihn an. »Bietest du mir etwa wilden Sex an?«

Madhu lächelte und nickte dann. »Das hab ich dir versprochen, und ein Versprechen ist immerhin ein Versprechen.«

»Ach, herrje«, sagte Priya, schubste ihn rückwärts aufs Bett und setzte sich rittlings auf ihn.

»Wir sind kein bisschen wie Tarun und Aditi«, sagte Madhu und zog den Reißverschluss ihres Kleides herunter.

»Nein«, stimmte sie zu und küsste ihn auf den Mund. »Ich liebe dich viel zu sehr.«

»Nur, damit es keine Missverständnisse gibt«, sagte Madhu, »was genau verstehst du unter wildem Sex?«

Beiträge aus dem Forum von

www.deineleihmutterschaft.de:

VersuchNr1: *Ich habe solche Angst, weil ich das Baby dort gelassen habe. Ich mache mir solche Sorgen. Was kann ich tun?*

Prietysmami: *Erst einmal tief durchatmen.*

Das ist völlig normal. Ich kann erst seit einer Woche wieder richtig schlafen. Wir haben soeben das erste Trimester geschafft, und es war nicht leicht. Aber mein LE hat mich sehr unterstützt und mir viel geholfen.

NobuNobi: *Ich muss sagen, die großzügige Unterstützung meines LEs zu haben (trotz seiner furchtbaren Eltern), war wundervoll. Ich glaube, ohne ihn könnte ich das nicht durchstehen.*

Mami8774: *Mein LE war auch wunderbar. Als wir zurück nach Hause kamen, habe ich geweint und immer nur geweint. Aber er war wie der Fels in der Brandung und hat gesagt, dass alles gut gehen wird. Mein Rat: Sprich mit deinem Mann. Danach wird es dir viel besser gehen.*

MamiBest24: *Ich verstehe nicht ganz, wieso ihr euch so große Sorgen macht. Ich meine, man kümmert sich dort doch um das Kind; es ist ja nicht so, dass man es auf der Straße zurücklässt. Ich habe fast den Eindruck, dass Frauen, die auf Leihmütter zurückgreifen, das Gefühl haben, sie müssten besonders hysterisch sein, weil das Baby nicht in ihrem Körper heranwächst.*

Mami8774: *Das ist eine gemeine Unterstellung. Es nimmt uns ernsthaft mit, dass wir nicht in der Lage sind, unsere Babys heranwachsen zu sehen. Warum bist du überhaupt in diesem Forum? Das ist ein unterstützendes Forum, und wenn du keinen Beistand geben kannst, dann nimm bitte nicht teil.*

LetzteHoffnung77: *MamiBest24, ich bin sicher, dass du niemandes Gefühle verletzen wolltest, aber Frauen mit Leihmüttern als hysterisch zu bezeichnen ist wirklich unfair.*

MamiBest24: *Ich habe zwei Kinder über Leihmütter bekommen und weiß genau, wie sich das anfühlt. Ich war zwar besorgt, habe aber nicht endlos geweint. Das ist einfach beknackt, und offensichtlich ist das hier nicht das richtige Forum für Leute mit Verstand und einem starken Charakter. Ihr Loser könnt alle rumsitzen und heulen. Das ist am besten für euch.*

Prietysmami: *Oh Gott, was für 'ne Zicke! Können wir sie für das Forum sperren?*

Mami8774: *Ich frag mal den Moderator. Bgwd.*

VersuchNr1: *Noch eine Frage. Habt ihr Tipps zu Geschenken, die ich der LM schicken kann? Soll ich dem Vater auch was schicken?*

KannNichtEmpfangen1970: *Ich schicke große Pakete mit Nützlichem. Saubere Unterwäsche. Es muss nicht Victoria's Secret sein, aber gute Sachen von Target oder Walmart. Spielzeug für die Kinder. Nichts Teures, einfaches Zeug. So was eben. Dem Ehemann habe ich nie was geschickt, ist aber eine gute Idee. Dann fühlt er sich auch einbezogen in die ganze Angelegenheit – falls das nicht sowieso schon der Fall ist.*

NobuNobi: *Meine Schwiegereltern meinen, wir sollten der LM nichts schicken. Immerhin bezahlen wir sie ja schon. Ich bin da anderer Meinung. Das ist aber echt schwierig, weil mein Mann ständig Nein sagt.*

UnoBaby: *Meine Freunde haben das auch gesagt. Aber mal ehrlich, können wir einer Frau überhaupt genug Geld dafür geben, dass sie unser Baby austrägt? Ich schicke Parfüm, albernen Frauenkram, von dem sie sich nicht mal vorstellen kann, sich das zu kaufen, und ja, auch Unterwäsche.*

Prietysmami: *Meine LM fragt ständig nach Sachen. Ich mache mir Sorgen, dass sie dem Baby schaden könnte, wenn wir Nein sagen. Nächstes Mal wollen wir eine andere LM; die jetzige ist einfach zu geldgierig. Wir schicken ihr alles, wonach sie fragt, aber nichts darüber hinaus.*

Kapitel 6

Als Asha zu ihrer regulären zweiwöchentlichen Untersuchung kam, stand bei Doktor Swati ein Paket für sie bereit.

»Das haben Priya und Madhu Ihnen geschickt. Seit sie abgereist sind, haben sie jede Woche angerufen und sich erkundigt, wie es Ihnen geht«, erklärte Doktor Swati. »Sie haben gefragt, ob Sie etwas dagegen einzuwenden hätten, wenn Sie sich hin und wieder miteinander unterhalten. Ich kann es so arrangieren, dass sie nach Ihrer nächsten Untersuchung hier anrufen.«

Asha leckte sich über die Lippen. Sie hatte kein Problem damit, mit den Eltern zu sprechen, doch sie wusste nicht, was sie ihnen erzählen sollte.

»Sie müssen nicht mit ihnen sprechen, wenn Sie das nicht möchten«, sagte Doktor Swati, als sie Ashas Zögern bemerkte.

»Nein, nein, ich werde mit ihnen sprechen«, sagte Asha und hielt dann inne. »Aber worüber werden wir reden?«

»Vielleicht möchten sie einfach nur Hallo sagen und Sie fragen, wie es Ihnen geht«, antwortete Doktor Swati. »Sie werden Sie nicht ausfragen. Sie machen sich nur Gedanken um ihr Baby.«

Asha nickte. »Ich muss doch nicht etwa jetzt mit ihnen sprechen, oder?« Sie musste sich auf das Gespräch mit den Eltern vorbereiten. Wahrscheinlich war es die Mutter, die mit ihr sprechen wollte. Sie hatte beim letzten Treffen so besorgt gewirkt.

»Jetzt nehmen Sie erst einmal das hier mit nach Hause und öffnen Sie es zusammen mit Ihrem Mann und den Kindern«, schlug Doktor Swati vor. »Das sind Geschenke für Sie alle.«

»Aber Sie geben uns doch bereits Geld«, wunderte sich Asha. »Warum sollten sie uns noch Geschenke schicken?«

»Lassen Sie sie«, sagte Doktor Swati. »Wenn sie sich um Sie kümmern, gibt es ihnen das Gefühl, dass sie sich auch um ihr Kind kümmern. Und es ist ihre Art, sich bei Ihnen zu bedanken.«

Asha war es nicht ganz angenehm, das Paket mit nach Hause zu nehmen. Gleichzeitig war sie neugierig und wollte sehen, was sich darin befand. Etwas aus Amerika, logischerweise, und das war aufregend. Das Paket war nicht schwer, und davon abgesehen war Asha nicht so weit fortgeschritten in ihrer Schwangerschaft, dass sie beim Tragen Druck verspürte, noch nicht.

***

Pratap strich ein Haus, in dem Raman die Elektrik verlegte, und die Kinder waren in der Schule, also waren nur Mohini, Puttamma und Kaveri zu Hause.

Kaveri saß an ihrer Nähmaschine. Ihre Füße wippten schnell, während ihre Hände ein Hemd manövrierten, an dem sie arbeitete. Sowohl Kaveri als auch Asha führten weiterhin Näharbeiten für Frauen aus, die in der Umgebung lebten. Viel Geld brachte das nicht ein, doch es war ein kleines zusätzliches Einkommen.

Im Paket befand sich ein Brief. Er war auf Telugu geschrieben. Asha würde ihn später lesen, nachdem alle ihre Geschenke mit Ooohhhs und Aahhhs bestaunt hatten und das Paket leer geräumt war.

»Unterwäsche?«, fragte Kaveri und hielt ein Päckchen mit sechs Unterhosen in der Hand. »Sie haben dir Unterwäsche geschickt. Und schau mal, eine Uhr! Die muss für Pratap sein.«

Puttamma schaute sich die mitgeschickte Kinderkleidung an. »Oh, fass mal den Stoff an, so weich, so schön. Und dieses hübsche Kleidchen für Mohini! Sie wird wie eine Prinzessin aussehen.«

Ein paar Spielsachen hatten sie auch geschickt; ein paar Autos, einen Lkw, ein Spielzeugtelefon, das Geräusche machte. Da sie nichts für Kaveri oder ihre Kinder mitgeschickt hatten, teilte Asha das Spielzeug unter Girish, Sirish und ihren eigenen Kindern auf.

Für Asha hatten sie einen wunderschönen Seidenschal mitgeschickt. Er war blau mit einem feinen weißen und silbernen Muster. Asha legte ihn sich um die Schultern und setzte sich hin, um den Brief zu lesen.

Liebe Asha,

wir hoffen, dass Sie diesen Brief in bester Gesundheit erhalten. Wir sind Ihnen überaus dankbar dafür, dass Sie unser Kind austragen, und wir hoffen, dass Sie gut auf sich aufpassen.

Wie versprochen, haben wir Aufnahmen unserer Stimmen per E-Mail an Doktor Swati geschickt, und sie wird sie auf den iPod aufspielen, den wir Ihnen gegeben haben. Ich hoffe, Sie können ihn ohne große Schwierigkeiten bedienen.

Außerdem senden wir Ihnen einige Geschen-

ke für Sie und Ihre Familie. Wir hoffen, dass sie Ihnen gefallen. Falls Sie irgendetwas brauchen, geben Sie uns bitte Bescheid.

Sie können uns gern schreiben, wenn Sie möchten (unsere Adresse finden Sie auf der Rückseite des Umschlags). Wir würden uns sehr darüber freuen, wenn wir mit Ihnen sprechen könnten, und haben Doktor Swati gefragt, ob das möglich wäre. Wir wissen, dass Sie kein Telefon in Ihrem Haus haben, doch wenn Sie möchten, können wir Ihnen ein Handy zukommen lassen, damit Sie sowohl mit uns als auch – falls nötig – mit »Happy Mothers« in Verbindung bleiben können.

Vielen Dank und mit unseren besten Wünschen,

Priya und Madhu

Asha wusste, dass der Brief vom Vater geschrieben worden war. Die Mutter sprach dafür vermutlich nicht gut genug Telugu. Doch das Gesagte kam definitiv von der Mutter, auch wenn beide den Brief unterschrieben hatten. Versuchten die beiden, sich von ihr gutes Verhalten zu erkaufen, indem sie ihr Geschenke schickten? Oder wollten sie sich tatsächlich einfach nur bedanken?

Sie hatten gesagt, dass Asha sie nach allem fragen konnte, das sie brauchte, und während sie darüber nachdachte, strich sie über ihren Schal. Ihr war bereits jetzt schon zu warm darin. Sie sah, dass Kaveri ihn neidisch beäugte, und fragte sich, ob sie ihn ihr einfach geben sollte. Doch es war so ein schöner Schal, fast wie ein Seidensari, und Asha wollte ihn nicht herschenken; er war das Edelste, was sie besaß, und mit Sicherheit das Schönste, was sie je geschenkt bekommen hatte. Wenn sie im nächsten Paket etwas Neues schickten, dann könnte sie das ja Kaveri geben.

»Die Eltern meines Babys haben mir auch hin und wieder ein Paket geschickt«, sagte Kaveri. »Aber nichts dergleichen. Es waren eher Vitamintabletten und ein Stützgurt für den Bauch und solche Dinge. Für die Jungs haben sie nie etwas geschickt. Deine Eltern sind anders. Das ist gut.«

Da war zwar Neid, doch Kaveri war nicht boshaft. Sie war dankbar und freute sich über Ashas Glück. »Wenn du möchtest, kannst du den Schal haben«, sagte Asha plötzlich. Sie hatte nicht die Absicht gehabt, doch die Worte waren herausgesprudelt.

»Nein, nein«, erwiderte Kaveri, obwohl Asha sehen konnte, dass sie versucht war, ihn anzunehmen. »Behalt ihn nur. Wenn sie das nächste Mal etwas mitschicken, kannst du es mir geben.«

»Sie möchten mit mir telefonieren«, sagte Asha. »Und sie wollen mir ein Handy kaufen.«

Puttamma zuckte mit den Schultern. »Diese ausländischen Leute glauben, dass wir keine Handys in unserem Land haben. Heutzutage hat doch jeder eins.«

Asha ignorierte Puttamma. Ja, heutzutage hatte jeder ein Handy. Der Gemüsehändler, der Rikschafahrer, Raman, alle hatten eins … doch sie und Pratap hatten keins.

»Wollten deine Eltern mit dir sprechen?«, fragte sie Kaveri und ging nicht auf die Schwiegermutter ein.

Kaveri nickte. »Ja. Ich habe mit ihnen gesprochen, wenn ich zur Untersuchung gegangen bin. Aber es war schwierig. Anders als deine Eltern sprachen sie kein Telugu. Also hat eine der Schwestern übersetzt. Sie haben mich nur gefragt, ob ich etwas brauche, ob ich mich gut fühle. Sie haben immer angefangen zu weinen, wenn ich ihnen erzählt habe, dass das Baby sich bewegt hat.«

Asha lächelte. »Ich glaube, meine Mutter wird auch weinen. Sie scheint sehr emotional zu sein.«

»So sind wir Inderinnen nun mal«, meinte Kaveri.

An diesem Abend legte Pratap die Uhr an und war beeindruckt von ihrem weltgewandten Aussehen. Sie war silberfarben, hatte ein Gliederband, und das Zifferblatt war weiß mit Stunden-, Minuten- und Sekundenzeigern. Im unteren Bereich der Anzeige befand sich ein kleiner Kasten mit Datumsangabe. »Warum haben sie was für mich mitgeschickt?«, wunderte er sich.

»Nächstes Mal wollen wir auch solche Eltern wie ihr«, sagte Raman. »Es ist gut, dass sie euch ein Handy besorgen wollen. Wisst ihr, im Baugewerbe kann man ohne eins keine Geschäfte mehr machen.« Er hielt sein schwarzes Handy hoch. Es war in Plastik eingewickelt, damit es nicht zerkratzte.

»Aber ihr solltet dennoch aufpassen«, warnte Kaveri. »Gewöhnt euch nicht zu sehr an die Geschenke der Eltern. Ihr wisst, wie es ist; sie nehmen sich ihr Baby und blicken nicht zurück, bis sie noch eins haben wollen.«

***

Es war Mohinis zweiter Geburtstag, und sie trug das hübsche Kleidchen aus Amerika. Im vergangenen Jahr waren sie an dem Tag in den Tempel gegangen, und Asha hatte ein Geburtstagsessen mit den Lieblingsgerichten der Kinder zubereitet: *Mango Dal*, Bratkartoffeln und Joghurt mit dicken Mangoscheiben. Kaveri, Raman, ihre Kinder und Puttamma waren in ihre Hütte gekommen. Es war kein opulentes Mahl gewesen, doch um die Mangos überhaupt kaufen zu können, hatte Asha Geld sparen müssen. Von Saison zu Saison wurden sie teurer.

Da sie mittlerweile Geld besaßen, beschlossen Asha und

Kaveri, in diesem Jahr ein großes Mittagessen zuzubereiten, mit gebratenem Okracurry, *Sambhar*, *Pulao*-Reis, *Payasam* und sogar mit einer Torte, die sie in einer Bäckerei in der Nähe vorbestellt hatten. In Ashas Kindheit hatte es keine Torten gegeben, doch sie wollte, dass es in der Kindheit ihrer Kinder welche gab. Sie hatte eine rosa Torte bestellt, auf der Mohinis Name auf Englisch geschrieben stand.

Es fühlte sich gut an, mit Kaveri in der Küche zu stehen. Die Übelkeit war inzwischen vorbei, und Asha fühlte sich energiegeladener. Sie war nicht mehr ständig müde und musste sich nicht mehr den Bauch halten, weil im Inneren alles in Aufruhr war. Sie konnte mit ihren Kindern spielen, auf den Markt zum Einkaufen gehen – und das Beste daran war, dass sie für ihre Familie kochen konnte. Kaveri war eine gute Köchin, doch Pratap mochte die Gerichte seiner Frau lieber und war deshalb froh, als er Asha wieder in der Küche stehen sah.

Da der Preis für Gemüse gestiegen war, ganz besonders für Grundlegendes wie Tomaten, war es früher schwierig gewesen, mit ihrem kleinen Budget zurechtzukommen. Doch da sie von den Eltern jeden Monat reichlich Geld für Essen bekamen, kaufte Asha ohne Bedenken ein Dutzend Tomaten, wobei sie dennoch mit der Frau, die sie verkaufte, um den Preis feilschte – aus purer Gewohnheit.

Am Morgen von Mohinis Geburtstag führten sie alle entsprechenden Rituale durch. Sie wurde gebadet, und dann ging die ganze Familie zum nahe gelegenen Tempel. Der Pundit führte das Geburtstags-*Puja* in Mohinis Namen durch, und Pratap und Asha hielten sich bei den Händen, zufrieden mit ihrer Familie und dem Wissen darüber, was die Zukunft ihnen jetzt bringen würde.

Am Ende des *Puja* öffnete Pratap eine Kokosnuss, indem er sie auf dem Boden zerschlug. Das Wasser lief heraus, und Asha kam es so vor, als würde es ihre Vergangenheit hinwegspülen und eine neue Zukunft vor ihnen ausbreiten. Die Kokosnuss wurde dem Gott Venkateshwara Swami dargeboten, in dessen Tempel die Zeremonie stattfand.

Mohini streckte ihre kleine Hand aus, so wie alle anderen auch, um das heilige Wasser mit einem Hauch Minze zu empfangen. Sie tranken es aus ihrer rechten Hand und wischten sie trocken, indem sie sich über die Stirn und das Haar rieben. Mohini machte es ihnen nach, doch Asha hielt sie davon ab, sich die Hand an ihrem neuen Kleidchen trocken zu reiben, und reichte ihr ein weißes Taschentuch.

Sie setzten sich alle auf den Boden, die Gesichter dem Gott zugewandt, während sie ihr *Prasad* aßen, weiße Süßigkeiten, von denen man sagte, sie seien Segnungen des Gottes.

»So vieles hat sich verändert seit ihrem letzten Geburtstag«, sagte Pratap.

»Alles zum Besseren, *Anna*«, sagte Raman zu seinem Bruder. »Unser aller Leben ist besser geworden. Ich hätte nie geglaubt, dass wir unser eigenes Zuhause besitzen würden, in einem *Pukka*-Ziegelstein-Haus, doch so ist es. Und wenngleich es auch nur eine Wohnung ist, so gehört sie doch uns, und das macht mich ungemein stolz.« Dann blickte er liebevoll seine Frau an, und Kaveri lächelte zurück.

»Unser Herr Venkateshwara Swami hat für uns gesorgt«, sagte Kaveri und legte die Arme um ihre Söhne, die links und rechts neben ihr saßen. Sie wanden sich ein wenig, erlaubten Kaveri jedoch, dass sie sie auf die Wangen küsste.

Manoj saß neben seinem Vater und schaute sich nachdenklich die weißen Bonbons an, die langsam in seiner rechten Hand zerschmolzen und sie ganz klebrig machten. Dann nahm er die Süßigkeit in den Mund und kaute mit Bedacht. »Warum gibt Gott uns Süßigkeiten?«, fragte er in die Runde.

»Was auch immer Gott uns gibt, ist süß, deshalb«, erklärte Asha, streckte den Arm aus und wischte ihm die Hand mit demselben Taschentuch sauber, das sie zum Trocknen von Mohinis Hand benutzt hatte.

»Gott gibt uns auch Überschwemmungen und Erdbeben, die sind nicht süß«, sagte Manoj.

Puttamma seufzte. »Heute ist Mohinis Geburtstag und damit kein Tag, um über Überschwemmungen und anderen Unsinn zu reden.«

»Nächstes Jahr wirst du auf eine besondere Schule gehen, Manoj, und dort kannst du alle Fragen über solche Dinge stellen«, sagte Asha.

»Ich mag meine Schule«, protestierte Manoj. »Die Lehrer sind nett zu mir.«

»In dieser speziellen Schule werden die Lehrer noch netter sein«, versprach Asha. »Und du wirst eine Menge mehr lernen als jetzt.«

Manoj zuckte mit den Schultern, eine Geste, die an seinem kleinen Körper bemerkenswert erwachsen wirkte. »Ich lerne jetzt schon genug. Gestern habe ich etwas übers Sonnensystem erfahren.«

Manoj erzählte von der Sonne und den Planeten, und Asha sah ihm dabei entzückt zu. Sie berührte ihren Bauch und dankte Gott für die Chance, die er ihr geschenkt hatte. Manoj würde gebildeter sein, als es sich Asha und Pratap je erträumt hatten. Er würde keine Häuser streichen müssen; er würde in diesen großen Häusern *leben*, einen guten Beruf haben und ein großer Mann sein.

Puttamma sprach darüber, wie sehr sie sich freute, dass ihre beiden Söhne so wundervolle und aufopfernde Ehefrauen gefunden hatten. Es war ein Feiertag, ein Tag, um positiv in die Zukunft zu blicken. Sie wusste, dass ihnen Unangenehmes bevorstand – doch für den Augenblick sollten sie ihr Glück genießen.

***

An diesem Nachmittag kam Prataps Cousin Srinivas zusammen mit seiner Frau und seinen Eltern zu Besuch. Seine Frau Nayantara stammte aus Hyderabad und war ein wenig versnobt. Sie hasste es, in Srirampuram zu leben, und sprach unablässig darüber, dass sie und ihr Mann daran arbeiteten, so bald wie möglich nach Hyderabad zu ziehen. Und wenn es jemand schaffen konnte, dann diese beiden; Nayantara und Srinivas waren das am besten ausgebildete Paar, das Asha kannte.

»Noch ein Baby?«, fragte Nayantara, als sie Ashas Bauch bemerkte. »So wie die Dinge in Indien stehen, sollte niemand mehr als ein Kind haben. Du hast bereits zwei. Hast du gewusst, dass die Menschen in China unglaublich lange nur ein Kind haben durften? Wenn sie ein zweites bekamen, war das eine Straftat. Jetzt können sie zwei haben, aber nicht mehr.«

Srinivas schaute Asha entschuldigend an und wollte gerade etwas sagen, als Nayantara ihn unterbrach. »Ich will nicht unhöflich sein, aber könnt ihr es euch überhaupt leisten, ein drittes Kind zu bekommen? Ich meine … ihr wohnt bei Kaveri und Raman.«

»Wir werden uns sehr bald eine eigene Wohnung kaufen«, erwiderte Pratap und fühlte sich angegriffen. »Das ist nur für kurze Zeit, bis wir auf sicheren Beinen stehen. Wir sind eben erst aus dem Dorf hergezogen.«

»Aber trotzdem, drei Kinder?« Nayantara ließ einfach nicht locker.

»Kinder sind ein Segen unseres Herrn Venkateshwara Swami«, sagte Srinivas' Mutter, Tarla Devi. »Und ich glaube, Asha tut etwas Wundervolles, indem sie noch ein weiteres Kind bekommt. Vielleicht wird es wie Manoj, noch so ein Goldstück von einem Jungen, oder wie Mohini, so ein wunderhübsches Mädchen.«

»Es ist nicht Gott, der für die Kinder sorgt, sondern Geld«, sagte Nayantara.

»Geld ist kein Problem.« Dieses Mal schaltete sich Raman zur Verteidigung seines älteren Bruders und dessen Frau ein.

»Bitte«, protestierte Asha. »Das ist keine angemessene Unterhaltung in Anwesenheit von Kindern.«

Obwohl die Kinder im Fernsehzimmer saßen, benutzte Asha sie als Ausrede. Sie konnte Nayantara wohl kaum erklären, dass das Kind, das sie bekam, nicht ihr eigenes war und dass all ihre Bedenken ohne Bedeutung waren.

»Oh«, sagte Nayantara und blickte schuldbewusst drein. »Ich schätze, sie freuen sich darüber, noch einen Bruder oder eine Schwester zu bekommen.«

Es wird weder Bruder noch Schwester geben, hätte Asha am liebsten der blöden, arroganten Frau an den Kopf geworfen. Doch sie nickte nur und fragte lächelnd, ob jemand noch mehr *Sambhar* haben wollte.

»Hör nicht auf sie«, sagte Srinivas' Mutter nach dem Abendessen zu Asha, als sie alleine in der Küche waren und Tee kochten. »Sie ist ein Teufel und will keine Kinder. Bekomm so viele Kinder, wie du willst. Du bist eine wunderbare Mutter, und deine Kinder sind die reine Freude. Ich hätte liebend gerne Enkel wie sie. Doch ich bezweifle, dass aus der ätzenden Gebärmutter meiner Schwiegertochter jemals süße Kinder kommen werden.«

Asha rührte schweigend den Tee in der Kanne um und fügte genau die richtige Menge Milch und Zucker hinzu.

»Und Mohinis Kleid … es ist so hübsch«, sagte Tarla Devi. »Wo hast du es gekauft?«

»Es ist ein Geschenk von Freunden«, sagte Asha und konnte nicht widerstehen anzufügen: »Aus Amerika.«

»Ihr habt Freunde in Amerika?«, fragte Tarla Devi bewundernd.

»Ja«, antwortete Asha und zuckte nicht mal mit der Wimper bei dieser Lüge.

Kapitel 7

»Streiten wir uns zu oft?«, fragte Priya am nächsten Morgen.

Madhu hatte ein aufwendiges Frühstück zubereitet: Frittata mit würziger Tomatensalsa, Müsli mit Joghurt und Obstsalat. Das war ihr Ritual am Samstagmorgen. Sie schliefen aus, und einer von beiden bereitete einen großen Brunch zu, den sie dann gemütlich im Esszimmer beim Zeitunglesen aßen.

»Ich war nicht schuld am Streit«, fügte Priya hinzu und legte sich ein Stück Frittata auf den Teller.

»Ich habe gesagt, dass es mir leidtut«, sagte Madhu. »Ich weiß, dass Frauen glauben, nur sie hätten das gottgegebene Recht, mit ihren Freunden über ihre Probleme zu sprechen, aber Männer dürfen das auch, weißt du?«

»Na klar weiß ich das«, erwiderte Priya. »Aber Athar erzählt Farah alles, und sie erzählt es dann jedermann, also ist das wahrscheinlich kein Freund, dem man sich anvertrauen sollte.«

»Verstanden. Können wir das Thema jetzt abschließen?«

Priya schaute ihn an, während sie einen Bissen Frittata kaute und nickte.

»Danke vielmals«, sagte Madhu sarkastisch, schaltete den Fernseher ein und zappte durch die Kanäle, bis er CNN gefunden hatte.

»Ich glaube, unsere Samstage werden ganz anders ablaufen, wenn das Baby nach Hause kommt«, sagte Priya.

»Wieso? Ich glaube, wir können auch mit einem Baby im Haus noch brunchen«, meinte Madhu. »Wir sollten nicht zu Eltern werden, die aufhören, ein Paar zu sein, weil sie Eltern geworden sind.«

»Ich glaube nicht, dass das bewusst passiert«, sagte Priya. »Ich glaube, das gehört zu den Dingen, die einfach so passieren. Nina und Jordan waren ein ganz normales Paar. Dann haben sie Kinder bekommen, und plötzlich hatten sie für nichts mehr Zeit. Entweder ist ein Kind krank, oder es muss zu einer Geburtstagsparty – irgendetwas hält sie immer davon ab, am Wochenende etwas mit uns zu unternehmen.«

Madhu rührte sich Zucker in den Filterkaffee. »Und was ist dann passiert? Jordan hat mit einer anderen Frau geschlafen, und Nina hatte einen Nervenzusammenbruch.«

Priya grinste. »Ich glaube nicht, dass Jordan Nina betrogen hat, weil sie Eltern geworden sind. Oder hast du die Absicht, das auch zu tun?«

»Nein. Aber Nina will nicht einmal einen Babysitter einstellen, damit sie und Jordan mal ausgehen können. Gott, sie haben noch keine einzige Nacht getrennt von ihren Töchtern verbracht«, sagte Madhu.

Priya kräuselte die Nase. »Ich weiß auch nicht, ob ich das tun werde. Versteh mich nicht falsch, mir ist klar, dass wir sowohl ein Paar als auch Eltern sein müssen, aber jetzt im Moment, während ich auf dieses Baby warte, kann ich mir nicht vorstellen, dass ich sie je wieder aus den Augen lasse, wenn ich sie erst einmal habe.«

»Aber das wirst du«, sagte Madhu und sah ihr in die Augen. »Nur weil wir für dieses Baby einen weiten Weg zurückgelegt haben, heißt das nicht, dass wir unser Leben dafür aufgeben müssen.«

»Aber das werden wir tun müssen, Madhu«, widersprach

Priya und biss sich auf die Lippen. »Ein Baby wird unser Leben verändern. Wir werden uns nicht mehr zu jeder Mahlzeit hinsetzen und sie friedlich genießen können.«

»Solange wir das hin und wieder tun können, reicht das aus«, meinte Madhu und streckte den Arm aus, um seine Hand auf die seiner Frau zu legen.

Priya glaubte, dass Madhu nicht wirklich begriff, wie sehr sich das Baby auf ihr Leben auswirken würde. Er lebte in dem Glauben, das Baby würde sich seinen Plänen und Vorhaben, ohne zu mucken, anpassen und ihm keinerlei Strich durch die Rechnung machen. Nina hat Priya erzählt, wie sehr sie über den Verlust ihrer Freiheit schockiert gewesen war, als sie Rebecca bekommen hatte. Es war ein riesiger Schlag gewesen, dass sie urplötzlich nicht einmal in den Supermarkt gehen konnte, ohne ein Baby an sich hängen zu haben. Es hatte Zeit gebraucht, sich daran zu gewöhnen, doch in den ersten paar Monaten hatte sie geglaubt, ihr Leben sei vorbei.

»Was meinst du, sollen wir dieses Wochenende etwas einkaufen gehen? Etwas für Asha und ihre Familie besorgen?«, fragte Priya.

»Haben wir ihnen nicht gerade erst was gekauft?«, erwiderte Madhu. »Ich glaube, das kann warten. Oder willst du einfach nur Babyshopping gehen?«

»Ich will immer Babyshopping gehen«, sagte Priya und biss sich dann auf die Lippen. »Aber ich glaube, ich warte lieber damit. Nur für den Fall.«

Madhu beugte sich vor und küsste sie. »Alles wird gut ausgehen.«

»Versprochen?«

»Ehrenwort.«

***

Doch Madhu konnte sein Versprechen nicht ganz einhalten. In der folgenden Nacht klingelte das Telefon, und eine altbekannte Angst zeigte ihr hässliches Gesicht.

»Eine Schmierblutung ist aufgetreten«, berichtete Doktor Swati.

»Was?« Priya konnte das Wort kaum aussprechen. Madhu war ebenfalls aufgewacht und beide hockten über Priyas auf Lautsprecher gestelltes Handy gebeugt.

»Wie stark ist die Blutung?«, fragte Madhu.

»Beruhigen Sie sich. Ich nehme an, dass es an der gestrigen Untersuchung liegt«, sagte Doktor Swati. »Das kommt vor und ist nicht weiter schlimm.«

Nicht weiter schlimm?, hätte Priya am liebsten aufgeschrien. So hatte es bei ihren Fehlgeburten auch angefangen: ein wenig Blut hier und da, und eines Tages war das Baby fort gewesen.

»Wie geht's dem Baby?«, wollte Priya wissen.

»Wir haben einen Ultraschall durchgeführt, und alles sieht vollkommen in Ordnung aus. Das Baby befindet sich nicht in Gefahr; es ist gesund und wächst genauso, wie es sollte«, sagte Doktor Swati. »Ich habe Ihnen ein paar Bilder per E-Mail geschickt.«

Sofort holte Madhu sein iPad ins Bett und rief seine E-Mails ab.

»Was bedeutet das also?«, fragte Priya.

»Nun, Blut ist niemals eine gute Sache. Aber es war nur eine schwache Blutung, und sie hat bereits aufgehört. Dennoch glaube ich, dass wir vorsichtig sein sollten und es daher am besten wäre, wenn wir Asha bereits jetzt ins Leihmutterhaus bringen statt erst in zwei Monaten«, sagte Doktor Swati.

Im Leihmutterhaus würde Asha rund um die Uhr betreut werden. Es würde keine Unfälle geben und keine zeitliche Verzögerung zwischen Vorfall und Heilung. Angesichts ihrer Blutung war das die beste Lösung.

»Aber dann wird sie von ihrer Familie getrennt sein«, wandte Madhu ein.

»Nur zwei Monate länger als geplant«, unterbrach Priya, bevor Doktor Swati etwas sagen konnte. »Mir ist klar, dass das nicht leicht für sie ist, aber … das ist unser Baby, Madhu.«

»Ashas Familie wohnt in der Nähe, sie wird sie also täglich sehen können«, sagte Doktor Swati. »Sie werden zu Besuch kommen, und wenn sie möchte, kann sie am Wochenende sogar ein paar Stunden bei ihnen verbringen. Doch von nun an wird sie im Leihmutterhaus leben und schlafen.«

Priya und Madhu hatten eine Führung durch das Leihmutterhaus mitgemacht. Es war sauber und gemütlich und bot etwa sechzehn Frauen Raum in acht Schlafzimmern. Es gab ein paar Wohnzimmer mit Fernsehern und Sofas, einen großen Garten, eine geräumige Veranda, eine übergroße Küche mit einem Esstisch sowie einen PC-Raum, in dem Computerunterricht gegeben wurde. Eins der Wohnzimmer wurde für Yogastunden genutzt, an denen die Frauen täglich fünfzehn bis dreißig Minuten lang teilnehmen mussten.

Im Haus gab es eine Vollzeitkrankenschwester, eine Hausmutter, die selbst einmal Leihmutter gewesen war, und zwei Hausmädchen, die kochten und sauber machten. Es war sehr angenehm dort, eine Mischung aus Wohnhaus und Krankenhaus.

»Wird Asha ein Problem damit haben?«, fragte Priya.

»Ich habe bereits mit ihr gesprochen, und ich glaube, sie versteht, wie wichtig es ist, dass sie betreut wird«, sagte Doktor Swati.

»Aber freut sie sich darüber?«, fragte Madhu.

Es entstand eine kurze Pause, bevor Doktor Swati sagte: »Nun ja, sie ist nicht glücklich darüber, dass sie ihre Familie verlassen muss, aber es ist nur für kurze Zeit, und sie hat die Gesellschaft anderer Frauen, die in der gleichen Lage sind wie sie. Es ist ein Ort, an dem sie Freundschaften schließen und ein paar neue Fähigkeiten erlernen kann. Und sie wird besser versorgt als zu Hause. Sie muss weder kochen noch sauber machen oder sonst etwas tun. Dafür haben wir hier Hilfskräfte. Sie muss sich nur entspannen und sich umsorgen lassen. Viele der Frauen lieben es, hier im Haus zu wohnen, und vermissen es nach ihrem Aufenthalt sogar. Es ist hier wie im Urlaub.«

Madhu und Priya bezweifelten, dass es sich je wie im Urlaub anfühlen kann, wenn man fern der eigenen Familie ist, doch es war ihr Baby, und sie wollten das Beste für ihr Kind.

»Wann wird sie ins Leihmutterhaus ziehen?«, fragte Priya.

»Morgen, wenn Sie zustimmen, dass das eine gute Idee ist«, sagte Doktor Swati. »Meiner professionellen Meinung nach sollte sie es tun. Das ist die beste Option, damit Ihr Baby und Asha gesund bleiben.«

»Dann machen wir das so«, sagte Madhu und blickte Priya nach Zustimmung suchend an. Sie nickte.

Nach dem Anruf konnten sie nicht schlafen. Sie lagen im Bett und starrten einfach nur die Decke an.

»Mir klopft immer noch das Herz«, sagte Priya.

»Mir auch«, gab Madhu zu.

»Verhalten wir uns egoistisch, Madhu?«

»Es ist ein wenig spät, sich darüber Sorgen zu machen, meinst du nicht?«

»Was soll das heißen?«, wollte Priya wissen.

»Nur, dass unser Baby immer an erster Stelle kommen wird, und Asha wusste, worauf sie sich einließ, als sie den Vertrag unterschrieben hat«, antwortete er.

»Ich hab trotzdem ein schlechtes Gewissen«, sagte Priya.

»Ich auch.«

Priya drehte sich mit Tränen in den Augen zu Madhu.

»Aber weißt du was, ich habe nicht nur Angst wegen des Babys«, sagte Priya.

Madhu drehte sich zu ihr. »Weswegen hast du noch Angst?«

»Dich zu verlieren«, antwortete sie. »Wenn was mit dem Baby geschieht … ich habe Angst, dass du mich wieder … verlässt.«

Madhu seufzte und drehte sich zurück, starrte wieder an die Decke. »Priya, das war ein Fehler gewesen, damals. Ich dachte, das hätten wir hinter uns gelassen.«

»Haben wir auch«, sagte Priya. »Das heißt aber nicht, dass nicht ein Teil von mir … ich verspüre immer noch diese nagende Angst, dass … ach, vergiss es. Du wirst nur sauer.«

Madhu setzte sich auf. »Ich bin nicht sauer. Ich bin frustriert, dass du das immer wieder hochholst.«

»Das ist unfair«, sagte Priya und setzte sich ebenfalls auf. »Ich hole es so gut wie nie hoch.«

»Ich habe dir gesagt, dass es mir leidtut, und so war es auch. Tut es immer noch. Aber ich kann es nicht ungeschehen machen. Es war dumm von mir, aber … warum kannst du das nicht einfach ruhen lassen?«

Priya wischte sich die Tränen von den Wangen. »Ich muss es ruhen lassen. Aber es kommt eben wieder hoch. Komm schon, Madhu, du hast mich verlassen, als ich verletzt am Boden lag. Du warst drei Wochen lang verschwunden.«

»Und ich bin zurückgekommen«, entgegnete Madhu. »Ich bin zurückgekommen. Scheiße, Priya, das war vor drei Jahren.«

»Ich weiß«, sagte Priya. »Ich bin unfair.«

Madhu umarmte sie. »Ich gehe nirgendwohin. Versprochen. Ohne dich gibt's kein Leben für mich. Ich liebe dich.«

»Ich führe mich lächerlich auf«, sagte Priya und lehnte den Kopf an seine Brust.

»Nein. Das ist meine Schuld. Ich hab Mist gebaut. Ich war … Ich hab Mist gebaut, und es gibt nichts, das ich tun kann, um es ungeschehen zu machen. Aber das wird nie wieder passieren. Das weißt du doch, oder?«, fragte Madhu.

Priya nickte, mit gesenktem Kopf.

»Es tut mir leid, dass ich wieder damit angefangen habe. Es ist nicht so, dass ich die ganze Zeit daran denke oder so. Ich bin nicht sauer darüber, aber … sie kommt wieder, diese Angst. Dich zu verlieren, ein Baby zu verlieren, in meinem Kopf hat sich das alles vermischt«, erklärte sie.

»Ich weiß«, sagte er und streichelte ihr übers Haar. »Ich weiß. Und ich bin an deiner Seite, den ganzen Weg über. Ich werde dich nie wieder verlassen.«

»Und ich werde dich auch nie wieder fortstoßen, wie ich es damals getan habe«, sagte Priya.

Lange hielten sie einander fest, wollten sich nicht loslassen. Sie waren die einzigen Menschen in der Welt, die wussten, was sie fühlten, und genug wussten, um sich gegenseitig Trost zu spenden.

»Wird dieses Baby okay sein, Madhu?«, fragte Priya schluchzend.

»Ja«, antwortete er, doch Priya konnte die Unsicherheit in seiner Stimme hören.

Die ganze Angelegenheit war derart untypisch für Madhu gewesen, dass Priya sich manchmal fragte, ob es tatsächlich geschehen war. Es war nach der zweiten Fehlgeburt passiert, und damals hatte es den Anschein gehabt, als würden sie auseinanderdriften. Langsam hatten sich Risse in ihrer Ehe gezeigt. Die Belastung durch den Verlust eines weiteren Kindes und durch die Aussage des Arztes, dass erneute Fehlgeburten nicht auszuschließen seien, hatte sie beide zermürbt. Sie hatten nicht explizit entschieden, dass sie nicht weiter versuchen würden, ein Baby zu bekommen, denn sie verhüteten sowieso nicht. Stattdessen hatte sich ihr Liebesleben von »oft und gern« zu »hin und wieder mal« gewandelt. Depression ist Gift für die Libido.

Als Priya zum dritten Mal schwanger wurde, hatte sie es Madhu nicht sofort erzählt. Und das war der Markstein gewesen, der ihre bereits angeknackste Ehe zugrunde richtete. Priya hatte immer vermutet, dass es nicht wirklich der Verlust eines weiteren Babys war, der Madhu das Herz gebrochen hatte. Es war, dass sie geglaubt hatte, er würde sie nicht genug unterstützen können, und sie ihm deshalb verschwiegen hatte, dass sie schwanger war.

Fast sechs Wochen lang hatte sie damit gewartet. Inzwischen hatten sie immer weniger Zeit miteinander verbracht. Beide hatten beruflich viel zu tun gehabt, und Madhu war viel unterwegs gewesen. Ähnlich wie beim Sex hatten sie es nicht absichtlich darauf angelegt, sich voneinander zu distanzieren; es war einfach geschehen.

Eines Abends lagen sie spät auf der Couch und sahen fern, als Priya es ihm erzählte.

»Was?«, fragte Madhu.

»Hast du mir nicht zugehört?«, wollte Priya, irritiert von seinem Ton, wissen.

»Ich hab schon verstanden«, erwiderte Madhu und schaltete den Fernseher aus. »Schwanger? Schon wieder?«

»Madhu, wir haben ungeschützten Sex; da besteht die Möglichkeit, dass wir schwanger werden können«, antwortete Priya.

»Das weiß ich, aber … das kommt unerwartet«, sagte Madhu, und langsam sickerte durch, was Priya gesagt hatte. »Seit wann weißt du es?«

Priya hielt inne und überlegte, ob sie lügen sollte, und sagte ihm dann doch die Wahrheit.

»Du hast sechs Wochen lang geschwiegen?«

»Also … ja.«

»Wieso?«

Priya zuckte mit den Schultern.

»Das ist keine Antwort«, sagte Madhu in hartem Ton.

»Also, das ist nicht gerade die freudige Reaktion, die ich erwartet habe«, sagte Priya abwehrend und stand auf, um das Wohnzimmer zu verlassen.

»Scheiße, du hast sechs ganze Wochen damit gewartet, mir zu sagen, dass wir ein Baby haben werden. Wieso?«

Priya standen die Tränen in den Augen. »Einfach nur so. Du warst auf Reisen und …«

Madhu schüttelte den Kopf. »Du wolltest abwarten und sehen, ob du es verlierst. Und was war dann dein Plan? Es mir überhaupt nicht zu sagen?«

Priya starrte ihn ungläubig an. »Wie kannst du das nur sagen? Natürlich hätte ich's dir gesagt.«

»Ich weiß nicht, Priya. Im Moment habe ich keinen Schimmer, was zum Teufel hier vorgeht. Warum zum Teufel werden wir überhaupt noch schwanger? Warum zum Teufel versuchen wir es wieder und wieder? Ich will keine Kinder! Kannst du das nicht begreifen?«, schrie Madhu.

»Ich hab dich nicht ausgetrickst, um schwanger zu werden. Du hättest ein Kondom tragen können, wenn dich die Vorstellung so anwidert!«, schrie Priya zurück.

»Warum hast du es mir heute erzählt?«, wollte Madhu wissen.

»Ich dachte, es sei an der Zeit«, antwortete Priya.

»Du bestimmst also, wann es an der Zeit ist?«, fragte Madhu und nickte. »Genau, weil es nämlich dein Baby ist. Ich bin nur der Scheißsamenspender.«

»Das stimmt nicht, Madhu!«, erwiderte Priya außer sich. »Ich habe niemandem erzählt, dass ich schwanger bin. Ich habe Angst, dass ich das Baby verliere. Ich wollte einfach nichts sagen.«

Madhu sah ihr in die Augen und sagte leise: »Ich habe auch Angst, das Baby zu verlieren. Wir hätten zusammen Angst haben können. Aber ich glaube, diesmal solltest du alleine Angst haben. Ich hab's satt, mir über diesen Scheiß Gedanken zu machen.«

Am nächsten Morgen waren sie immer noch sauer aufeinander, und Priya hatte das als Ausrede dafür genommen,

Madhu nicht zu fragen, ob er mit zur Ultraschalluntersuchung kommen wollte.

Doch als der Arzt ihr gesagt hatte, dass er keinen Herzschlag finden könne, und eine Ausschabung empfahl, hätte sie ihn anrufen sollen. Sie hätte ihn anrufen und fragen sollen, ob er ihre Hand hielte. Indem sie ihn nicht angerufen hatte, hatte sie ihre Ehe noch mehr gefährdet. Er andererseits hatte seine Sachen gepackt und sie verlassen, als sie ihm gesagt hatte, dass sie das Baby wieder verloren hatte. Im Nachhinein betrachtet waren sie miteinander quitt.

Krysta hatte Priya nach Hause gefahren. Madhu war nicht da gewesen. Eine Weile lang war Krysta geblieben, doch Priya hatte alleine sein wollen; es schmerzte zu sehr – ihr Körper, ihr Herz, alles –, und es schmerzte noch mehr, dass es für ihre Qual, ihre Trauer, ihr ultimatives Versagen als Frau eine Zeugin gab.

»Alles okay?«, hatte Madhu gefragt, als er später, seine Krawatte lösend, ins Schlafzimmer kam. Normalerweise trug er keine Anzüge, was bedeutete, dass er an diesem Tag wahrscheinlich Kundengespräche geführt hatte.

»Nein«, sagte Priya. Glaubte er ernsthaft, dass sie okay war? Konnte er die Tränen nicht sehen? Den Schmerz? Konnte er nichts davon erkennen?

»Du hast das Baby verloren«, stellte er sachlich fest, als würde er ihr sagen, dass sie den Reis wieder hatte anbrennen lassen.

»Ja«, sagte Priya. Die Tränen kamen, und sie hob halbherzig die Arme, als wolle sie umarmt werden, wisse aber nicht, wie sie darum bitten solle, weil sie wusste, dass er es nicht tun würde.

Er schüttelte den Kopf. »War doch klar.«

»War doch klar?«, sagte sie vorwurfsvoll und ließ die Hände in den Schoß fallen. »Du hast nicht geglaubt, dass das Baby überleben könnte?« Sie wollte jemandem die Schuld geben, und er bot sich dafür an. Er hatte nicht geglaubt, dass es klappen würde, und jetzt hatte sie das Baby verloren.

Erneut schüttelte er den Kopf und kam keinen Schritt näher. Er stand in der Tür, als litte sie an einer Seuche, einer furchtbaren, ansteckenden Krankheit, mit der er sich nicht infizieren wollte.

»Ja, ich hab's gewusst und du ebenso«, erwiderte er. »Deswegen hast du damit gewartet, mir von der Schwangerschaft zu erzählen. Du hast darauf gewartet, dass du es verlierst, und dann hättest du es mir gar nicht erst erzählen müssen.«

»Nein, das war nicht der Grund, warum ich gewartet habe. Aber hättest du es lieber so gehabt? Dass ich es dir gar nicht erst erzählt hätte?«, wollte Priya wissen.

»Ja«, stieß er hervor und überraschte sie. »Ja. Ich wünschte, du hättest mir nicht gesagt, dass du schwanger bist, dann hätte ich nicht zu hören brauchen, dass wir schon wieder ein Baby verloren haben. Ich wünschte ... du würdest nie wieder schwanger werden, dann könnten wir damit aufhören, Babys zu verlieren.«

»Wie kannst du nur so was sagen? Willst du nicht genauso sehr ein Kind haben wie ich?«, fragte Priya.

»Nein«, antwortete Madhu. »Nein. Ich will kein Kind. Ich will kein totes Baby. Damit will ich nichts zu tun haben. Scheiße, ich will einfach nur ein normales Leben haben, wo wir ins Kino gehen, ausgehen, ein wenig lachen, das Leben genießen. Wann haben wir zum letzten Mal nur zu zweit einfach eine gute Zeit gehabt?«

»Wir hatten jede Menge gute Zeiten«, sagte Priya trotzig, obwohl sie aufgewühlt war, weil er die Wahrheit sagte. Das vergangene Jahr war ein Albtraum gewesen. Sie war ständig deprimiert und an nichts und niemandem interessiert. Doch er hatte sich auch nicht gerade Mühe gegeben, sie aufzumuntern oder aus ihrem Tief zu holen.

»Seitdem du auf diesem verdammten Mamitrip bist, hatten wir nur Scheißzeiten!«, schrie Madhu beinahe, und Tränen rollten ihm über die Wangen. »Warum zum Teufel kannst du das nicht einfach aufgeben? Hör einfach auf damit. Wir können keine Kinder haben. Können wir jetzt einfach normal mit unserem Leben weitermachen? Okay?«

»Nein!«, schrie Priya zur Antwort. »Ich will ein Baby! Ich will kein Leben ohne Kind!«

»Du hast doch mich«, sagte Madhu. »Oder ist das weniger wichtig?«

Priya schwieg einen Moment, bevor sie sprach. Sie hätte nichts Schlimmeres sagen können. Man konnte ihr im Nachhinein keine Schuld geben, denn ihre Hormone waren außer Rand und Band, deswegen war sie nicht ganz richtig im Kopf gewesen.

»Ja, ein Baby ist mir wichtiger als du«, sagte sie ruhig und bestimmt. »Nichts ist mir wichtiger, als ein Baby zu haben. Ich will ein Kind.«

»Tja, dann bekomm dein Baby. Aber du wirst es ohne mich haben müssen«, sagte Madhu.

Dann packte er seinen Koffer vor ihrer Nase, während sie kochend vor Wut und vom Eingriff immer noch blutend im Bett lag. Sie konnte nicht glauben, dass er sie verließ.

Er konnte sie doch unmöglich verlassen, oder?

Nein. Er benahm sich einfach völlig albern.

Tja, dann sollte er doch albern sein.

»Den Rest meiner Sachen hole ich später«, sagte Madhu und ging.

Priya hörte, wie die Haustür ins Schloss fiel und sein Auto davonbrauste. Und dann war sie alleine.

Sie war drei Wochen lang alleine.

Priya hatte nicht gewusst, wo er war. Er hatte keinen ihrer Anrufe beantwortet, und sie war zu stolz gewesen, um seine Freunde anzurufen oder in seinem Büro aufzutauchen und nach ihm zu fragen. Wenn er verschwunden bleiben wollte, dann war das eben so, hatte sie sich gesagt. Sie war diejenige, die verletzt worden war. Sie war diejenige gewesen, die ein Baby verloren hatte – wie konnte er es wagen, einen Wutanfall zu bekommen, während sie geblutet hatte und schwach gewesen war?

Doch nach den ersten beiden Nächten ohne ihn sorgte sich Priya, dass das vielleicht doch kein Wutanfall gewesen war. Er war fort, wahrscheinlich für immer.

»Geh zu ihm ins Büro, treib ihn in die Enge, und frag ihn, was er will«, hatte Krysta vorgeschlagen, als sie am Wochenende vorbeikam, um nach Priya zu sehen.

»Ich kann nicht zu ihm ins Büro gehen«, widersprach Priya. »Ich … denkst du, meine Ehe ist gescheitert?«

»Er hat die Taschen gepackt und ist auf und davon«, sagte Krysta nachdenklich, und als sie Priyas tief bestürzten Gesichtsausdruck sah, tätschelte sie ihre Hand. »Aber Ehen durchlaufen solche Phasen. Er muss einfach nur etwas Abstand gewinnen. Genau wie du, Priya. Es liegt nicht nur an ihm. Du musst dir ein paar Dinge durch den Kopf gehen lassen und er auch.«

»Und dann kommt er zurück?«, fragte Priya zutiefst besorgt, dass er es nicht tun würde. Sie wusste nicht, wie sie ohne Madhu weitermachen sollte. Sie wusste nicht, wie sie morgens aufstehen und ihr Leben ohne ihn leben sollte. Sie schlief schlecht, wenn er verreist war. Sie kochte nicht, wenn er nicht zu Hause war. Sie konnte nur mit ihm lachen.

»Natürlich kommt er zurück«, sagte Krysta. »Aber … nur für den Fall – du hast doch dein eigenes Bankkonto, oder?«

Priya schüttelte den Kopf. »Nein, wir haben ein Gemeinschaftskonto.«

Krysta zog die Augenbrauen fast bis zum Haaransatz hoch.

»Komm schon, wir haben ein Gemeinschaftskonto, seitdem wir in der Uni zusammengezogen sind«, sagte Priya. »Er wird sich nicht mit unserem Geld davonmachen.«

»Geh zur Bank, eröffne dein eigenes Konto, und dann überweist du die Hälfte des Ersparten dorthin«, empfahl Krysta.

Priya konnte sich nicht vorstellen, ihre Finanzen auf diese Weise zu trennen. Das würde Madhu signalisieren, dass sie kein Vertrauen in ihre Beziehung hatte.

»Sei nicht blöd, Priya«, warnte Krysta sie. »Die Frauen bei *Oprah* sind genau wie du und ich.«

»Madhu ist kein Dieb, Krysta«, wandte Priya ein.

»Hier geht's nicht um Moralvorstellungen oder darum, was du glaubst. Scheidungen bringen bei Menschen die hässlichsten Seiten zum Vorschein. Zumindest habt ihr beiden keine Kinder, um die man kämpfen müsste«, meinte Krysta pragmatisch und war sich nicht bewusst, wie taktlos das klang.

Priya war nicht zur Bank gegangen. Sie weigerte sich, die Hoffnung aufzugeben. Jedoch hatte sie ebenfalls damit aufgehört, Madhu auf dem Handy anzurufen. Falls er zurückkommen sollte, dann nicht, weil sie ihn fünfmal täglich angerufen hatte.

Sie erzählte niemandem davon, dass er sie verlassen hatte. Wenn sie mit seinen Eltern sprach, erzählte sie ihnen, er sei auf Geschäftsreise. Dieselbe Antwort gab sie auch seinen Freunden, wenn sie anriefen. Sie log dann: »Ich weiß nicht genau, wo er ist. Dallas, oder war es L.A.?«

Innerhalb einer sehr kurzen Zeit sagte sie das zu so vielen Menschen, dass sie anfing, es selbst zu glauben. Madhu war auf Dienstreise; er hatte sie nicht verlassen.

Die Einsamkeit fühlte sich bitter an. Das Gefühl ätzte sich ein, dass man in Körper und Geist nur eine einzelne Person war. Es gab niemanden, nach dem man in der Nacht die Hand ausstrecken konnte, niemanden, zu dem man sich umdrehen und die Nachrichten kommentieren konnte, niemanden, mit dem man sich Witze erzählen oder über den Verkehr lästern konnte. Sie war alleine. So fühlt es sich an, wenn man geschiedener Single ist, dachte sie. Immer Single gewesen zu sein war die eine Sache, dann wusste man nicht, was man vermisste. Aber es war etwas anderes, wenn man derart tief in einer Ehe, in einer Beziehung miteinander verbunden war und dieser Teil der Seele dann herausgerissen wurde.

Sie nahm ab, fast vier Kilo in zwei Wochen. Sie konnte weder essen noch schlafen oder etwas fühlen. Unaufhörlich checkte sie ihren Anrufbeantworter, ihr Handy und ihre E-Mails. Er kommt zurück, oder? Ja, er kommt zurück. Das war das Mantra, das sie wiederholte.

Abends holte sie sich entweder vom Inder, vom Chinesen oder von KFC Essen zum Mitnehmen. Eine Mahlzeit reichte für zwei Abendessen. Sie saß vor dem Fernseher und aß dort, weil sie nicht alleine am Esstisch sitzen konnte. Dort zu sitzen fühlte sich an wie eine Farce. Es gab niemanden, mit dem sie essen, niemanden, für den man Kerzen anzünden konnte. Diesmal dachte sie weniger über ihre Fehlgeburt nach. Sie machte sich Sorgen um Madhu.

An einem Sonntag kam er zurück, fast dreieinhalb Wochen nachdem er gegangen war. Sie hatte nicht mal gehört, wie das Auto in die Auffahrt gekommen war, obwohl sie jetzt schon tagelang auf das Geräusch gewartet hatte. Sie hatte gearbeitet und versucht, sich mit einem Designprojekt beschäftigt zu halten, das sie in der Woche zuvor akquiriert hatte.

Sie hatte ihren iPhone-Kopfhörer in die Ohren gesteckt, und das Geräusch der sich öffnenden Tür kam nicht gegen Maria Callas' Stimme an.

Tief konzentriert hatte sie im Arbeitszimmer gesessen. Die Finger glitten über die Tastatur und bewegten die Maus, die Augen scannten die auf ihrem Laptopmonitor angezeigte InDesign-Datei. Und dann konnte sie ihn plötzlich riechen.

Sie befürchtete, dass sie endgültig den Verstand verlor und sich Dinge einbildete, drehte sich um und sah ihn im Türrahmen stehen.

Sie wollte zu ihm laufen, vor Freude hüpfen und weinen:

»Du bist wieder da, du bist wieder da, du bist wieder da!« Doch sie wusste nicht, ob er zurückgekommen war, um wieder mit ihr zusammen zu sein, oder um den Rest seiner Sachen zu holen, wie er es angekündigt hatte.

»Hi«, sagte er.

Priya nickte nur, weil sie kein Wort hervorbringen konnte.

»Es tut mir leid«, sagte er.

Erneut nickte sie. Er stand mit offenen Armen da, und sie ging zu ihm. Sie umarmten sich und weinten beide um das Baby, das sie verloren hatten, und wegen der Art und Weise, wie sie einander beinahe verloren hätten.

Er entschuldigte sich für seine Fahnenflucht. Er sagte, dass er es bei ihr wiedergutmachen würde mit Reisen, Blumen, Geschenken ... was auch immer sie haben wollte. Es tat ihm leid, und Priya hatte ihm verziehen. Als er ihr sagte, dass er Angst gehabt hatte, hatte sie Verständnis. Sie glaubte ihm, als er versprach, dass er sie nie wieder verlassen würde.

»Unser Baby ist mir auch wichtig. Also werden wir dabei künftig an einem Strang ziehen. Aber du musst mir versprechen, dir Zeit für mich zu nehmen, und ich verspreche dir, dass ich mir Zeit fürs Baby nehme«, sagte er.

»Als du fort warst, habe ich nicht ein Mal über das Baby nachgedacht«, gestand Priya. »Ich habe mir nur Gedanken über dich gemacht. Ohne dich kann ich nicht sein, und da gibt's auch kein Baby.«

Das war das Schlimmste, was in ihrer Ehe passiert war – und das Beste. Die Lektionen, die sie daraus gelernt hatten, waren wichtige Lektionen. Sie ließen nichts mehr unausgesprochen und scheuten nicht davor zurück, einander zu sagen, wie es ihnen wirklich ging. Sie hatten nichts dagegen, sich auch mal zu widersprechen. Sie waren enger zusammengewachsen als vorher, gingen ehrlicher und unbefangener mit der Wahrheit um. Sie hatten gesehen, wie das Leben ohne den anderen aussehen konnte, und hatten beide verstanden, wie sehr sie sich liebten. Es mochte sein, dass Priya sich dringlicher ein Baby wünschte als Madhu, doch er stand unerschütterlich an ihrer Seite. Und vielleicht war Priya verrückt nach Babys, so wie er ihr vorgeworfen hatte, doch sie gab ihre Ehe nicht auf und ordnete dem Baby weder ihn noch ihre Beziehung unter. Sie waren besser darin geworden, die eigene Balance zu finden und einander entgegenzukommen. Es kam ihnen so vor, als seien sie in ihrer zweiten Ehe, und diesmal waren sie klüger und weiser, gesünder und glücklicher.

Priya hatte immer geglaubt, dass glückliche Paare in allem übereinstimmen müssten. Doch nun war ihr klar geworden, dass Paare, die in einer gesunden Beziehung lebten, gelernt hatten, sich gegenseitig zu respektieren, auch wenn man sich uneins war. Es ging nicht darum, wie oft man stritt; es ging darum, wie gut man darin war, sich wieder zu versöhnen. Es ging darum, sich gegenseitig und der Beziehung zuzutrauen, diesen Streit ausfechten, sich ausdrücken zu können und die Liebe zu haben, um Wunden zu heilen, den Streit zu schlichten und darüber zu lachen. Und beide hatten gelernt, wie großartig und heilend Versöhnungssex sein konnte.

Beiträge aus dem Forum von

www.deineleihmutterschaft.de:

VersuchNr1: *Meine LM musste ins Leihmutterhaus ziehen. Nach einer Untersuchung hatte sie geblutet. Gott sei Dank hatte es noch am selben Tag aufgehört. Die Ärztin sagt, das komme öfter vor. Hat jemand Erfahrung damit?*

FastMutter: *Es tut mir so leid, das zu hören.*

So hat's bei meiner LM angefangen. Wir hatten die Zwölfwochengrenze überschritten, also fühlte ich mich ganz sicher. Doch dann fing plötzlich die Blutung an, und sie hatte eine Fehlgeburt. Es war furchtbar.

UnoBaby: *Es tut mir leid, dass dir das passiert ist, FastMutter, aber eine Blutung bedeutet nicht gleich, dass man das Baby verliert. Ich habe Freundinnen, die nach einer Regeluntersuchung Schmierblutungen hatten. Angeblich ist das nicht ungewöhnlich. VersuchNr1, ist es eine Blutung oder Schmierblutung?*

VersuchNr1: *Eine Schmierblutung, und es hat aufgehört. Aber ich bin so besorgt.*

Mami8774: *Keine Ahnung, wie üblich das ist. Als meine LM Blutungen hatte, ging die ganze Show los, und zwei Tage später lag sie in den Wehen. Aber ich stimme UnoBaby zu, das weist nicht unbedingt auf eine Fehlgeburt hin, und es ist gut, dass sie ins Leihmutterhaus gezogen ist, dort sind die LM gut aufgehoben. Sie hätte von Anfang an dort sein sollen, so wie die meisten Frauen, das ist also eine gute Sache.*

NobuNobi: *Ich sage, entspann dich. Ich hab zwar keine Erfahrung damit, aber wenn du positiv denkst, dann wird alles gut gehen. Alles Gute.*

LetzteHoffnung77: *Wenn meine LM Schmierblutungen hätte, dann würde ich auch durchdrehen. Ich wäre im nächsten Flugzeug nach Indien. Hast du daran gedacht, hinzufahren und den Rest der Schwangerschaft dortzubleiben? Ich möchte das gern, aber ich kann meinen Job nicht kündigen; wir brauchen das Geld. Wir sparen, damit wir ein Kindermädchen einstellen können. Nach den mickrigen zwölf Wochen Mutterschaftsurlaub, den ich bekomme, kann ich dann wieder arbeiten gehen.*

KannNichtEmpfangen1970: *Meine LM hatte alle möglichen Schmierblutungen, und die Babys sind vollkommen gesund zur Welt gekommen. Deswegen sage ich, entspann dich, so wie NobuNobi sagt. Bleib positiv. Es ist sinnlos, sich deswegen fertigzumachen. Und ich glaube, momentan wäre es keine gute Idee, nach Indien zu reisen. Du wärst dort ganz alleine, weit weg von deinem Mann. Das würde die Dinge nur sehr schwer für dich machen.*

Prietysmami: *Warum hat deine Ärztin überhaupt so eine Untersuchung durchgeführt? In welchem Monat ist deine LM schwanger? Einige dieser Ärzte sind einfach schlecht. Ich hoffe, ihr habt euch euren sehr gut ausgesucht.*

VersuchNr1: *Ich vertraue der Ärztin. Sie ist sehr erfahren und führt eine moderne Klinik. Wir haben uns sehr genau erkundigt, bevor wir uns für sie entschieden haben.*

Prietysmami: *Ich bin sicher, dass eure Ärztin super ist; ich wollte nichts Gegenteiliges behaupten, nur manchmal sind diese Ärzte einfach nicht wirklich gut, und das endet dann in einer Tragödie für uns.*

Kapitel 8

Asha vermisste Mohini und Manoj. Sie vermisste Pratap. Sie vermisste ihr Leben in Kaveris Wohnung. Sie vermisste das Leben in ihrem alten Dorf. Sie hasste es, dieses Baby in sich zu tragen.

***

Im »Haus der Glücklichen Mütter« lebten insgesamt fünfzehn junge Frauen, alle in den unterschiedlichsten Stadien der Schwangerschaft. Fünfzehn Frauen, die die Babys anderer Leute austrugen. Fünfzehn Frauen, und die meisten schienen sich nicht sonderlich gut miteinander zu verstehen. Das war auch verständlich. Schwangere Frauen sind für ihre Gereiztheit bekannt, und so viele von ihnen so eng beieinander, das führte zu Zank und Gezeter sowie zum Lästern und Keifen über dies und jenes.

Am ersten Tag im »Haus der Glücklichen Mütter« blieb Asha auf ihrem Zimmer. Sie teilte es sich mit Gangamma, einer Neunundzwanzigjährigen, die sich zum zweiten Mal als Leihmutter hergab. Das Zimmer war klein. Zwei Betten mit dünnen Matratzen und blauen Laken füllten es beinahe aus.

Letztere sollten eigentlich wöchentlich gewaschen werden, doch Gangamma hatte ihr erzählt, dass man froh sein konnte, wenn das einmal im Monat geschah. Asha kümmerte das wenig. Zu Hause schlief sie auf einer Matte, und da gab es keine Laken, die gewaschen werden müssten. Außerdem war da ein verschmutztes kleines Fenster, das sich nicht öffnen ließ. Wenn es keinen Strom gab und der klappernde Deckenventilator sich nicht drehte, dann war es stickig im Zimmer. Wäre das ihr Zuhause gewesen, hätte Asha das Fenster geputzt, sich um die dunklen Schmutzflecke in den Ecken gekümmert, und sie hätte Pratap gebeten, das scheußliche Stück feuchter Mauer beim Fenster zu überstreichen. Andererseits war es ein Haus aus Ziegelsteinen mit zwei Toiletten; eine mit Sitz, die andere gewöhnlich, zum Hinhocken. Es gab ein Badezimmer, wenn man sich waschen wollte. Das Haus verfügte über einen eigenen Wassertank, die Wasserhähne funktionierten also. Zum Waschen im Bad benutzten die Frauen eigene Seifen und Handtücher. Sie konnten sich auf den Metallstuhl setzen und mit einem Krug Wasser aus dem Eimer schöpfen, um sich zu waschen. Das war viel besser, als es viele von ihnen zu Hause hatten, wo es vielleicht nur eine Hütte oder einen Schuppen gab, in dem sie sich waschen konnten.

Vor den Toiletten befand sich ein Waschbecken, und alle Frauen wurden angewiesen, sich nach dem Geschäft die Hände zu waschen. Das war eine Regel, und wenn man sich nicht die Hände wusch, dann bekam man von Doktor Swati was zu hören. Hygiene war wichtig im Haus. Jeden Tag musste man sich waschen; man musste sich vor und nach jeder Mahlzeit die Hände waschen und nachdem man auf die Toilette gegangen war. Bei einem Badezimmer und fünfzehn Frauen gab es unweigerlich Diskussionen darüber, wer vor wem gehen sollte und wie viel Zeit eine Frau im Vergleich zur anderen darin verbrachte.

Gangamma war von der geselligen Sorte und erzählte Asha alles über die Regeln im Haus. Sie redete und redete, bis Asha sich nach Stille sehnte. Nach knapp einer Stunde kannte Asha die gesamte Lebensgeschichte der Frau.

»Wir sind aus Mehdipatnam in Hyderabad, ich fahre also nicht einfach mal hin, um meine Kinder zu sehen«, erzählte sie Asha, die an ihrem ersten Tag sehnsüchtig darauf wartete, dass es vier Uhr schlug und Pratap mit Mohini und Manoj zu Besuch kam.

»Man gewöhnt sich daran, sie nicht um sich zu haben«, sagte Gangamma. »Ich habe zwei Söhne, und sie sind wundervolle Jungs. Jaya ist acht und Sri ist fünf.« Sie hatte Fotos, die neben ihrem Bett auf dem Boden lagen und die sie Asha nun zeigte.

»Sie sehen wie gute Jungs aus«, sagte Asha und seufzte dann. »Ich vermisse meine Kinder.«

»Aber du wirst sie doch jeden Tag zu Gesicht bekommen, und sobald du dich hier eingelebt hast, wird es dir auch besser gefallen«, sagte Gangamma und lachte. »Du wirst hier eine Menge Spaß haben.«

Asha wusste nicht, was Gangamma unter »Spaß« verstand.

Die Hausmutter, Revati, war freundlich und behandelte alle Frauen wie ihre Töchter. Doch wie Asha bereits erlebt hatte, konnte sie auch streng sein. Revati hatte eine der Mütter gerügt, weil sie die Schalen der frisch gekochten Erdnüsse, die sie beim Fernsehen im Gemeinschaftsraum gegessen hatte, einfach liegen ließ.

Man musste alles ordentlich und sauber hinterlassen. Man musste die Mahlzeiten essen. Wenn man etwas Spezielles nicht mochte, musste man das Revati mitteilen. Man musste täglich außer sonntags entweder zum Englisch- oder zum PC-Unterricht gehen, denn es hieß: »Ihr könnt nicht den ganzen Tag nur herumsitzen, das ist nicht das Haus eurer Mutter.«

Man musste täglich zum dreißigminütigen Yogakurs gehen, der morgens um neun im Gemeinschaftsraum stattfand. Wenn man die Übungen nicht machen konnte, war das okay, aber man musste kommen, außer Doktor Swati sagte etwas anderes. Doktor Swatis Wort war im »Haus der Glücklichen Mütter« wie das Wort Gottes.

Asha entwickelte eine Abneigung gegen die Ärztin. Wegen einer kleinen Blutung, von der Doktor Swati selbst gesagt hatte, dass sie von der Untersuchung kam, auf der sie bestanden hatte, war Asha gebeten worden, früher als geplant hier einzuziehen.

»Zur Sicherheit des Babys«, hatte Doktor Swati gesagt.

Und was war mit ihren eigenen Kindern? Wer würde auf sie aufpassen?

Zugegebenermaßen war es nicht so, dass Asha ihre Kinder auf der Straße zurückgelassen hatte. Kaveri war da, ebenso wie Raman, Puttamma und Pratap. Asha wusste, dass sie uneinsichtig war, doch in dieser Angelegenheit konnte sich ihr Herz irgendwie nicht ihrem Verstand beugen.

»Glaub mir, sobald du dich daran gewöhnt hast, dass jemand für dich kocht und sauber macht, willst du nicht mehr zurück«, hatte Kaveri ihr gesagt.

Asha glaubte ihr nicht. Zu Hause war zu Hause. Egal, in welchen Palast man zog, wenn er einem nicht gehörte, wenn sich die eigene Familie nicht dort befand, dann lebte man dort nicht lieber als zu Hause.

An jenem ersten Nachmittag kamen Pratap und die Kinder fünf Minuten nach vier an. Sie hatte eine Stunde Zeit mit ihnen. So lauteten die Regeln.

Mohini lief ihr in die Arme, und Manoj umarmte sie und gab ihr einen Kuss. Er schaute sich um, musterte die Frauen in dem großen Raum und sah dann eindringlich seine Mutter an. »Ist das ein Krankenhaus für Frauen, die ein Baby bekommen?«

»Ja«, antwortete Asha. »Das Baby wird hier sicherer sein.«

»Wieso? Du hast uns beide bekommen, ohne an so einem Ort zu sein«, sagte Manoj.

Asha schaute Pratap voll Panik an.

»Hast du die Enten draußen auf dem Teich gesehen?«, fragte Pratap Manoj, der seine Mutter kurz ansah und dann mit kindlicher Unbekümmertheit zusammen mit seinem Vater hinausrannte, um den Teich und die Enten darin zu begutachten.

»Ich vermiss dich, *Amma*«, sagte Mohini und besabberte Ashas Wange.

Sie saßen draußen auf der Terrasse mit Blick über den Hof, in dem sich ein großes Stück Rasen und mittendrin ein kleiner Teich mit drei Enten befanden. Keine zwei Schritte von der Terrasse entfernt wuchs eine Tulasipflanze. Sie reichte Asha fast bis zur Brust und war in einen quadratischen Zementtopf gepflanzt, der am Boden befestigt war. Der Topf war frisch gestrichen, und die verwirbelten Rot- und Gelbtöne glänzten. Jeden Morgen kam Revati für ihr *Puja* hierher, ihr Gebet.

»Jeden Tag um sechs Uhr morgens lese ich hier das *Gayatri Mantram*«, hatte sie Asha erzählt.

»Darf ich mich Ihnen anschließen?«, hatte Asha gefragt. In ihrem alten Dorf hatte sie morgens immer ein *Puja* gesprochen. Eine so schöne Tulasipflanze wie diese hatte sie dort nicht gehabt, sondern sich nur eine kleine mit mehreren Nachbarn geteilt. Sie hatte in einem Tontopf direkt vor dem Brunnen gestanden.

»Wenn Sie so früh aufstehen wollen«, hatte Revati gesagt. »Ich warte auf niemanden.«

Auf der Veranda befanden sich verschiedene Möbelstücke: Stühle, Tische und sogar ein Deckenventilator. Die Wände waren vor Kurzem geweißt worden, was Asha bereits beim ersten Mal aufgefallen war, als sie im Haus herumgeführt wurde.

Die Möbel waren typisch für viele Andhrahäuser. Zwei Plastiksonnenliegen. Die Kunststoffauflagen der Liegen waren verwittert und etwas abgenutzt. Das ehemals strahlende Blau mit gelben Streifen war nun stumpf, verblasst durch die Sonne und die häufige Nutzung.

Es gab eine Schaukel, aus Holz gebaut, auf der zwei Personen Platz hatten – so wie man sie immer in den romantischen Szenen im Kino sah. Die Schaukel war eindeutig älter, vielleicht sogar ein Erbstück, dachte Asha, denn der Lack zeigte Risse, wodurch das Holz darunter sichtbar wurde. Wenn man sie sachte mit den Füßen in Schwingung versetzte, quietschte sie. Doch Asha mochte das Geräusch, das Takt mit dem knarrenden Deckenventilator hielt – das hieß, solange die Stadt den Strom nicht abstellte. Wenn der Strom ausfiel, versammelten sich alle draußen und saßen auf den Möbeln, dem Boden und den beiden Stufen, die in den Vorgarten führten.

Während Manoj die Enten beobachtete, saß Asha mit Mohini auf der Schaukel. Pratap setzte sich auf einen der Plastikliegestühle. Als er feststellte, dass er nicht ganz stabil war, stand er auf, holte sich einen der alten Holzstühle und setzte sich neben die Schaukel.

Mohini löste sich von ihrer Mutter und gesellte sich zu ihrem Bruder am kleinen Ententeich.

Als sie außer Hörweite war, beugte sich Pratap ein wenig zu Asha hinüber und legte den Kopf leicht zur Seite. »Es tut mir leid«, sagte er.

Es war kaum ein Flüstern. Ein Lufthauch. Asha wurde feuerrot. Sie konnte ihn nicht anschauen, also starrte sie Mohini und Manoj hinterher. Hatte sich ihr Ehemann soeben entschuldigt?

Bevor sie ins Leihmutterhaus gezogen war, hatten sie sich gestritten. Sie hatten sich *tatsächlich* gestritten. Normalerweise stritten sie nicht.

Doch sie war aufgebracht gewesen. Nachdem Doktor Swati ihr gesagt hatte, sie müsse einen Monat früher ins Haus ziehen, schien Pratap der Meinung zu sein, das sei am besten. Und

Kaveri hörte nicht auf, so zu tun, als würde Asha in Urlaub fahren. Das hatte sie wütend gemacht.

»Kein Kochen, kein Saubermachen«, hatte Pratap sie geneckt, während Asha den braunen Schalenkoffer, den einzigen, den sie besaßen, gepackt hatte. Er hatte einmal Ramans Chef gehört und war alt und abgestoßen. Die Farbe war derart verblasst, dass sie beige wirkte. Oben waren zwei Kratzer, und unten befand sich ein tiefer Schnitt, den Pratap mit Isolierband überklebt hatte. Dennoch war er stabil und groß genug für Ashas Saris, Hemden und Unterhemden.

»Du wirst wie eine Maharani leben«, schwärmte Kaveri.

Asha hatte auf dem Boden gesessen, ihre Saris zusammengelegt und in den Koffer gepackt. Ihr Rücken schmerzte. Beim Aufstehen würde sie Hilfe brauchen.

»Und wir werden gut zurechtkommen ohne dich«, fuhr Pratap fort. »Wir werden Kaveris gute Küche essen und dick werden.«

»Weil meine Küche nicht gut genug ist?«, fuhr Asha ihn an, während sie ihren rosa Lieblingssari mit den grünen Besätzen in den Koffer legte.

Kaveri zog die Augenbrauen hoch, verließ das Schlafzimmer und schloss die Tür hinter sich.

»Das wollte ich nicht damit sagen«, erwiderte Pratap.

»Was wolltest du dann damit sagen?«, fragte Asha. »Alle scheinen sich zu freuen, dass ich fortgehe.«

»Niemand freut sich, aber wir versuchen, das Beste daraus zu machen«, erklärte Pratap.

»Indem ihr Kaveris gute Küche esst? Wenn ich bei der Geburt sterbe, würde das dann wohl niemanden interessieren«, sagte Asha.

»Asha!«, ermahnte sie Pratap laut.

»Schrei mich nicht an!«, erwiderte sie mit erhobener Stimme.

Man erhebt die Stimme nicht gegen den Ehemann. Das tut man nicht. Doch Asha konnte nicht anders.

»Weil du nicht für uns sorgen kannst, sitze ich hier mit einem fremden Baby im Bauch in der Patsche.«

»Niemand hat dich dazu gezwungen«, entgegnete Pratap abwehrend. »Du hast es angeboten. Ich habe dich hundert Mal gefragt …«

»Nein, hast du nicht«, unterbrach Asha ihn. »Du wolltest das von mir. Du wolltest das Geld haben. Rechnest mit dem Geld wie ein grässlicher Geschäftsmann. Und weißt du, was du verkauft hast? Mich. Du hast mich verkauft.«

»Komm bloß runter von deinem hohen Ross, *Madam*«, sagte Pratap. »Du bist immer noch meine Frau, und auch wenn ich dich gebeten habe, das zu tun, wäre das trotzdem vollkommen in Ordnung. Viele Frauen machen das. Nicht ich, sondern du … *du* bist selbstsüchtig. Ich arbeite Tag und Nacht, um für uns Geld zu verdienen, und du brauchst nur eine Sache zu tun. Aber du benimmst dich, als würdest du die Last der ganzen Welt auf den Schultern tragen.«

Unter anderen Umständen hätte Asha nachgegeben, hätte sich entschuldigt. Nicht jedoch dieses Mal. Er konnte sie nicht erst zwingen, das zu tun, und dann behaupten, dass es ein Kinderspiel sei. Nein, er musste sich vor ihr niederwerfen, flach auf den Boden, ihr kriechend die Füße küssen und ihr danken.

»Verschwinde«, sagte sie. »Und sag Kaveri, sie soll die Kinder zum Hospital bringen. Ich will dich nicht sehen.«

Pratap beugte sich vor und hielt sein Gesicht nahe an ihres. »Glaub ja nicht, dass du hier das Sagen hast, nur weil du ein bisschen Geld verdienst. Ich werde tun, was mir gefällt, und du wirst mich so oft sehen, wie ich das will.«

Einen Moment lang, einen kurzen Moment lang, dachte Asha, er würde ihr eine Ohrfeige geben, und sie war dagegen gewappnet. Noch ein Mal an ihrem gemarterten Körper. Doch er tat es nicht. Er ging fort und knallte die Tür hinter sich zu.

Raman hatte ihren Koffer zur Motorrikscha getragen, und Kaveri hatte sie zum »Haus der Glücklichen Mütter« begleitet. Pratap hatte sie seit dem Streit nicht gesehen. Und obwohl Asha mit Revati, Gangamma und den Hausregeln beschäftigt gewesen war, so war es doch ihr Streit, der erste richtige Streit, bei dem sie sich widersetzt hatte, der ihr große Sorgen gemacht und innerlich an ihr gezehrt hatte.

»Mir tut es auch leid«, sagte sie. Sie wollte nicht die Art Ehefrau sein, die ihrem Mann gegenüber laut wurde und sich mit ihm stritt. Im Kino und in Fernsehshows war das schön und gut, doch Asha wusste, dass es im wahren Leben wichtig für sie war, auf ihren Mann zu hören. Er wusste mehr als sie; er war weltgewandter als sie.

»Wir sind beide besorgt und aufgeregt; deshalb haben wir uns gestritten«, sagte Pratap. »Fühlst du dich jetzt besser?«

Asha nickte.

»Doktor Swati wird uns Informationen über Schulen für Manoj geben, und sobald wir wissen … wissen, wie viel das kostet …« Sie ließ den Satz unbeendet. Nie zuvor hatte sie die Entscheidungen für ihre Familie getroffen. Das war Prataps Aufgabe. Doch nun sprach sie, als wäre sie ebenbürtig, sagte ihm, was sie ihrer Meinung nach tun sollten. Es fühlte sich falsch an, gleichzeitig aber auch aufregend, so als könnte sie über ihr Leben mitbestimmen.

Pratap nickte. »Das ist in Ordnung. Wir werden uns eine Wohnung kaufen, nachdem wir Manojs Schule gesichert haben.«

»Bist du dir sicher?«, fragte Asha.

»Nun ja, ich glaube, wir sollten zuerst unsere Unterkunft sichern, aber wie du gesagt hast, das Geld gehört auch dir, Asha. Wenn du also denkst, dass die Schule wichtiger ist, dann werden wir das so machen«, sagte Pratap.

Er erschien ihr unterwürfig, und Asha mochte das nicht. Sie schämte sich über sich selbst.

»Ich bin mir sicher, dass genug Geld für eine Wohnung übrig sein wird«, sagte sie, auch wenn sie keine Ahnung hatte, ob sie damit recht hatte. »Und ich habe nicht gesagt, dass es mein Geld ist, Pratap; es ist unser Geld. Es gehört unserer Familie.«

»Okay«, sagte er und lächelte sie an. »Du siehst so wunderschön aus, wenn du schwanger bist.«

Asha lächelte ihn schüchtern an.

»Ich vermisse die Kinder«, gestand Asha und strich sich über den Bauch. »Ich weiß nicht, wie ich die nächsten paar Monate überstehen soll.«

»Wir werden dich jeden Tag besuchen, versprochen. Nur wenige Monate, und du bist wieder zu Hause«, sagte Pratap, und Asha wusste, dass er dachte, es sei kein richtiges Zuhause, in das sie zurückkehren würde. Wenn sie keine Wohnung kauften, würden sie nichts haben. Der Besitzer der Hütte im Dorf hatte sie wahrscheinlich bereits weitervermietet. Sie konnten nicht einfach für immer bei Kaveri und Raman wohnen. Sie mussten eine Wohnung kaufen oder irgendetwas mieten, sobald die Schwangerschaft beendet und das Baby geboren war.

Da kamen Zweifel in Asha auf, und sie wollte Pratap sagen, dass er einfach die Anzahlung für eine Wohnung leisten sollte, doch sie tat es nicht. Pratap war womöglich welterfahrener und klüger als sie, aber das große Ganze konnte er nicht sehen. Raman beeinflusste ihn; sie musste die Vernünftige sein. Die Starke.

***

Es dauerte eine Woche – nur eine Woche –, bis Asha sich an das »Haus der Glücklichen Mütter« gewöhnt hatte. Es war genauso, wie Kaveri gesagt hatte: »Wir mussten immer arbeiten. Kochen, sauber machen, jemandem den Hintern abwischen, was auch immer – das wird das erste Mal in deinem Leben sein, dass jemand anders all die Arbeit macht.«

Zur Befreiung von der Hausarbeit kam noch eine neue Freundschaft hinzu, was das Haus einladend, beinahe gemütlich machte. Keertana war im siebten Monat schwanger, hatte drei eigene Kinder – zehn, acht und sechs – und war hocherfreut darüber, nicht zu Hause bei ihrer Familie zu sein.

»Eine Frau braucht hin und wieder ihre Ruhe. Und das Beste daran ist, dass sich jetzt mein Albtraum von einer Schwiegermutter um die drei Teufelsbraten und ihren eigenen Sohn kümmern muss«, sagte Keertana lächelnd.

Sie war zum zweiten Mal Leihmutter, und weil ihr Schwangerschaft, Wehen und Geburt immer schon leichtgefallen waren, überlegte sie, es noch ein drittes Mal zu tun, wenn man sie ließ.

»Wir haben jetzt ein Zuhause, einen Fernseher, ein Auto – nächstes Mal können wir etwas für die Mitgift unserer Tochter zurücklegen«, erzählte sie und rieb sich energisch über den Bauch. »Hör mal, das ist ein Ort der Entspannung. So solltest du das sehen. Es ist nicht gut, wenn du dich aufregst und dem Baby oder dir selbst schadest.«

»Ich vermisse meine Kinder«, hatte Asha steif zu ihr gesagt, als sie sich zum ersten Mal im Fernsehzimmer getroffen hatten. Sie saßen hinten, und die anderen schauten wie gebannt *Anandam* (»Lebensglück«), die abendliche Seifenoper auf Telugu.

»Alle vermissen ihre Kinder«, erwiderte Keertana gereizt. »Du bist hier nicht das einzige Vorzeigemodell einer Mutter. *Alle vermissen ihre Kinder*, und alle müssen damit umgehen. Du sitzt nur herum und weinst dir die Augen aus dem Kopf.«

Asha wollte zurückfauchen und sagen, dass sie womöglich

so mitgenommen war, weil sie eine bessere Mutter war als Keertana, doch sie hielt den Mund. Sie merkte früh genug, dass in Keertanas Worten keine Boshaftigkeit lag. Sie sagte nur, was Fakt war, und vielleicht war es ihre direkte Art, die Asha dazu brachte, sich nicht mehr selbst zu bemitleiden.

»Ich mag diese Serie«, sagte Keertana. »Diese Tanushri ist so eine Zicke.«

Anandam handelte von einer reichen Telugufamilie aus Hyderabad. Dem Vater gehörten mehrere Fabriken, und seine Frau war eine religiöse und fromme Hausfrau. Die beiden hatten drei erwachsene Söhne, und die Serie drehte sich um das Leben dieser Söhne, von deren Frauen und das der älteren Generation, des Fabrikbesitzers und seiner Frau. Die ganze Familie wohnte in einem riesigen, opulenten Haus, und zwischen sieben und acht Uhr abends wurde Groß und Klein mit ihren Streitereien und überbordenden Emotionen vor die Bildschirme gelockt.

Tanushri war mit dem jüngsten Bruder verheiratet und der Vamp der Serie – sie hatte nie Gutes im Sinn. In jeder Folge verursachte sie Probleme für die Familienmitglieder.

»Ich sage dir, wenn Manisha herausfindet, dass Tanushri ihr insgeheim ein Verhütungsmittel verabreicht … dann bricht die Hölle los«, sagte Keertana und warf sich ein paar geröstete Erdnüsse in den Mund.

Auch bei Kaveri zu Hause war *Anandam* ein abendliches Ritual gewesen. Mit zunehmender Spannung und Freude hatten sich Kaveri und Asha jede Folge angesehen.

»Glaubst du, dass sie in die Geschichte eine Leihmutter einführen werden?«, fragte sich Keertana. »Das wäre ja was. Manisha kann kein Kind bekommen und nimmt sich eine Leihmutter. Das wäre wie unsere Geschichte.«

»Warum sollten sie das tun?«, fragte Asha.

»Weil das eine sehr spezielle Geschichte ist«, antwortete Keertana. »Wir geben anderen ein Geschenk – etwas, das sie sich selbst nicht geben können –, und sie geben mir dafür die Mittel zum Aufbau eines besseren Lebens. Was wirst du mit deinem Geld machen?«

Asha zuckte mit den Schultern.

»Gib nicht alles deinem Mann, damit er sich darum kümmert; das ist ein Fehler, den du nicht machen solltest. Charu ... die im orangenen Sari.« Keertana zeigte auf eine füllige Frau, die allem Anschein nach etwa im neunten Monat schwanger war und einer überreifen Orange ähnelte. »Beim letzten Mal hat sie das ganze Geld ihrem Mann gegeben. Er hat es genommen und sich mit irgendeiner Schlampe aus ihrem Dorf aus dem Staub gemacht. Sie stand alleine da mit zwei Kindern und ohne Geld. Dieses Mal hat sie Doktor Swati alles auf ein Konto einzahlen lassen – Doktor Swati hilft ihr dabei, sich ein Zuhause zu kaufen.«

Asha fing an, Keertana sympathisch zu finden, während sie ihr von den anderen Frauen im Leihmutterhaus erzählte. Da war Urmila; es war das erste Mal für sie, doch sie hatte es bereits zweimal probiert und das Baby verloren – dennoch hatte sie etwas Geld verdient.

»Jetzt ist sie richtig schwanger, das ist also der Jackpot für sie«, erzählte Keertana.

Ragini machte das zum dritten Mal und sagte, dass sie genug davon habe. Sie war fünfunddreißig Jahre alt, und ihr Körper war am Ende. Doch ihr Mann war Alkoholiker, und sie hatte drei Töchter. Sie brauchte Geld für deren Mitgift.

Es war Gitas zweites Mal mit denselben Eltern. Beim ersten Baby waren die Eltern wirklich gut zu ihr gewesen, hatten ihr Fernseher und Kühlschrank und dergleichen gekauft. Für den letzten Schwangerschaftsmonat waren sie sogar nach Srirampuram gekommen und hatten sie täglich besucht.

»Mein Sohn Manoj ist sehr klug«, vertraute Asha Keertana an. »Ich weiß, dass das alle Mütter sagen, aber er ist es wirklich. Er ist gerade mal fünf Jahre alt und kann bereits lesen und schreiben, auf Telugu und Englisch. Ich werde das Geld dafür nutzen, um ihn auf eine Spezialschule zu schicken.«

Keertana nickte nachdenklich. »Gibt es nicht sogar eine hier, in Srirampuram? Angeblich ist es eine sehr gute Schule. Der Enkel des Chief Minister ist, glaube ich, auch dort.«

»Mein Mann möchte eine Wohnung kaufen«, sagte Asha. »Ich weiß nicht, ob das Geld für die Wohnung und Manojs Ausbildung reichen wird.«

»Heutzutage ist Bildung sehr wichtig, und wenn dein Sohn klug ist, dann solltest du dein Geld dafür verwenden«, riet Keertana. »Mach es in zwei Jahren oder so einfach noch einmal und kauf dann auch eine Wohnung. Doktor Swati wird es dich sowieso nicht mehr als dreimal tun lassen, und man darf nicht älter als fünfunddreißig sein. Denk also einfach darüber nach und triff deine Entscheidung.«

»Ich werde das nicht noch einmal machen«, sagte Asha bestimmt. »Wie war dein erstes Mal?«

»Sehr, sehr leicht«, antwortete Keertana. »Das Baby ist einfach rausgeploppt. Ich lag etwa fünfzehn Minuten lang in den Wehen. Aber wenn man große Schmerzen hat, dann bekommt man Medikamente von Doktor Swati. Das ist ungefährlich fürs Baby und so weiter, also mach dir keine Gedanken darüber.«

Doktor Swati hatte sich mit Asha über die Schmerzmedikamente unterhalten. Die Eltern hatten eine Erklärung unterschrieben, dass Asha die Medizin während der Wehen nutzen konnte, wenn sie es wollte oder sie brauchte. Aber Asha konnte es sich nicht vorstellen, während der Geburt Medikamente, egal welcher Art, im Körper zu haben. Sie wusste, dass Doktor Swati eine wirklich gute Ärztin war, aber was, wenn etwas passierte? Sie konnte nicht das Leben eines Babys ruinieren, nur weil sie die Schmerzen der Wehen nicht aushalten konnte.

»Ist es dir schwergefallen, das Baby den Eltern zu geben?«,

fragte Asha.

»Überhaupt nicht«, sagte sie. »Ich weiß, dass einige der Mütter weinen und solch ein Unsinn, aber mir war immer klar, dass das ein Mittel zum Zweck ist. Ich war erleichtert, als es geboren war. Raus damit und weg damit. Und ehrlich gesagt war ich froh, dass ich es nicht mit nach Hause nehmen musste. Auf keinen Fall wollte ich den Dreck von noch einem Baby wegmachen. Ich habe es nicht einmal gesehen, nachdem es geboren war. Ich habe den Eltern auch gesagt, dass sie mir keine Fotos und all das schicken sollen«, fuhr Keertana fort. »Ich bin nur der Kuli; der Koffer, den ich trage, gehört jemand anderem. Und du gewöhnst dir lieber dieses Lächeln ab, wenn du dir über den Bauch streichst, Asha. Wenn du vergisst, dass du dieses hier nicht behalten wirst, dann gibt's nur Leid und Qual. Es ist ein Koffer. Der Inhalt ist wertvoll, aber du gibst ihn ab, wenn du das Ziel erreicht hast.«

Asha hielt mitten in der Streichbewegung inne und legte die Hand neben ihrem Bein ab. Sie beugte sich vor und nahm sich die Schüssel mit *Chakli*, die vor Keertana stand. Es gab nichts Besseres als frisches *Chakli* – warme, herzhafte Leckereien aus Weizenschrotmehl, in Erdnussöl knusprig frittiert –, und zusätzlicher Genuss kam von dem Wissen, dass sie es nicht selbst hatte zubereiten müssen.

Mit dem *Chakli* in der Hand stieß Asha einen Seufzer aus, lehnte sich zurück und sah zu, wie Tanushri in *Anandam* eine neue Intrige spann.

***

Asha nahm Computer- statt Englischunterricht. Sie brauchte kein Englisch zu lernen, entschied sie, oder vielmehr, entschied Keertana an ihrer statt.

»Wir überlegen, ob wir mit einem Teil unseres Geldes einen

Computer kaufen«, erzählte ihr Keertana. »Das ist gut für die Kinder, damit sie schon früh mit Computern vertraut werden. Computer sind die Zukunft, deshalb ist es wichtig, dass sie es lernen. Du solltest auch darüber nachdenken.«

Manojs Schule, Prataps Wohnung und jetzt einen Computer – fünf Lakh Rupien schwanden schnell dahin, und dabei hatten sie das Geld noch nicht einmal. Kein Wunder, dachte Asha, dass Frauen wieder und wieder herkamen, um Leihmütter zu werden.

In der ersten Stunde ging es nur darum, wie man den Computer einschaltete und etwas namens Internet öffnete. Das unterschied sich von ihrem Leben im Dorf, unterschied sich vom alltäglichen Leben in Kaveris und Ramans Wohnung. Asha war ein paar Jahre lang zur Schule gegangen, bis sie zehn war, doch danach hatte sie im Haushalt geholfen. Schule war niemals wichtig gewesen, nicht für Mädchen. Ihr Unterricht hatte in einer Hütte stattgefunden, in der ihnen der Lehrer, ein pensionierter Schulleiter, das Alphabet auf Telugu beibrachte. Asha hatte zu lesen und zu schreiben gelernt und nie nach mehr gestrebt.

Als Mädchen bestand ihr Leben im Dorf darin, sich um das Haus zu kümmern, der Mutter zu helfen und dann zu heiraten und sich um den Ehemann, die Kinder und die Schwiegermutter zu kümmern. Asha hatte ihre Tage damit verbracht, die Hütte zu fegen – Mohini würde das niemals tun müssen. Und wenn sie nun in der Lage waren, eine Wohnung zu kaufen, dann müssten sie nie wieder in einer Hütte leben. Mohini würde eine weiße Bluse mit einem blauen Rock tragen und auf eine richtige Schule gehen. Sie würde Englisch lernen. Sie würde nicht auf einen Computer starren, als wäre er etwas Besonderes, sondern ihn als etwas Normales ansehen, etwas, das sie kannte, das sie verstand.

Die Lehrerin war eine junge Frau Anfang zwanzig und

anscheinend Doktor Swatis Nichte. Sie hieß Divya und trug moderne Kleidung – Hosen, eine Bluse und sehr hübsche schwarze Schuhe mit Absatz und einer goldenen Schnalle an der Seite.

»Im Internet kann man sogar die Zeitung lesen«, erklärte sie Asha. Sie saß neben ihr und zeigte ihr eine Seite mit Nachrichten auf Telugu.

»Telugu kann ich lesen«, sagte Asha glücklich, denn alles andere war auf Englisch, und damit hatte Asha Schwierigkeiten.

Divya zeigte Asha, wie man die Maus dafür nutzt, um auf blaue Worte zu klicken und mehr zu lesen. Zaghaft wandte sich Asha den Nachrichten zu, doch sie konnte nicht nachvollziehen, wie die Maus funktioniert. Da sie Divya nicht schon in der ersten Stunde mit zu vielen Fragen nerven wollte, behielt sie es für sich und las das, was sich auf der Seite befand, die Divya für sie hervorgezaubert hatte.

Nicht, dass sich Asha dafür interessiert hätte. Wen kümmerte es, ob Narendra Modi Premierminister wurde oder dieser Gandhi-Junge? Und die Ausschreitungen in Telangana waren, was sie waren – ob Andhra Pradesh ein Staat war oder zwei, wie sollte sich das auf ihr Leben auswirken? Und ob Aishwarya Rai all die Pfunde verloren hatte, die sie wegen ihres kostbaren Babys zugenommen hatte oder nicht – ob sie wieder Filme drehen würde oder nicht –, war das wirklich von Bedeutung? Wen kümmerte das?

Kaveri liebte Filme und war ein großer Fan von Salman Khan. Sie sah sich alle seine Filme an, auch wenn sie nur wenig Hindi verstand. Asha mochte nur die Filme im Kino sehen und die Filmmusik im Radio hören, die auf Telugu waren. Sie sah sich auch die vielen Filmmusik-TV-Shows an. Doch es war ihr nicht so wichtig, dass sie auf dem Computer darüber lesen musste; genau genommen machte es sie schläfrig, hier vor dem hellen Monitor zu sitzen.

Mitten in der Unterrichtsstunde schrie Charu auf, als ein Schwall Wasser aus ihr herauskam.

»Ich glaube, das Baby kommt«, sagte sie mit panischer Stimme.

Fast augenblicklich befanden sich Revati, ein Hausmädchen, sowie die Tagesschwester an ihrer Seite und führten sie aus dem Unterrichtsraum.

Ein weiteres Hausmädchen kam, um den Boden zu wischen, und der Unterricht wurde früher als üblich beendet. Asha war dankbar. Sie hatte nicht gewusst, wie sie eine ganze Stunde damit verbringen sollte, dort zu sitzen und sich zu bemühen, Begeisterung für den Computer zu finden.

»Für Charu ist's vorbei«, sagte Gangamma neidisch, als sie an jenem Abend nach dem Essen im Fernsehzimmer saßen. »Ich habe noch zwei Monate vor mir und kann es kaum erwarten, endlich damit fertig zu sein.«

»Es sind jetzt sechs Stunden; inzwischen hätten wir etwas hören sollen«, sagte Keertana mit Blick auf die Armbanduhr.

»Kannst du dich an die eine Frau erinnern, wie hieß sie noch mal … Meena«, sagte Gita. »Sie lag fünfzehn Stunden lang in den Wehen. Ich hoffe, dass mir das nicht passiert. Fünfzehn Stunden Schmerz für das Baby von jemand anderem, das kann ich nicht aushalten.«

»Man tut, was man tun muss«, erwiderte Keertana streng.

»Du hast leicht reden«, sagte Gangamma. »Beim ersten Mal hast du nur fünfzehn Minuten in den Wehen gelegen.«

Keertana lächelte stolz. »Einige Frauen haben eben einfach Glück. Ich habe noch nie lange in den Wehen gelegen, auch nicht bei meinen eigenen Kindern.«

»Mein Rücken bringt mich noch um«, warf Narthaki ein. Genau wie Asha war sie im fünften Monat schwanger, doch sie war bereits ins »Haus der Glücklichen Mütter« eingezogen, als sie schwanger geworden war. Ihre Familie lebte in Kavali, was ziemlich weit entfernt von Srirampuram war, also hatte sie nicht die Möglichkeit, bis zum Ende des zweiten Trimesters bei ihrer Familie zu bleiben.

»Manchmal denke ich, dass es das Geld nicht wert ist«, fuhr Narthaki fort. Für sie war es auch das erste Mal. »Erst habe ich meine beiden Kinder bekommen, und jetzt mache ich das hier. Das ist reiner Wahnsinn.«

»Kann Doktor Swati nichts gegen die Rückenschmerzen tun?«, fragte Asha.

»Sie bekommt jeden Tag eine Massage«, schaltete sich Keertana ein. »Narthaki beschwert sich nur gerne. Das Essen ist nicht gut, das Hausmädchen putzt nicht richtig, ihre Kleidung ist niemals weiß genug … als hätte sie vorher in einem Palast gelebt.«

»Ich komme aus einer anständigen Familie«, protestierte Narthaki. »Wir brauchen nur ein wenig zusätzliches Geld.«

»Wir brauchen alle ein wenig zusätzliches Geld«, kommentierte Gangamma matt. »Glaubst du, wir wären hier, wenn dem nicht so wäre?«

»Ich muss nur immer daran denken, wie seltsam es sein wird, ein weißes Baby zur Welt zu bringen. Sie haben keine Haare«, sagte Narthaki. »Meine Eltern sind aus London. Und sie schreiben mir ständig Briefe, und wenn sie anrufen, dann wollen sie, dass ich das Telefon an den Bauch halte. Sie haben mir dieses weiße Gerät geschickt, das Doktor Swati hier hat, und ich muss das Gerät – iPod, P-pod oder so – mit ihren Stimmen darauf nahe am Bauch abspielen. Sie wollen sicherstellen, dass das Baby im Bauch von alleine Englisch lernt. Verrückte Leute.«

»Ich hab auch so eins bekommen«, sagte Asha. »Doktor Swati spielt es ab, wenn ich zur Untersuchung da bin.«

»Was sagen sie?«, fragte Narthaki. »Meine sagen ›hallo, ich liebe dich‹, ihre Namen … so was eben.«

»Die Mutter sagt auch solche Dinge«, antwortete Asha, obwohl sie es nicht wusste, weil es auf Englisch war. Der Vater sagte auf Telugu: »Wir leben in Kalifornien und haben sowohl den Ozean als auch die Berge in der Nähe.« »Mein Name ist Madhu, und ich bin dein Vater. Ich habe dich sehr lieb.« »Dein Zimmer liegt gleich neben unserem, und wir werden es für dich mit Schmetterlingen und Blumen dekorieren.« »Pass auf dich auf, kleines Baby.«

Asha mochte die Stimme des Vaters. Sie war sich sicher, er würde ein guter Elternteil werden. Bei der dünnen Mutter war sich Asha weniger sicher. Sie konnte nicht einmal richtig Telugu sprechen; was würde sie diesem Kind über seine Herkunft beibringen? Nichts. Diese Frau war durch und durch amerikanisch. Der Vater dagegen … er schien ein netter Mann zu sein. Ein guter Mann. Ein guter Telugumann. Und sein Telugu war gut und sauber. Es war nicht mit englischen Wörtern durchsetzt, wie bei so vielen Menschen inzwischen üblich.

»Meine haben CDs geschickt«, erzählte Keertana. »Doktor Swati bewahrt sie hier auf und spielt sie während der Untersuchungen auf ihrem Computer ab. Das ist so blöd. Das Baby wird sich an nichts erinnern, wenn es rauskommt.«

»Was ist mit deinen Eltern, Asha?«, fragte Gangamma. »Wie gehen sie mit dir um?«

»Sie sind nett«, antwortete Asha. »Jede Woche rufen sie an und schicken Geschenke. Sie schicken mir sogar Spielzeug für meine Kinder. Der Vater ist Telugu; die Mutter ist halb Inderin und halb Amerikanerin.«

»Zumindest wird dein Baby nicht weiß sein und blaue Augen haben«, sagte Narthaki.

»Warum ist es von Bedeutung, wie es aussieht?«, wollte Keertana wissen. »Es ist ja nicht so, dass wir irgendetwas damit zu tun haben werden.«

»Wir tragen sie aus«, erwiderte Narthaki.

Gangamma fragte sich ebenso wie Asha, ob sie gegen Gottes Plan verstieß, indem sie einer unfruchtbaren Frau ein Baby schenkte.

»Wenn sie kein Kind haben kann, dann, weil Gott das nicht will«, argumentierte Gangamma. »Glaubt ihr nicht, dass wir hier etwas Falsches tun?«

»Und wenn Gott uns Krebs schickt, dann lassen wir uns doch auch behandeln, oder etwa nicht? Wir sitzen nicht tatenlos herum und sagen, dass das Gottes Wille ist«, führte Keertana aus. »Das ist genau das Gleiche.«

Asha fing an, Keertana wirklich zu mögen, auch trotz ihres harschen Auftretens. Sie schien keinerlei moralische oder emotionale Probleme damit zu haben, Leihmutter zu sein. Sie tat es fürs Geld, ganz einfach, und sie glaubte nicht, dass irgendetwas kompliziert daran war.

Ihre Philosophie war simpel: Sie würde niemals im Lotto gewinnen – also sah sie das hier als ihre Lotterie an. Sie musste nur ein wenig Mühe investieren, um den Preis zu bekommen; das war es wert.

Revati verkündete, dass Charu nach sieben Stunden Wehen einem gesunden Jungen das Leben geschenkt hatte. Alle klatschten, und zur Feier des Tages verteilte Revati *Ladoos*. In zwei oder drei Tagen würde Charu im Haus vorbeikommen, um ihre Sachen abzuholen, und danach zu ihrer Familie zurückkehren. Wahrscheinlich würden sie sich nie wiedersehen.

»Arme Charu«, sagte Gangamma. »Sie war wirklich gerne hier. Jemand, der kocht und putzt, und jetzt muss sie das alles wieder selbst machen.«

»So wie wir auch«, sagte Keertana. »Ich meine, wir sollten die Zeit hier genießen; sie wird schnell genug vorbeigehen.«

»Ich mag es, zu kochen und sauber zu machen«, sagte Narthaki. »Und ich mache es allemal besser als dieses Hausmädchen Rangamma.«

An Abschiede würde sie sich gewöhnen müssen, wurde Asha klar. Sie freundete sich mit diesen Frauen an, und eine nach der anderen würden sie das Haus verlassen. Neue Frauen mit neuen Schwangerschaften würden dazukommen. Und dann würde Asha an der Reihe sein, das Haus zu verlassen und in ihr altes Leben zurückzukehren. Und wie würde das für sie aussehen?

Kapitel 9

»Ich vermisse meine Kinder. Jedes Mal, wenn ich sie sehe, kommt es mir so vor, als seien sie groß geworden«, hatte Asha ihr erzählt. »Aber es geht mir gut hier. Es ist sehr schön.«

Nachdem Priya aufgelegt hatte, fühlte sie sich wie ein Monster.

»Sie vermisst ihre Kinder«, sagte sie überflüssigerweise zu Madhu. Er war bei der über Lautsprecher geführten Unterhaltung in ihrem Arbeitszimmer dabei gewesen.

Madhu setzte sich in den Schreibtischsessel und seufzte.

»Du fühlst dich auch schlecht«, stellte Priya fest. Sie stand auf und fing an, in dem kleinen Arbeitszimmer auf und ab zu laufen.

»Aber unser Baby muss in Sicherheit sein, und es ist nicht für den Rest ihres Lebens, sondern nur für wenige Monate«, sagte er.

Priya nickte.

»Und es ist auch zu ihrer Sicherheit«, fügte Madhu hinzu.

Erneut nickte Priya.

»Aber ich fühle mich trotzdem scheiße«, gestand Madhu ein.

»Ich kann förmlich hören, wie Sush sagt, dass wir die Armen ausbeuten.« Einen Moment lang blieb Priya vor ihm stehen und setzte sich dann wieder in Bewegung.

»Wir helfen ihr dabei, ihren Kindern ein besseres Leben bieten zu können«, sagte Madhu. »Wir stellen sicher, dass ihre Familie eine bessere Zukunft hat.«

Priya schüttelte den Kopf. »Wir rationalisieren das. Das ist echt scheiße. Alles daran. Unser Baby wächst auf der anderen Seite der Welt heran, während wir hier sitzen. Jedes Mal, wenn ich Kaffee oder ein Glas Wein trinke, habe ich das Gefühl, das eigentlich nicht tun zu dürfen, weil wir schwanger sind.«

Egal, was sie tat, Priya konnte sich des Gefühls der Unzulänglichkeit nicht erwehren; dass eigentlich sie schwanger sein sollte, dass sie irgendwie weniger Frau war, weil sie es nicht konnte. Sie hatte sogar in Betracht gezogen, sich einen künstlichen Babybauch zu kaufen und ihn anzulegen ... nur zu Hause, um eine Verbindung zu der Schwangerschaft zu spüren, aus der ihr und Madhus Kind hervorgehen würde.

Sie hatte keine Rückenschmerzen. Ihre Füße waren nicht geschwollen. Ihr war nicht übel, und wenn ihr danach war, konnte sie trinken wie ein Loch.

»Wir *sind* schwanger«, sagte Madhu. »Aber ich fühle es auch, alles ist eigenartig.«

»Aber ich bin diejenige, die schwanger gewesen wäre, die schwanger hätte sein sollen«, sagte Priya. »Ich bin diejenige, die das ausgelagert hat.«

»Ja, aber du hattest keine Wahl, und nenn das nicht so«, erwiderte Madhu. »Sei nicht so hart zu dir.«

»Nicht so hart? Ich glaube, ich bin viel zu nachsichtig mit mir«, sagte sie.

Eine Weile lang saßen sie schweigend da, und dann platzte Priya heraus: »Oh Gott! Wir bekommen eine Tochter.«

Madhu grinste. »Ja.«

Doktor Swati hatte ihnen das Geschlecht verraten, bevor sie mit Asha gesprochen hatten.

»Oh mein Gott«, sagte Priya erneut und schaute Madhu mit großen Augen an. »Was, wenn ich mit meiner Tochter auch so ein Verhältnis habe wie meine Mutter mit mir?«

Madhu seufzte. »Du bist nicht deine Mutter, Schatz.«

»Nein, im Ernst«, wehrte Priya ab.

»Ja, im Ernst«, sagte er. »Du bist nicht deine Mutter, und unser Baby ist nicht du. Dahinter steht eine völlig andere Zusammenstellung von Menschen, eine völlig andere Chemie.«

»Weißt du, ich habe mir darüber Sorgen gemacht, dass das Baby ein Mädchen wird und all das«, sagte sie. »Ich meine … ein Junge wird nie mit fünfzehn nach Hause kommen und sagen, dass er geschwängert wurde.«

»Priya, jetzt lass mal die Kirche im Dorf.«

Und ich weiß sogar ihren Namen, dachte Priya. Ayesha – lebendig; die Lebendige.

»Wünschst du dir manchmal, wir hätten adoptiert? Wäre das nicht einfacher gewesen?«, fragte sich Priya laut.

»Das ist auch kein Spaziergang. Ich hab mich informiert, und es ist hart. Erinnerst du dich an Sandeep, der wegen eines Jobs bei Accenture nach New Jersey gezogen ist? Die haben das alles mitgemacht, hatten sogar schon ein Foto in der Hand, und dann wurde ihnen gesagt, dass sie das Baby doch nicht haben können. Danach war seine Frau völlig am Boden zerstört, und Sandeep hat geschworen, es nie wieder mit Adoption zu versuchen«, erzählte Madhu.

Priya holte tief Luft.

»Wir werden das durchstehen, das weißt du doch, oder?«, fragte Madhu. »Schatz, solange wir beide zusammen sind, können wir Berge versetzen. In den nächsten paar Monaten dürfen wir nur nicht den Verstand verlieren.«

***

Doch als die Wochen ins Land gingen, passierte ihnen genau das. An den Freitagabenden unternahmen sie nichts und warteten nur darauf, in Indien anzurufen und mit Doktor Swati und Asha zu sprechen. Und dann verbrachten sie sowohl den Samstag als auch den Sonntag damit, nur über das Baby zu sprechen und darüber, wie furchtbar es war, dass sie hier waren und ihr Baby woanders. Wieder und wieder sprachen sie über dieselben Dinge und drehten sich im Kreis.

Priya hatte ständig Angst, dass das Baby sterben würde – und wenn sie sich selbst davon überzeugt hatte, dass das Baby nicht sterben würde, dann kreisten ihre Gedanken um alle anderen Themen, das Baby betreffend, angefangen von der Hygiene im »Haus der Glücklichen Mütter« bis hin zu den Wehen.

»Was, wenn während der Geburt etwas schiefgeht?«

»Was, wenn sie eine Schwangerschaftsvergiftung bekommt?«

»Was, wenn sie eine Ringelflechte bekommt?«

Madhu versuchte, sie zu beruhigen, doch Priya befand sich wie in einem Strudel. Das wirklich Allerletzte, was sie jetzt gebrauchen konnte, war ein Besuch ihrer Mutter.

***

»Wenn er nicht aus Frankreich stammt, ist es kein echter Wein«, erklärte Sush, während sie an einem Merlot aus dem Napa Valley nippte.

»Das stimmt nicht, Sush«, entgegnete Madhu. »Wir sind vielleicht keine Weinkenner so wie du und Andrew, aber kalifornischer Wein ist genauso gut wie der Wein aus Europa.«

»Nicht alle Weine aus Europa sind gut«, wandte Sush ein. »Ich weiß, die Leute geraten wegen des Rieslings aus Deutschland ganz aus dem Häuschen, aber ich bin eher für Rotwein – etwas Kräftiges wie Burgunder.«

»Die italienischen Rotweine sind ziemlich gut«, sagte Priya, auch wenn sie wusste, dass sie bei dieser Diskussion nicht die Oberhand gewinnen konnte. Sie war kein Weinmensch. Ihr war es egal, ob die Flasche fünf oder fünfzehn oder fünfzig Dollar kostete – einige schmeckten gut, andere nicht.

Das hätte sie voraussehen und französischen Wein servieren können, dachte Priya und schob die Ente auf ihrem Teller herum.

Madhu hatte das Abendessen gekocht, weil Priya sich nicht hatte entscheiden können, was sie für Sush kochen könnte, ohne dafür giftige Kommentare zu ernten. Indisch? Nein, Sush würde sofort damit anfangen, dass sie indisch so viel besser kochte. Französisch? Um Gottes willen, nein. Sush würde das Essen runtermachen. Sie vergötterte Frankreich. Italienisch? Das könnte zu simpel sein. Sush könnte Bemerkungen über Kohlenhydrate und Pasta fallen lassen. Das war immer unglaublich kompliziert.

Sie hatten überlegt, ob die beste Lösung die wäre, Sush in ein Restaurant auszuführen. Aber sie wussten, dass sie sich darüber beschweren würde, schon wieder außerhalb essen zu müssen. Sie hatte gerade erst knapp eine Woche lang in Restaurants gegessen, als sie bei einer Konferenz in San Francisco gewesen war. Nachdem sie die Woche über im Hilton gewohnt hatte, verbrachte sie nun das Wochenende bei ihnen.

Sie wünschten, es gäbe eine Möglichkeit, das zu verschieben, doch sie hatten keine Chance, auf freundliche Art und Weise zu sagen: »Nein, komm nicht, wir sind auch so schon gestresst genug.«

Priya und Madhu (und wahrscheinlich sogar Sush) wussten, dass sie sich nicht ewig über Wein unterhalten würden. Früher oder später würde Sush die Unterhaltung auf das Baby lenken. Und nach drei Gläsern kalifornischen Merlots – auch wenn er unzulänglich war – würde sich Sush nicht zurückhalten, sondern würde, wie sie es nannte, frei von der Leber weg sprechen.

»Wie war die Konferenz?«, fragte Madhu und stürzte sich

auf die Entenbrust. Er hatte entschieden, bei seiner Spezialität zu bleiben: Ente à l'orange. Das konnte er gut, und als er es letztes Mal für Andrew und Sush zubereitet hatte, waren sie hellauf begeistert gewesen. Damals hatte er es natürlich mit einem guten französischen Bordeaux serviert.

»Diese Rettet-die-Welt-Konferenzen sind Zeitverschwendung«, moserte Sush und schob den Teller fort. Sie hatte das Essen nicht gelobt. Doch sowohl Priya als auch Madhu hatten bemerkt, dass sie es auch nicht kritisiert hatte.

»Warum nimmst du dann daran teil?«, fragte Priya und legte ihr Besteck hin. Sush raubte ihr den Appetit; so ging es ihr bereits seit ihrer Kindheit.

»Weil es in meiner Position von mir erwartet wird«, antwortete Sush und lächelte. »Wenn man in der karitativen Branche eine Stellung wie meine erreicht, dann muss man bei solchen Konferenzen erscheinen und eine Rede halten; sonst hört einem niemand mehr zu, wenn man mal was Wichtiges zu sagen hat.«

Priya und Madhu nippten schweigend an ihrem Wein.

»Und wenn ich meine Kontakte nicht pflege, habe ich bald keinen Job mehr«, fuhr Sush fort. »Mein ganzes Leben lang habe ich für gemeinnützige Organisationen gearbeitet, und bald werde ich sechzig … wie dem auch sei, je älter man wird, desto weniger hören die Leute auf einen. Man stellt fest, dass das, was man zu sagen hat, nicht so wichtig ist. Ich fühle mich, als würde ich beiseitegeschoben. Ich bin nicht jung genug, um der Aufmerksamkeit wert zu sein. Heutzutage muss man Angelina Jolie sein, um etwas zu erreichen.«

»Niemand schiebt dich beiseite, Mummy«, sagte Priya aus Mitgefühl für ihre Mutter. Ihre Karriere war ihr Ein und Alles gewesen, und es war nicht leicht für sie, zu akzeptieren, dass sie bald in den Ruhestand gehen musste, ob sie bereit dafür war oder nicht. Und Sush war nicht wirklich sechzig, sondern eher fünfundsechzig. Doch Priya wusste, dass ihre Mutter, was das Alter betraf, gern hier und dort ein wenig schummelte.

Priya war immer aufs Neue darüber verwundert, dass Sush trotz ihrer Arbeit für gemeinnützige Organisationen – ihrer Arbeit für die Armen, wie ihre Mutter es formulierte – bis zum Hals in Eitelkeiten versank. Jemand, der für die Armen arbeitet, sollte nicht über kalifornischen Wein herziehen! Jemand, der für die Armen arbeitet, sollte dankbar sein, dass sowohl Essen *als auch* Wein auf dem Tisch stand.

»Wie steht es um eure Jobs?«, fragte Sush.

Madhu zuckte mit den Schultern. »So gut es eben geht.«

»Die Wirtschaft ist ja völlig am Boden«, meinte Sush und trank ihr Weinglas aus.

Madhu schenkte prompt nach.

»Es wird wieder besser werden«, sagte Priya.

»Gibt's in deiner Firma Entlassungen?«, fragte Sush.

Priya nickte. »Es gab eine Runde, und wahrscheinlich gibt's noch eine, wenn das Geschäft nicht anzieht.«

»Ihr solltet aufpassen, ihr beide. Ich weiß nicht, was ihr euch dabei gedacht habt, in diesem wirtschaftlichen Klima ein Kind zu bekommen«, sagte Sush.

Und schon ging es los.

»Einfach selbst schwanger zu werden ist die eine Sache, aber Unmengen von Geld dafür auszugeben, um ein Baby zu bekommen, ist Wahnsinn. Wenn ihr so viel Geld übrig habt, solltet ihr es spenden.«

Priya seufzte.

Madhu holte tief Luft – als würde er sich auf eine Diskussion vorbereiten, die sich nun wahrscheinlich anschließen würde.

Sush schaute sie beide an. »Es ist egoistisch, ein Baby auf diese Weise zu bekommen. Ich kann das nicht gutheißen.«

Priya erhob sich und nahm ihren Teller. »Rat mal was, wir brauchen deine Zustimmung nicht.«

Das führte zu einer erneuten endlosen Diskussion über Priyas mangelnden Respekt für ihre Mutter. Wenn sie sich nur nicht so aufstacheln lassen würde, dachte Priya. Wenn sie sich nur nicht jedes Mal, wenn ihre Mutter vorbeikam, in einen wütenden Teenager verwandeln würde, dann wären Sushs Besuche vielleicht nicht so ein Desaster.

***

Sie lagen schweigend im Bett und hörten, wie Sush im Gästezimmer herumhantierte.

Als es drüben still wurde, drehte sich Priya zu Madhu. »Ist dein Job sicher?«, fragte sie.

Madhu unterdrückte ein weiteres Seufzen. Sush hatte einen Treffer gelandet. Sie pflanzte diese Samen des Zweifels in Priya ein, und sie gingen auf.

»Wie gesagt, so sicher es eben geht; die Weltwirtschaft ist im Keller.«

»Wenn wir beide unsere Arbeit verlieren, wie kommen wir dann klar?«

»Wir haben was angespart.«

»Und was wäre mit der Krankenversicherung?«

Madhu legte Priya die Hand an die Wange. »Wir wären durch das COBRA-Gesetz noch weiterversichert. Ich kann immer einen Job finden. Irgendwas, alles, um uns durchzubringen. Wir werden klarkommen, versprochen.«

Priya stiegen die Tränen in die Augen. »Ich sehe diese Geschichten über obdachlose Menschen und habe Angst. Was, wenn wir die nächsten sind? Was, wenn … was, wenn unser Haus rückübereignet wird? Was sollen wir dann tun?«

»Bei Sush und Andrew einziehen?«

»Haha, sehr witzig«, sagte Priya.

Sie schwiegen wieder, und dann sagte Priya leise: »Madhu,

ich hab Angst.«

»Brauchst du nicht. Ich sorge für dich.«

Im Kern war Madhu altmodisch. Er glaubte, dass der Mann für die Familie sorgen sollte. Er hatte Priya immer ihre berufliche Karriere gegönnt, doch oftmals fragte sie sich, ob er einer dieser neidischen Ehemänner sein würde, wenn sie anfinge, mehr Geld zu verdienen als er.

»Wie dem auch sei, Calvin hat mir versichert, dass es keine Entlassungen geben wird. Wir schreiben immer noch schwarze Zahlen. Unsere Firma wird niemandem kündigen«, sagte Madhu.

»Ich bin nur ihretwegen so aus dem Tritt«, sagte Priya.

»Sie hat eine Wissenschaft daraus gemacht, aber wirklich«, erwiderte Madhu. »Kaum freust du dich über irgendwas, sorgt Sush dafür, dass du einen Grund hast, dich mies zu fühlen.«

»Aber das ist meine Schuld, ich lasse es zu.«

»Die Stimme einer Mutter ist machtvoll«, wandte Madhu ein. »Du hattest nie eine Chance, Schatz.«

»Zum Teufel mit ihr«, sagte sie.

»Das ist die richtige Einstellung«, stimmte Madhu zu. »Ich hatte gehofft, wir könnten heute Nacht Sex haben, aber ich mache mir Sorgen, dass sie uns hört und morgen dann vielleicht meine Technik kommentiert.«

Priya lachte.

***

Am nächsten Morgen gingen sie in ein nahe gelegenes indisches Restaurant mit südindischer Küche. Sush hatte die meisten ihrer indischen Gewohnheiten abgelegt, dennoch genoss sie sonntagmorgens ihr *Idli* mit *Sambhar* und Kokosnusschutney.

»Möchtest du, dass Madhu dich heute Abend nach Redwood City fährt?«, fragte Priya, während sie auf das Essen warteten.

Sush war zum Abendessen bei einer Freundin eingeladen, und sowohl Madhu als auch Priya waren erleichtert, dass sie sie nicht einen weiteren Abend bewirten mussten.

»Wenn es dir nichts ausmacht«, antwortete Sush. »Genau genommen hat Heidi gesagt, dass ihr beiden auch herzlich willkommen seid.«

Heidi und Sush hatten vor Ewigkeiten zusammen an der Uni in Berkeley studiert. Obwohl Heidi einen Herzchirurgen geheiratet und von da an ihre Tage damit verbracht hatte, sich um ihre antiken Möbelstücke und ihre Kinder – in dieser Reihenfolge – zu kümmern, waren sie dennoch befreundet geblieben. Als Priya noch klein war, waren sie zusammen in den Familienurlaub gefahren. Doch als Heidis Töchter und Priya älter wurden, beschränkten sich die gemeinsamen Familienurlaube auf die Eltern. Heidis Ehemann, Mike, war vor ein paar Jahren gestorben. Sush und Heidi verbrachten nun gelegentlich ein langes Wellnesswochenende miteinander, mit Gesichtsbehandlungen und Seetangmasken. Als Teenager hatte Priya nie verstehen können, wieso Sush und Heidi sich so gut verstanden. Heidi war nicht berufstätig und redete die meiste Zeit nur von ihrem Fitnesstrainer, während Sush über die Rettung der Welt sprach – doch als sie älter wurde, hatte Priya es verstanden: Heidi war keine Bedrohung für Sush. Heidi war einfach nur eine Hausfrau, die zu Sush wie zu einer Art Superfrau aufschaute. Und Sush genoss das.

»Wie gesagt, Madhu und ich müssen noch wo hin … also …«, erwiderte Priya und hätte sich dafür treten können, dass sie keine bessere Ausrede geplant hatte. *Wir müssen noch wo hin?* Hätte sie etwas sagen können, das noch lahmer klang?

Sush zog ruckartig die Augenbrauen hoch.

»In letzter Zeit ging es bei uns beiden recht turbulent in der

Arbeit zu«, warf Madhu ein. »Und wir hatten einen ruhigen, romantischen Abend geplant. Das heißt, ich hatte den Abend geplant. Ich hatte alles organisiert, bevor du gesagt hast, dass du vorbeikommst.«

»Und was hast du geplant?«, fragte Sush misstrauisch.

Madhu grinste. »Das ist eine Überraschung für Priya.«

Sush nickte, aber sie kaufte es ihm nicht ab. Als Resultat hatte sie für den Rest des Tages schlechte Laune. Sie lehnte sogar Madhus Angebot ab, sie zu fahren, und brachte einen von Heidis Schwiegersöhnen dazu, den ganzen Weg aus Redwood City zu kommen und sie abzuholen.

»Und, wie sehen deine romantischen Pläne aus?«, fragte Priya.

Madhu zuckte mit den Schultern. »Vor der Glotze abhängen? Und etwas – entschuldige vielmals – *kalifornischen* Wein trinken. Und wenn im Fernsehen nichts Ordentliches läuft, können wir Sex haben, ohne befürchten zu müssen, dass deine Mutter später meinen Stil im Bett kommentiert. Was meinst du?«

Priya grinste. »Hört sich nach einem guten Plan an. Können wir mit dem Sex etwas warten? Krysta hat gesagt, sie will noch vorbeikommen und reden.«

»Schlimme Trennung?«, fragte Madhu.

Priya nickte.

Das war typisch für Krysta. Wenn sie mit jemandem ausging, dann bekamen sie sie nicht zu Gesicht, aber wenn Schluss war, dann kam sie regelmäßig zum Abendessen vorbei.

»Aber diesmal ist es gut, dass Schluss ist. Sie hat sich mit einem verheirateten Typen getroffen«, sagte Priya.

Madhu schüttelte es. »Bist du nicht auch froh, dass wir uns haben? Da draußen herrscht der reinste Dschungel, wenn man Single ist.«

»Manchmal komme ich mir wie eine Hochstaplerin vor, wenn

ich mit Krysta rede und Plattitüden austeile. Was weiß ich denn schon? Wir sind schon derart lange zusammen, dass ich mich nicht mal ans Singledasein erinnern kann«, sagte Priya. »Und sie ist fünfunddreißig. Sie hat Angst, dass sie niemanden findet.«

***

Priya und Krysta schauten sich *Pretty Woman* auf TNT an, während Madhu sich im Arbeitszimmer vergrub.

»Und wo ist mein Richard Gere?«, fragte Krysta.

»Wir hätten uns *The Fast and the Furious* ansehen sollen«, meinte Priya seufzend.

»Vin Diesel wäre schon was für mich«, sagte Krysta und schüttelte dann den Kopf. »Aber weißt du was, ich glaube, ich kann mit keinem mehr etwas anfangen.«

»Na ja, manchmal ist es gut, eine Pause einzulegen«, sagte Priya.

Krysta schüttelte erneut den Kopf und trank einen Schluck Wein. Plötzlich kullerten ihr Tränen übers Gesicht.

Priya tröstete ihre Freundin, so gut sie konnte, doch alles, was sie ihr zu geben vermochte, waren Worte und Umarmungen. Und Taschentücher. Viele Taschentücher. Krysta war immer noch da, als Sush nach Hause zurückkam. Jetzt war sie mehr denn je davon überzeugt, dass Madhu keinen romantischen Abend geplant hatte – nicht, wenn er im Arbeitszimmer saß und Priya mit Krysta im Wohnzimmer.

»Hallo, Krysta«, grüßte Sush, nachdem sie mit dem Zweitschlüssel, den Madhu ihr gegeben hatte, hereingekommen war. Sie schaute demonstrativ auf ihre Uhr und dann zu Priya. »Wenn ihr keine Lust habt, mit zum Abendessen zu Heidi zu kommen, dann hättet ihr das einfach sagen können und nicht irgendwelche Lügen fabrizieren müssen.«

»Hi, Sush«, sagte Krysta und erhob sich. »Ich werde dann

mal lieber nach Hause gehen.«

»Ich bring dich noch raus«, sagte Priya und ignorierte ihre Mutter.

Als Priya zurück ins Haus kam, war Sush im Arbeitszimmer schon dabei, Madhu die Leviten zu lesen.

»Ich mache mich auf den weiten Weg hierher, und dann werde ich so behandelt? Ich sehe, wie sich Heidis Töchter und die Schwiegersöhne um sie kümmern, und bin beschämt, weil ihr beiden keine Manieren habt. Ihr behandelt mich …«

»Genug«, sagte Priya. »Es reicht jetzt.«

»Was?«

»Hör einfach auf, Mummy«, sagte Priya. »So kannst du nicht mit Madhu reden. Er ist nicht dein Kind. Und ja, wir haben dich nicht gerne bei uns, weil du uns andauernd nur sagst, was wir alles falsch machen. Wenn es nicht die Leihmutter ist, dann ist es das Auto, das ich fahre, oder der Zustand des Hauses oder des Gartens oder meine Kochkünste. Du kommst nie her und sagst: ›Hey, deine Rosen blühen, wie schön.‹ Oder bemerkst, dass wir eine schöne neue Couch gekauft haben. Nie fragst du, wie es dem Baby geht, wie wir mit der Leihmuttersituation klarkommen. Stattdessen fängst du einfach eine Diskussion darüber an, was für furchtbare Menschen wir sind.«

Sush starrte Priya einfach nur an und marschierte dann aus dem Arbeitszimmer.

Plötzlich blieb sie stehen und drehte sich um. »Ruf mir ein Taxi; ich reise ab.«

»Nein, tust du nicht«, erwiderte Priya abgekämpft. »Es ist zwei Uhr morgens, und außer ins Gästezimmer und ins Bett gehst du um diese Uhrzeit nirgendwo hin.«

Dieses Mal schaute sogar Madhu Priya mit offenem Mund an.

»Priya, du hast mir nicht zu sagen, was ich tue und was …«

»Mummy, kein Drama bitte, ausnahmsweise mal. Du

musst zugeben, dass du uns alle wie Dreck behandelst. Und umgekehrt willst du, dass wir dich wie eine Königin auf Händen tragen. Das kann nur Dad«, sagte Priya.

»Ich behandle weder dich noch deinen Vater wie Dreck«, entgegnete Sush verärgert.

»Natürlich tust du das. Er kann dir nichts recht machen. Du reagierst zwar relativ nett und sagst so was wie: ›*Liebling*, du hast's vermasselt‹, aber dennoch sagst du's«, erwiderte Priya. »Und du musst damit aufhören, zumindest bei mir. Wir werden bald ein Baby bekommen. Wenn du also nicht anfangen kannst, uns wertzuschätzen, dann kommst du auch nicht in die Nähe des Babys. Ganz besonders, wenn du vorhast, in Schimpftiraden darüber auszubrechen, dass wir eine Leihmutter haben. Das kann ich in meinem Leben nicht gebrauchen. Und unser Kind braucht das auf gar keinen Fall. Du darfst nichts Negatives mehr sagen.«

»Dann habe ich dir gar nichts mehr zu sagen«, erwiderte Sush. »Ich spreche aus, was ich sehe. Ich spreche die Wahrheit und werde nicht lügen, nur um deine Gefühle zu schonen. Ich bleibe die Nacht über hier, weil es – wie du schon gesagt hast – zwei Uhr morgens ist. Aber morgen reise ich ab. Ich werde niemals in euer Haus zurückkehren. Und ich werde nie wieder mit euch sprechen.«

Priya schaute ihr hinterher, als sie ging, und senkte dann den Kopf.

»Und ich hatte gedacht, wenn ich mich gegen sie behaupte, dann würde es diesen großartigen Moment zwischen uns geben«, sagte sie.

»Ist nicht ausgegangen wie im Kino, was?«, sagte Madhu und kam zu ihr.

Priya schüttelte mit Tränen in den Augen den Kopf.

Beiträge aus dem Forum von

www.deineleihmutterschaft.de:

NobuNobi: *Das Baby kann jeden Moment zur Welt kommen, und ich bin soooo nervös. Wir sind jetzt in Indien, und ich wohne quasi schon im Hospital bei meiner LM. Sie ist großartig. Und ich kann es kaum erwarten, unseren Sohn zu sehen.*

VersuchNr1: *Viel Glück und gratuliere. Ich freue mich auf die Fotos.*

FastMutter: *Gratuliere! Jetzt, da wir eine haben, die schwanger ist, kann ich's kaum erwarten, bis unsere LM entbindet. Aber meinem Mann ist gerade gekündigt worden. Gott sei Dank habe ich noch einen gut bezahlten Job. Ich hoffe, dass ich den nicht auch verliere, sonst sind wir aufgeschmissen.*

KannNichtEmpfangen1970: *Die Wirtschaftslage ist schlecht. Meiner Stieftochter und ihrem Mann wurde letzten Monat beiden gekündigt. Im Moment kommen sie klar, und mein Schwiegersohn findet hoffentlich bald einen Job. Aber wenn nicht … ich glaube, dann werden sie bei uns einziehen.*

LetzteHoffnung77: *Ich habe so große Angst davor, mein Haus zu verlieren. Mein Mann ist so genervt von mir, weil ich ihn ständig frage, ob sein Job sicher ist. Ich bin Hausfrau und Mutter, also verdient er alleine die Brötchen.*

NobuNobi: *Ich weiß, dass ich bald gekündigt werde, vor allem, weil ich jetzt in Indien bin und dann zwölf Wochen Mutterschaftsurlaub nehme. Meine Schwiegereltern sagen andauernd, wie dumm wir sind, weil wir das machen. Als würde ich wegen des Babys meine Arbeit verlieren. Mein Job ist mir egal. Ich will einfach nur mein Baby nach Hause bringen.*

VersuchNr1: *Meine Mutter ist auch nicht besonders hilfreich. Letzte Nacht haben wir uns gestritten, und ich glaube, sie wird nie wieder ein Wort mit mir reden.*

UnoBaby: *Das tut mir so leid. Ich habe ein paar Freunde verloren, weil wir eine LM haben, und ich sage, ein Glück, dass ich die los bin! Aber das kann man nicht bei den Eltern sagen. Letztlich hat man nur eine Mutter. Ich hoffe, sie besinnt sich wieder.*

VersuchNr1: *Ich glaube nicht. Ich habe meine Stimme gegen sie erhoben, was ich noch nie zuvor gemacht habe. Aber irgendwie ist es auch okay für mich, dass sie im Moment nicht Teil meines Lebens ist. Sie ist zu kritisch, freut sich weder für uns noch aufs Baby. Manchmal ist es einfach leichter, loszulassen, als darum zu kämpfen, die Beziehung am Laufen zu halten. Das tut einfach zu sehr weh.*

Teil 3

Zweites Trimester

Kapitel 10

Die Mutter hatte geweint, als Asha ihr gesagt hatte, dass sie ihre Kinder vermisse. Sie hatte ihr gesagt, dass es ihr im »Haus der Glücklichen Mütter« gefiel, doch da die Mutter nachgehakt hatte, hatte sie ihr auch erzählt, wie sehr sie Manoj und Mohini vermisse. Und weil die Mutter geweint hatte, fühlte sich Asha ein wenig besser, als sei ihr Leid nun geteilt.

Die Mutter hatte gefragt, was sie am meisten vermisse, und sie hatte geantwortet, dass es ihr fehle, Manoj zur Schule zu bringen. Das und ihn danach wieder nach Hause zu bringen. Sie liebte es, mit ihm die Straße entlangzugehen, seine Hand in ihrer und Mohini in ihrem Arm, während er morgens davon erzählte, was er an diesem Tag in der Schule lernen würde; und auf dem Weg zurück erzählte er ihr, was er an dem Tag alles erlebt hatte.

Aber das Beste, das Allerbeste war, wenn sie sich am Schultor zu ihm runterbeugte und Manoj sie umarmte und ihr einen Kuss auf den Mund gab. Mohini, die neben ihr stand, kicherte dann immer und wollte auch einen Kuss. Manoj seufzte und gab seiner Schwester einen Kuss auf die Wange. Dann rannte er hinein, und Asha ging das Herz auf. Bei Gott, ihre Kinder waren wundervoll.

Asha zählte die Tage. Weitere achtzehn Wochen lagen noch vor ihr.

Sie musste zugeben, dass die Wochen im »Haus der Glücklichen Mütter« schneller vergingen als bei ihr zu Hause.

Hier liefen ihre Tage nach immer demselben Muster ab. Sie wachte auf, und es gab Yogaunterricht. Danach wuschen sie sich und aßen ein herzhaftes Frühstück aus *Idlis* oder *Dosas* oder *Vadas* mit *Sambhar*, Joghurtreis und frischem heißem Reis mit Gemüsecurry. Das Frühstück war die Hauptmahlzeit im Haus, was anders war, als sie es zu Hause hielt. Aber anscheinend war es gesünder, ein gutes Frühstück und nur ein leichtes Mittagessen zu haben.

Nach dem Frühstück fand der Computerunterricht statt. Danach machten sie eine Pause, in der sie fernsahen und einen Snack aus Früchten und Milch zu sich nahmen. Asha hatte erst lernen müssen, Früchte wie Äpfel und Ananas zu essen, da sie zu Hause nur Bananen und Mangos aß, und das auch nur, wenn es Saison dafür war. Obst war immer zu teuer gewesen, um es jeden Tag essen zu können.

Nach dem Imbiss erhielten einige von ihnen Massagen, oder sie saßen einfach nur herum. Dann kam das Mittagessen und noch mehr Ruhezeit. Viele der Frauen hielten Mittagsschlaf. Einige Frauen lasen; andere sahen im Fernsehzimmer fern und quatschten. Asha versuchte, Mittagsschlaf zu machen, doch sie war nicht daran gewöhnt, Zeit zum Ausruhen zu haben. Immer hatte sie Kleidung waschen, Abendessen vorbereiten, mit Manoj Hausaufgaben machen und Mohini umsorgen müssen.

Da sie nicht schlafen konnte, gesellte sie sich zu ihren neuen Freundinnen Narthaki, Keertana, Gangamma und Gita im Fernsehzimmer. Tagsüber spielten sie Karten, und am Abend sahen sie die Serie *Anandam*. Doch zumeist unterhielten sie sich.

Gitas Eltern, die Amerikaner waren, waren nach Srirampuram gekommen und besuchten sie jeden Tag um vier Uhr, wenn auch Ashas Kinder vorbeikamen. Asha hatte die Eltern gesehen. Sie waren großzügig und brachten jeden Tag Geschenke für Gita mit. Den einen Tag bekam sie einen Fernseher für ihr Zimmer, an einem anderen ein leeres Fotoalbum für die Fotos ihrer Kinder, und erst gestern hatten sie ihr Trockenfrüchte mitgebracht.

»Gita weiß, wie man an Sachen rankommt«, sagte Keertana beim Rommeespiel.

»Ich weiß nicht, wie man an Sachen rankommt; meine Eltern sind einfach nur gute Menschen«, erwiderte Gita.

»Ach komm schon, gerade vorgestern habe ich gehört, wie du zu ihnen gesagt hast – und das noch auf Englisch –, ›Mein Rücken schmerzt so doll; das Bett ist sehr hart‹, und *arrey*, sie kaufen dir eine neue Matratze«, sagte Keertana und warf eine Herz neun auf den Kartenberg vor ihnen.

»Ich habe sie nie gebeten, mir etwas mitzubringen«, entgegnete Gita verärgert und warf ihre Karten mit der Vorderseite nach unten auf den Tisch. »Ich gebe auf.«

»Andauernd gibst du auf«, beschwerte sich Narthaki. »Bekommst du denn nie gute Karten?«

»Vielleicht nicht, dafür hat sie aber einen neuen Sony-Fernseher in ihrem Zimmer stehen«, stichelte Keertana.

»Du bist ja nur neidisch, dass meine Eltern besser sind als deine«, sagte Gita.

Keertanas Eltern wollten keinerlei Kontakt mit ihr haben. Sie wollten sie weder treffen noch kennenlernen. Sie wollten einfach nur ihr Baby haben und nie wieder mit der Frau zu tun haben, die ihm das Leben geschenkt hatte. Im Haus gab es noch mindestens drei weitere Leihmütter, deren Eltern keinen Kontakt mit ihnen haben wollten. Doktor Swati meinte, der Grund dafür sei, dass sie keine emotionale Verbindung aufbauen wollten, weil es für die Eltern sehr hart war, ihr Baby auf diese Weise zu bekommen.

»Meine Eltern hatten mit anderen Leihmüttern derart viel Pech gehabt, dass sie es jetzt unkompliziert haben wollen. Und das ist vollkommen in Ordnung für mich«, erwiderte Keertana. »Außerdem will ich sowieso keine seltsamen Leute aus Großbritannien kennen. Und ich spreche kein Englisch, also müsste Nursamma übersetzen, was mehr Umstände macht, als ich haben will.«

Nursamma oder Schwester Alice war die im Haus lebende Krankenschwester und eine füllige Mittfünfzigerin, die eine Kette mit einem Kreuz um den Hals trug. Sie war Christin und sprach sehr gut Englisch. Mit allen Leihmüttern ging sie freundlich um, und Asha sprach gern mit ihr über ihre Zeit in Kerala, wo Nursamma bis zum Tod ihres Mannes gelebt hatte. Da sie weder Kinder noch Verwandte hatte, sah sie die Leihmütter als ihre Familie an. Mit der Hausmutter, Revati, war sie sehr gut befreundet. Diese beiden einsamen Damen hatten sich hier bei »Happy Mothers« ein Zuhause aufgebaut, und wann immer Asha sie sah, war sie froh, dass sie einen Mann und Kinder hatte.

Nursamma sprach inzwischen sehr gut Telugu – sie lebte jetzt auch schon seit fast fünfzehn Jahren in Andhra –, doch ihr malayalamischer Akzent war sehr stark. Sie sagte immer noch *b* statt *p*, besonders, wenn sie schnell sprach.

Ihr Haar war stark gelockt, was Asha mit allen Malayalifrauen verband, und statt eines Saris trug sie eine Kurta über einem langen Rock.

»Früher bekamen die Frauen Kinder, noch bevor sie zwanzig wurden«, erzählte sie Asha einmal, als sie draußen auf der Veranda saßen und Jasminblüten als Haarschmuck für die Frauen auffädelten.

»In meinem Dorf ist das heute noch so«, sagte Asha.

»Und dort haben Frauen keine Probleme, Kinder zu bekommen. Aber in der Stadt, wo Frauen arbeiten und so weiter, da warten sie und warten sie, bis sie heiraten, und beschweren sich dann, wenn sie dreißig sind, dass sie keine Kinder bekommen können«, sagte Nursamma.

»Dreißig und keine Kinder?«, fragte Asha.

»Ja, und ich habe gehört, die Frauen in Amerika bekommen ihre Kinder manchmal sogar erst mit vierzig«, sagte sie. »Das ist nicht gesund.«

»Haben Sie schon immer als Krankenschwester gearbeitet?«, fragte Asha.

Nursamma nickte, nahm eine Jasminkette und reichte sie Asha. »Nehmen Sie die Erste.«

Asha nahm die Blüten und flocht sie so in ihr Haar, wie es ihre Mutter immer getan hatte. Asha hatte immer langes, glattes schwarzes Haar gehabt, das sie zu einem Zopf geflochten trug, und ihre Mutter hatte immer gesagt, dass eine Frau mit schwarzem Haar, gekrönt mit süß duftendem Jasmin, schön aussehe.

»Ich war Krankenschwester in der indischen Armee«, erzählte Nursamma. »Sieben Jahre lang. Von 1982 bis 1989.«

»Wirklich?«, staunte Asha, während sie mit geübten Handbewegungen die Jasminblüten mit einem weißen Faden umschlang. »Haben Sie dort so gut Englisch gelernt?«

»Ja«, antwortete Nursamma und lachte. »Die Geschichten, die ich Ihnen aus diesen Tagen erzählen könnte. Oh je. Doch dann wurde mein Mann krank, und ich musste ausscheiden. In der Armee reist man zu viel herum, und das war nicht gut für meinen Mann. Also fing ich in Kochi als Krankenschwester an, und dann, nachdem er gestorben war, konnte ich dort einfach nicht mehr leben. Zu viele Erinnerungen.«

»War Ihr Mann nett?«

Nursamma hatte mit klaren, leuchtenden Augen und einem Lächeln im Gesicht genickt, so als würde sie an etwas Schönes denken. »Der netteste Mann der Welt. Und jetzt sollten wir das fertig machen, bevor *Anandam* anfängt.«

Asha fragte sich, ob sie mit ihren Erinnerungen auch mal so zufrieden sein würde, wenn Pratap sterben sollte. Sie hatte gesehen, wie verbittert Puttamma als Witwe war. Aber andererseits war Puttamma wahrscheinlich auch nicht viel anders gewesen, als sie noch eine verheiratete Frau gewesen war.

»Was ist mit deinen Eltern, Asha? Werden sie hierherreisen, wenn das Baby kommt?«, fragte jetzt Narthaki.

Asha zuckte mit den Schultern. »Ich denke schon.«

»Sie schicken dir auch Geschenke. Sie müssen reich sein«, meinte Narthaki.

Unter den Leihmüttern herrschte Konkurrenz in Bezug darauf, wie nett die Eltern waren, wie viel sie schickten und wie oft sie anriefen. Weiße Eltern waren exotischer als indische Eltern. Doch die Frauen stimmten darin überein, dass es eigenartig war, ein weißes Baby zu gebären; ein Baby mit porzellanweißer Haut, blonden Haaren und blauen Augen – das war ein unvergesslicher Anblick für die Mütter, wenn sie entbanden.

»Ich habe keine Ahnung, ob sie reich sind«, sagte Asha. Genau genommen wusste sie nur sehr wenig über die Eltern und fühlte ihnen gegenüber nicht die gleiche Loyalität, wie einige andere Leihmütter es ihren Eltern gegenüber anscheinend taten.

»Das müssen sie sein. Nur reiche Leute können es sich leisten, ihre Kinder so zu bekommen«, argumentierte Gita.

Gelangweilt von der Unterhaltung, knallte Keertana ihre Karten auf den Tisch. »Spielen wir jetzt oder nicht?«, wollte sie wissen.

»Ich will nicht mehr spielen«, sagte Gita.

»Du hast schon aufgegeben, mit dir habe ich nicht gesprochen«, motzte Keertana, während Gita davonstürmte.

»Warum piesackst du sie immer?«, fragte Narthaki und schob die Karten zusammen, um sie dann neu zu mischen.

»Ich piesacke sie nicht«, antwortete Keertana und seufzte dann. »Sie macht mich einfach nur so wütend, okay? Sie ist ein unmögliches Bettelweib. Wenigstens nehme ich nur das Geld, das sie mir geben, und schreibe keine Briefe, dass ich noch dies und jenes haben will. Das macht sie nämlich. ›Mein Sohn braucht eine Brille, und wir haben kein Geld‹ – und dann schicken sie ihr das Geld dafür, und sie benutzt es, um sich einen Sari zu kaufen.«

Narthaki schüttelte den Kopf. »Eine Brille hat sie ihrem Sohn auch gekauft. Gita ist eine gute Mutter. Und sie hat recht, weißt du? Du klingst neidisch. Wenn deine Eltern ständig fragen würden, was du brauchst, würdest du es ihnen dann nicht auch sagen?«

Asha hatte genug von der Unterhaltung und stand auf. Aufs Neue nahm sie sich fest vor, dass sie versuchen würde, nachmittags zu schlafen oder ein Telugubuch zu lesen, anstatt mit diesen Frauen hier zu sitzen.

Jeden Tag stritten sie sich über etwas anderes.

Obwohl sie im »Haus der Glücklichen Mütter« alle Annehmlichkeiten hatten, die sie sich nur vorstellen konnten, war keine der Frauen glücklich. Asha konnte es bei allen erkennen: die Frustration, von ihren Familien getrennt zu sein, die Demütigung, alle in ihrem Umfeld wegen ihrer Schwangerschaft anlügen zu müssen, der Konflikt, ein Baby in sich zu tragen, zu dem sie keine Zuneigung entwickeln durften – sie waren ganz eindeutig *keine* glücklichen Mütter.

An diesem Abend kam Doktor Swati nach dem Abendessen zu ihnen, um mit ihnen zu sprechen, und versammelte alle Leihmütter im Fernsehzimmer.

»Eine TV-Nachrichtensendung aus England dreht einen Beitrag über Mütter wie Sie«, begann sie. »In zwei Wochen werden sie herkommen und sich mit einigen von Ihnen unterhalten wollen. Zusammen mit Nursamma werde ich die Frauen auswählen, die mit der Fernsehcrew sprechen werden. Ich weiß, dass Sie Angst haben, im Fernsehen erkannt zu werden, deshalb können Sie Ihr Gesicht verbergen, wenn Sie mit ihnen sprechen.«

»Worüber werden sie mit uns reden wollen?«, fragte Gita.

»Wird die Sendung auch in Indien gezeigt?«, fragte jemand anders.

»Werden wir dafür bezahlt?«, wollte Keertana wissen.

Doktor Swati hob die Hand, um wieder Ruhe einkehren zu lassen.

»Sie werden fragen, was es für Sie bedeutet, Leihmutter zu sein«, antwortete Doktor Swati. »Sie werden Fragen zu Ihrer Gesundheit stellen und was Sie darüber denken, hier bei ›Happy Mothers‹ zu leben. Und nein, es gibt kein Geld, und die Sendung wird nur in England ausgestrahlt.«

Unter den Frauen brach Gemurmel aus, und Gangamma schien aufgeregter zu sein als der Rest, also wandte sich Doktor Swati an sie, ob sie eine konkrete Frage habe.

»Was sollen wir ihnen denn sagen, wenn sie uns Fragen stellen?«, fragte Gangamma. »Was möchten Sie, dass wir ihnen erzählen?«

Doktor Swati räusperte sich. »Die Wahrheit. Ich glaube, Sie sind hier sehr gut aufgehoben. Das ist ein schönes Haus, und Sie werden sehr gut versorgt. Sagen Sie ihnen, dass Sie glauben, dass das, was Sie tun, ein Geschenk für diese Paare ist, die keine Kinder haben können.«

»Als wäre das die Wahrheit«, flüsterte Chitra Asha ins Ohr.

Bisher hatte sich Asha nur wenig mit Chitra unterhalten, die in der Woche zuvor ins Leihmutterhaus gekommen war.

Kaum vier Monate war sie schwanger, sah jedoch aus, als sei sie bereits im vierzehnten. Asha mochte sie nicht, und das lag nicht nur an ihrem Gewicht; sie sah gemein aus und erinnerte Asha an eine Tante, die sie geschlagen hatte, als sie ein kleines Mädchen gewesen war. Sie hatte sie am Ohr gezogen oder grundlos Ohrfeigen verteilt. Damals war Asha gerade mal zehn gewesen, doch sie hatte verstanden, dass ihre Tante zu jenen Frauen gehörte, die gerne Kinder schlagen. Das Gleiche dachte sie von Chitra. Eigentlich hatte sie keinen Grund für ihre Abneigung – Chitra war wahrscheinlich ganz anders als ihre Tante –, doch Asha konnte sich des Gefühls einfach nicht erwehren.

Doktor Swati fuhr damit fort, die Einzelheiten zu den Filmarbeiten zu besprechen, während Chitra weiterquasselte.

»Das ist ein Geschäft, weißt du. Wir bekommen nur fünf Lakh, und sie … sie bekommt fünfzehn. Wir tragen das Baby aus, und sie bekommt das Geld«, sagte Chitra. »Und schau dir dieses Haus mal an. Die Farbe blättert ab, und es werden so viele von uns hier reingestopft, wie es nur geht.«

Vielleicht lebte Chitra in einem größeren Haus, dachte Asha, denn sie fand nicht, dass das Haus klein war. Im Fernsehen hatte sie eine Sendung über ein Haus für Leihmütter in Mumbai gesehen, und dort schliefen alle Frauen in einem Raum. Hier teilte sich Asha das Zimmer nur mit Gangamma. Sicher, das Zimmer war klein und bot kaum genug Platz für ihre Betten; dennoch war es größer als das Zimmer, das sie sich mit Kaveri und Puttamma in Kaveris Wohnung geteilt hatte.

»Das mit den Babys ist ein Geschäft«, fuhr Chitra immer noch flüsternd fort. »Sie verkaufen unseren Mutterleib, um Geld zu machen.«

Asha wollte sie bitten, die Klappe zu halten, wollte fragen, warum sie dem Ganzen zugestimmt hatte, wenn es derart furchtbar für sie sei. Doch sie tat es nicht. Teils, weil es nicht in Ashas Charakter lag, und teils, weil sie genau die gleichen Gedanken hatte, die Chitra aussprach.

Doktor Swati ging ins Computerzimmer und bat einige der Frauen, einzeln einzutreten, um mit ihnen zu sprechen. Asha war eine der Frauen, die gebeten wurden einzutreten; Chitra nicht.

Asha wusste, warum die Wahl auf sie gefallen war. Sie war die Stille, die Höfliche.

»Könnten Sie sich vorstellen, im Fernsehen zu sprechen?«, fragte Doktor Swati sie.

Asha schüttelte den Kopf. »Nein, eher nicht«, antwortete sie. »Was, wenn mich jemand erkennt? Nein, nein.«

»Ihr Gesicht wird verborgen«, sagte Doktor Swati. »Man wird sicherstellen, dass niemand Sie erkennen kann.«

»Aber man kann meine Stimme erkennen«, wandte Asha ein. Sie würde sich nie im Leben für solch ein Gespräch zur Verfügung stellen. Natürlich war da die Angst, dass jemand sie erkennen könnte, doch darüber hinaus fragte sie sich auch, wie sie es schaffen sollte zu lügen. Denn das wurde von ihr erwartet. Nein, nein, es war besser, die Fragen gar nicht erst gestellt zu bekommen.

Doktor Swati seufzte, als sei sie von Asha enttäuscht.

»Das ist eine große Chance für ›Happy Mothers‹. Und das nicht nur für die Klinik, sondern auch für all die Frauen, die auf diese Weise Kinder bekommen möchten, und für Frauen wie Sie, die das Geschenk geben und ihr Leben verbessern möchten«, sagte Doktor Swati. »Je mehr Paare zu ›Happy Mothers‹ kommen, desto mehr können wir Frauen wie Ihnen helfen. Und diese Sendung wird in England ausgestrahlt, nicht hier. Es ist also ausgeschlossen, dass sie jemand sehen wird, der Sie kennt.«

Asha wollte wirklich gar nichts damit zu tun haben, dennoch fühlte sie sich wegen allem, was für ihre Familie getan worden war, verpflichtet, Doktor Swati und ›Happy Mothers‹ zu helfen.

»Was, wenn ich etwas Falsches sage?«, fragte Asha.

»Keine Sorge«, beruhigte Doktor Swati sie und legte jetzt

lächelnd ihre Hand auf Ashas. »Wir werden alle möglichen Fragen vorher durchgehen und sicherstellen, dass Sie das Richtige sagen. Davon abgesehen, seien Sie einfach ehrlich, und sagen Sie die Wahrheit.«

»Ich werde Pratap heute Abend fragen«, sagte Asha.

»Ja, ja, natürlich«, erwiderte Doktor Swati. »Fragen Sie Pratap. Ich bin sicher, dass er kein Problem damit haben wird. Ich werde ebenfalls mit ihm sprechen.«

Asha nickte und stand auf.

»Ach, und Asha, ich habe mich über die Schule für Manoj informiert. Es ist eine sehr gute Schule nicht weit außerhalb von Srirampuram. Sie ist sehr teuer, wenn Manoj dort auch wohnen soll, aber wenn er zu Hause lebt und täglich zur Schule fährt, dann sollte es nicht so schlimm sein. Mit dem Geld, das Sie bekommen, werden Sie sich das leisten können«, sagte Doktor Swati.

Ashas Gesicht leuchtete auf. »Wirklich? Das sind sehr gute Neuigkeiten. Danke, Doktor Swati.«

»Allerdings ist es sehr schwer, einen Platz in der Schule zu bekommen, wissen Sie. Alle klugen Kinder gehen dorthin«, merkte Doktor Swati an und hielt kurz inne, bevor sie fortfuhr. »Sie werden ein paar sehr gute Empfehlungen brauchen, wenn Manoj aufgenommen werden soll.«

Asha starrte Doktor Swati an. Empfehlungen? Von wem?

»Doch darüber brauchen Sie sich keine Gedanken zu machen. Ich kann Manoj eine gute Empfehlung geben. Ich kenne den regionalen Parlamentsabgeordneten sehr gut, Mr Rajnish Reddy. Und ich bin mir sicher, Rajnish-*garu* wird auch eine Empfehlung geben«, fuhr sie fort. »Wir werden uns um Sie und Ihren Sohn kümmern.«

Asha stockte der Atem.

»Sie brauchen nur darüber nachzudenken, ob Sie in der Sendung sein möchten«, sagte Doktor Swati mit einem breiten

Lächeln. »Auch wenn man sich etwa eine halbe Stunde lang mit Ihnen unterhalten wird, werden Sie nur ein, zwei Minuten im Bericht erscheinen, nicht länger. Und vergessen Sie dabei nicht: Sie werden im Fernsehen sein – und das will doch jeder, oder?«

Als Asha das Computerzimmer verließ, berührte sie ihren schwellenden Bauch und hatte das Gefühl, als sei sie von etwas Schwerem getroffen worden, das ihr den Atem nahm. Sie spürte, wie der Abscheu in ihr wuchs – gegen Doktor Swati, die Eltern, sich selbst, das Baby ... einfach gegen jeden.

Chitra hatte recht. Das war ein Basar, ein Markt. Erst hatte sie ihren Leib für Geld verkaufen müssen. Und jetzt musste sie ihre Ehrlichkeit verkaufen, um Manoj den Platz in einer guten Schule zu sichern.

Asha sprach mit Pratap über die Fernsehsendung, als er an jenem Abend zu Besuch kam. Sie saß mit Mohini auf dem Schoß auf der Verandaschaukel, und die Kleine war eingeschlafen, weil sie keinen Mittagsschlaf gehabt hatte.

Manoj las einen englischen Comic und lachte leise vor sich hin, während er die Seiten umblätterte. Er las, was die meisten Kinder in seinem Alter noch nicht lesen konnten – was sie selbst nicht lesen konnte.

»Ich weiß«, sagte Pratap. »Doktor Swati hat mir von der Sendung erzählt. Willst du es machen?«

Normalerweise wurde Asha Bescheid gesagt, sobald Pratap und die Kinder eintrafen. Doch diesmal hatte sich Asha auf die Suche gemacht, denn es war bereits zwanzig nach vier gewesen, und niemand hatte sie informiert.

Doktor Swati hatte sich mit Pratap unterhalten.

Asha zuckte mit den Schultern. »Eigentlich nicht. Aber nach allem, was sie für uns getan haben, habe ich das Gefühl, dass wir das um ihretwillen tun sollten. Ich meine, Kaveri hat jetzt eine Wohnung. Und wir werden Manoj auf eine gute Schule schicken können.«

»Solange sie dein Gesicht nicht zeigen«, sagte Pratap. »Wenn die Leute das rausfinden, wird unser Ruf nichts mehr wert sein. Wir werden das Gesicht verlieren, aber wir haben eine Tochter, die wir verheiraten müssen. Das dürfen wir nicht vergessen.«

Asha küsste die schlafende Mohini auf die Wange und konnte sie sich kaum als erwachsene Frau vorstellen, die bereit war zu heiraten.

»Doktor Swati hat sich über die Schule für Manoj informiert. Sie sagt, wir könnten es uns leisten, wenn er bei uns zu Hause lebt. Du solltest dich länger mit ihr unterhalten und herausfinden, wie viel das genau kosten wird«, sagte Asha. »Aber Manoj braucht Empfehlungsschreiben, um aufgenommen zu werden. Doktor Swati hat gesagt, dass sie ihm eines geben wird und außerdem eines vom regionalen Abgeordneten bekommen kann. Und sie hat gesagt, ich soll mir keine Sorgen darüber machen; ich solle mir nur das mit der Fernsehsache überlegen.«

»Ich verstehe«, sagte Pratap.

Asha zog Mohini enger an sich, hielt sie fester. »Sie scheint eine nette Frau zu sein, oder?«

»Wer? Doktor Swati?«, fragte Pratap, und als Asha nickte, seufzte er. »Niemand ist grundlos nett, Asha. Ich sage, zum Teufel mit der Schule. Lass uns eine Wohnung kaufen …«

»Pratap, bitte, das haben wir doch schon besprochen«, erwiderte sie.

»Okay, okay«, lenkte er ein. »Dann ist die Schule also wichtiger als ein Zuhause. In Ordnung, mach die Fernsehsache. Stell nur sicher, dass dein Gesicht verborgen ist. Und vielleicht kannst du dir auch die Nase zuhalten, wenn du sprichst? Damit die Leute dich nicht an der Stimme erkennen.«

Asha runzelte die Stirn. »Du willst, dass ich mir die Nase zuhalte?«

Pratap lächelte, drückte die Nasenflügel zusammen und sagte mit nasalem Ton: »Das war ein Scherz, meine liebe Frau.«

Asha lachte. Manoj blickte von seinem Comic auf. »Warum lachst du, *Amma*?«

»Dein Vater benimmt sich albern.«

Manoj legte den Comic beiseite, kam zu seiner Mutter und küsste sie auf die Wange. »Ich mag es, wenn du lachst. Das solltest du öfter tun.«

Asha gefror das Lächeln im Gesicht, als ihr klar wurde, was Manoj ihr damit gesagt hatte – dass sie nur selten lachte. Das Herz wurde ihr schwer. War sie immerzu traurig? Lachte oder lächelte sie nie? Asha war schon immer ernst gewesen. Vorsichtig, nachdenklich. Sie lachte nicht viel, nicht laut. Sie drückte ihre Gefühle nicht aus. Sie war die Stille.

»Nun, dann werde ich künftig die ganze Zeit lachen«, sagte Asha und verbarg ihre Betroffenheit.

»Gut«, sagte Manoj, und sein Vater hob ihn auf den Schoß.

»Und was ist mit mir? Sehe ich gut aus, wenn ich lache?«, fragte Pratap.

Manoj zuckte mit den Schultern. »Du siehst nicht schlechter aus, wenn du lachst«, sagte er, und da wusste Asha, dass sie hundert Fernsehsendungen mitmachen würde; sie würde sie sogar machen, wenn man ihr Gesicht nicht verbergen würde, nur, damit ihr Junge eine Chance bekam.

***

Divya, Doktor Swatis Nichte, half den drei Frauen, die dafür ausgewählt worden waren, an der Fernsehsendung teilzunehmen. Ein britischer Interviewer würde sie, begleitet von einem Übersetzer, auf Englisch befragen. Ashas Zimmergenossin Gangamma war ebenfalls für das Fernsehprogramm ausgewählt worden, genau wie Vinita, eine Frau, die eben erst schwanger geworden war. Sie hatte sofort ins Leihmutterhaus ziehen müssen, weil sie weit entfernt von Srirampuram lebte und nicht zu den regelmäßigen Untersuchungen hätte kommen können.

Asha konnte nicht anders, als festzustellen, dass alle drei Frauen vom ruhigen Typ waren und nicht vorlaut wie Keertana oder Chitra. Doktor Swati wollte nicht, dass jemand etwas sagte, das ihre Praxis in einem schlechten Licht dastehen ließ.

»Sie werden einzeln im Fernsehzimmer interviewt werden«, erklärte Divya. »Und morgen kommt jemand und wird das Zimmer streichen, dann sind auch all die Risse weg. Die Crew wird sich außerdem auch das Haus ansehen, damit alle sehen können, dass das ein sauberes Gebäude ist, genau wie die Klinik.«

Nursamma, die zu ihnen gestoßen war, war begeistert über das britische Fernsehteam. »Ich glaube, ich habe eine Sendung über ein Haus wie unseres in Mumbai gesehen. Was für ein altes, dreckiges Haus das war. Da gab es nicht mal eine Küche. Die Frauen bekamen ihr Essen von einem Hotel oder dergleichen in einem großen Henkelmann.«

»In dem Haus dort lebten dreißig Frauen«, sagte Divya. »Wir möchten auch, dass ›Happy Mothers‹ größer wird. In unserem Haus haben wir auch für mindestens dreißig Frauen Platz, und ich glaube, durch diese Sendung werden mehr Paare hierherkommen.«

Asha glaubte nicht, dass dieses Haus Platz für dreißig Frauen bot. Würden sie etwa Betten in einem der Korridore aufstellen?

»Also, ich werde Ihnen eine Frage stellen, als wäre ich der Interviewer, und dann kann jede von Ihnen antworten«, sagte Divya. »Bereit? Okay. Gangamma, Sie fangen an. Wie gefällt es Ihnen bei ›Happy Mothers‹?«

Leicht verwirrt schaute Gangamma zu Asha und Vinita, und als die beiden ermutigend nickten, sagte sie: »Es ist schön.«

Dann sah Divya Asha an, die daraufhin genau wie Vinita nach ihr ebenfalls murmelte, es sei schön hier.

Sie gingen zwanzig mögliche Fragen durch. Bei jeder Frage ließ Divya sie die Antwort so lange wiederholen, bis sie zufrieden war.

»Wir üben das, damit Sie nicht erst überlegen müssen, was Sie sagen«, erklärte Divya. Asha und die anderen Mütter wussten, dass sie übten, um sicherzustellen, dass sie nichts sagten, was Doktor Swati nicht passte.

Vinita zog Asha in das Zimmer, das sie sich mit einer weiteren eben erst schwanger gewordenen Frau namens Ratna teilte. Sie schloss die Tür hinter sich und sah Asha in die Augen. »Mein Mann wird mich umbringen, wenn jemand herausfindet, was ich tue«, sagte sie. »Ratna hat mir erzählt, dass diese Fernsehleute lügen und trotzdem unsere Gesichter zeigen werden. Die Familie meines Mannes wird das nicht tolerieren.«

Asha wusste nicht, was sie sagen sollte. Das war auch ihre Befürchtung.

»Du kannst dein Gesicht ja mit dem *Pallu* deines Saris bedecken«, schlug Asha vor. Das war ihr Plan. Pratap hatte es klar und deutlich gesagt: Wenn jemand herausfand, dass sie ein fremdes Baby austrug, dann würde das große Schande über ihre Familie bringen und ihr Leben zerstören.

Vinita setzte sich auf ihre Matratze und schaute auf Ratnas leeres Bett. »Sie haben auch Ratna gefragt, aber sie hat sich geweigert. Sie hat gesagt, sie könne das Risiko nicht eingehen. Ihre Familie lebt in Hyderabad. Sie kommt aus einer guten Familie. Nicht so wie ich. Wir leben in einem Slum am Rand von Hyderabad. Wir haben kein Geld.«

»Niemand hier kommt aus einer guten Familie«, entgegnete Asha. »Wir haben alle nichts. Ratna kann erzählen, was sie will, genau wie Narthaki. Wenn sie Geld hätten, dann würden sie das hier nicht tun.«

Vinita standen die Tränen in den Augen. »Ich habe zwei Töchter. Meine Schwiegereltern sind unglaublich wütend auf mich, weil ich keinen Sohn bekommen habe. Dann haben sie von dem hier gehört und gesagt, das wäre das Mindeste, was ich tun könnte, um sicherzustellen, dass meine Töchter heiraten können. Es ist meine Schuld. Wenn ich einen Jungen bekommen hätte, dann hätten wir die Mitgift, die wir bei seiner Heirat bekommen hätten, als Mitgift für unsere Tochter nutzen können.«

Asha wusste, wie es ihr ging. Sie war erleichtert gewesen, dass ihr erstes Kind ein Junge gewesen war. Pratap war ein guter Mann, aber wenn Asha zwei Töchter bekommen hätte, dann wäre auch er enttäuscht gewesen. So war das eben. Kaveri hatte zwei Jungen und sagte ständig, dass sie sich zum Glück nicht darum sorgen musste, Töchter zu verheiraten. Jungs waren leichter zu verheiraten. Sie brachten eine Mitgift heim; sie nahmen kein Geld mit sich fort.

»Ich will bei dieser Fernsehsache nicht mitmachen«, sagte Vinita. »Aber ich habe Angst, das Doktor Swati zu sagen. Kannst du mit ihr sprechen?«

Asha lächelte. »Wenn ich das könnte, dann hätte ich ihr gesagt, dass ich nicht interviewt werden will.«

»Du willst nicht?«

Asha schüttelte den Kopf. »Mein Mann hat gesagt, es sei in Ordnung, solange mein Gesicht verdeckt ist.«

Vinita nickte. »Ich erzähle das weder meinem Mann noch meinen Schwiegereltern. Die würden mich umbringen.«

***

Auch die Mutter erwähnte bei ihrem nächsten Anruf die Fernsehshow. »Doktor Swati hat gesagt, Sie haben sich freiwillig gemeldet«, sagte sie. »Wir finden das völlig in Ordnung.«

»Werden sich die Fernsehleute auch mit Ihnen unterhalten?«, fragte Asha.

Die Mutter schwieg einen Moment lang und sagte dann: »Ich glaube nicht. Das ist eine britische Sendung, also werden sie sich wahrscheinlich mit Paaren unterhalten, die dort leben.«

»Wird man das im indischen Fernsehen zeigen?«, fragte Asha.

»Nein, ich glaube nicht«, antwortete die Mutter. »Aber ich weiß es nicht mit Sicherheit. Haben Sie Sorge … sind Sie … tut mir leid, ich hole meinen Mann ans Telefon. Mein Telugu ist nicht so gut.«

Asha hörte, wie die Mutter etwas auf Englisch zum Vater sagte, und dann sprach der Vater. »Hallo, wie geht es Ihnen?«, begann er. Und nachdem sie die üblichen Höflichkeiten ausgetauscht hatten, sagte er: »Wenn Sie sich dabei nicht wohlfühlen, im Fernsehen zu sprechen, dann sagen Sie uns das einfach. Wir bitten dann Doktor Swati, Sie nicht an der Sendung teilnehmen zu lassen.«

Asha dachte einen Moment lang darüber nach. Sie wollte, dass Manoj die gute Schule besuchte, und Doktor Swati hatte ihr durch die Blume gesagt, dass Ashas Mitwirkung bei der Fernsehsendung der Preis für ihr Empfehlungsschreiben war.

»Nein, nein, das ist schon okay«, sagte Asha. »Mein Mann findet es auch okay.«

»Tun Sie es nur, wenn Sie sich sicher sind«, empfahl der Vater. »Nur, weil Sie unser Baby austragen, heißt das nicht, dass Sie mit jemandem darüber reden müssen, wenn Sie nicht möchten.«

Da hätte Asha ihm beinahe erzählt, wie sie sich fühlte, doch sie beherrschte sich. Diese Leute gehörten nicht zu ihrer Familie. Sie waren niemand. Der einzige Grund, warum sie sie angerufen hatten, war das Baby in ihrem Bauch.

»Es werden nur ein paar Minuten sein, haben sie gesagt. Ich glaube, das stellt kein Problem dar«, sagte Asha.

Kapitel 11

Noch im Auto wählte sie mit zitternden Händen Madhus Nummer. Einfach raus damit, sagte sie sich.

»Ich bin entlassen worden«, platzte Priya heraus, sobald sie sein Hallo hörte.

»Oh«, sagte Madhu und schwieg dann.

»Oh? Oh? Ich bin entlassen worden, Madhu«, wiederholte Priya und spürte die Panik in sich aufsteigen. Ihr Hals fühlte sich bereits kratzig an, und heiße Tränen stiegen ihr in die Augen.

»Das tut mir leid«, sagte Madhu und klang ehrlich traurig. »Bist du auf dem Weg nach Hause? Komm doch bei mir im Büro vorbei; wir können zusammen Mittag essen gehen.«

Priya wischte sich die Tränen von den Wangen. »Das ist so demütigend.«

»Nein, es wäre nur demütigend, gefeuert zu werden. Wegen der schlechten Auftragslage entlassen zu werden … da geht's einfach ums Geschäft«, erwiderte Madhu.

»Angela haben sie nicht rausgeschmissen«, wandte Priya ein.

»Angela bekommt auch nur halb so viel Gehalt wie du«, entgegnete Madhu. »Das passiert eben. Die Wirtschaftslage ist schwierig.«

»Was sollen wir jetzt machen, Madhu?«

»Wir werden klarkommen«, antwortete er.

»Bist du sicher?«

»Natürlich.«

Das Gute an Madhu war, dass er die Ruhe bewahrte, egal, was geschah. Das Schlechte an ihm war: Er blieb dermaßen gelassen, dass er vergaß, auch etwas dafür zu tun, damit sich die schlimme Situation verbesserte.

Priya begann, in Gedanken ihren Kontostand und künftige Ausgaben gegen das Einkommen aufzurechnen, das von jetzt an Madhu alleine nach Hause brachte. Ihre Chefin war sogar noch ziemlich großzügig gewesen und hatte ihr vier Wochen Trennungsgeld zugesagt, während die anderen nur zwei Wochen bekamen. Doch was würde nach den vier Wochen geschehen?

***

»Das mit deinem Job tut mir echt leid, Priya. Madhu hat's mir gerade erzählt«, sagte Madhus Chef Calvin zu ihr, als sie den Empfangsbereich des Büros betrat.

»Tja, kann man halt nicht ändern«, erwiderte Priya und lächelte. Schlimmer noch, als sich nach dem Arbeitsplatzverlust wie ein Versager zu fühlen, war es, wenn man es sich anmerken ließ, dass man sich wie ein Versager fühlte.

»Sieh es mal positiv: Jetzt wirst du die Zeit haben, das Haus fürs Baby vorzubereiten«, sagte Calvin. Er hatte drei Kinder mit seiner Frau Sandy, die Hausfrau und Mutter war. Sie fuhr ihre Kinder überall hin, nahm an jedem einzelnen Eltern-Lehrer-Ding teil, buk Kekse – das ganze Programm eben. Sie war eine Supermutter.

Natürlich hatte auch Priya mit dem Gedanken gespielt, als Mutter zu Hause zu bleiben. Doch das hatte niemals ernsthaft auf der Tagesordnung gestanden, Baby hin oder her. Nun war ihr die Entscheidung vielleicht aus den Händen genommen worden.

Zum Mittagessen gingen Madhu und Priya in ein kleines indisches Restaurant im selben Viertel. Dort wurde das typische nordindische Mittagsbüfett angeboten, bei dem alle Currys gleich schmeckten.

»Ich habe keine Arbeit mehr. Ich will nicht zu viel Geld in Restaurants ausgeben«, sagte sie zu Madhu, nachdem er statt des indischen Lokals, das sie nicht mochte, ein anderes Restaurant in der Nähe vorgeschlagen hatte.

»Müssen wir diesen Fraß essen, nur weil du deine Arbeit verloren hast?«, fragte Madhu, als sie sich mit dem Essen in der Hand auf die mit purpurfarbenem Stoff bezogenen Holzstühle setzten. Es war wie ein ungeschriebenes Gesetz – fast alle indischen Restaurants benutzten denselben Purpurton für Stühle, Vorhänge, Tischdecken und Servietten.

»Das ist kein Fraß«, erwiderte Priya und riss ein Stückchen vom *Chapati* ab.

»Das ist totaler Fraß«, sagte Madhu. »Das Hühnchen schmeckt genauso wie das Lamm, das genauso wie die Kartoffeln schmeckt. Und hier ist überall Schweineschmalz drin. Ich nehme an, da du jetzt ohne Arbeit bist, ist es okay, wenn wir verstopfte Arterien bekommen.«

»Tja, gewöhn dich besser an diesen Fraß, außer du verdienst demnächst doppelt so viel. Oder vielleicht können wir öfter zu Hause kochen«, entgegnete Priya und schob sich das *Chapati* in den Mund.

Sie musste die Sache nüchtern betrachten. Dann hatte sie eben ihre Arbeit verloren. Doch sie hatte einen guten Ehemann, und ein Baby war auf dem Weg. Solange Madhu seine Arbeit nicht verlor (bitte, lieber Gott, Madhu darf seine Arbeit nicht verlieren), war alles in Ordnung. Zwar konnten sie sich dann keinen Urlaub mehr leisten, aber sie würden in der Lage sein, für ihr Baby zu sorgen.

»Wenn's hart auf hart kommt, ziehen wir einfach nach

Indien«, meinte Madhu halb im Scherz.

»Warum ziehen wir stattdessen nicht einfach bei meinen Eltern ein?«, entgegnete Priya sarkastisch.

Madhu biss in ein Stück Huhn und verzog das Gesicht. Er legte die Gabel hin. »Und, was wirst du jetzt tun?«

»Meinen Lebenslauf auf den neuesten Stand bringen und auf Jobsuche gehen.«

»Oder … du könntest eine Pause einlegen«, schlug Madhu vor. »Du hast immer gearbeitet. Gleich nach der Uni hattest du schon einen Job und hast nie freigemacht, nicht mal einen Monat hier oder dort. Vielleicht schaust du mal, wie es so ist, wenn du nicht arbeitest.«

»Können wir uns das leisten?«, fragte Priya.

Madhu nickte. »Wenn wir vernünftig bleiben. Wir können uns nichts Großes anschaffen, aber was tägliche Ausgaben angeht, gibt's kein Problem.«

»Und das Baby?«

»Ist bereits eingerechnet im Budget«, sagte er.

»Was, wenn ich nach der Babypause keine Arbeit bekomme?«, sorgte sich Priya.

»Warum schaust du nicht erst mal, wie es ohne Arbeit läuft? Du wolltest doch Mutterschaftsurlaub nehmen; sieh das als verlängerten Mutterschaftsurlaub an, so wie man das in Skandinavien macht, wo die Frauen ein Jahr lang freibekommen«, sagte Madhu.

»Und was wird aus meiner Karriere?«, fragte sie.

»Die kannst du danach weiterverfolgen.«

»Das sagen sich jede Menge Frauen, und am Ende kehren sie nie wieder in ihren Beruf zurück«, erwiderte Priya. »Ich weiß nicht, ob ich zu *diesen* Frauen gehören will. Nina ist das beste Beispiel dafür.«

»Vielleicht wird es dir so viel Spaß machen, eine Mami zu sein, dass du womöglich gar nicht wieder arbeiten gehen möchtest«, sagte Madhu. »Und wenn doch, dann bekommen wir auch das hin.«

***

Zwei Tage nach ihrer Kündigung entschied Priya, aus all der freien Zeit, die ihr nun zur Verfügung stand, Vorteil zu ziehen und etwas Sinnvolles damit anzufangen.

»Was machst du denn da?«, fragte Madhu, als er vor dem Kinderzimmer stand.

»Erdbeereis mit Sahne«, antwortete Priya und tauchte den Farbroller in den Farbeimer.

»Verstehe«, sagte Madhu. »Dann haben wir uns also entschieden … für Rosa?«

»Sherman Williams nennt den Ton ›rosige Aussichten‹«, erklärte Priya und blickte auf. »Ich werde noch wahnsinnig. Ich musste einfach etwas tun.«

»Okay«, sagte Madhu.

»Die Farbe war im Angebot«, fügte Priya hinzu, nur für den Fall, dass er dachte, sie würde zu viel Geld ausgeben.

»Kann ich helfen?«, fragte Madhu. »Ich muss mich nur umziehen.«

Priya schüttelte den Kopf. »Nö. Das ist mein Projekt. Und sobald ich mit den Wänden fertig bin, werde ich die Vorhänge nähen.«

»Du willst nähen?«

»Ja.«

Madhu nickte und ging. Nach zwei Schritten drehte er sich wieder um. »Hast du gerade eine Duracell-Hasen-Phase?«

»Ja«, antwortete Priya und konzentrierte sich darauf, die zweite Wand zu streichen.

»Heißt das, heute Nacht werd ich flachgelegt?«

Priya löste den Blick von der Wand und lachte. »Vielleicht.«

»Diese ganze Entlassungssache könnte genau das sein, was unser Sexleben gebraucht hat«, sagte Madhu und ging, um sich umzuziehen.

»Bestell lieber mal was zu essen«, rief Priya ihm hinterher. »Das Duracell-Häschen war zu beschäftigt, um zu kochen.«

***

Rückblickend war die erste Woche die schwerste gewesen.

Die Langeweile zog sie runter. Das Warten war kräftezehrend.

Sie hatte zu viel Zeit zur Verfügung, und vielleicht war das der Grund dafür, dass ihr die Idee kam, früher nach Indien zu reisen. Bei ihrem Telefonat mit Asha wurde aus der Idee ein Entschluss. Es war lächerlich, dass sie am Telefon miteinander sprachen und Mühe hatten, eine Unterhaltung zu führen, wenn sie doch einfach vor Ort sein konnte, dachte sie. Sie konnte bei Madhus Eltern wohnen, zu Asha fahren, Zeit mit ihr verbringen, sie und ihre Familie kennenlernen und zusehen, wie der Bauch der Leihmutter mit ihrem Baby darin wuchs.

Asha hatte über das Nachrichtenteam gesprochen, das am darauf folgenden Montag kommen würde. Diesmal schien sie sich ihrer Sache sicherer zu sein als beim letzten Gespräch. Außerdem habe sie leichte Rückenbeschwerden gehabt, doch sie versicherte Priya sofort, dass die Masseurin im Haus sie nun behandelte. Sie würde mittlerweile auch schneller müde, doch sie habe Spaß am Computerunterricht.

Bei Asha war es immer zugleich Sonnenschein und Regen. Sie beschwerte sich über eine Sache und lobte gleichzeitig eine andere. Es schien, als habe sie beinahe Angst davor, zu lästern oder sich über etwas zu beklagen, ohne im selben Atemzug etwas anderes zu loben. Und immer versicherte sie Priya, dass es dem Baby gut ging – etwa drei- oder viermal während einer

Unterhaltung: »Ich habe Rückenschmerzen. Aber dem Baby geht's gut.« »Ich vermisse meine Kinder. Aber dem Baby geht's gut.« »Ich bin ständig müde. Aber dem Baby geht's gut.«

Vielleicht wäre es besser, einfach in Indien zu sein und persönlich zu sehen, wie es Asha ging.

»Du wirst dort durchdrehen«, meinte Madhu.

»Nein, werde ich nicht«, erwiderte Priya.

Während sie über ihrer Idee gebrütet hatte, nach Indien zu fahren, war Madhu auf Geschäftsreise gewesen. Sie hatte das nicht am Telefon besprechen wollen und ihm angeboten, ihn am Flughafen abzuholen. Übersprudelnd vor Begeisterung, hatte sie nicht abwarten können, bis sie zu Hause waren und nicht mehr im Verkehr steckten. Noch bevor sie vom Flughafengelände hinunter und auf den Highway gefahren waren, hatte sie das Gespräch darüber begonnen.

»Meine Mutter wird dich wahnsinnig machen mit ihrem *Iss dies und iss jenes*«, sagte Madhu. »Und erst die ganze Prozedur mit *Darf-ich-dir-diese-und-jene-Person-vorstellen?*. Sie werden versuchen, dich mit jedem Sippenangehörigen im Umkreis von hundert Kilometern bekannt zu machen, und das sind jede Menge Verwandte, Schatz.«

»Mit Verwandten komme ich klar. Glaubst du, sie hätten was dagegen, wenn ich zwei Monate lang bei ihnen wohnen bleibe?«, fragte Priya.

»Was dagegen? Gott, sie wären begeistert. Erst wohnt ihre Schwiegertochter bei ihnen und dann ihre Enkeltochter«, antwortete Madhu und legte ihr dann die Hand auf den Oberschenkel. »Du wirst einen neuen Job finden, weißt du? Die Finanzheinis sagen, dass es besser wird.«

»Die Finanzheinis waren nicht sonderlich gut darin, die Robustheit der Weltwirtschaft vorherzusagen, also sollten wir denen vielleicht nicht blind vertrauen«, meinte Priya.

»Können wir noch ein wenig darüber nachdenken, bevor

wir ein Ticket kaufen?«, bat Madhu.

Und bevor Priya antworten konnte, wechselte er einfach geschickt das Thema: »Soll ich dir mal eine gute Geschichte erzählen? Das wird dich garantiert aufmuntern.«

»Okay«, sagte Priya und wechselte die Spur. Sie fuhr ein wenig aggressiver als sonst, weil sie ungeduldig war.

»In Albuquerque ist mir was Interessantes passiert. Also, mein gesamtes Berufsleben lang bin ich gereist. Ich bin im Verkauf; da ist das eben so. Aber das war das erste Mal, dass mich eine Frau angemacht hat«, erzählte Madhu und klang überaus selbstzufrieden.

In Erwartung der Pointe neigte Priya leicht den Kopf, sodass sie gleichzeitig den Blick auf der Straße halten und Madhu ansehen konnte.

»Und da ich nun von Frauen angemacht werde, glaubst du wirklich, dass jetzt ein guter Zeitpunkt ist, mich monatelang alleine zu lassen?«, fragte Madhu.

»Eine Frau sind noch lange keine *Frauen*, die dich anmachen«, widersprach Priya und nahm die Guadalupe-Parkway-Ausfahrt vom Highway 101 zum Highway 87. »Erzähl mir von der Frau.«

»Na ja, sie war natürlich umwerfend.«

»Natürlich.«

»Sie hat für ein Pharmaunternehmen gearbeitet. War also im Verkauf. Vom Typ, der Chanel trägt«, erzählte Madhu.

»Woher willst du denn wissen, welche Marke sie trägt, du Modemuffel?«, fragte Priya sarkastisch.

»Das hat sie mir gesagt als sie meinte, man könnte das Chanel-Kostüm auch ausziehen und es sich in ihrer Suite gemütlich machen. Ich hatte ein normales Zimmer. Sie hatte eine Suite. Sie war eine Topverkäuferin«, erklärte Madhu und grinste von einem Ohr zum anderen.

»Lass mal die Geschichte von Anfang bis Ende hören. Und

wenn sie damit endet, dass du sie aus ihrem Chanel-Kostüm geschält hast, dann solltest du mir das lieber gleich sagen, damit ich dich aus dem Auto werfen kann«, drohte Priya.

Madhu lachte. »Ich fühle mich geschmeichelt. Nach dem Abendessen habe ich noch allein etwas an der Bar getrunken, und sie hat sich neben mich gesetzt. Wir kamen ins Gespräch und irgendwie auch auf unsere Ehepartner zu sprechen und wie einsam es manchmal sei, immer unterwegs zu sein. Und dann hat sie vorgeschlagen, dass wir einander Gesellschaft leisten könnten.«

»Und wann hat sie erwähnt, dass ihr Kostüm von Chanel war?«, fragte Priya und bog rechts auf die Alma Avenue ab.

»Als sie gemeint hat, wir könnten einander Gesellschaft leisten. Sie erwähnte, dass sie ihr Chanel-Kostüm schon den ganzen Tag lang anhatte und es unbedingt ausziehen wollte, um in etwas Bequemeres zu schlüpfen«, antwortete Madhu. »Sie hat mich gefragt, ob ich noch auf einen Schlaftrunk in ihrem Zimmer mitkommen wollte. Sie hat tatsächlich ›Schlaftrunk‹ gesagt. Ich habe geantwortet, ich sei müde und wolle ins Bett. Und da hat sie dann … Bist du überhaupt eifersüchtig? Wenn nicht, dann verschwende ich hier meine Zeit.«

»Na klar bin ich eifersüchtig. Also, gab's noch 'nen Absacker in der schicken Suite?« Priya hielt vor ihrem Haus an und drückte auf den Öffner für das Garagentor.

»Nicht mal ein Küsschen auf die Wange«, antwortete Madhu und lehnte sich in den Beifahrersitz zurück.

»Du scheinst ungeheuer stolz auf dich zu sein«, bemerkte Priya und lachte. »Es hat dir gefallen, angebaggert zu werden, stimmt's?«

»Weißt du, man heiratet und wird sesshaft und hört auf, Frauen so wie früher anzusehen. Und man vergisst, wie es sich anfühlt, wenn sich eine Frau für einen interessiert. Das fühlte sich gut an«, gestand Madhu.

»Hör auf, dich gut zu fühlen«, rügte sie ihn und schloss das Tor hinter ihnen. Dann tauchten sie in die von einer Glühbirne schwach erleuchtete Dunkelheit der Garage. »Du bist verheiratet, und ein Kind ist auf dem Weg. Ich will nicht aus Indien zurückkommen und überall Unterhöschen, BHs und Chanel-Kostüme rumliegen sehen.«

»Ich mag nur *deine* Unterhöschen«, turtelte Madhu beim Aussteigen und schaute dann Priya, die noch im Fahrersitz saß, ernst an. »Ich will nicht, dass du zwei Monate lang in Indien bist. Und das nicht, weil *du* durchdrehen wirst, sondern weil *ich* dann durchdrehe.«

Zwar schenkte er ihr weder Blumen noch sexy Dessous, doch Madhu wusste, was Romantik war.

Beiträge aus dem Forum von

www.deineleihmutterschaft.de:

Neuling1209: *Wir fahren nach Anand in Gujarat! Mein Mann hat eingewilligt, eine Leihmutter zu nehmen. Und, Leute, ihr wart so eine große Hilfe. Ich habe ihm sogar das Forum gezeigt und die anderen Webseiten, von denen ihr mir erzählt habt. Er hätte nie gedacht, dass wir ein Baby auf diese Art bekommen würden, aber jetzt ist er ganz an Bord. Der Preis dafür ist in Indien mehr als ansprechend … bei der derzeitigen Wirtschaftslage und all dem. In den Staaten ist das unglaublich teuer. Also danke!*

LetzteHoffnung77: *Wow! Das sind ja tolle Neuigkeiten. Großartig. Glückwunsch! Wann fahrt ihr nach Indien?*

UnoBaby: *Das sind wundervolle Neuigkeiten. Und, was hältst du von der Klinik?*

Neuling1209: *Wir fahren nächsten Monat. Und ja, wir haben mit der Klinik gesprochen. Das wirkt alles sehr professionell auf uns.*

NobuNobi: *Wir fahren auch diesen Monat hin. Unsere LM bekommt bald unser Baby. Nächste Woche sind es siebenunddreißig Wochen. Wir können es kaum erwarten, unseren kleinen Jungen zu sehen.*

VersuchNr1: *Bei meiner LM ist es erst im Oktober so weit. Aber ich bin gerade entlassen worden und denke darüber nach, nach Indien zu fahren. Mein Mann ist Inder, und seine Familie lebt dort, also könnte ich bei ihnen wohnen. Hat das jemand von euch gemacht? Wie ist das so?*

Mami8774: *Ich hab's gemacht. Ich fand's furchtbar. Ich bin auch Hausfrau, also schien das naheliegend zu sein. Im siebten Monat bin ich hingefahren, und es war wirklich schwer für mich. Da ist natürlich die Sprachbarriere, und ich fand es schwer, in Indien zu leben. Aber ich konnte jeden Tag den Babybauch sehen, und das hat mich beruhigt. Aber wenn dein Mann Inder ist und du die Sprache sprichst, dann denke ich, solltest du es tun.*

FastMutter: *Ich würde sooooo gerne hinfah-*

ren, wenn ich könnte. Wenn du dir das finanziell leisten kannst, dann mach es. Und wenn du Familie vor Ort hast … wieso nicht?

KannNichtEmpfangen1970: *Tu einfach, was dein Herz dir sagt. Wenn du hinfahren willst, dann fahr. Bedenk nur, dass du und die LM keine besten Freunde sein werdet. Willst du das? Und was ist mit der Sprachbarriere, die Mami8774 angesprochen hat?*

VersuchNr1: *Na ja, ich spreche ein wenig Telugu. Ich habe mich so mit ihr übers Telefon unterhalten.*

Prietysmami: *Aus welchem Grund willst du hinfahren? Was möchtest du damit erreichen? Versteh mich nicht falsch. Ich unterstütze deine Entscheidung voll und ganz, aber hast du dich gefragt, warum du hinfahren möchtest?*

LetzteHoffnung77: *Ich habe auch darüber nachgedacht. Unsere LM ist fast im achten Monat schwanger, aber ich habe einen Job und kann einfach nicht freinehmen und wegfahren. Aber auch wenn wir es uns leisten könnten, dass ich hinfahre … ich kann mir trotzdem nicht vorstellen, was ich bis zur Geburt des Babys einen ganzen Monat lang tun sollte. Ich kenne die Frau ja überhaupt nicht und hab nichts, worüber ich mich mit ihr unterhalten könnte.*

VersuchNr1: *Keine Ahnung, was ich damit*

erreichen will, wenn ich hinfahre. Aber ohne einen Job sitze ich nur herum und mache mir Gedanken übers Baby – ich drehe noch durch. Mein Mann will nicht, dass ich zwei Monate lang weg bin, aber es reizt mich doch sehr. Ich bin Halbinderin und habe noch nie in Indien gelebt; auf diesem Weg könnte ich mich enger mit meiner Herkunft befassen und meinem Baby nahe sein.

Prietysmami: *Für mich hört es sich so an, als würdest du vor der Tatsache davonlaufen, dass du entlassen worden bist. Das soll keine Beschuldigung sein, aber hast du die LM gefragt, ob sie will, dass du die ganze Zeit da bist?*

VersuchNr1: *Es wäre nicht die ganze Zeit. Nur kurz jeden Tag.*

KannNichtEmpfangen1970: *Hör mal, du solltest das tun, was sich richtig für dich anfühlt. Es klingt so, als hättest du mehr Gründe, nach Indien zu fahren, als nur das Baby – du willst ja auch deine Wurzeln erkunden. Du solltest hinfahren, und wenn's dir nicht gefällt, dann ist es ja nicht für den Rest deines Lebens; es sind nur zwei Monate.*

Kapitel 12

Das Fernsehteam, das zu »Happy Mothers« kam, bestand aus zwei Weißen und drei Indern. Sie brachten Kameras sowie eine große, sperrige Beleuchtungsausstattung mit – Schirme und runde Dinger mit glänzender Oberfläche. Untereinander unterhielten sie sich auf Englisch und nahmen das Fernsehzimmer sowie den Korridor in Beschlag. Doch fernsehen wollte sowieso niemand. Dem Team zuzusehen war weitaus interessanter als irgendetwas im Fernsehen.

»Licht okay?«, schien der am häufigsten ausgetauschte Satz zu sein.

Asha trug ihren schönsten Sari aus gelber *Pattu*-Seide mit roter Bordüre. Sie hatte ihn zu ihrer Hochzeit erhalten und Pratap gebeten, ihn einen Tag vorher mitzubringen. Divya hatte ihnen Jasminblüten fürs Haar besorgt, und die drei Frauen, die für das Fernsehinterview ausgewählt worden waren, wurden herausgeputzt, als wären sie zu einer vornehmen Hochzeit eingeladen.

Jetzt sahen sie alle so aus, als stammten sie aus gut situierten Familien, und nicht, als seien sie arme Frauen aus den Elendsvierteln, die dazu gezwungen waren, die Babys der Reichen auszutragen. Sie sahen wie Frauen aus, die das tatsächlich aus reiner Herzensgüte taten.

Divya kümmerte sich um sie, fragte sie, ob es ihnen gut ginge, ob sie etwas brauchten, und empfahl mehr Puder für die Stirn, auch wenn die Stylistin immer wieder sagte, ihr sei aufgetragen worden, nur das Minimum zu tun – vor allem, weil die Gesichter der Frauen ohnehin nicht gezeigt würden.

»Das ist eine Reportage, kein Kinofilm«, erklärte die Stylistin.

Divya stellte Asha, Gangamma und Vinita einer der Inderinnen im Team vor. Die Frau trug braune Hosen und eine weite weiße Bluse. Sie hieß Farida. Ein muslimischer Name. Doch sie trug keine Burka, wie Asha sie schon an anderen muslimischen Frauen gesehen hatte. Sie sprach auf Telugu mit ihnen, streute jedoch viele englische Worte ein. Die meisten davon verstand Asha. Heutzutage waren sowohl Hindi- als auch Telugufilme mit derart vielen englischen Worten durchsetzt, dass sogar der ungebildetste Inder ein paar Worte der anderen Sprache aufschnappen konnte.

»Wenn Ihnen irgendetwas unangenehm ist, dann lassen Sie mich das wissen«, sagte Farida zu ihnen auf Telugu und nutzte das englische Wort für *unangenehm*.

Sie stellte ihnen die anderen Teammitglieder vor. Asha verstand weder den Namen des weißen Mannes noch den der weißen Frau. Der Kameramann, wie Farida ihn nannte, war Inder und hieß Ashok. Er war noch jung, vielleicht in den Zwanzigern, und trug ein T-Shirt mit der Aufschrift BENETTON. Er sprach kein Telugu und versuchte, in einer Mischung aus Hindi und Englisch mit ihnen zu kommunizieren, was sie größtenteils auch verstanden.

»Das wird ganz einfach«, erklärte Farida ihnen. »Sissy hier stellt die Fragen«, sie deutete auf die weiße Frau, die ihnen zulächelte, »und ich übersetze dann, damit Sie antworten können.«

Vinita war sichtlich nervös. Sie war zum ersten Mal Leihmutter.

»Es wird genauso ablaufen, wie wir es besprochen haben«, sagte Divya zu ihnen. »Sie brauchen nicht nervös zu sein.«

Farida ging zusammen mit dem Kameramann und dem weißen Mann im Raum herum, wobei sie Lampen und ein an einem Stab befestigtes großes Mikrofon positionierten.

Die anderen Frauen standen in der Tür zum Fernsehzimmer und schauten herein. Im ganzen Haus herrschte eine aufgeregte Atmosphäre. Die tägliche Routine war unterbrochen. Die Interviews ersetzten die nachmittäglichen Seifenopern.

Keertana hatte sich in die erste Reihe gedrängt und forderte die anderen Frauen hinter sich auf, still zu sein und aufzuhören, herumzuschubsen.

»Wir würden auch gern Aufnahmen von den Schlafzimmern machen«, sagte Farida zu Divya. »Vielleicht können wir eine der Frauen dort interviewen?«

»Natürlich«, antwortete Divya und musterte die drei Frauen, als würde sie eine Entscheidung treffen, wen sie wählen sollte.

»Gangamma kann auf ihrem Zimmer sein, wenn Sie mit ihr sprechen.«

»Okay«, sagte Farida. »Könnten Sie bitte draußen warten, Divya? Wir beginnen jetzt mit ein paar Testdurchläufen, und ohne Sie werden die Frauen weniger eingeschüchtert sein, wenn sie mit uns reden.«

Farida sagte das auf Telugu zu Divya, also konnte Asha sie verstehen.

»Aber sie sind nervös, und ich glaube, sie würden sich viel wohler fühlen, wenn ich dabei bin«, erwiderte Divya unnachgiebig.

Vinita und Asha schauten einander an. Es war offensichtlich, dass es den Fernsehleuten nicht gefiel, dass Divya hier bei ihnen war. Es schien, als wollten sie sie loswerden, damit sie von den Frauen die »wahre« Geschichte erfuhren.

»Wir fangen mit Ihnen an, Asha«, sagte Farida und schob Asha zu einem gemütlichen Sessel im Fernsehzimmer. Mithilfe eines kleinen Geräts, das sie neben ihr und um sie herum aufblitzen ließen, prüften sie das Licht und verschoben das glänzende runde Ding.

»Ist diese Einstellung gut? Bin ich raus aus dem Bild?«, fragte Farida den Kameramann, nachdem sie den Sessel und Asha mehrere Male neu positioniert hatten.

Der Kameramann hob den Daumen. »Bereit zur Aufnahme«, sagte er.

Asha wurde ganz nervös und fragte Farida, bevor sie etwas sagen konnte: »Und man wird mein Gesicht nicht sehen, richtig?«

»Nein«, sagte Farida. »Nein. Wir werden es verbergen. Versprochen. Nach den Aufnahmen bekommen Sie eine Einverständniserklärung … einen Vertrag zur Unterschrift. Und auch dort wird gesagt, dass Ihr Gesicht nicht gezeigt werden darf. Der Vertrag ist auf Telugu. Können Sie Telugu lesen?«

»Ja«, sagte Asha, legte aber trotzdem den *Pallu* ihres Saris über den Kopf und verbarg ihr Gesicht, so gut sie konnte, nur für den Fall der Fälle.

Die weiße Frau begann in schnellem Englisch mit dem Kameramann zu sprechen und drehte sich dann zu Asha. Sie setzte sich Asha gegenüber in den Sessel und beugte sich zu ihr.

»In welchem Monat sind Sie schwanger?«, fragte sie, und Farida übersetzte.

»Im sechsten«, antwortete Asha und hielt den Kopf gesenkt.

Divya stand mit vor der Brust gekreuzten Armen in der Tür und starrte Asha eindringlich an, damit sie nur das sagte, was sie eingeübt hatten.

»Wie sind Sie zu der Entscheidung gekommen, Leihmutter zu werden?«, fragte die weiße Frau, und Farida fing mit Übersetzen an, bevor die Frau ausgesprochen hatte.

»Eine Frau aus meiner Familie hat das schon mal gemacht, und sie hat gesagt, es sei in Ordnung«, berichtete Asha. »Und ich wollte etwas tun, um den Menschen zu helfen, die keine Kinder bekommen können.«

Divya hatte ihnen allen eingetrichtert, das Geld nicht zu erwähnen, außer der Interviewer fragte danach. Und sogar für diesen Fall hatte sie ihnen vorgegeben, wie die Frage zu beantworten war.

»Sie werden dafür bezahlt. Wie wird Ihnen dieses Geld helfen?«

Asha befeuchtete ihre Lippen. »Mein Sohn ist sehr klug, und das Geld wird uns helfen, ihn auf eine gute Schule zu schicken. Eine Schule für kluge Kinder. Das Geld, das übrig bleibt, verwenden wir für den Kauf einer Wohnung.«

Die weiße Frau fragte sie über ihr Dorf aus, und Asha entspannte sich ein wenig.

»Wir hatten nur eine Hütte, nur ein Zimmer, in dem wir alle schliefen – mein Ehemann, meine beiden Kinder und meine Schwiegermutter, als sie noch bei uns wohnte«, erzählte Asha der Frau. »Jetzt wohnen wir bei meinem Schwager und seiner Familie. Sie haben drei Zimmer. Im Dorf gab es keine Badezimmer, aber hier haben wir eins mit einer Toilette; das hilft uns Frauen ungemein.«

»Wie hilft Ihnen das?«

»Nun ja, wie es in einem Dorf eben ist – man muss sich irgendwo eine Stelle suchen und … jetzt ist es besser, sauberer«, antwortete Asha.

Die nächste Frage betraf die Eltern: Wie waren sie und was dachte Asha über sie?

Asha erzählte, dass sie ihr Geschenke schickten und regelmäßig mit ihr telefonierten. Sie schienen gute Menschen zu sein und waren sehr glücklich darüber, dass sie ein Baby bekommen würden.

»Sind Sie gern Leihmutter?«, übersetzte Farida die Frage der weißen Frau.

Asha nickte. »Ja.«

»Aber das ist eine große Sache, ein Baby zur Welt zu bringen«, sagte Farida. »Machen Sie sich Sorgen, dass Ihnen während der Geburt etwas zustoßen könnte?«

Asha schluckte; ihre Schultern versteiften sich, und sie war nervös.

»Nein, ich mache mir keine Sorgen. Doktor Swati hat mir alles erklärt, und das ist eine gute Klinik, besser als die, in der ich für meine Kinder war, und das verlief bereits problemlos«, sagte Asha.

»Haben Sie das Gefühl, dass man sich um dieses Baby mehr sorgt als um Ihre eigenen Kinder?«, fragte Farida und übersetzte die Frage der weißen Frau.

Diese Frage hatte Divya nicht in ihrer Übungsstunde besprochen.

Unsicher darüber, wie sie antworten sollte, biss sich Asha auf die Unterlippe. Sie wollte nicht zu Divya sehen und kam sich wie erstarrt vor.

Was sollte sie sagen?

Sie räusperte sich, um Zeit zu schinden, und lächelte gezwungen. »Ja, das stimmt.«

»Ärgert Sie das?«

Asha konnte beinahe spüren, wie Divyas nervöse Energie auf sie abstrahlte.

»Nein«, sagte Asha einfach. »Das war damals, und heute ist heute. Ich habe zwei gesunde, glückliche Kinder. Und ich hoffe, dieses Baby wird auch gesund und glücklich sein. Mehr können wir nicht tun. Der Rest«, sie blickte himmelwärts, »liegt in den Händen unseres Herrn Venkateshwara Swami.«

Die Fragen, die danach kamen, waren leicht, genau wie sie

es geübt hatten. Es dauerte kaum eine halbe Stunde, und dann war es vorbei.

»Das haben Sie sehr gut gemacht«, lobte Divya mit einem breiten Lächeln und nahm Ashas Hände in ihre. »Wirklich sehr gut.«

»Tatsächlich?«, fragte Asha und strahlte bei dem Lob. Egal, wie alt man ist, man will immer gesagt bekommen, dass man etwas gut gemacht hat.

»Ich hoffe nur, die anderen machen das genauso gut«, sagte Divya.

Und jetzt hilft mir Doktor Swati, für meinen Sohn einen Platz in der Schule zu bekommen, ja?, hätte Asha beinahe gefragt. Doch sie wusste, dass das weder die Zeit noch der Ort noch die richtige Person für diese Frage war. Davon abgesehen sprach man solche Dinge nicht laut aus. Sie wurden still und leise abgemacht, mit Nicken und Lächeln und Augenbewegungen.

Gangamma wurde in ihrem Zimmer interviewt und danach Vinita in der Küche, während Revati das Gemüse für *Sambhar* klein schnitt. Die Fragen für alle Frauen lauteten in etwa gleich, es gab nur kleine Abwandlungen. Man fragte Gangamma, ob sie das Gleiche noch einmal tun würde. Vinita fragten sie, wie es ihr damit ging, beinahe zehn Monate lang von ihrer Familie getrennt zu leben, da sie gleich zu Beginn der Schwangerschaft ins Leihmutterhaus von »Happy Mothers« hatte ziehen müssen.

Zur Überraschung aller war das Team noch vor dem Mittagessen fertig und zog ab. Divya begleitete die Besucher noch zur Klinik, um ihnen die Räume dort zu zeigen, und zu den Interviews mit Doktor Swati und anderen Mitarbeiterinnen von »Happy Mothers«.

Im Leihmutterhaus summte es wie in einem Bienenstock; im Mittelpunkt der Gespräche stand die Fernsehshow. Alle wollten mit Gangamma, Vinita und Asha reden. Was war geschehen? Wie war es gelaufen? Hatte Divya ihnen wirklich genau vorgeschrieben, was sie sagen sollten? Wann würde der Bericht ausgestrahlt werden? Bestand die Gefahr, dass sie erkannt werden konnten?

Vinita und Gangamma waren offener für die Fragen als Asha. Sie bekam kaum ein Wort heraus und stolperte über ihre eigenen Gedanken. Eigentlich hatte sie nicht mit diesen Leuten reden und ihre Angelegenheiten ausbreiten wollen, doch Doktor Swati hatte ihr keine andere Wahl gelassen.

Keertana bemerkte ihre gedrückte Stimmung und legte den Finger auf den wunden Punkt. »Du siehst aber nicht gerade glücklich aus«, sagte sie und setzte sich auf der Veranda neben Asha auf den *Charpai* aus Kokosfasern.

»Alles in Ordnung«, lenkte Asha ab.

»Gangamma und Vinita sind so stolz darauf, dass sie ausgewählt wurden, um mit diesen Fernsehleuten zu sprechen«, blieb Keertana beim Thema.

Asha schüttelte den Kopf und merkte, dass eine Mattigkeit sie befiel.

»Hast du Schmerzen? Geht's dir gut?«, fragte Keertana.

Erneut schüttelte Asha den Kopf. »Ich hasse das«, sagte sie schließlich, und ihre Pein ließ ihre Stimme rau klingen. »Ich hasse das.«

»Was hasst du?«

»Ich kann nicht so darüber denken wie du. Ich kann mich nicht als Kuli sehen«, antwortete Asha. »Dieses Baby … es ist nicht meins. Es ist demütigend, das für Geld zu tun. Es ist demütigend, dass Doktor Swati mich dazu gebracht hat, mit diesen Leuten zu sprechen, indem sie mir gesagt hat, dass sie sonst meinem Sohn nicht helfen wird, auf diese gute Schule zu kommen.«

»Das hat sie gesagt?«, staunte Keertana mit großen Augen. »Diese *lanja munda*, die dreckige Schlampe.«

Asha seufzte. »Sie denkt einfach nur an ihr Geschäft. *Wir*

sind nur ein Geschäft für sie. Wir sind keine Menschen. Wir sind nur … nichts. Ich bin eine Gebärmutter … ein Mutterleib. Würde es morgen darum gehen, ob man mich oder das Baby rettet, was glaubst du, wen sie dann retten?«

»Dich«, sagte Keertana. »Das steht im Vertrag.«

»Ach, als ob sie jemandem die Wahrheit sagen würden. Sie würden mich einfach sterben lassen, und meine Kinder würden ohne Mutter aufwachsen«, entgegnete Asha.

Keertana legte den Arm um sie. »Du wirst nicht sterben. Frauen sterben nicht mehr bei der Geburt.«

»Ich weiß«, sagte Asha und ließ die Schultern sinken. »Aber jetzt wollen alle mit mir reden und mich umsorgen, doch dabei geht es gar nicht um mich, sondern nur um dieses Kind, das in mir wächst. Ich habe das Gefühl, dass sich niemand um *mich* kümmert.«

Keertana ließ den Arm sinken und lehnte sich gegen die Wand. »Natürlich kümmern sie sich nicht um dich. Niemand kümmert sich um uns. Mein eigener Mann kümmert sich nicht um mich. Meine Kinder interessieren sich nur dafür, was ich ihnen kaufen kann. Niemand kümmert sich, Asha. Deshalb müssen wir uns selbst um uns kümmern. In diesem Land ist man als Frau ein Niemand; und wenn man eine arme Frau ist, eine wie wir – *wir* sind noch weniger als Niemand. Ein Hund aus den Elendsvierteln hat mehr Rechte als wir.«

»Das ist also unser Los im Leben?«

»Du veränderst dein Leben«, sagte Keertana. »Du tust das hier, damit deine Tochter studieren und eine *lanja munda* wie Doktor Swati werden kann. Stark. Unabhängig.«

***

Als Pratap ein paar Stunden später auf demselben *Charpai* saß, wirkte er zappelig und unruhig. Anfangs war das Asha gar nicht aufgefallen, derart beschäftigt war sie mit Manoj und Mohini gewesen.

Mohini wollte Asha ein neues Kleid zeigen, das Kaveri ihr gekauft hatte.

»Siehst du die Schmetterlinge?«, fragte sie ihre Mutter und zeigte auf die blauen Falter auf dem weißen Stoff. »Das ist jetzt mein Lieblingskleid.«

Kaveri hatte Mohini sogar ein blaues Haarband gegeben, damit ihr die Haare nicht ins Gesicht fielen.

»Das Haarband ist nicht neu«, sagte Mohini, als sie sah, dass Asha es anschaute.

»Ich will dir das hier geben«, sagte dann Manoj und reichte Asha ein Blatt Papier. »Es ist ein Gedicht über … dich.«

Asha faltete das Blatt auf und sah, dass Manoj zehn Zeilen sauber auf Telugu geschrieben hatte.

Zehn Dinge, die ich an meiner Mutter liebe:
Der Name meiner Mutter lautet Asha – Asha bedeutet Hoffnung. Ich mag ihren Namen.
Meine Mutter hat lange schwarze Haare, die ihr bis über den Rücken reichen. Ihr Haar ist wunderschön.
Meine Mutter gibt mir immer einen Gutenachtkuss.
Meine Mutter ist die beste Köchin. Sie macht die besten Ladoos der Welt.
Meine Mutter gibt mir immer einen Kuss, wenn ich mir wehtue. Der Schmerz geht nicht weg, aber ich fühle mich besser.
Meine Mutter hat rosa Lippen und rosa Wangen. Sie ist sehr hübsch.
Meine Mutter schlägt immer meine Schulbücher in Packpapier ein und schreibt meinen Namen, Manoj Vardhan, sauber auf das

Etikett. Niemand sonst hat so schön eingeschlagene Bücher wie ich.
Meine Mutter hat mir meine kleine Schwester geschenkt. Mohini kann nervig sein, aber ich mag sie.
Meine Mutter umarmt mich immer, wenn ich Angst bekomme. Ich bekomme nicht so oft Angst, aber wenn ich mal Angst habe, dann drückt sie mich. Ihre Umarmungen sind die besten.
Meine Mutter hat das schönste Lachen. Wenn sie lacht, dann muss ich auch lachen. Ich wünschte, sie würde immerzu lachen.

Asha lachte laut auf und war gleichzeitig ganz ergriffen. »Das hast du ganz alleine geschrieben?«, fragte sie überrascht.

Manoj zuckte mit den Schultern.

»Wirklich?«, fragte Asha und sah Pratap an.

»Ist alles von ihm«, bestätigte Pratap.

»Danke, Manoj«, sagte Asha und drückte ihrem Sohn einen Kuss auf die Stirn. »Vielen, vielen Dank. Das weiß ich sehr zu schätzen.«

»Okay«, sagte Manoj und stand vom *Charpai* auf. »Ich wollte dir das nur geben. Können wir reingehen und sehen, ob's in der Küche noch *Chakli* gibt?«

Asha nickte, und Manoj griff nach Mohinis Hand, die vergnügt quietschte, als sie ins Haus rannten.

»Kaum zu glauben, dass er so gut schreiben kann«, sagte Asha.

»Ja«, erwiderte Pratap, kratzte sich dann die Wange, setzte sich anders auf dem *Charpai* hin und räusperte sich.

»Ist alles in Ordnung?«, fragte Asha.

»Ja, ja«, sagte er und lächelte sie an. »Wie war dein Fernsehding?«

»Okay«, antwortete Asha. »Sie werden mein Gesicht verbergen; das haben sie versprochen. Ich habe meinen *Pallu* dennoch bis zum Bauch runtergezogen, also kann mich wirklich niemand erkennen, auch wenn die Fernsehleute das wollten.«

Pratap nickte.

Asha wartete darauf, dass er etwas sagte, und als ihre Geduld am Ende war, blaffte sie ihn an: »Irgendetwas ist los. Sag, was es ist, oder geh.«

Offen überrascht darüber, dass seine normalerweise sanftmütige Frau ihn derart barsch anging, richtete Pratap sich auf.

»Ich habe mich gefragt … nur darüber nachgedacht, weißt du … eine Wohnung steht zum Verkauf … werd jetzt nicht sauer, ich weiß, du denkst, es ist dein Geld, aber du bist meine Frau, und dein Geld ist auch mein Geld …«

»Im Ernst?«, fragte Asha ungläubig, stand auf, und ihr gerundeter Bauch ließ sie ein wenig schwanken. »Du willst also einfach nur eine Wohnung kaufen und nichts für Manojs Schule tun? Ich habe nur deswegen mit den Fernsehleuten gesprochen, und jetzt willst du kein Geld dafür zurücklegen?«

»Setz dich wieder«, sagte Pratap. »Ich habe nicht gesagt, dass ich es tun werde; ich habe gesagt, ich möchte mit dir darüber reden. Was ist nur mit dir? Immer, wenn du schwanger bist, benimmst du dich wie *Mahakali*, Göttin Durga in ihrer Kriegergestalt.«

»Ich bin nicht wie *Mahakali*«, sagte Asha und setzte sich. »Und ich bin nicht immer so, wenn ich schwanger bin.«

Pratap lachte, was Ashas Ärger nur noch weiter anfachte. Er hielt die Hand hoch. »Als du mit Mohini schwanger warst, hast du den Tonkrug zerschlagen, weil du Durst hattest und er leer war.«

»Das war aus Versehen«, wehrte sich Asha. Dann sah sie seinen amüsierten Gesichtsausdruck und lächelte ebenfalls. »Dann werde ich eben ein wenig reizbar, wenn ich schwanger bin.«

Er schaute auf ihren Bauch. »Und du bist wunderschön,

wenn du schwanger bist.«

»Sag nicht solche Dinge«, flüsterte Asha. »Das ist nicht unser Baby.«

Pratap nickte ernst. »Trotzdem bist du wunderschön.«

Asha blickte zu Boden und fühlte sich unglaublich verlegen.

»Ich kann es kaum erwarten, dass dieses Baby rauskommt, damit ich meine Frau zurückhaben kann.« Er legte seine Hand auf Ashas. »Ich will dich wiederhaben, auf mehr als nur die eine Weise.«

Noch nie zuvor hatte sie das verspürt, dieses Gefühl von ... Verlangen. Doch durch seine streichelnde Hand bekam sie plötzlich eine Gänsehaut und empfand den Wunsch, ihn zu küssen. Das war es also, worüber Kaveri gesprochen hatte – dieser Wunsch, mit ihrem Mann zu schlafen, ein Gefühl, das Asha nie gekannt hatte.

Sie taten es immer heimlich, im vollen Bewusstsein, dass die Kinder im selben Raum schliefen und manchmal sogar Prataps Mutter. Sie hatte es nie gemocht. Niemals genossen. Sie hasste seinen rauen Atem und die Geräusche, die er machte. Jedes Mal drehte sie den Kopf zur Seite, schloss die Augen und versuchte, die Geräusche und Gerüche auszublenden.

Doch jetzt ... jetzt wollte sie ... was?

»Die Kinder haben bald Hunger«, sagte Pratap. »Ich sollte sie nach Hause bringen.«

Asha blickte ihrer Familie hinterher, als sie fortging. Pratap trug Mohini auf einem Arm und hielt Manojs Hand in seiner freien Hand.

Da bewegte sich das Baby ganz sanft in ihr, und sie fragte sich nicht zum ersten Mal, was geschehen würde, wenn sie einfach aufstehen und mit ihnen gehen würde – mit Bauch und Baby und allem.

Kapitel 13

Am Abend zuvor hatten sie mit Asha gesprochen, und sogar Madhu gab zu, dass sie sich verändert anhörte. Mit Doktor Swati hatten sie ebenfalls gesprochen, und sie hatte ihnen versichert, alles sei in bester Ordnung. Schwangere Frauen stünden einfach unter dem Einfluss von Hormonen, und Asha war fast im dritten Trimester – vielleicht war sie also müde, was jedoch kein Anlass zur Sorge war.

Asha hatte sich nicht müde angehört, dachte Priya; sie klang eher verärgert.

Auf der Fahrt zu Ninas Dinner Party gingen sie die Unterhaltung noch einmal durch.

»Sie hat gesagt, dass das mit dem Fernsehinterview gut gelaufen ist. Glaubst du, dass sie deswegen sauer ist?«, überlegte Priya.

Madhu seufzte. »Ich habe keine Lust, mich auf dieses Ratespiel einzulassen. Was hat sie aufgeregt? Warum ist sie sauer? Das ist einfach … weißt du, vielleicht machen es ein paar der Eltern richtig; kein Kontakt mit der Leihmutter ist am besten.«

»Aber du stimmst mir zu, dass ich mir das nicht einbilde«, insistierte Priya.

»Ich denke auch, dass sie gereizt klang. Vielleicht hatte sie einen blöden Tag. Jeder darf mal einen blöden Tag haben«, erwiderte Madhu.

Aber was, wenn sie dem Baby schadet, weil sie einen blöden Tag hat?, wollte Priya fragen, doch sie hatte nicht den Mut, den Gedanken auszusprechen. Davon abgesehen war es ein lächerlicher Gedanke. Asha befand sich in einem Haus der Klinik. Andere Leihmütter waren ebenfalls da, eine Krankenschwester, eine Ärztin. Nichts konnte schiefgehen, selbst wenn Asha es darauf anlegen sollte. Oder?

»Glaubst du, sie ist deprimiert, weil sie mit einem Baby schwanger ist, das nicht ihr eigenes ist?«, fragte Priya. Sie dachte an all die Geschichten, in denen sie gehört hatte, dass die sich im Bauch bewegenden Babys die Mütter wach hielten. Und sie fragte sich, ob Asha über den Bauch streichelte, wenn das Baby sich drehte. All das Freud und Leid der Schwangerschaft – Priya hatte von all dem gehört. Und erneut verspürte sie das abgrundtiefe Bedauern, dass dies der einzige Weg war, auf dem sie ein Baby haben konnte. Sie würde niemals erfahren, was es bedeutete, schwanger zu sein. Niemals würde sie verspüren, wie sich Leben in ihr regt.

Asha kannte das alles. Das war ihr drittes Mal. Priya war klar, dass das Baby genetisch gesehen ihres war. Doch es war Ashas Blut, das das Baby ernährte und ihm half zu wachsen. Es war Asha, die das Baby in sich versorgte.

»Ich denke, die Fernsehsendung hat sie aufgebracht. Wir hätten Nein sagen sollen zu Doktor Swati«, sagte Priya nachdenklich. »Vielleicht ist es dort bei ihnen eine größere Sache. Wir hätten widersprechen sollen.«

»Glaubst du, es war unsere Entscheidung?«, fragte Madhu. »Ich denke, es war Ashas. Und wenn sie Nein gesagt hätte, hätten wir sie dabei unterstützt. Niemand zwingt sie zu irgendwas.« Madhu hielt inne, schien sich in Gedanken zu verlieren, und ein paar Minuten lang fuhren sie schweigend weiter. »Dennoch ist das eine schwere Last zu tragen«, fuhr er fort. »Wenn ich schwanger wäre und das Baby dann fortgeben müsste, würde ich durchdrehen. Sie mögen zwar arm sein, aber ich kann mir vorstellen, dass sie die gleichen Gefühle haben wie wir.«

Priya kam sich ganz klein vor. Während sie ihre Zeit damit verbracht hatte, ihr Schuldgefühl einzudämmen und sich in ihrem Gefühl, berechtigterweise auf eine Leihmutter zurückzugreifen, zu bestärken, hatte sich Madhu offensichtlich viele einfühlsame Gedanken über dieses Thema gemacht.

»Glaubst du, dass sie es hasst, mit unserem Baby schwanger zu sein?«, fragte Priya.

»Ich glaube nicht. Gott, ich hoffe nicht«, antwortete Madhu.

»Ich wünschte, ich hätte das nicht laut ausgesprochen«, sagte Priya, sobald ihr die Bedeutung ihrer Worte klar wurde und die Angst, die dahintersteckte.

»Ja, ich auch.«

***

Nina liebte es, Dinner Partys zu veranstalten. Nachdem sie ihre Karriere aufgegeben hatte und professionelle Vollzeitmutter geworden war, hatte sie das zu ihrem »Ding« gemacht.

Die Party war einer dieser eleganten Anlässe ohne Kinder. Ninas Mädchen waren übers Wochenende bei deren Großmutter, wodurch Nina und Jordan am Morgen danach keinerlei Pflichten erfüllen mussten. Das bedeutete, dass die beiden, noch bevor die Gäste überhaupt eintrafen, bereits beim zweiten Champagnerglas waren.

Nina war eine gute Gastgeberin, ihre Kochkünste ließen hingegen zu wünschen übrig, und so hatte sie Sushi aus dem Fuki-Sushi-Restaurant in Palo Alto kommen lassen. Früher einmal hatte sie in Palo Alto gewohnt, doch nachdem Jordans

Unternehmen vor Jahren während des Internetbooms an die Börse gegangen war, waren sie nach Los Gatos umgezogen. Jetzt wohnten sie in einem weitläufigen, piekfein renovierten Haus.

Von außen sah das Haus aus, als befände es sich in Santa Fe, drinnen ausgestattet mit Parkett und schönen Fliesen. Als sie es sich gekauft hatten, war es für Nina Liebe auf den ersten Blick gewesen. Es war der Beweis für ihre großartigen beruflichen Erfolge und all die harte Arbeit. Doch nachdem Nina ihren Job an den Nagel gehängt hatte, musste sie zugeben, dass es sich manchmal wie ein Mausoleum anfühlte – wie eine Falle, aus der sie nicht mehr herauskam. Noch mehr wurmte es sie, dass sie sich das Haus leisten konnten, ohne dass sie ihrerseits ein Einkommen dazu beitragen musste.

Wahrscheinlich hatte die Affäre, die Jordan gehabt hatte, als sie mit ihrem zweiten Kind schwanger war, ein Übriges zu Ninas Groll beigetragen – sie lebte in einem fabelhaften Haus, das sie sich nicht leisten könnte, wenn sie alleine wäre. »Manchmal denke ich, dass ich mich nicht von ihm habe scheiden lassen, weil ich das Haus nicht verlieren wollte«, hatte sie einmal zu Priya gesagt. Doch ein paar Sekunden später fügte sie hinzu: »Das ist Unsinn. Ich liebe Jordan, und alles ist gut ausgegangen, nicht wahr?«

Als Priya Ninas und Jordans Zuhause betrat, fragte sie sich, ob Ninas Entscheidung, ihren Job aufzugeben und trotz Jordans Fremdgehen bei ihm zu bleiben, es wirklich wert gewesen war. Und was bedeutete eigentlich »es wert sein«?

»Ich liebe diesen Wein«, sagte Nina und nahm die Flasche entgegen, die Priya ihr reichte. Es war eine Flasche Barolo – nichts, das Priya sich kaufen würde, solange sie keinen Job hatte. Doch zu Hause hatte noch eine herumgelegen. Jemand hatte sie zu einer Dinner Party mitgebracht, die sie mal geschmissen hatten. Da Nina italienischen Wein liebte, hatte Priya ihn mitgebracht und hoffte, dass es nicht Nina gewesen war, die ihnen die Flasche ursprünglich geschenkt hatte.

»Ich hoffe, dass er dir schmeckt«, sagte Priya und sah, wie Madhu von Jordan fortgezogen wurde, um ihn jemandem vorzustellen.

»Krysta kommt später«, sagte Nina und ging in Richtung Küche los.

Das war der Raum, den Priya am wenigsten mochte. Ganz in dunklem Holz gehalten, wirkte die Küche erdrückend. Sie erzeugte nicht das heimelige Gefühl, das eine Küche hervorrufen sollte.

Priyas und Madhus Küche war zum Ess- und Wohnzimmerbereich hin offen – und sie *war* das Herz ihres Hauses; es gab angeschlagenes Geschirr und Kochbücher mit Eselsohren und Fettflecken. Sie kochten für ihr Leben gern, und als sie früher Dinner Partys veranstaltet hatten, bog sich ihr Esstisch nur so vor leckerem Essen, und an einem Tisch für zehn Personen saßen fünfzehn. Sobald das Baby da sein würde und sie einen neuen Job hätte, würde sie wieder solche Dinner Partys schmeißen, schwor sich Priya.

»Champagner?«, fragte Nina und goss Priya ein Glas ein. »Anne und Steven wirst du ganz toll finden. Sie sind ein wundervolles Paar. Anne ist Französin, aus Lyon – sie lebt seit fünfzehn Jahren in den Staaten, hat aber immer noch den niedlichsten französischen Akzent. Und Steven ist aus New York. Anne ist Künstlerin. Sie macht Skulpturen – und wird mal ganz groß rauskommen.«

Priya nippte an ihrem Champagner und gab die entsprechenden Laute von sich.

»Und Krysta hat mir erzählt, dass du deinen Job verloren hast«, schwatzte Nina weiter, während sie gemeinsam ins Wohnzimmer gingen. »Das ist doch ganz gut für dich. Bald wird dein Baby da sein, und dann können wir zusammen brunchen gehen. Wie findest du das?«

Priya lächelte. »Ich will so bald wie möglich wieder arbeiten. Das Baby haben wir bei einer Tagesstätte in der Nähe angemeldet, zu der wir sie bringen, wenn sie sechs Monate alt ist.«

»Das sagen sie alle, Liebes, doch wenn das Baby erst mal da ist, dann ist es schwer, wieder arbeiten zu gehen. Ich bin das lebendige Beispiel dafür«, sagte Nina. »Oh, Karen, du musst meine Freundin Priya kennenlernen. Sie ist gerade entlassen worden und bekommt bald ein Baby. Ich hab ihr gesagt, dass das perfektes Timing ist.«

Priya erfuhr, dass Karen, eine große, schlanke Blondine mit herrischem Ton, früher einmal Vizepräsidentin des Marketings für Banana Republic gewesen war. Nachdem die Kinder gekommen waren, hatte sie aufgehört zu arbeiten und war glücklicher als je zuvor.

»Das allmorgendliche Gehetze und das Chaos sind vorbei«, sagte Karen zu Priya. »Allein schon zu wissen, dass ich nicht rotieren muss, um die Kinder in die Schule und mich selbst ins Büro zu befördern, lässt mich morgens entspannt aus dem Bett kommen. Wenn ich das alles tun müsste – ich würde mir die Pulsadern aufschneiden, im Ernst.«

»Du könntest dir ja auch ein Kindermädchen nehmen«, schlug Priya vor.

»Überlegst du, eins einzustellen?«, fragte Nina Priya.

»Hat jemand Kindermädchen gesagt?«, fragte eine andere Frau, eine weitere Blondine, die Reese Witherspoon ein wenig ähnlich sah. »Hi, ich bin Sabrina.«

Priya schüttelte ihr die Hand.

»Du bekommst ein Baby?«, fragte Sabrina und schaute gezielt auf Priyas Bauch.

»Ja, also … wir haben eine Leihmutter«, sagte Priya, und es war ihr unangenehm, das mit einer völlig Fremden zu teilen.

»So wie Sarah Jessica Parker«, meinte Sabrina. »Überlegt ihr euch, ein Kindermädchen einzustellen?«

»Nein … na ja …«, stammelte Priya und trank ihr Champagnerglas aus. »Zuerst muss ich mein Baby bekommen, und dann muss ich einen Job finden und dann … ja, ich denke schon, wir werden definitiv über ein Kindermädchen nachdenken.«

»Tu das ruhig, aber geh nicht wieder arbeiten«, empfahl Sabrina. »Ich habe ein Kindermädchen, und das ist super. Trotzdem gehe ich nicht arbeiten, was einfach fantastisch ist.«

Wie Priya später von Nina erfuhr, war Sabrina nicht immer Hausfrau, sondern früher ebenfalls einmal Führungskraft in einer IT-Firma gewesen. Doch dann war sie schwanger geworden, der Markt brach zusammen, sie wurde entlassen, bekam das Baby und war nie wieder arbeiten gegangen. Das war jetzt zehn Jahre her. (Sabrinas Mann war Neurochirurg, der rund um die Uhr arbeitete, nie zu Hause war und eindeutig scheffelweise Geld verdiente.)

»Ist der süße Typ dort dein Mann?«, fragte Sabrina und zeigte auf Madhu.

»Ja«, antwortete Priya.

»Und er hat doch einen Job, oder? Gut bezahlt? Dann bleib zu Hause. Genieß es. Triff dich mit uns zum Mittagessen«, sagte Sabrina. »Nina, Karen, Anne und ich treffen uns jeden Donnerstag zum Brunch. Wir haben eine super Zeit ohne die Kinder. Das heißt, Anne bringt ihr Baby mit. Anoushka ist erst vier Monate alt. Aber sie bringt auch ihr Kindermädchen mit, also hat sie nicht die ganze Zeit mit dem Baby zu tun.«

Alle redeten wie ein Wasserfall; ehemalige Karrierefrauen, die alles aufgegeben hatten, um Hausfrauen zu werden – und sie konnten es nicht warm genug empfehlen.

Während alle im Wohnzimmer und im Essbereich stehend ihre Häppchen verzehrten, gesellte sich Priya einen Augenblick unbemerkt zu Madhu.

»Das Sushi ist *okay*«, urteilte Madhu.

»Ich denke, es ist ziemlich gut«, meinte Priya und lehnte sich an ihn. »All die Frauen hier sind Hausfrauen und Mütter mit Kindermädchen. Nina ist die Einzige ohne Kindermädchen, aber das auch nur, weil ihre Mutter praktisch eine Tür weiter lebt.«

»Und all die Typen hier fahren extrem teure Autos«, erzählte Madhu. »Da draußen tobt die Rezession, und dieser eine Typ redet davon, sich den brandneuen BMW in Deutschland zu kaufen und ihn hierher überführen zu lassen. Und da ist noch dieser andere Typ, der anfing, über seinen neuen Tesla zu reden. Er kennt nämlich Elon Musk sehr gut, weißt du? Und deshalb rutscht er auf der Warteliste nach oben.«

»Ich kann hier überhaupt nicht mithalten«, klagte Priya. »Diese Frauen hatten richtig tolle Karrieren, waren in Führungspositionen.«

»Die meisten der Männer hier haben genau wie Jordan ihre eigenen Unternehmen«, meinte Madhu. »Ich hab das Gefühl, alle sind viel erfolgreicher als ich. Die Typen hier, die *desi*-Typen aus Columbus, alle.«

»Du bist erfolgreich«, erwiderte Priya, stellte sich auf die Zehenspitzen und küsste ihn auf den Mund. »Du hast eine gute Karriere. Und du hast mich.«

»Und obwohl das eine Menge wettmacht, würde sich meine Laune doch wesentlich verbessern, wenn wir diese Party lieber früher als später verlassen.«

»Ich habe Krysta versprochen, dass ich auf sie warte.«

Als Krysta eintraf, lief die Party schon seit fast zwei Stunden, und Priya und Madhu konnten es kaum erwarten zu gehen.

»Ich mag niemanden hier«, sagte Priya zu Krysta, während sie an ihrem Wein nippten und sich unter den gut gekleideten Gästen umsahen.

»Du magst mich«, erwiderte Krysta.

Priya grinste. »Ich meine, die Leute hier sind einfach nicht mein Typ – und Madhus Typ auch nicht.«

»Ehrlich gesagt glaube ich auch nicht, dass sie Ninas Typ sind«, vermutete Krysta. »Diese Leute sind Bekannte. Geschäftskontakte. Du und ich, wir sind die armen Freunde, die sie braucht, um sich bei diesen Showveranstaltungen normal zu fühlen.«

Krysta nahm sich etwas zu essen vom Büfett, und Priya leistete ihr Gesellschaft. »Wenn du's genau wissen willst«, fuhr Krysta fort, »Nina hasst es, zu Hause zu sitzen. Ich meine, sieh sie dir mal an. Bei all der Zeit, die sie zur Verfügung hat, möchte man meinen, sie könnte sich mit einem Personal Trainer ins Fitnessstudio schwingen.«

Sie schauten beide zu Nina. Sie war mal eine schlanke Frau gewesen, doch das Alter hatte sie eingeholt. Zwar war sie nicht dick, doch man konnte sie auch nicht als fit bezeichnen. Sie trug ein wunderschönes rosafarbenes Cocktailkleid aus Seide, das ihr bis zu den Knien reichte. Und obwohl an Ohren und Fingern Diamanten funkelten, wirkte ihr Blick trüb unter dem Glitzern.

»Oh, sie sieht gut aus, und sie ist zu sehr mit den Kindern beschäftigt, um ins Fitnessstudio zu gehen. Sie hat zu mir gesagt, wir beide haben Glück, dass wir genug Zeit haben, zweimal die Woche zum Spinning zu gehen.« Krysta kaute ihren knusprigen Shrimp-Maki zu Ende, dann erwiderte sie: »Ich glaube, Nina ist unglücklich. Seit Jordan sie betrogen hat, ist sie verändert. Und jetzt hat er die dicke Karriere und all das. Früher war es genau umgekehrt. Er war der Gründer, der zu kämpfen hatte, und sie der Goldesel.«

Als der Abend voranschritt, lichtete sich das Büfett und auch die Menge. Um Mitternacht waren beinahe alle gegangen. Auf Ninas Bitte hin waren Priya und Madhu geblieben und saßen nun im Wohnzimmer; sie waren zusammen mit Krysta die letzten verbliebenen Gäste.

Jordan brachte allen außer Priya, die fahren musste, Schwenker mit Cognac und warf sich neben seine Frau auf die Couch.

Sie wirkten wie ein glückliches Paar; die außereheliche Affäre schien eine ferne, beinahe unwirkliche Erinnerung zu sein, dachte Priya, als sie die beiden Händchen halten sah.

»Das lief gut«, sagte Nina.

»Das lief großartig«, sagte Jordan. »Nina schmeißt die besten Partys, meint ihr nicht?«

»Absolut«, bestätigte Krysta. Priya und Madhu stimmten auch zu.

»Solange wir das Essen liefern lassen«, fügte Jordan hinzu. »Wenn sie nicht versucht zu kochen, ist das besser für unser aller Verdauung.«

»Jordan«, rügte Nina ihn spielerisch und warf ein Kissen auf ihn.

Er lachte, legte den Arm um sie und gab ihr einen schmatzenden Kuss auf den Mund. Sie waren beide etwas angetrunken.

»Tja, es ist schon spät«, unterbrach Krysta sie. »Priya, ist es okay, wenn du mich nach Hause bringst? Nina, ich lasse mein Auto hier stehen und hole es morgen wieder ab. Ich kann auf meinem Morgenlauf hier vorbeikommen.«

»Vielleicht laufe ich mit dir mit«, überlegte Priya. »Wann willst du los?«

»Gegen sieben«, antwortete Krysta.

Nina seufzte. »Ich beneide euch beide. Ihr habt so viel Zeit, das zu tun, worauf ihr Lust habt. Ihr könnt ins Fitnessstudio, besucht Kochkurse … und ich sitze hier die ganze Zeit mit den Kindern zu Hause fest.«

»Du sitzt nicht fest«, wandte Jordan ein. »Du genießt das doch.«

»Ich genieße es nicht die ganze Zeit über, Jordan«, erwiderte Nina. »Hin und wieder hätte ich gern die Freiheit, auch ein eigenes Leben zu haben – so wie ihr alle. Ich fühle mich wie gefangen.«

»Du hast doch Freiheiten. Die Kinder gehen in die Schule und Vorschule. Wie viel kann man tagsüber zu tun haben? Wir haben jemanden, der sauber macht und Wäsche wäscht. Du kochst so gut wie nie. Unsere Lebensmittel bekommen wir geliefert, oder ich fahre zu Whole Foods. Was genau machst du den ganzen Tag, dass du keine Freiheit mehr hast?«, wollte Jordan wissen und rutschte von Nina fort.

Jetzt sieht's nicht mehr so gut aus, dachte Priya und sah Madhu direkt an. Es war Zeit zu gehen.

»Du fährst nicht zu Whole Foods, das mache ich. Wegen Rebeccas Laktoseintoleranz und Sashas Allergien muss ich jeden Tag hin, weil wir immer noch irgendetwas brauchen«, entgegnete Nina. »Du bist zu sehr mit deiner Karriere beschäftigt. Ich bin zu Hause.«

»Das hast du so gewollt«, verteidigte sich Jordan. »Wenn du eine Karriere haben willst, dann zieh los und bau dir eine auf.«

»Das ist nicht so einfach. Ich bin jetzt seit acht Jahren aus dem Beruf raus, und da draußen herrscht Rezession, falls dir das nicht aufgefallen ist«, sagte Nina mit erhobener Stimme.

»Das war alles deine Entscheidung. Niemand hat dir die Scheißpistole an den Kopf gesetzt«, erwiderte Jordan und stand auf.

Gleichzeitig mit ihm standen Madhu, Priya und Krysta auf.

»Okay, wir müssen dann los«, sagte Madhu.

Jordan und Nina schienen kurz durchzuatmen und blickten dann ihre Gäste an.

»Vielen Dank fürs Kommen«, sagte Nina.

»Es war eine tolle Party«, sagte Priya. Sie umarmte erst Nina und dann Jordan.

***

»Gott, das war ein verfluchtes Desaster«, sagte Madhu, als sie nach Hause kamen.

»Ich werde nicht zu Hause bleiben.« Priya, nahm sich den Schmuck ab und legte die Ohrringe sowie ihre einzige Perlenkette ordentlich in die mit Seide ausgeschlagenen Velourkästchen, die Madhus Mutter ihr geschenkt hatte.

»Du kannst tun und lassen, was du willst«, sagte Madhu und gab ihr einen Kuss auf die Wange.

Priya schlüpfte aus ihrem schwarzen Kleid und hängte es auf den Kleiderbügel, der auf ihrem Bett lag. Dann hängte sie es zurück in den Schrank und sah ihm beim Ausziehen zu. »Madhu?«

»Was?«, fragte er und setzte sich hin, um die Socken auszuziehen.

»Ich will nach Indien fahren.«

Madhu schaute sie an und seufzte.

»Nein, lass mich erst ausreden. Ich will hinfahren. Ich will Asha sehen und das Baby. Ich *muss* hinfahren«, sagte sie. »Wir werden jeden Tag miteinander reden. Wir werden skypen.«

»Du wirst aus der Haut fahren mit meinen Eltern«, gab Madhu zu bedenken.

»Das werde ich nicht zulassen.«

Madhu schüttelte den Kopf und warf die Socken in den Wäschekorb. Dann zog er graue Flanellshorts und ein weißes Unterhemd an.

»Priya, dann werden wir einander nicht mehr so nah sein. Wir können uns keinerlei Unterstützung geben«, sagte er. »Ich glaube nicht, dass ich das alleine durchstehen kann, mit Asha zu sprechen und zu hören, dass sie sauer oder verändert oder sonst wie ist. Ich brauche dich an meiner Seite.«

»Aber das ist ja genau der Punkt. Wenn ich dort bin, dann weiß ich genau, wie sie drauf ist und warum. Ich kann es dir sagen, und du kannst beruhigt sein«, argumentierte Priya. »Wir sind trotzdem füreinander da, nur eben über Skype.«

»Zwei Monate lang?«

»Na ja, nur anderthalb Monate; die letzten beiden Wochen bist du auch dort«, sagte Priya.

»Und du bist dir sicher dabei?«

Priya schüttelte den Kopf. »Nein. Aber ich glaube, ich sollte das tun.«

»Das gefällt mir nicht … aber okay«, sagte Madhu, legte sich ins Bett und verschränkte die Arme hinterm Kopf.

»Fang nur keine Affäre mit irgendeiner Frau im Chanel-Kostüm an, während ich fort bin«, warnte Priya mit einem Lächeln und legte sich in ihrer Unterwäsche neben ihn.

»Ich werd dich vermissen«, sagte er. »Allein der Gedanke daran, dass du fort bist, lässt mich dich schon vermissen.«

»Du reist doch so viel. Das wird dir nicht mal auffallen«, erwiderte Priya. »Nichts wird sich ändern. Wenn du in Dallas oder Phoenix oder wo auch immer bist, rufst du mich einfach in Indien an anstatt hier.«

»Momentan stehen tatsächlich viele Reisen an«, sagte Madhu. »Und unser Telefonsex ist super.«

»Siehst du? Wir bekommen das schon alles hin. Glaub mir.«

Beiträge aus dem Forum von

www.deineleihmutterschaft.de:

UnoBaby: *Ich habe echt zu kämpfen. In der Arbeit herrscht der reine Wahnsinn. Meine Firma hat so viele Leute entlassen, dass die Arbeitslast für die Verbliebenen einfach zu groß ist. Keine Ahnung, ob ich mit dem Baby so weiterarbeiten kann. Die Zehn-Stunden-Tage sind okay, solange es nur mich und meinen LE gibt, doch ich weiß nicht, ob ich das noch tun will, wenn das Baby hier ist. Ich will zu Hause sein, bei meinem Kind bleiben. Es war so ein steiniger Weg, dieses Baby zu bekommen – ich habe das Gefühl, dass ich mich um etwas betrüge, wenn ich weiterarbeite.*

VersuchNr1: *Zumindest hast du noch einen Job. Ich wurde entlassen. Und ich habe wirklich Angst, dass ich nie wieder Arbeit finde. Ich bin mir nicht sicher, ob ich der Hausfrauentyp bin, aber weiß Gott, was aus mir wird, wenn das Baby erst mal da ist.*

Neuling1209: *Ich glaube, du solltest ein paar Monate freimachen und dich dann entscheiden. Du kannst jetzt noch gar nicht wissen, wie es sein wird, wenn du dein Baby zu Hause hast.*

LeckerMami2008: *Ich will niemanden verurteilen, jede hier trifft ihre eigene Entscheidung. Aber mein Rat ist zu arbeiten. Wenn dir deine Arbeit gefällt und sie anregend für dich ist, dann arbeite bitte weiter. Ich bin jetzt, da ich arbeite, eine bessere Mutter als zuvor, als ich nicht gearbeitet habe. Aber ich bin mir sicher, dass das für jede anders ist.*

Mami8774: *Ich liebe es, Hausfrau und Mutter zu sein. Das wollte ich schon immer, und jetzt hab ich's. Es ist einfach perfekt. Ich würde nie arbeiten gehen und von meiner Zeit als Mutter etwas stehlen.*

KannNichtEmpfangen1970: *Wenn ihr mich fragt, ich habe nie gearbeitet. Ich habe die Uni abgeschlossen und geheiratet. Ich wünschte, ich hätte gearbeitet, aber jetzt ist es zu spät, und davon abgesehen habe ich so viel damit zu tun, die Kinder hin und her zu kutschieren und mich ums Haus zu kümmern, dass ich keine Zeit zum Arbeiten habe. Ich ziehe den Hut vor den Frauen, die beides tun.*

FastMutter: *Oh Gott! Ohne Arbeit wäre ich wahnsinnig geworden. Nachdem wir das Baby verloren hatten, bin ich fast durchgedreht, und es tat gut, jeden Tag ins Büro zu gehen und den Kopf zurechtgerückt zu bekommen.*

LetzteHoffnung77: *Ich kann nicht kündigen, auch wenn ich wollte. Mein Mann wurde entlassen, und unser Baby kommt im Dezember … also muss ich arbeiten, und falls mein LE keinen Job findet, dann bleibt er mit dem Baby zu Hause, und ich arbeite weiter. Ich wünschte, ich könnte zu Hause bleiben und mein Baby genießen. Aber aufgrund der Rezession weiß ich nicht, ob ich diese Chance bekomme.*

Teil 4

Drittes Trimester

Kapitel 14

Nachdem sie aufgelegt hatte, war Asha zum Heulen zumute. Sie legte das Handy neben sich auf den Boden und vergrub das Gesicht in den Händen.

Die Mutter wollte nach Indien kommen. Für fast zwei Monate. Sie wollte »Happy Mothers« besuchen und in ihrer Nähe sein.

Jetzt wünschte Asha, ihre Eltern wären genauso wie Keertanas, die nichts mit ihr zu tun haben wollten. Es wäre für alle besser gewesen, wenn sie weder Mutter noch Vater kennengelernt hätte.

Die letzten paar Tage waren schwierig gewesen. Manoj hatte sich vor zwei Tagen den Ellbogen verletzt.

»Wie ist das passiert?«, fragte Asha.

Manoj zuckte nur wortlos mit den Schultern.

Pratap seufzte. »Er hat sich mit einem anderen Jungen geprügelt.«

»Der andere Junge hat dummes Zeug erzählt«, verteidigte sich Manoj. »Er hat gesagt, dass wir alle vier Jahre ein Schaltjahr haben und er deshalb langsamer altert als der Rest von uns. Er wurde am 28. Februar geboren.«

»Und deswegen hast du dich geprügelt?«, fragte Asha.

»Das ist nicht richtig. Wir brauchen die Schaltjahre, damit unsere Kalender mit der Umkreisung der Sonne durch die Erde übereinstimmen«, erklärte Manoj. »Das weiß doch jeder.«

Als Manoj später mit Mohini außer Hörweite spielte, erzählte Pratap Asha, dass das nicht das erste Mal gewesen war, dass Manoj in der Schule in einen Streit geriet.

»Die Lehrer sagen, ihm ist langweilig«, sagte Pratap. »Er sucht Streit, und er wird beschimpft, weil die Kinder glauben, dass er mit seiner Klugheit angibt. Ich habe mir Sorgen gemacht, aber weißt du, Asha, alle Jungen machen solche Dinge durch. Ich denke, das gibt sich wieder.«

»Nein, nicht, wenn wir nichts tun. Wir müssen eine bessere Schule für ihn finden, mit Kindern, die so sind wie er«, widersprach Asha.

Tagelang hatten sich ihre Gedanken um nichts anderes als um Manojs Probleme gedreht, und jetzt wollte die Mutter herkommen und ihr auf den Keks gehen. Asha wischte sich die Tränen weg. Wenn sie herkommen will, dann soll sie eben. Was juckt mich das?, sagte sich Asha. Wenn sie will, kann sie hier herumsitzen und den ganzen Tag mit uns fernsehen. Als Asha das Fernsehzimmer betrat und all die Frauen mit ihren Babybäuchen vor dem Fernseher sitzen und schwatzen sah, fühlte sie sich wie eingesperrt. Sie musste raus hier, und sei es auch nur für kurze Zeit. Die Regeln besagten, dass sie nicht alleine rausgehen durften. Erlaubt war, *hin und wieder* in Gruppen auszugehen, ins Kino oder Ähnliches – aber das musste von Nursamma organisiert werden. Asha würde mit jemandem darüber sprechen müssen.

Seit Asha im »Haus der Glücklichen Mütter« wohnte, waren sie nur einmal als Gruppe ausgegangen – in den Park im Stadtzentrum. Für ein Picknick dort hatten sie Essen und Wasser zusammengepackt. Doch das war ganz zu Beginn gewesen, und Asha hatte die gesamte Zeit über ihre Kinder vermisst, mit denen sie diesen Park früher schon mehrmals besucht hatte.

Sie fragte sich, ob sie am Ende zumindest eine gute Erinnerung zurückbehalten würde. Oder würde sie diese Zeit hier für immer als den Schandfleck in ihrem Leben empfinden?

Plötzlich regte sich das Baby, und sofort bereute sie ihre Gedanken. Am Ende dieser dunklen Zeit stand ein Baby, und wenn das Resultat ein Baby war, wie konnte es dann eine dunkle Zeit sein?

»Keertana«, sagte Asha und setzte sich neben sie auf einen der *Charpai*, auf denen die Frauen zum Fernsehen saßen. »Könntest du Nursamma davon überzeugen, dass wir uns einen Film im Kino ansehen?«

Asha wollte es nicht selbst vorschlagen, denn schon der letzte Ausflug in den Park hatte aufgrund ihrer Initiative stattgefunden.

»Das ist eine gute Idee. Ich will *Raju Maharaja* sehen«, antwortete Keertana. »Die Lieder, die sie bei *Chitralahari* im Fernsehen gezeigt haben, sind so *mast*, so toll.«

»Und Mohan Babu und Ramya Krishnan spielen im Film mit«, sagte Gangamma. »Sie ist immer noch so schön, obwohl sie jetzt die Rolle der Mutter spielt.«

»Mohan Babu – Schmohan Babu. Er ist ein alter Mann«, warf Chitra ein. »Lasst uns lieber *Evaraina Epudaina* ansehen. Das ist mit Varun Sandesh.«

Keertana zuckte mit den Schultern. »Mir ist es wirklich egal, was wir uns ansehen, solange wir hier rauskommen. Ich werde mal mit Nursamma sprechen.«

»Ich frage mich, wie das mit uns allen aussehen wird, fünfzehn schwangere Frauen, und alle sitzen in derselben Reihe.« Ragini lachte. »Ich hoffe, ich kann den Film noch sehen, bevor es losgeht.«

Raginis Geburtstermin war in zwei Wochen, und da dies ihr drittes Mal hier war, konnte es jederzeit so weit sein. Je mehr Kinder eine Frau zur Welt brachte, desto früher kamen sie. Doktor Swati hatte ihr die strikte Anweisung gegeben, auszuruhen und zu entspannen.

Asha mochte Ragini. Sie war eine starke Frau, die ebenso wie Keertana überhaupt nicht emotional an die Erfahrung heranging, eine Leihmutter zu sein. Sie wollte einfach nur genug Geld zusammenbekommen, um ihre Töchter zu verheiraten und das hinter sich zu bringen. Ihr Ehemann war vollkommen nutzlos. Alles Geld, das er als Bauarbeiter verdiente, gab er für Palmwein aus. Ragini hatte Asha erzählt, dass sie in den ersten Jahren ihrer Ehe versucht hatte, ihn zu ändern, doch inzwischen hatte sie es aufgegeben.

»Er kann zum Teufel gehen, dieser Hurensohn«, schimpfte sie. »Sobald meine Töchter verheiratet sind, werde ich bei denen wohnen. Zwei Monate hier, drei Monate da – so wird mein Leben aussehen. Ich werde mit meinen Enkeln spielen und bei meinen Töchtern leben, und dieser menschliche Abschaum, den ich geheiratet habe, kann alleine vor sich hin rotten.«

»Fühlt man nicht etwas dabei, wenn man das Baby fortgibt?«, hatte Asha sie einmal gefragt.

Ragini hatte gelacht. »Na klar fühle ich etwas. Ich fühle mich reich.«

***

Sie fuhren mit Motorrikschas zum Kino. Fünf Rikschas für fünfzehn Personen – dreizehn Schwangere, Revati und Nursamma. Zwei Frauen wollten lieber nicht mit ins Kino, weil sie sich nicht danach fühlten.

»Das war eine großartige Idee«, sagte Revati. Sie saß in derselben Rikscha wie Keertana und Asha. »Ich wollte schon lange einen Film im Kino sehen, aber heutzutage scheint es Geldverschwendung zu sein, weil ja alles im Fernsehen gezeigt wird.

Aber Kino ist und bleibt eben Kino.«

Revatis Leben drehte sich nur um das »Haus der Glücklichen Mütter«. Sie schien keinerlei Familie oder sonst irgendein Leben außerhalb ihrer Pflichten in der Klinik zu haben. Anders als Doktor Swati, die ihr eigenes Zuhause und eine Familie hatte.

»Ein guter, erbaulicher Film ist genau das, was ich brauche, um mich aufzumuntern«, sagte Revati.

Chitra hatte die Abstimmung verloren, und sie würden sich *Raju Maharaja* ansehen, ein schönes Familiendrama mit ein paar berühmten, aber älteren Schauspielern. Junge Liebe stand bei niemandem auf der Wunschliste, außer vielleicht bei Chitra. Davon abgesehen waren romantische Filme für Collegestudenten und -studentinnen. Sie waren erwachsene, schwangere Frauen; sie brauchten einen Familienfilm.

»Mein Mann und ich sind früher jeden Monat ins Kino gegangen«, erzählte Keertana. »Aber jetzt …« Einen Moment lang legte sie sich die Hand auf den Bauch und lachte. »Aber nach diesem Baby können wir dort weitermachen, wo wir aufgehört haben. Wir brauchen uns nicht einmal Gedanken darüber zu machen, dass es den ganzen Film über schreit, weil wir es mitnehmen müssen.«

Revati lächelte. »Sie alle vollbringen solch eine fromme Tat. Sie geben so vielen Menschen ein Wunder. Ich sehe viele Eltern und Leihmütter kommen und gehen, und ich bin immer ergriffen von dem Geschenk, das Sie geben, und von dem Glück, das die Eltern verspüren.«

Keertana schnaubte spöttisch, sagte aber nichts.

»Die Mutter meines Babys kommt hierher«, sagte Asha. »Sie wird zwar nicht im Haus leben, aber sie will jeden Tag zu Besuch kommen oder so ähnlich.«

Revati verzog das Gesicht, nicht ganz zur Grimasse, doch ihr Missfallen wurde deutlich, als sie sagte: »Ich mag die Eltern nicht, die herkommen und versuchen, sich mit der Leihmutter anzufreunden. Das funktioniert nicht. Aber sie können das nicht verstehen. Ich habe Doktor Swati gesagt, sie soll die Klinik zu einer machen, in der die Eltern nicht mit den Leihmüttern sprechen.«

»Solche Kliniken gibt es?«, fragte Asha.

»Natürlich«, antwortete Revati und kreischte kurz auf, als das Fahrzeug heftig rumpelte. »Hey, fahren Sie vorsichtig, Mann, ich habe schwangere Frauen hier hinten.«

»Ich fahre vorsichtig, *Amma*, aber was soll ich Ihrer Meinung nach bei Straßenlöchern tun?«, erwiderte der Fahrer heiter. »Ich habe jede Menge Schwangere in dieser Rikscha gefahren, und es gab nie ein Problem.«

»Passen Sie auf, um Himmels willen!«, schrie Revati, als die Rikscha um Haaresbreite ein Fahrrad verfehlte.

»Lassen Sie mich nur fahren, *Amma*«, sagte der Fahrer. »Entspannen Sie sich einfach. Und, welchen Film wollen Sie sich ansehen?«

»*Raju Maharaja*«, antwortete Keertana.

»*Mast* Film, *Amma*«, sagte der Fahrer. »Top Film. Mohan Babu, Ramya Krishnan … was für ein Film.«

»Na, wenn Sie sagen, dass er gut ist, dann muss er ja gut sein«, meinte Keertana sarkastisch und hielt sich verzweifelt am Seitengriff der Rikscha fest, als sie erneut in ein Straßenloch plumpsten.

Sie hielten vor dem Kino, und Revati bezahlte die Fahrer. Doktor Swati kam für die Rikschas auf, die Kinokarten mussten die Frauen selber zahlen.

Rangamma, der Sohn des Hausmädchens, war am Morgen zum Kino gegangen und hatte die Karten gekauft, damit die Frauen sich nicht in den langen Schlangen vor dem Kartenschalter anstellen mussten, sondern direkt ins klimatisierte Gebäude gehen konnten. Obwohl die Frauen die Karten selbst bezahlen mussten, hatten sie sich etwas gegönnt und sich Plätze im Rang gekauft. Man konnte viel besser sehen, und die Sitze waren bequemer.

Den Geruch im Kino hatte Asha schon immer gemocht. Dieses hier, Devaky Cinemas, war ein großes Kino. Sie konnte sich daran erinnern, wie begeistert Kaveri und Raman nach ihrem Umzug nach Srirampuram davon gesprochen hatten; wie modern es sei und dass es Plätze für tausendfünfhundert Menschen hatte. Und tatsächlich, die heutige Vorstellung war brechend voll.

Die Sitze auf dem Rang waren großzügig bemessen, bequem und fühlten sich immer noch samtig an – das Kino war ja auch erst zwei Jahre alt. Es hatte sogar diesen unverwechselbaren Geruch nach teurer Klimaanlage und frischen *Samosas*.

Sie saßen in der ersten Reihe; das bedeutete, wenn sie sich erst einmal gesetzt hatten, mussten sie für niemanden mehr aufstehen, und für die Beine war ausreichend Platz. Asha machte es sich gemütlich in ihrem Sitz. Als Kind war ihr Lieblingsmoment immer der gewesen, wenn sich die Vorhänge vor der Leinwand teilten und der Film begann. Das Aufziehen der Vorhänge kam dem Öffnen einer Schatztruhe gleich – danach konnte man sehen, welche Überraschung sich dahinter verbarg. Sie seufzte zufrieden.

Obwohl sie im Kino nichts essen durften, weil die frittierten *Samosas* sie krank machen könnten, hatte Doktor Swati eingewilligt, dass jede ein kaltes Getränk haben konnte, und sie gab es aus. Sobald sie ihre Plätze eingenommen hatten, rief Chitra den Getränkejungen heran, der im Kino mit einem Bauchladen voller Getränke herumlief.

Die Frauen riefen ihm zu, was sie haben wollten: Thums Up, Fanta, Limca …

»Ah«, sagte Chitra und seufzte beim zitronigen Geschmack der Limca in ihrem Mund, »das tut so gut.«

»Revati, wir sollten kalte Getränke im Haus haben«, sagte Gita und genoss ihr Thums Up.

»Diese Getränke sind schlecht für die Babys. Zu viel Zucker«, erklärte Nursamma, bevor Revati antworten konnte. »Es ist okay, hin und wieder eins zu trinken, aber nicht jeden Tag.«

»Das ist doch nicht mein Baby, warum sollte mich das kümmern«, merkte Keertana leise an, sodass niemand außer Asha es hören konnte.

»Keertana, du bist so durchtrieben«, erwiderte Asha und trank ihre Fanta extra langsam, weil sie die Flasche nicht zu früh leeren wollte.

Nach dem Kino kamen die Frauen gut gelaunt zurück. So gut gelaunt, dass eine Stunde nach ihrer Rückkehr Raginis Wehen einsetzten. Ihre Eltern waren in den Vereinigten Staaten und wurden informiert. Ihre Flugscheine hatten sie jedoch für die darauf folgende Woche gebucht, also würden sie das Baby erst dann abholen. Bis dahin blieb das Baby in der Klinik von »Happy Mothers«, wo es von einem Kinderarzt und Krankenschwestern versorgt werden würde.

Ragini lag nur kurz in den Wehen. Nur zwei Stunden. Am nächsten Tag kam sie zurück und sah nicht wie eine Frau aus, die soeben ein Kind zur Welt gebracht hatte, sondern wie eine unbekümmerte Frau, frei von jeglicher Sorge.

»Wie ist es gelaufen?«, fragte jemand.

»Wie geht's dir?«, schob jemand nach.

Ragini erzählte ihnen, dass alles gut gelaufen sei. Sie hatte so gut wie keine Schmerzen gehabt, und Doktor Swati hatte sich sehr gut um sie gekümmert.

»Hast du das Baby gesehen?«, fragte Asha, während sie Ragini dabei half, ihre Sachen zusammenzupacken. Ragini fuhr am nächsten Tag nach Hause; sie konnte es kaum erwarten, ihre Töchter wiederzusehen.

»Nein«, antwortete Ragini. »Dafür gab's keinen Grund. Es ist nicht meins.«

»Hast du eins der anderen Babys gesehen?«, fragte Asha. Dies war Raginis drittes Mal gewesen. Das letzte Mal.

»Nein«, sagte Ragini. »Und das solltest du auch nicht.«

Asha nickte. »Ich weiß«, sagte sie, faltete Raginis Blusen zusammen und legte sie ordentlich in ihre schwarze Metallkiste.

»Wenn man das ein paarmal gemacht hat, hört man auf, eine Bindung zu entwickeln«, erklärte Ragini. »Beim ersten Mal habe ich auch überlegt, wie ich ein Baby fortgeben kann und all den Unsinn. Und jetzt verliere ich keinen Gedanken mehr daran. Ich denke nur an das Geld auf meinem Konto und an gute Partien für meine Töchter.«

Asha setzte sich neben die Kiste aufs Bett. »Hast du die Eltern kennengelernt?«

»Nein. Nicht nötig.«

»Meine Eltern rufen mich einmal die Woche an. Sie schicken mir Geschenke. Und jetzt kommt die Mutter nach Indien … früher als geplant. Sie will herkommen und mich jeden zweiten Tag besuchen. Ich will das nicht, aber das kann ich ihr nicht sagen«, gestand Asha. »Ich mag sie nicht.«

»Es ist trotzdem *ihr* Baby.«

»Aber was, wenn ich weiß, dass sie eine schlechte Mutter sein wird?«, wollte Asha wissen. »Wie kann ich …«

»Es ist *ihr* Baby und es geht dich nichts an, was für eine Mutter sie ist«, unterbrach Ragini sie. »Mach bloß nichts Dummes, Asha. Wenn du etwas Dummes tust, dann ruinierst du nicht nur dein Leben, es ruiniert auch das Leben all der anderen Leihmütter. Für Menschen wie mich ist das der einzige Weg aus dem Elend. Bring dieses Haus nicht in Verruf.«

»Ich werde nichts tun«, beschwichtigte Asha.

»Gut«, sagte Ragini und lächelte sie an. »Beim ersten Mal ist's immer schwer. Wenn du es wieder tust …«

»Das mache ich nie wieder«, warf Asha ein.

Ragini lachte amüsiert. »Das habe ich auch gesagt. Aber wenn man Geld braucht … tut man, was nötig ist. Und es ist besser, als eine Hure zu sein.«

***

Während der Kontrolle erzählte Asha Doktor Swati von ihrer Unterhaltung mit der Mutter. Die Ärztin schaute sich das Baby mit Ultraschall an, und Asha verlieh ihren Zweifeln über die Anwesenheit der Mutter in Indien vor der Geburt des Babys Ausdruck.

»Sie möchte sich einfach nur dem Baby nahe fühlen«, erklärte Doktor Swati. Asha wischte sich den Bauch mit einem Papiertuch sauber, das ihr die Ärztin gereicht hatte. »Und wir sind nicht die Art von Klinik, die den Kontakt zwischen Eltern und Leihmüttern verbietet. Wenn sie also herkommen möchte, dann kann sie das. Sie muss jedoch die Regeln befolgen und darf nur während der Besuchszeiten kommen. Ihren Tagesablauf wird sie nicht durcheinanderbringen, falls Sie sich darüber Sorgen machen.«

Asha stand auf und fing an, ihren Sari zurechtzuzupfen. Für den Ultraschall hatte sie die Falten gelöst und das Unterkleid gelockert.

Asha liebte es, das Baby auf dem Bildschirm zu sehen. Beim Bumm-bumm-bumm des Herzschlags kamen ihr immer die Tränen, doch sie schluckte sie runter. Sie wollte nicht, dass Doktor Swati dachte, sie hätte das Baby übermäßig in ihr Herz geschlossen. Aber es war unglaublich; es war ein Lebenszeichen. Sie wünschte, sie hätte das auch bei Manoj und Mohini sehen können. Sie wünschte, Pratap hätte den Herzschlag hören und ihr Baby auf einem Schwarz-Weiß-Bildschirm sehen können.

»Das Baby ist aber in mir drin«, wandte Asha ein. »Wie

kann die Mutter ihm überhaupt nahe sein?«

»Ich weiß es nicht«, antwortete Doktor Swati. »Ehrlich gesagt bin ich der Meinung, dass das unnötig ist, und ich habe mit ihr über ihre Erwartungen gesprochen. Wenn sie erst einmal hier ist, wird sie es bereuen. Sie kann hier wirklich nichts anderes tun, als zu warten.«

»Ihre Anwesenheit wird mich nervös machen.«

»Das braucht es nicht«, sagte Doktor Swati. »Und wenn es Sie stört, sagen Sie es mir einfach, und ich werde mit ihr sprechen. Möchten Sie, dass ich ihr sage, dass sie nicht zu Besuch kommen soll?«

Einen Moment lang dachte Asha darüber nach, doch es erschien ihr grausam, die Mutter zu bitten, nicht zu fühlen, wie sich ihr Baby bewegt – auch wenn es der Bauch einer anderen Frau war.

Sie schüttelte den Kopf. »Es ist okay.«

»Übrigens habe ich mit dem Schulleiter der Schule gesprochen, auf die Manoj gehen soll«, wechselte Doktor Swati das Thema und setzte sich auf ihren Stuhl hinter dem großen Holztisch. »Er hat gesagt, dass Manoj dort auf jeden Fall zu Beginn des nächsten Schuljahres im September anfangen kann.«

»Kann er nicht schon diesen September anfangen, jetzt?«, fragte Asha. Sie machte sich Sorgen um Manoj; sie wusste, dass er größere Herausforderungen in der Schule brauchte, oder sein brillanter Verstand würde verkümmern.

»Ich werde in der Schule nachfragen, aber ich bezweifle es. Dieses Jahr ist es sehr eng, und es ist zu spät, sich jetzt noch zu bewerben«, antwortete Doktor Swati. »Der Schulleiter hat gesagt, er schickt mir die Aufnahmeunterlagen zu. Sie können sie ausfüllen und die Aufnahmegebühr bezahlen. Ich denke, Sie sollten warten bis nach der Geburt des Babys, wenn Sie die Gesamtsumme haben, und die Aufnahmegebühr dann bezahlen. Sie ist recht happig. Und wenn Sie möchten, dass Manoj dort Jahr um Jahr hingeht … Sie werden jedes Jahr eine große Summe Geld zahlen müssen, fast ein halbes Lakh Rupien.«

Asha sank das Herz. Wie sollten sie das bezahlen? Wie sollten sie das schaffen?

»Aber das ist … das ist so viel Geld, Doktor Swati.«

»Wir werden einen Weg finden. Für den Augenblick sollten Sie einfach wissen, dass Manoj für das nächste Jahr zugelassen ist.«

Ashas Beine fühlten sich bleischwer an, als sie von der Klinik zum Leihmutterhaus ging. Fünf Lakh Rupien reichten nur für sechs Jahre Schule. Dann würde er erst elf Jahre alt sein. Wenn sie das hier noch einmal machte, dann hätten sie sechs weitere Jahre, und was dann? Wie sollten sie die Universität bezahlen? Wie oft müsste sie das hier tun, um Manojs Zukunft zu sichern?

An diesem Nachmittag kam Pratap alleine. Manoj und Mohini waren zusammen mit Kaveri, Raman und ihren Jungs zu einer Geburtstagsfeier gegangen.

»Ich mache mir große Sorgen um Manoj«, beichtete Asha ihm.

»Seine Lehrer denken, dass es jetzt besser läuft, nachdem sie ihn zwei Klassen haben überspringen lassen. Sie überlegen, ihn nächstes Jahr noch eine Klasse überspringen zu lassen, und dann wird er am richtigen Platz sein«, sagte Pratap.

Um bei Manojs Verhalten gegenzusteuern, hatte man ihn in der Schule innerhalb einer Woche um zwei Klassen hochgestuft. Die Hoffnung war, dass dann der Lehrstoff eine größere Herausforderung für ihn war.

»Willst du damit sagen, dass er nicht auf eine spezielle Schule zu gehen braucht?«, fragte Asha. Er würde erneut das Thema Wohnung anschneiden, das wusste sie einfach und merkte, wie sich Ärger einstellte.

»Nein«, antwortete Pratap ruhig. »Ich … ich glaube, es ist in

Ordnung, wenn er im Moment keine spezielle Schule besucht. Jetzt geht er mit viel älteren Jungen in eine Klasse, und das ist hart für ihn. Nur, weil er gut in Mathe ist, heißt das nicht, dass er gut darin ist, mit Menschen umzugehen, oder dass er über Dinge Bescheid weiß, über die ältere Kinder mehr wissen. Aber falls wir es uns nicht leisten können … Ich werde nicht die Zukunft der ganzen Familie opfern, um ihn in eine Schule zu stecken, die gut für ihn sein könnte oder eben auch nicht.«

»Du willst doch einfach nur eine Wohnung kaufen«, warf Asha ihm vor.

»Das stimmt nicht«, erwiderte Pratap und seufzte. »Ich will ein Zuhause haben. Ist das so schlimm? Ich hatte noch nie ein echtes Zuhause. Nur Hütten in einem Dorf. Ohne richtige Wände. Ohne Badezimmer. Ist es so schlimm, dass ich ein Zuhause für meine Familie haben will? Manoj und Mohini lieben Ramans Wohnung. Sie ist schön. Sie ist groß. Und ich will auch eine haben. Warum tust du so, als wäre das ein Verbrechen?«

»Es ist kein Verbrechen«, erwiderte Asha. »Aber Manoj muss unsere erste Priorität sein.«

»Ein richtiges Zuhause ist auch für Manoj und Mohini wichtig«, sagte Pratap überzeugt. »Ich werde Arbeit finden … die Wirtschaftslage ist in der ganzen Welt schlecht, aber hier und da finde ich Arbeit. Und ich hoffe, ich werde mehr finden. Und sobald das Geschäft anzieht, wollen Raman und ich unsere eigene Firma gründen. Aber ein Zuhause … wenn wir ein Zuhause haben, dann können auch andere Träume wahr werden.«

Asha lächelte ihn an. »Du hast dich verändert«, sagte sie sanft. »Früher hättest du mir einfach nur gesagt, was du entschieden hast. Jetzt fragst du mich, was ich möchte.«

Pratap lächelte zurück. »Du hast dich auch verändert, weißt du? Früher hättest du nie gesagt, was du willst. Wenn du das gemacht hättest, hätte ich auch damals zugehört.«

»Im Ernst?«

»Im Ernst«, erwiderte Pratap. »Meine Mutter hat getan, was mein Vater gesagt hat. Du hast getan, was ich gesagt habe. Kaveri ist die einzige Frau, die ich kenne, die sich mit ihrem Mann streitet, und ich bin froh, dass du nicht so bist wie sie und die ganze Zeit schreist und zeterst. Aber Raman liebt seine Frau. Und ich liebe meine.«

Das hatte er noch nie zuvor gesagt. Nie hatte er das Wort *lieben* benutzt. Menschen wie sie sprachen nicht über Liebe.

»Ich liebe dich auch«, sagte Asha schüchtern und peinlich berührt, ohne ihm in die Augen zu sehen.

»Wenn du zurückkommst, fahren wir nach Tirupati«, sagte Pratap. »Für den Segen unseres HerrnVenkateshwara Swami.«

»Das ist eine gute Idee.«

»Es ist bald vorbei«, sagte Pratap. »Und dann kommst du wieder nach Hause.«

»Und dann komme ich wieder nach Hause«, wiederholte Asha. Dann griff sie nach seiner Hand. Noch nie zuvor hatte sie das getan, noch nie eine Berührung von sich aus gesucht. Schweigend hielten sie sich bei den Händen, bis es für Pratap Zeit war zu gehen.

Kapitel 15

»Das ist doch einfach unglaublich«, sagte Priya zu Madhu. »Und du kannst aufhören, so zu grinsen.«

Madhu lachte laut auf. »Tut mir leid. Ich weiß, dass das nicht lustig ist, aber ich bin mir sicher, dass du dir nicht mal in deinen wildesten Träumen – oder Albträumen, je nachdem – ausgemalt hast, dass du zusammen mit deiner Mutter nach Indien fährst.«

Es war genau wie all die anderen Male abgelaufen. Priya und Sush hatten sich gestritten, Sush hatte nicht mehr mit ihr gesprochen, und dann hatten sie sich ein paar Wochen später mehr oder weniger versöhnt.

Priya hatte angerufen, um ihren Vater über ihre zweimonatige Reise nach Indien zu informieren. Madhu würde für die letzten beiden Wochen dazukommen, damit sie ihr Baby zusammen nach Hause bringen konnten. In diesen beiden Wochen mussten sie ihrer Tochter einen Reisepass besorgen und die rechtlichen Angelegenheiten klären, damit sie in die Vereinigten Staaten einreisen konnte.

»Sush hat ebenfalls eine Reise nach Indien geplant«, sagte ihr Vater. »Nach Hyderabad, zu ein paar Meetings. Ihr solltet zusammen fahren, dann kannst du dich um deine Mutter kümmern.«

»Na klar, als würde Sush jemanden brauchen, der sich um sie kümmert«, erwiderte Priya. »Und ich glaube, Mummy wäre auch nicht gerade begeistert davon.«

Doch Priya hatte sich geirrt. Sush war sogar ziemlich begeistert davon.

»Na, als wir zum letzten Mal zusammen in Indien waren, warst du noch ein kleines Mädchen. Das ist eine ausgezeichnete Gelegenheit«, sagte Sush.

»Und dann könntest du auch Asha kennenlernen«, merkte Priya an und streckte die Fühler vor.

»Ich muss zugeben, dass ich neugierig darauf bin, diese Klinik zu sehen und das Haus, in dem diese schwangeren Frauen leben«, sagte Sush. »Das wird erhellend sein.«

Sush schien ihren letzten Besuch und ihren Streit vergessen zu haben, und Priya beließ es dabei. Warum sollte sie die Flammen eines armseligen alten Feuers wieder anfachen?

Also wurde es so beschlossen: Sush kam nach San Francisco, von wo aus sie gemeinsam nach Singapur fliegen würden. Dort hätten sie drei Stunden Umsteigezeit zu einem dreistündigen Flug nach Hyderabad.

Das waren ganz schön viele Stunden, die sie mit ihrer Mutter verbringen würde, dachte Priya. Normalerweise hielten sie es kaum zwei Stunden miteinander aus; vierundzwanzig Stunden lang ununterbrochen zusammen zu sein konnte körperliche Schäden verursachen.

Und waren sie erst einmal in Hyderabad angekommen, würde es auch kein Spaziergang werden – nicht mit Madhus Schwester, die ebenfalls zu Besuch kam.

»Meine Mutter, deine Mutter und Mayuri … das kann doch nicht wahr sein«, stöhnte Priya und legte den Kopf an Madhus Schulter.

Mayuri und Sush waren sich bisher nur einmal begegnet und konnten einander nicht ausstehen. Angefangen hatte die

Vendetta bei Priyas und Madhus Hochzeit.

Priya und Madhu hatten in einem Saal in der Nähe von Madhus Elternhaus in Hyderabad geheiratet. Die gesamte Hochzeit hatte Priya wie durch einen Schleier erlebt. Der *Muhurat*, die »glückverheißende Zeit«, fiel auf 2.07 Uhr am 12. Juli. Auch ohne die zusätzliche Hitze eines Feuers, um das man, beladen mit einer Tonne Schmuck und einem schweren Sari, die gesamte Zeremonie über sitzen musste, war es zu dieser Jahreszeit sowieso schon quälend heiß.

Die Zeremonie war ihr fremd vorgekommen, und wenngleich Teile davon interessant waren, war Priya um zwei Uhr morgens und mit schwerem Jetlag bereits derart müde gewesen, dass sie nichts davon hatte genießen können. Madhu war ihr Fels gewesen und hatte den Arm um ihre Taille geschlungen, obwohl seine Mutter ihn ständig bat, seine Hände bei sich zu behalten. »Es ist unangemessen, sie auf diese Weise zu berühren«, rügte sie. »Noch ist sie nicht deine Frau, und auch wenn sie es wäre, solltest du deinen Arm in der Öffentlichkeit nicht auf diese Weise um sie legen.«

Madhu hatte sich umgedreht und seiner Mutter in die Augen gesehen: »*Amma*, wir leben zusammen; im Vergleich dazu ist das hier um einiges angemessener.« Normalerweise pflegte Madhu einen anderen Ton mit seiner Mutter, doch die sich hinziehende Zeremonie hatte auch ihn erschöpft. Prasanna hatte ihn erst mit offenem Mund angestarrt und ihn dann geschlossen, als hätte es ihr vor Empörung die Sprache verschlagen.

Bei der Hochzeit kam ein Zeitpunkt, bei dem die Familie des Bräutigams der Mutter der Braut einen Sari überreicht. Statt eines aufwendigen Saris aus Seide, wie man ihn üblicherweise überreichte, hatte sich Prasanna aus irgendeinem seltsamen Grund dafür entschieden, Sush einen eher einfachen aus Baumwolle zu schenken. Lalita, Sushs Cousine, rastete aus.

Und als das geschah, gingen auch mit Sush die Pferde durch.

Die Hochzeitszeremonie war erst zur Hälfte geschafft, und während Madhu und Priya im Hochzeits-*Mandap* saßen, brach ein Streit aus. Die Hauptakteure waren Sush, Lalita, Prasanna und Mayuri, die sich einklinkte, als klar wurde, dass Prasanna das Wortgefecht gegen Lalita und Sush verlor.

»Das ist ein billiger Baumwollsari«, hatte Lalita gesagt und Prasanna den Sari unter die Nase gehalten. »Ist das der Respekt, den Sie der Familie der Braut entgegenbringen?«

»Respekt? Sie wollen über Respekt sprechen? Wir sind die Seite des Bräutigams, und trotzdem sind wir es, die für die Hochzeit bezahlen. In Indien zahlt die Braut für die Hochzeit«, entgegnete Prasanna.

»Mein Mann hat für die Hochzeit bezahlt«, warf Sush ein.

»Nein, hat er nicht. Mein Madhu hat die Hochzeit bezahlt, und wir haben sie geplant und all die Arbeit getan, um sie zu organisieren«, widersprach Prasanna.

Madhu hatte versucht einzuschreiten: »*Amma*, Priyas Vater hat tatsächlich Geld überwiesen …« Doch niemand hörte ihm zu.

»Sie bezahlen nicht für die Hochzeit, Sie sind keinerlei Hilfe hier, und dann wollen Sie einen guten Sari haben? Das ist der Sari, den wir Ihnen geben können«, sagte Prasanna.

Obwohl Prasanna normalerweise eine friedfertige Frau war, schien sie aus irgendeinem Grund auf Zickenmodus umzuschalten.

»Wir haben die Hochzeit bezahlt!«, schrie Sush inzwischen empört. »Und wir lassen unsere Tochter in eine niedrigere Gesellschaftsschicht einheiraten.«

»Wir sind Brahmanen«, entgegnete Prasanna. »Sie sind in der niedrigeren Kaste – mit ihrem weißen Ehemann.«

Bei diesen Worten vergrub Madhu sein Gesicht in den Händen, und Priya schloss die Augen. Sie war zu müde, um aufzustehen und sich zu wehren. Dann warf sie ihrem Vater einen flehenden Blick zu.

Der versuchte, Sush von dem Streit fortzuziehen, doch das

versetzte sie nur noch mehr in Rage. »Die behaupten, das sei hier ein großes Problem, dass du weiß bist«, schimpfte sie.

Madhus Vater Sairam wurde ebenfalls aktiv und versuchte, seine Frau wegzubringen, doch genau wie Andrew kam er nicht sehr weit.

»Mein Schwager ist Arzt und unglaublich reich«, warf Lalita ein, und Priya stöhnte über solch unverhohlenen Standesdünkel. »Ganz offensichtlich haben Sie kein Geld, wenn Sie Sushila nur so einen Sari geben können.«

»Wir sind nicht arm«, schaltete sich Mayuri ein.

»Mayuri!«, rief Madhu in bestimmtem Ton und erhob sich. Die Zeremonie war zum Stillstand gekommen. Im Prinzip waren sie zwar jetzt verheiratet, doch aus religiösen Gründen musste der Rest der Zeremonie noch zu Ende geführt werden.

»Was? Ihre Familie greift *Amma* an, und ihr sitzt einfach nur da und hört euch das an«, erwiderte Mayuri und sah sowohl Madhu als auch Priya verärgert an.

»Halt dich da raus«, sagte Madhu.

»Halt du dich da raus«, sagte Sush zu Madhu.

»Ach, um Gottes willen«, verlor Priya die Nerven. Es fiel ihr schwer, aufzustehen, da all der Hochzeitsputz sie herunterzog. »Das ist nur ein verfluchter Sari, Mummy. Du trägst nicht einmal Saris.«

»Wag es ja nicht, so mit mir zu sprechen«, empörte sich Sush und warf Prasanna den Sari ins Gesicht. »Jetzt wissen Sie, was ich von Ihrer lausigen Geste halte.«

»Wie können Sie es wagen!« In diesem Moment wäre Mayuri fast explodiert.

Andrew und Sairam kamen zu Madhu und Priya und stellten sich zu ihnen.

»Das tut mir so leid, mein Liebling«, sagte Andrew.

»So was passiert schon mal bei indischen Hochzeiten«, sagte Sairam entschuldigend und sah betreten aus.

Inzwischen keiften sich die Frauen gegenseitig an, und die Gäste hatten sich ihnen zugewandt statt der Braut und dem Bräutigam. Sogar der Priester hatte jeden Anschein, unparteiisch zu sein, aufgegeben und unterstützte Prasanna gegen die Hindufrau, die einen weißen Mann geheiratet hatte.

»Draußen steht ein Wagen mit Chauffeur«, sagte Sairam. Die Auseinandersetzung ging mittlerweile darum, wie lange nach Prasannas Einschätzung die Ehe von Madhu und Priya halten werde. Sie war überzeugt davon, dass sich ihr Sohn in Windeseile von einer Frau scheiden lassen würde, die von einer Person wie Sush großgezogen worden war.

»Ihr solltet losfahren«, sagte Andrew.

»Wohin?«, fragte Priya.

»Egal wohin«, antwortete Madhu und ließ sich von seinem Vater genau beschreiben, wo der Wagen geparkt war.

Priya und Madhu verließen also den Hochzeitssaal mitten in ihrer Hochzeitszeremonie und fuhren zum Birla-Tempel im Zentrum der Stadt. Das war Madhus Lieblingsort. Madhu war nicht wirklich religiös, doch der Tempel war wunderschön und bot einen umwerfenden Ausblick über die Stadt. Sie wollten ein wenig Frieden finden, und dieser Ort war ihm als erster eingefallen.

»Ich kann nicht glauben, dass sich Mayuri auf dieses Hin und Her eingelassen hat«, sagte Madhu.

»Deine Mutter mag mich nicht«, sagte Priya.

»Sie vergöttert dich. Nur deine Mutter mag sie einfach nicht, und wenn sie erst mal sauer wird, dann weiß sie nicht mehr, was sie tut oder sagt«, beschwichtigte Madhu sie. »Du hättest sie mit meiner Großmutter erleben sollen. Schwiegermutter gegen Schwiegertochter, ganz wie in einem Telugu-Kinofilm.«

Es war fast fünf Uhr morgens, und mit dem weißen Honda Civic und ihrem Chauffeur im Hintergrund lehnten sie sich aneinander, während sie vor den Toren des geschlossenen Tempels saßen. Auf der Fahrt hatte sich der Fahrer mit ihnen unterhalten – die Neuigkeit vom Zickenkrieg im Hochzeitssaal hatte ihn auch erreicht, und er war amüsiert darüber, eine Braut und den Bräutigam von ihrer eigenen Hochzeit wegzufahren, obwohl sie noch mitten in der Zeremonie gesteckt hatten.

Irgendwann hatte Sairam dann Madhu auf dem Handy angerufen und ihn davon überzeugt zurückzukommen. Die Frauen hätten sich beruhigt, versicherte er.

Als sie zum Hochzeitssaal zurückkamen, waren Sush und Lalita gegangen, und nur Andrew war zurückgeblieben.

Prasanna und Mayuri entschuldigten sich bei Madhu und Priya für ihr Verhalten.

Später gestand Mayuri, sie wisse nicht, was in sie gefahren war. »Ich schätze, ich mag deine Mutter einfach nicht«, hatte sie gesagt.

Priya hatte genickt. »Ich verstehe. Das kann passieren.«

Seitdem hatten Madhu und Priya ihre Eltern voneinander ferngehalten und Mayuri von Sush. Sie waren sich nicht ganz sicher, wie die Gemüter reagieren würden, wenn sie erneut aufeinandertrafen.

Beiträge aus dem Forum von

www.deineleihmutterschaft.de:

VersuchNr1: *Ich habe gepackt und bin bereit, nach Indien zu fahren. Ich habe keine Ahnung, was mich dort erwartet, aber ich werde hinfahren und aufs Beste hoffen. Ich freue mich darauf, das Leihmutterhaus und die LM zu sehen. Und ich möchte wirklich gern erleben, wie sich das Baby bewegt. Und in zwei Monaten kann ich meine Kleine im Arm halten.*

NobuNobi: *Oh Gott! Du ziehst das wirklich durch! Wir sind eben mit dem Baby zurückgekommen, und es ist fantastisch, einfach wundervoll. Der kleine Cooper ist unglaublich, und ich war noch nie so verliebt. Mein LE und ich sitzen einfach nur da und schauen ihn stundenlang an. Und meine Schwiegereltern, die so sehr gegen eine LM gewesen waren, sind jetzt begeistert, ihn dazuhaben. Ich bin überglücklich.*

Neuling1209: *Ich freue mich so sehr für dich. In zwei Monaten fahren wir auch hin, um unser Baby zu holen, und ich kann's kaum erwarten. Aber, VersuchNr1, wird es dich nicht wahnsinnig machen, zwei volle Monate in Indien zu bleiben? Okay, du hast gesagt, du hast Familie dort, aber trotzdem … Hast du vor, bei der Mutter im Leihmutterhaus zu wohnen?*

VersuchNr1: *Ich glaube nicht, dass das erlaubt ist. Und ich glaube, ich würde auch nicht im Leihmutterhaus wohnen wollen. Zum einen ist da die Sache mit der Sprache. Ich spreche ein wenig Telugu, aber nicht wirklich viel. Meine Mutter kommt mit nach Indien, und meine Schwägerin wird auch im Haus meiner Schwiegereltern sein. Ich werde also genug Gesellschaft haben. Ich glaube, es wird okay werden … wer weiß, vielleicht macht's sogar Spaß.*

LetzteHoffnung77: *Tu einfach, was dein*

Herz dir sagt. Wenn es dir nicht guttut, kannst du ja jederzeit zurückkommen und später noch mal hinfliegen. Aber wenn du das Gefühl hast, dass es wichtig ist, die LM zu sehen und dein Baby zu berühren, während es im Bauch der LM ist, dann mach das.

LeckerMami2008: *Ich bin eine Woche vor dem Baby und zwei Tage vor dem Geburtstermin hingeflogen, und mir ist fast die Decke auf den Kopf gefallen. All das Warten. Wann ist es so weit? Ist es jetzt so weit? Wir haben ständig darauf gewartet, dass das Telefon klingelt, und wir hatten Angst, dass das Baby nicht zum berechneten Geburtstermin kommen würde – ich meine, die Flüge nach Indien und der Hotelaufenthalt waren teuer. Aber man hat uns gesagt, sie würden die Wehen einfach einleiten, wenn es mehr als eine Woche überfällig wäre. Zum Glück bekam die LM Wehen. Es ist schon nervenaufreibend genug, wenn man selbst schwanger ist und nicht weiß, wann die Wehen starten – aber das war die reine Folter.*

UnoBaby: *Ich habe meinen Freunden erzählt, dass ich vielleicht das Gleiche tun werde wie du, VersuchNr1, und sie haben gemeint, dass es eine Qual sein würde – aber so weit weg zu sein ist auch eine Qual, oder nicht? Egal, wie man es macht, diese Prozedur ist entsetzlich. Ich habe es satt, mich so hilflos zu fühlen. Und ich bin sauer, dass das der einzige Weg war, wie wir unser eigenes Baby bekommen können. Wir haben einen Mann auf den Mond geschickt – man könnte meinen, da hätte man auch eine Methode finden können, eine Gebärmuttersenkung zu behandeln.*

KannNichtEmpfangen1970: *Oder um Männer schwanger werden zu lassen?*

Mami8774: *LOL. Ich wünschte, Männer und Frauen könnten schwanger werden – dann wäre zumindest einer von uns empfängnisfähig. Aber ich stimme zu – eine LM zu haben ist wirklich hart, und gefühlsmäßig wird man richtig durch die Mangel gedreht.*

Kapitel 16

Die Rückenschmerzen setzten mitten in der Nacht ein. Asha wachte stöhnend auf. Sie versuchte, die beste Position zum Schlafen zu finden, doch die Schmerzen ließen nicht nach.

Schließlich gab sie es auf, liegen bleiben zu wollen, und setzte sich auf. Gern hätte sie das Licht angemacht und ein Telugubuch gelesen, das sie sich von einer der anderen Mütter ausgeliehen hatte, doch das würde Gangamma wecken, also tastete Asha im Dunkeln nach dem Buch und verließ das Zimmer.

Im trüben Mondschein sah das Haus wunderschön aus. Man konnte die angeschlagenen Wände und die unebenen Zementböden nicht sehen. Und sogar die *Charpai*, die im Fernsehzimmer und im Wohnzimmer das Sitzmöbel der Wahl waren, wirkten elegant. Erschrocken stellte sie fest, dass das Licht nicht vom Mond stammte, sondern von einem Fernseher.

»Wer ist da?«, hörte sie Revati zögerlich ausrufen.

»Asha«, antwortete sie und fand die Hausmutter auf einem der *Charpai* sitzend vor. Inzwischen hatten sich ihre Augen an die Dunkelheit gewöhnt, und sie konnte besser sehen.

»Was ist los?«

»Ich habe Rückenschmerzen«, antwortete Asha, während sie behäbig zum *Charpai* neben Revati ging.

Revati saß halb liegend mit der Fernbedienung in der Hand da. »Kommen Sie, setzen Sie sich.« Revati setzte sich aufrecht hin und deutete auf den *Charpai*, auf den Asha zuging. »Ich kann nicht mehr schlafen. Das liegt am Alter. Ich müsste schlafen, weil ich die ganze Zeit müde bin, aber ich kann nicht, und dann bin ich sogar noch müder. Es ist ein Fluch. Hohes Alter ist ein Fluch.«

»So alt sind Sie nicht«, meinte Asha lächelnd. Zugegeben, Revati hatte graue Haare, doch ihr Körper war immer noch kräftig, sie brauchte keine Brille, und allen im Haus war aufgefallen, wie fest und weiß ihre Zähne waren.

»Alt genug, um von Schlaflosigkeit heimgesucht zu werden«, erwiderte Revati. »Möchten Sie eine Rückenmassage haben? Etwas zu essen oder zu trinken?«

»Ich brauche nichts, danke«, sagte Asha, und unter der Last, die sie vor sich hertrug, setzte sie sich zögerlich und mit stützendem Griff auf den *Charpai*. »Jetzt gehen sie los, die Rückenschmerzen, und sie hören erst auf, wenn das Baby rauskommt.«

»Bei Ihnen ist es wann so weit? In zwei Monaten?«, fragte Revati.

»In etwa«, sagte Asha. »Doktor Swati hat gesagt, noch neun Wochen. Ich kann's kaum erwarten.«

»Waren sie leicht, die Wehen und die Geburt bei Ihren eigenen Kindern?«, fragte Revati.

Asha zuckte mit den Schultern. »So leicht es eben geht. Man kann die Schmerzen nicht vermeiden. Dagegen kann man nichts tun. So ist das eben einfach.«

»Gott hat uns diese lästige Pflicht auferlegt, weil er wusste, dass Männer solche Schmerzen nicht aushalten können«, sagte Revati. »Unsere Körper sind dafür geschaffen. Früher einmal hatten die Frauen acht bis zehn Kinder; heute haben wir eins oder zwei.«

»Das ist mein drittes«, sagte Asha und biss sich dann auf die Lippe. »Na ja, das hier ist nicht meins.«

Revati nickte.

»Was sehen Sie sich an?«, fragte Asha.

»Telugu-Filmmusik«, antwortete Revati. »Nachts zeigen sie immer die alten Lieder, und die sehe ich mir gerne an. Damals behielten die Frauen ihre Kleidung an. Jetzt sind sie halb nackt und schütteln ihre Brüste. Das schickt sich nicht.«

»Die Zeiten haben sich geändert.«

Revati schüttelte den Kopf. »Die Zeiten haben sich nur für die geändert, die Geld haben, nicht für Sie oder für mich. Was hat sich für Sie geändert? Hat sich Ihr Leben aufgrund all des IT-Business, das in Indien angeblich boomt, sehr verändert? Unser Los im Leben bleibt gleich. Die Reichen werden reicher, und die Armen bleiben arm.«

»Meine Schwägerin lebt jetzt in einer Wohnung. Meine Kinder und mein Mann leben dort bei ihnen. Bis dahin hatten sie auch in einer Hütte in unserem Dorf gelebt. Das ist schon eine Veränderung«, sagte Asha.

»Und ist ihr das in den Schoß gefallen? Nein, Kaveri hat genau dort gesessen, wo Sie jetzt sitzen, und ist mit dem Baby von irgendwelchen weißen Leuten schwanger geworden«, erwiderte Revati. »Wir müssen immer noch arbeiten und uns abmühen, um etwas zu erreichen. Die Reichen, die sitzen nur auf ihren Ärschen herum, und denen fällt alles in den Schoß.«

Asha hatte früher schon Zeit mit Revati verbracht und mochte ihre Direktheit. Sie war eine gute Frau, die leidenschaftlich über die Leihmütter wachte und sich gut um sie kümmerte. Sie war höflich und einfühlsam, aber auch beständig. Revati war eine Mutter mit Haut und Haaren, dachte Asha, eine strenge Mutter mit einem großen Herzen.

»Sie glauben also nicht, dass es eine gute Sache ist, die wir hier tun?«, fragte Asha.

»Eine gute Sache für wen? Für die weißen und die reichen Leute? Sicher. Ist das gut für Sie? Ich weiß nicht«, antwortete Revati. »Sie müssen Ihren Körper verkaufen und ein Baby bekommen. Mir ist klar, dass es ein Geschenk ist, das sie einem unfruchtbaren Paar machen, verstehen Sie mich nicht falsch. Und mir ist klar, dass es Ihnen hilft, ein besseres Leben zu haben, aber … die bekommen ein Baby; was bekommen Sie? Hämorrhoiden und einen hängenden Bauch.«

Asha lachte.

»Oh, Sie bekommen Geld«, fuhr Revati fort. »Aber das wird Ihr Leben nicht grundlegend verändern, nicht wahr? Deshalb kommen die Frauen immer wieder hierher. Sie haben eins, zwei, drei Kinder auf diese Weise, um Geld zu verdienen, während ihre nutzlosen Ehemänner zu Hause sitzen und nichts tun.«

Asha war nie aufgefallen, dass Revati die Leihmutterschaft nicht guthieß. Wenn sie die Prozedur missbilligte, dann nahm sie als Hausmutter eine seltsame Rolle ein, und das sagte Asha ihr auch.

»Nein, nein«, erwiderte Revati daraufhin und hob die Hände. »Ich missbillige es nicht. Sie missverstehen mich. Ich glaube, es ist wundervoll. Ich denke nur … also, ich denke, die Mütter sollten mehr Geld bekommen.«

»Wir bekommen, was wir bekommen, und das ist mehr, als wir jemals hatten«, sagte Asha. Doch die Frauen murrten durchaus manchmal darüber, dass sie nur fünf Lakh Rupien bekamen, während Doktor Swati zehn oder mehr für sich behielt; niemand kannte den genauen Betrag.

»Aber es ist ein derart großes Opfer«, meinte Revati.

»Nicht wirklich«, sagte Asha. Es war wichtig, sagte sie sich, Worte wie *Opfer* nicht zu verwenden, um die Sache nicht übermäßig aufzubauschen. »Wir sind wie Kulis. Eine Weile tragen wir die Last für jemand anderen«, fuhr sie fort und borgte sich Keertanas Worte. »Sobald wir angekommen sind, geben wir das Gepäck zurück, und das war's.«

»Glauben Sie wirklich, dass das so einfach ist?«, fragte Revati.

»Ich hoffe, es ist so einfach.«

»Nun, dann werde ich um Ihretwillen darum beten, dass es so einfach ist«, sagte Revati.

Danach schauten sie eine Weile fern, und Asha schlief auf dem *Charpai* ein. Als sie wieder aufwachte, tat ihr alles weh, und sie war sehr müde.

***

Ein paar Tage bevor die Mutter eintreffen sollte, las Asha in der Zeitung auf dem Computer eine Geschichte über ein japanisches Paar, das eine Leihmutter in Gujarat hatte. Offenbar hatte das Paar sich scheiden lassen, und anders als der Vater wollte die Mutter das Baby jetzt nicht mehr haben. Ein alleinstehender Vater konnte in Indien jedoch kein Baby adoptieren, und da er die Erlaubnis der indischen Behörden brauchte, um das Baby ins Ausland mitzunehmen, gab es ein Problem.

Die Leihmutter, die das Kind geboren hatte, wollte es auch nicht haben. Also nahm sich die japanische Großmutter des Babys an, in der Hoffnung, alle rechtlichen Hürden nehmen zu können, damit sie das Baby mit nach Japan nehmen konnte.

Asha fragte sich unwillkürlich, ob sie die Chance bekommen würde, das Baby zu behalten, falls sich die Mutter und der Vater in den nächsten beiden Monaten scheiden ließen. War das der Grund, warum die Mutter früher kam? Weil sie nicht mehr miteinander klarkamen? Vielleicht wollte sie das Baby nicht mehr, wenn sie sich scheiden ließen, und dann konnte Asha das Baby behalten. Das war durchaus möglich. Es war allgemein bekannt, dass diese Ausländer der Familie keinen hohen Wert beimaßen. Sie heirateten mehrere Male und ließen sich oft scheiden; das passierte andauernd.

***

Es war eine Routineuntersuchung. Doktor Swati maß Asha den Blutdruck und ihre Körpertemperatur, und Asha gab einen Becher Urin ab.

Asha fragte sich, ob sie sich auch heute auf die Liege legen müsste, die Doktor Swati im Behandlungszimmer stehen hatte, um dann auf das kalte geleeartige Zeug zu warten, das Doktor Swati ihr auf den Bauch strich, bevor sie das Plastikding benutzte, mit dessen Hilfe sie in ihren Bauch schauen konnte.

Asha liebte diesen Teil. Sie würde das Baby sehen und erneut von der Liebe durchströmt werden, die sie für das heranwachsende Leben in sich empfand.

»Soll ich mich hinlegen?«, fragte Asha erwartungsvoll.

Doktor Swati schüttelte den Kopf. »Nein, nein, heute nicht. Das machen wir nächste Woche, wenn Priya und ihre Mutter hier sind. Sie haben doch nichts dagegen, oder?«

Sie hatte etwas dagegen, aber was konnte sie schon sagen?

»Wann werden sie kommen?«, fragte Asha und versuchte, sich die aufkeimende Verärgerung nicht anhören zu lassen.

»Kommenden Montag. Um die Mittagszeit herum, nach dem Essen«, antwortete Doktor Swati. »Ich konnte sie nicht darum bitten, sich an die Besuchszeiten zu halten, wissen Sie? Sie kommen den ganzen Weg aus Hyderabad hierher. Und dazu sind sie die ganze Strecke aus Amerika hierhergeflogen. Wir müssen ihnen ein paar Zugeständnisse machen. Außerdem kommt Ihre Familie während der Besuchszeiten, also schien es ganz vernünftig, dass sie früher kommen können.«

Plötzlich hatte Asha das Gefühl, dass ihr das alles zu viel war. Sie hätte am liebsten laut geschrien.

»Ist alles in Ordnung?«, fragte Doktor Swati.

»Ich habe Kopfschmerzen«, erwiderte Asha bissig. »Sind wir fertig?«

Doktor Swati legte Asha eine Hand auf die Schulter. »Irgendetwas stimmt nicht«, forschte sie nach.

»Ich … ich werde nur ein wenig launisch, wenn ich schwanger bin«, antwortete Asha murmelnd. Ihr Verhalten tat ihr sofort leid, als sie die Besorgnis der Ärztin wahrnahm. Sie benahm sich wie eine Närrin, wie ein Kind – sie sollte sich zusammenreißen und nicht wie Mohini Trotzanfälle bekommen, wenn sie nicht bekam, was sie wollte.

Doktor Swati lächelte. »Die meisten schwangeren Frauen werden zum einen oder anderen Zeitpunkt reizbar. Das überrascht mich nicht. Mir schien nur … Sie wirkten immer so gefasst auf mich, dass ich das bei Ihnen nie erwartet hätte.«

Jetzt kam sie sich noch dümmer vor. »Das passiert einfach. Mein Mann hat auch schon gesagt, ich sei ein wenig … nun ja, launisch.«

»Verstehe«, sagte Doktor Swati. »Und wie geht es Pratap und Ihren Kindern?«

»Gut«, antwortete Asha. »Wir machen uns nur sehr große Sorgen um Manojs Zukunft. Die Schule hört sich gut an, aber sie ist … so teuer. Ich weiß nicht, wie wir es uns leisten können, ihn dorthin zu schicken.«

Jetzt schien es Asha so, als sei es Doktor Swati, die ein wenig gereizt war. »Sie sollten sich nicht mit diesen Sorgen belasten. Ich habe Ihnen gesagt, dass wir einen Weg finden werden. Finden Sie einfach Frieden und kommen Sie gut durch die Schwangerschaft. Wenn Sie sich Sorgen machen, ist das schlecht fürs Baby.«

»Aber wie sollte ich mir keine Sorgen machen?«, fragte Asha und spürte einen Funken Ärger. »Er ist mein Sohn, und ich tue das hier für ihn.«

»Ich weiß«, sagte Doktor Swati und schaute ungeduldig auf ihre Uhr. »Hören Sie, wir sprechen später darüber, okay? Ich habe noch ein paar weitere Patientinnen, die ich untersuchen muss, und bald kommen noch ein paar neue Eltern zu Besuch; gehen Sie einfach zum Haus hinüber und versuchen Sie, sich zu entspannen. Sorgen zu wälzen ist nicht gut für eine schwangere Frau.«

Sie haben leicht reden, dachte Asha, denn die Ärztin konnte ihr Kind wahrscheinlich nach Amerika oder London schicken, wo es sogar noch bessere Schulen gab.

Asha war immer noch verärgert, als Pratap mit den Kindern zu Besuch kam. Sie redete nur wenig mit ihm und verbrachte fast die gesamte Zeit damit, sich mit ihren Kindern zu unterhalten und sie an sich zu drücken.

»Was hast du heute in der Schule gelernt?«, fragte Asha ihren Sohn, der mit einem Würfel mit farbigen Quadraten darauf spielte.

»Ich habe etwas über Magnete gelernt«, antwortete Manoj. »Weißt du, was der größte Magnet der Welt ist?«

Asha schüttelte den Kopf.

»Die Welt«, sagte er. »Der Planet Erde ist der größte Magnet.«

Asha verstand nicht und nickte nur vage. »Womit spielst du da?«, fragte sie, und während sie auf Manojs Antwort wartete, drückte sie Mohini an sich und küsste sie aufs Haar.

»Es heißt Zauberwürfel«, erklärte er. »Ich muss einen Weg finden, dass am Ende alle Seiten nur eine Farbe anzeigen. Schau mal, jetzt sind Rot, Gelb, Blau und Grün auf dieser Seite; ich muss alles zur selben Farbe machen.«

»Glaubst du, dass du das hinbekommst?«

»Er hat es bereits ein paarmal geschafft«, antwortete Pratap an seiner statt und erhielt einen eisigen Blick von Asha. »Was denn? Darf ich etwa gar nichts sagen?«, fragte er ruhig.

Asha seufzte. Das sah ihr überhaupt nicht ähnlich, aber es schien auch nichts zu geben, was sie dagegen tun konnte. Sie versuchte, nett und normal zu sein, doch ihre Gedanken wirbelten unkontrolliert durcheinander.

Mohini spürte, wie sich das Baby an ihrem Rücken bewegte,

und kicherte.

Asha lächelte sie an. »Das ist das Baby, es dreht sich«, erklärte sie und drehte ihre Tochter zu sich. Sie nahm Mohinis kleine Hand und legte sie auf ihren runden Bauch. Das Baby trat erneut, und Mohinis Augen wurden groß.

Doch bevor Mohini es noch einmal fühlen konnte, hob Pratap sie von Ashas Schoß und zeigte auf einen Schmetterling, der auf einer Blume saß, die neben der Terrasse wuchs. »Sieh mal«, sagte er, »ist der nicht hübsch?«

Mohini ging los, um ihn sich genauer anzusehen, und Pratap wandte sich zu Asha um. »Sprich mit ihnen nicht auf diese Weise über das Baby«, ermahnte er sie so leise, dass sein Flüstern kaum zu hören war.

»Wieso nicht?«, wollte Asha wissen, ohne zu flüstern.

»Weil«, fing Pratap an, immer noch leise sprechend, »weil … du weißt, wieso, Asha.«

Sie wusste, wieso. Und augenblicklich spülte eine immense Traurigkeit all ihren Ärger und ihre Verbitterung hinweg.

»Ich war achtlos«, gestand Asha wie betäubt ein und brauchte nichts weiter zu sagen, denn Manoj, der mit dem Würfel in der Hand auf dem Boden gesessen hatte, sprang auf.

»Schau mal, ich hab's wieder geschafft!«, rief er triumphierend.

»Das hast du.« Asha nahm ihm den Würfel aus der Hand und begutachtete alle Seiten, die nun einfarbig waren.

»Du bist so ein kluger Junge«, lobte sie und zog ihn in ihre Arme.

»Vorhin habe ich es auch schon geschafft«, erzählte Manoj. »Aber jedes Mal macht es so viel Spaß. *Nana*, kannst du es wieder vermischen?« Er nahm Asha den Würfel aus der Hand und gab ihn seinem Vater. »*Nana* vermischt die Farben, damit ich sie dann wieder zusammensetzen kann.«

Während Pratap die verschiedenen Seiten des Würfels

drehte, beobachtete Asha seine großen Hände, und zum ersten Mal wurde ihr bewusst, wie sehr Pratap sich von anderen Vätern unterschied. Ihr Ehemann kümmerte sich tatsächlich um Manoj und Mohini, und das ganz alleine. Offensichtlich spielte er dieses Würfelspiel mit Manoj und saß bei ihm, wenn er seine Hausaufgaben machte, auch wenn er ihm nicht dabei helfen konnte. Die anderen Leihmütter beschwerten sich über die Faulheit ihrer Ehemänner und dass sie die Kinder schlugen, nicht so Asha.

Pratap hatte die Kinder nie geschlagen. Kaveri und Raman schlugen ihre Kinder ständig. Doch als Manoj noch klein war, hatte Pratap ihr gesagt, dass niemand seine Kinder schlagen dürfe. »Ich habe es gehasst, wenn mich mein Vater und meine Mutter geschlagen haben. Dann fühlte ich mich immer klein und hilflos, ich hatte Angst«, hatte er Asha erzählt. »Ich will nicht, dass sich meine Kinder so fühlen müssen.«

Pratap war ein guter Mann. Ein sehr guter Mann.

Und Pratap war nicht faul. Er arbeitete und mühte sich ab, um Geld nach Hause zu bringen. Er kümmerte sich um seine Familie, doch sogar er konnte nicht genug Geld verdienen, um Manoj zu helfen; als Anstreicher würde er dazu nie genug Geld verdienen. Er brachte seinen Lohn nach Hause, ohne sich jemals darüber zu beschweren. Und dieses eine Mal war sie es, die das Geld nach Hause brachte, und sie tat nichts anderes, als sich zu beschweren, immer wieder. Asha fühlte sich schuldig. Sie sollte ihn mehr wertschätzen, dachte sie.

»Ich danke dir«, sagte sie plötzlich zu Pratap.

Fragend zog er die Augenbrauen hoch.

»Dafür, dass du mich nie geschlagen hast«, fuhr Asha fort und achtete darauf, dass sowohl Mohini als auch Manoj außer Hörweite waren.

Er sah bestürzt aus.

»Ich weiß, dass einige Männer ihre Frauen und ihre Kinder schlagen, aber du hast das nie getan. Du erlaubst nicht mal mir, die Kinder zu schlagen. Raman schlägt seine Kinder. Mein Vater hat ständig meine Mutter geschlagen und meine Mutter mich. Aber du nicht.«

»Wieso sollte ich?«, fragte Pratap. »Ich habe die beste Frau und die besten Kinder der Welt.« Dann zwinkerte er ihr zu. Seine Augen strahlten, und er lachte. Sie lächelte zurück und fühlte sich plötzlich überglücklich, dass sie diesen Moment mit ihm teilen konnte.

Kapitel 17

General Parikshits Sohn, Colonel Vikas Parikshit, holte Priya und Sush in einem olivgrünen Armeejeep ab. Priya war Vikas noch nie begegnet, hatte jedoch von ihrer Mutter endlose Geschichten über ihn gehört. Sie hatte ihn vor Jahren bei irgendeiner Armutskonferenz kennengelernt. Seitdem war die Familie Parikshit in Verbindung mit ihr geblieben, und sie war eine Freundin der Familie geworden.

General Parikshit hatte zwei Söhne, die beide übermäßig strebsam waren. Vikas war in der Armee und stieg schnell im Rang auf, während sein Bruder als Neurochirurg in New York das Geld nur so druckte, wenn er nicht gerade ehrenamtlich mit »Ärzte ohne Grenzen« in Afrika arbeitete. Priya wusste, dass Sush sich gewünscht hätte, sie wäre wie die beiden; erfolgreich und beeindruckend, ein großartiges Kind, mit dem Sush vor ihren Freunden gut dastehen würde. »Grafikdesignerin« reichte einfach nicht.

Priya und Vikas schüttelten sich die Hand, während der Fahrer des Jeeps half, ihr Gepäck im Kofferraum zu verstauen.

»Wie war dein Flug, Tantchen?«, fragte Vikas.

In Indien sagte man zu allen Tantchen und Onkel, dennoch hatte Priya entschieden, nüchtern zu bleiben und General

Parikshit auch mit »General Parikshit« anzusprechen. Er war nicht ihr Onkel, und sie würde nicht damit anfangen, ihn so zu nennen.

»Er war lang, und wir mussten in Singapur zwischenlanden«, antwortete Sush mit einem Lächeln. »Es ist so lieb von dir, zu kommen und uns abzuholen.«

Sie war ein echtes Chamäleon, dachte Priya. Sobald da jemand war, der nicht zur Familie gehörte, wechselte sie die Farben und war dann geselliger, höflicher, ja sogar freundlich. Sush beschwerte sich bei Vikas nicht einmal über die blöde Frau bei der Ausweiskontrolle. Sie erzählte, wie wundervoll der Service überall war. Priya neigte den Kopf zur Seite und schaute erstaunt zu.

»Ihr seid also hergekommen, um Zeit mit der Familie deines Mannes zu verbringen?«, fragte Vikas, als er sich auf dem Beifahrersitz zu ihnen umdrehte.

Bevor Priya antworten konnte, ergriff Sush das Wort. »Madhus Mutter fühlt sich nicht wohl, und Priya ist entlassen worden – du weißt ja, die Rezession –, also ist sie hier, um ein wenig Zeit mit ihr zu verbringen und sich um sie zu kümmern.«

Priya starrte ihre Mutter entgeistert an. Sie machte aus ihrem Baby und Asha ein Geheimnis.

»Das ist sehr lieb von dir«, sagte Vikas. »Dein Mann muss sehr dankbar dafür sein, dass du dir die Zeit nehmen und herkommen kannst, um seiner Mutter zu helfen.«

Priya wollte eben zum Sprechen ansetzen, da legte Sush ihre Hand auf Priyas Hand und drückte sie. »Madhu ist so ein wundervoller Ehemann«, sagte sie. »Genau wie du. Ich vergöttere ihn vollkommen.«

Nein, tust du nicht, wollte Priya rufen. Du bist so gut wie nie nett zu ihm. Wer war diese Frau wirklich?

General Parikshits Haus lag weit von den Elendsvierteln und den schäbigen Wohnhäusern entfernt, an denen sie vorbeigefahren waren. Kaum hatte sich das elektrische Tor für den Jeep geöffnet, befanden sie sich in einem wunderschönen Garten, in dem ein Gärtner geschäftig etwas ausgrub. Die Anlage war perfekt gepflegt. Die Villa war typisch indisch mit einer breiten Veranda, die einen Teil des Hauses umgab. Der Eingang war eine große Holztür mit einem verzierten Messingklopfer in Form einer Glocke.

»Vikas wohnt bei seinen Eltern«, informierte Sush Priya mit gewissem Stolz, als Vikas sie zum Haus führte. Der Fahrer und ein Bediensteter, der bei ihrer Ankunft aus dem Haus gelaufen war, brachten ihr Gepäck hinein.

»Ach ja?«, meinte Priya und wusste nicht, inwiefern das großen Stolz rechtfertigte. Nur Verlierer wohnen bei ihren Eltern.

»Ich glaube an die Einigkeit der Familie«, sagte Vikas und öffnete die Tür. »Mein Bruder Vishal ist Arzt in New York, aber wenn er nach Indien zurückkommt, dann wird er ebenfalls hier bei seiner Familie leben. Wir haben genug Platz.«

»Wie nett«, erwiderte Priya höflich und fühlte sich fehl am Platz. Das war eine ganz andere Seite von Indien, mehr so wie das, was man in Bollywood-Filmen sah, und weniger das echte Leben.

Madhus Eltern lebten nicht so. Sie hatten nur ein Hausmädchen, das ihnen beim Saubermachen und Erledigen von Besorgungen half. Das hier war ein Haus voller Bediensteter, genau wie in einem der Filme von Sooraj Barjatya, in dem alle Figuren ein luxuriöses Leben führten und ausschließlich vom Problem unerwiderter Liebe geplagt wurden.

»Sush, meine Liebe!«, rief eine Frau aus, als sie den Eingangsbereich betrat. Sie trug einen lila Seidenkaftan, und ihr Haar fiel in Locken wie aus dem Friseursalon über ihre Schultern. Gold und Diamanten funkelten an ihren Ohren, dem Hals und den Handgelenken. Sie passte zum Eingangsbereich, der pompös mit indischen Kunst- und Handwerksobjekten vollgestopft und durch übermäßig verzierte Rosenholzstühle an einem Kaffeetisch überladen war. Sowohl die Stuhl- als auch die Tischbeine hatten die Form von dicken Tauen, und die Sitzpolster der Stühle waren mit dickem rotgoldenem Stoff bezogen. Der Kaffeetisch hatte eine gläserne Tischplatte, unter der noch mehr Schnitzereien zu sehen waren. Ein großer verzierter Spiegel bedeckte die eine Wand, während an einer anderen ein großes Gemälde hing, das Sri Krishna dabei darstellte, wie er Arjun während der Schlacht von Mahabharata die *Bhagavad Gita* vermittelte. Das Gemälde war signiert; es war ein Original.

Die Frau und Sush umarmten sich und gaben sich nach europäischer Art Küsschen auf die Wangen.

»Oh, du musst Priya sein«, sagte die Frau und umarmte sie.

Priya reagierte, so gut sie konnte, und lächelte. Sie kam sich wieder wie eine Fünfjährige vor, die tat, was ihre Mutter ihr in Bezug auf Gäste vorgeschrieben hatte.

»Das ist meine Mutter«, stellte Vikas die Frau vor und legte ihr den Arm um die Schultern.

»Und meine gute Freundin Romila«, ergänzte Sush.

Es fühlte sich so an, als seien sie Schauspieler in einem Theaterstück – jeder hatte seinen Text. Nur Priya wusste nicht, wie ihrer lautete.

»Also, ich gehe jetzt besser und ziehe mich um«, sagte Vikas. »Ich muss zur Arbeit. Ich freue mich darauf, mich beim Abendessen etwas mehr mit euch beiden zu unterhalten.«

»Kommt rein, kommt rein.« Romila nahm Priyas Hand und führte sie ins Haus. Ein weiterer überladener Raum, diesmal das Wohnzimmer, begrüßte sie. Hier gab es keinen Fernseher, und es wirkte unbenutzt – oder vielleicht hielt es die Dienerschaft stets ordentlich.

Das Prunkstück des großen Raumes war ein enormer Elefant aus dunklem Metall, der eine ganze Ecke einnahm. Es gab genug Sofas, um etwa zehn Leuten bequem Platz zu bieten, und auf den zwei Beistelltischen lagen große Wälzer, Ansel Adams und ein Buch mit dem Titel *Monumentales Indien* mit dem Taj Mahal auf dem Umschlag.

Die Böden waren weiß mit grünen Sprenkeln – eine Art Marmor, vermutete Priya. Darüber verteilt lagen viele Teppiche, handgewebt und aus Seide, obwohl sie eigentlich unnötig waren, da es in Indien mehr als heiß genug war. Doch im Haus war es kühl, offensichtlich war es klimatisiert.

»Der Elefant ist wundervoll, Romila«, bemerkte Sush.

»Von *Charcoal Project*, heutzutage schwören alle darauf«, sagte Romila. »Kennst du Hrithik Roshan? Den Schauspieler?« Als sie sowohl von Priya als auch von Sush fragende Blicke erntete, sagte Romila: »Ihr seht zu wenig Hindifilme, um ihn zu kennen, aber er ist eine große Nummer, und seine Frau ist eine talentierte Designerin. Sie besitzt eine Ladenkette für Wohnkultur namens *Charcoal Project*, und als wir letzten Monat in Mumbai waren, da musste ich einfach ein paar Stücke mitnehmen.«

Romila führte sie durch große französische Türen hinaus in den Hof. Das Haus hatte einen spektakulären Grundriss, dachte Priya und konnte es kaum erwarten, Madhu anzurufen und ihm davon zu erzählen. Der Innenhof war ein großer, offener Bereich in der Mitte des Hauses mit Platz für zwei Mangobäume, drei Kokosnusspalmen und mehrere Rosenbüsche. Weiß getünchte Gartenmöbel aus Metall standen majestätisch auf einer Art gefliestem braunem Boden unter einem Mangobaum. Der geschlossene weiße Sonnenschirm wurde wahrscheinlich nie gebraucht, da der Mangobaum genug Schatten spendete.

»Es ist zu heiß, um draußen zu sitzen, aber die Abende sind inzwischen beinahe erträglich«, erklärte Romila, während sie die Gäste über den Innenhof in ein anderes Wohnzimmer führte.

Dieses sah bewohnt aus und war viel weniger dekorativ als

die anderen Räume. Einfache, farbenfrohe Teppiche bedeckten den gefliesten Boden, und die Möbel waren leicht und sehr abendländisch; es war keine einzige indische Verzierung in Sicht.

Sie setzten sich in bequeme Sessel, und kaum saßen sie, da tauchte schon eine Frau mit einem Tablett mit Essen und Tee auf.

»Möchtest du etwas Tee, meine liebe Priya, oder lieber etwas Kaltes?«, fragte Romila. »Entschuldige, ich habe dich nicht einmal gefragt. Sush trinkt Tee, und deshalb habe ich nur daran gedacht. Und Sush, ich habe die Köchin angewiesen, dein Lieblingsessen zuzubereiten.«

»Oh, *Kachoris*, ich habe schon jahrelang keine echten mehr gegessen«, sagte Sush, legte eins der flachen, runden Gebäcke auf einen Teller und reichte ihn Priya. »Priya liebt *Samosas*, aber zu *Kachoris* wird sie auch nicht Nein sagen.«

Priya nahm den Teller und stellte fest, dass ihre Chance, um einen Kaffee zu bitten, zusammen mit dem Tablett voll *Kachoris* gekommen und wieder gegangen war. Vorsichtig biss sie in eins hinein. Sie wollte die Füllung aus frittierten Linsen nicht über ihrer Kleidung oder, Gott bewahre, dem makellosen Sessel verteilen. Was sie ganz dringend brauchte, waren eine Dusche und ein Nickerchen, in genau dieser Reihenfolge, aber sie hatte das Gefühl, dass es unhöflich wäre, jetzt aufzustehen und zu gehen.

»Und, wie läuft es bei dir, Sush? Und wie geht's Andrew? Wir hätten uns gefreut, wenn er auch mitgekommen wäre«, sagte Romila.

»Andrew und Edward haben eine ganze Woche Fliegenfischen geplant«, antwortete Sush. »Sie fahren nach Oregon runter.«

Edward war Professor an der New York University und der beste Freund von Priyas Vater.

»Wir lieben Edward einfach«, sagte Romila, und da sie Priyas verwirrten Ausdruck sah, fügte sie hinzu: »Wir haben uns letztes Jahr in New York kennengelernt, als wir unseren Sohn Vishal dort besucht haben. Edward war zusammen mit Andrew und Sush da. Was für eine wundervolle Familie.«

Sie plauderten noch ein wenig länger darüber, wie wundervoll Sushs Familie war und wie wundervoll Romilas Familie war. Es war der übliche Wortwechsel, bei dem man sich gegenseitig bauchpinselte. Dabei schönte Sush die Fakten ein wenig und erzählte Romila, wie unglaublich erfolgreich Madhu war und dass seine Familie einfach nur »unbeschreiblich intelligent« sei. Sogar Mayuri wurde für ihre »fantastische« Karriere als Modedesignerin in London gepriesen.

Vor fabriziertem Stolz schwoll Sush dermaßen stark die Brust, dass Priya es nicht übers Herz brachte, ihre Blase zum Platzen zu bringen, indem sie ihr sagte, dass Madhu ebenfalls entlassen worden war.

Priya war kurz davor umzukippen und hatte entschieden, sich höflich zu entschuldigen, als eine kleine Frau in engen Jeans und weißer Bluse ins Zimmer gelaufen kam.

»Tantchen Sush!«, rief die zierliche Frau aus, warf sich auf Sush und umarmte sie.

Wow, dachte Priya. Wenn sie es nicht mit eigenen Augen gesehen hätte, dann hätte sie nie geglaubt, dass ihre Mutter bei einem anderen Menschen solch eine Zuneigung hervorrufen konnte. Es war fast eine Offenbarung, sie mit ihren Freunden zu sehen. Wenn Sush nur mit ihr so angenehm umgehen würde, dann würden sie problemlos miteinander auskommen.

»Mona, mein Liebling«, sagte Sush.

»Oh, es ist so schön, dich zu sehen«, erwiderte Liebling Mona.

Priya schob sich noch einen *Kachori* in den Mund und kaute ihn nachdenklich. Das war besser als Fernsehen.

»Priya, *beta*, das ist Mona, Vikas' Frau«, stellte Sush sie vor.

»Hi«, grüßte Priya und versuchte blinzelnd, ihre Überraschung zu verbergen, weil sie von ihrer Mutter, *beta*, Tochter, genannt worden war. Mona war umwerfend schön, da gab es nichts dran zu rütteln. Und sie war jung, höchstens Mitte zwanzig.

»Mona und Vikas haben vor zwei Jahren geheiratet«, sagte Romila. »Eine Liebesheirat, die im Himmel geschlossen wurde. Wir vergöttern unsere Mona einfach.«

Diese Leute schienen wohl jeden *absolut* wundervoll und vergötterungswürdig zu finden, dachte Priya. Das war weit, weit weg von ihrer Welt.

»Du musst unbedingt die Geschichte hören, wie sie sich kennengelernt haben«, sagte Romila. »Das ist die süßeste Geschichte überhaupt.«

Monas Augen funkelten. »Und ich erzähle sie dir beim Abendessen. Du siehst müde aus, Priya. Vielleicht bringe ich dich besser in dein Zimmer? Wie steht's um dich, Tantchen Sush?«

»Wir haben dir dein übliches Zimmer vorbereitet«, sagte Romila lächelnd zu Sush.

Tantchen Sush hatte hier ihr eigenes Zimmer, dachte Priya. Ihre Mutter hatte ein Leben, von dem sie überhaupt nichts wusste. Es war gut, diese Seite von ihr zu Gesicht zu bekommen; das machte sie … nun ja, weniger unangenehm.

»Ich möchte erst noch ein wenig mit Romila schwatzen und hören, wie es ihr geht«, antwortete Sush. »Geh nur, Priya. Schlaf ein wenig. Ich werde durchhalten und erst nach dem Abendessen ins Bett gehen. Ich will den Jetlag so schnell wie möglich hinter mir lassen.«

Mona führte sie durch einen Korridor, von dem links und rechts Schlafzimmer abgingen, und brachte sie in ein Zimmer mit Blick zum Innenhof.

»Ich hoffe, du wirst dich hier wohlfühlen«, sagte Mona,

während sie dünne weiße Vorhänge vor die französischen Türen zum Hof zog.

»Es ist wundervoll«, sagte Priya.

Garantiert besser als im Hotel. Neben dem Bett mit vier Pfosten stand ein Nachttisch aus Holz. Außerdem gab es ein eigenes Badezimmer mit einer Duschkabine aus Glas und einem ausgefrästen Becken in Muschelform.

»Vikas' Eltern haben dieses Haus gebaut und keine Kosten gescheut«, erzählte Mona und warf sich in einen der beiden Sessel, die zusammen mit einem kleinen Beistelltisch vor den französischen Türen standen.

Priya setzte sich aufs Bett. Sie wollte sich wirklich gern hinlegen, hatte aber ein schlechtes Gewissen, weil sie den Reiseschmutz noch an sich hatte.

»Oh, Nandita hat deine Sachen ausgepackt und in den Schrank geräumt«, sagte Mona. »Ich hoffe, das ist okay.«

Priya musste sich auf die Zunge beißen, um nicht zu protestieren. Sie hatte all die Babykleidung dabei; wo befand sie sich jetzt?

Sie ging zum Schrank hinüber und öffnete ihn. Ihre Kleidung war ordentlich aufgehängt beziehungsweise zusammengelegt in die Fächer gelegt worden. Alle Babysachen waren ebenfalls in die Fächer einsortiert.

Mona konnte den Schrankinhalt ebenfalls sehen. »Besuchst du eine Freundin, die ein Baby bekommen hat?«

Priya dreht sich zu ihr um und sah sie an. Sie wollte Sush nicht die Tour vermasseln, aber genauso wenig wollte sie lügen. Sie schämte sich nicht dafür, auf welche Art sie ihr Kind bekam, sondern war stolz und glücklich, egal, auf welchem Weg sie es bekam. Es war wichtig, dass sie das nicht vergaß.

»Eigentlich bekomme *ich* das Baby … das heißt, mein Mann und ich, wir bekommen ein Baby«, erklärte Priya. »Aber leider kann ich kein Kind austragen, deshalb haben wir eine

Leihmutter engagiert, die das für uns übernimmt. Der Geburtstermin ist im Oktober, und dafür habe ich die Kleidung mitgebracht.«

»Du willst bis Oktober hierbleiben?«, fragte Mona. »Oh, ich meine, du bist natürlich willkommen, sehr sogar, hierzubleiben. Ich bin nur überrascht, dass du so lange von deinem Mann fort bist.«

Priya lächelte. »Das wird das Schwierigste daran sein. Aber ich will etwas Zeit mit Madhus – das ist mein Mann – Eltern und der Leihmutter verbringen. Nachdem wir nächste Woche hier abgereist sind, werde ich bei Madhus Eltern wohnen.«

»Du kannst *wirklich* gern hier bleiben«, bekräftigte Mona.

»Ich weiß, aber Madhus Eltern erwarten mich«, sagte Priya. »Und dieses Wochenende kommt seine Schwester ebenfalls aus London hierher. Ich habe sie monatelang nicht gesehen.«

»Ist Familie nicht etwas Wundervolles?«, fragte Mona.

Mit Sicherheit, dachte Priya. Und bald würde sie ihre eigene haben. Aber sie wusste, was Mona meinte. Eltern, Schwestern, Schwiegereltern … all die Menschen, die Teil des eigenen Lebens und für einen da waren, wenn man sie brauchte. Madhus Eltern waren vor Freude außer sich gewesen, dass Priya bei ihnen wohnen würde. Sush, nun ja, diese *Version* von Sush – die neue –, die den gesamten Flug über nicht ein einziges abscheuliches Wort über Leihmutterschaft von sich gegeben und die sie hierher zu ihren Freunden mitgenommen hatte, würde sie auf einen Besuch bei Asha begleiten.

Als Priya ihr nicht antwortete und aussah, als sei sie in Gedanken meilenweit weg, kam Mona zu ihr und legte ihre Hand auf Priyas. »Herzlichen Glückwunsch zum Baby.«

»Danke.«

»Wirst du die Leihmutter besuchen?«

»Das war der Plan«, antwortete Priya. »Vikas war so freundlich und hat uns für morgen ein Auto mit Fahrer zur Verfügung gestellt.«

»Aber natürlich«, sagte Mona. »Darf ich mitkommen? Oder wäre das zu eigenartig?«

Das wäre zu eigenartig, dachte Priya.

»Vielleicht beim nächsten Mal«, schlug Priya vor. »Morgen ist das erste Mal, dass ich sie besuche, und meine Mutter begleitet mich schon. Ich will die Leihmutter nicht unter Stress setzen, weil ich so viele Leute mitbringe.«

»Oh, ja, ja«, erwiderte Mona, »das ist verständlich.« Doch sie klang enttäuscht.

»Ich habe vor, noch einmal hinzufahren, bevor ich hier abreise. Du kannst dann gerne mitkommen«, sagte Priya. »Es ist eine zweistündige Autofahrt, aber wenn du Lust hast, dann würde ich mich über die Gesellschaft freuen.«

»Liebend gern«, sagte Mona und verabschiedete sich dann.

Priya wusste nicht, was sie von Mona halten sollte. Sie war nicht wie Romila; sie schien nicht künstlich, sondern ernsthaft interessiert zu sein. Als sie gesagt hatte, sie würde Asha gern besuchen, war sie nicht einfach nur höflich gewesen, sondern hatte es ernst gemeint, ohne vulgäre Neugier.

Priya wusste, dass Inder vom ersten Moment an Intimität erwarten. So wie die Frauen von Madhus Freunden – sie erwarteten von Priya, dass sie sich öffnete, nur weil ihre Ehemänner miteinander befreundet waren. Oder Madhus Eltern, die von ihr wollten, dass sie einander sofort nahestanden. Priya hatte das beunruhigend gefunden und gelernt, ihre Grenzen zu setzen. Madhus Eltern – keine Probleme. Die Frauen von Freunden, na ja, in Maßen.

Mona schien anders zu sein, und Priya war neugierig darauf herauszufinden, warum. Ja, sie würde Mona mitnehmen. Sie wollte sie gern näher kennenlernen.

Kapitel 18

Nach dem Mittagessen kamen sie – in einem großen schwarzen Auto mit einem Fahrer in weißer Kleidung. Die Mutter trug blaue Hosen mit einem weißen Hemd. Die Mutter der Mutter trug einen gelben *Salwar Kameez.* Sie sahen sogar noch reicher aus, als Asha es in Erinnerung hatte.

Asha konnte nicht anders, als die Mutter der Mutter um ihre Schuhe zu beneiden. Es waren weiße *Chappals* mit Bändern und einem silbernen Muster darauf. Ihre Zehen waren rot lackiert, und ihre Füße sahen glatt und weich aus, nicht so wie Ashas, die immer trocken und hart und an den Fersen eingerissen waren.

Die Füße der Mutter konnte Asha nicht sehen. Sie trug braune Schuhe, die ihre Füße komplett verbargen. Es waren ebenfalls hübsche Schuhe. Solche Schuhe hatte sie noch nie gesehen. Asha besaß nur Slipper, zwei Paar, eins für im Haus, eins für außerhalb, mehr nicht. Die Slipper für draußen hatte Pratap ihr vor zwei Jahren gekauft, als er von einem Auftraggeber einen Bonus für die schnelle Erledigung der Malerarbeiten erhalten hatte. Asha fragte sich, wie viele Slipper und Schuhe diese Frauen besaßen – wahrscheinlich ein Paar für jedes Kleid, das sie trugen. Die Dinge, für die manche Leute ihr Geld ausgeben konnten …

Asha beobachtete sie vom Fenster des Fernsehzimmers aus; es war dasjenige, bei dem zwei Scheiben dick mit Plastikfolie bedeckt waren. Die Glasscheiben waren zu Bruch gegangen, als die Fernsehleute da gewesen waren und ihre Ausrüstung umhergeschoben hatten. Anstelle des Glases hatte Revati Kunststofffolie angebracht. Ihr zufolge sei das das Beste, das sie erwarten könnten, denn die Glasscheiben würden nicht ersetzt werden. Es war nicht gerade so, dass das Haus auseinanderfiel – wirklich nicht. Es war eins der schönsten Häuser, in dem Asha je gelebt hatte. Doch als die Mutter und ihre Mutter eintrafen, schaute Asha sich um und sah, dass es in Wahrheit recht schäbig war. Dünne Baumwolllaken, die verblasst und an manchen Stellen gar gerissen waren, lagen über die *Charpai* im Fernsehzimmer drapiert. Auf dem Boden waren Strohmatten verteilt, auf denen die Frauen zusammenkamen und Karten spielten. Auf den Matten lagen Kissen in leicht fleckigen Kissenbezügen.

Der Deckenventilator brummte vor sich hin, und auf dem Boden stand ein zusätzlicher Ventilator, dessen Rotoren sich schwindelerregend schnell bewegten. Da der Sommer voranschritt, war der Bodenventilator zur Notwendigkeit geworden. Im Juli war es immer heiß, doch dieses Jahr war er heißer gewesen als je zuvor. Fast alle Frauen hatten einen tragbaren Miniaturventilator erhalten, den sie sich vors Gesicht oder an den Hals halten konnten, wenn die Hitze am schlimmsten war und wenn der Strom abgestellt wurde. Die Klinik hatte einen Generator, der bei Stromausfall ansprang, doch solch einen Luxus gab es im Leihmutterhaus nicht. Wenn der Strom ausging, dann kamen alle aus ihren Zimmern geströmt, so wie Ameisen aus den Wänden, und setzten sich entweder im Fernsehzimmer oder auf der Veranda zusammen, je nachdem, wo es kühler war.

»Sind sie da?«, fragte Keertana. Sie spielte mit Gangamma, Gita und Urmila Karten. Der Fernseher war an, und ein paar

Frauen saßen mit den Händen auf ihren schwellenden Bäuchen halb liegend auf den *Charpais*. Nicht mehr lange, und sie würden leise schnarchend schlafen.

Eigentlich war das alles, was die Frauen in diesem Haus taten, dachte Asha verbittert. Sie aßen, dehnten sich ein wenig und schliefen. Als Asha hier eingezogen war, hatte sie erst gedacht, wie schön es sei, dass sie Englisch lernen konnten und wie man mit dem Computer umging – etwas fürs Berufsleben. Doch als die Tage vergingen, stellte sie fest, dass der Englischunterricht die meiste Zeit ausfiel und man ihnen nicht wirklich etwas über Computer beibrachte, sondern nur, wie man die Boulevardblätter las und sich Musik anhörte. Sogar die Yogaübungen, die sie machen mussten, fanden nicht jeden Tag statt. Wenn Divya sich nicht wohlfühlte oder andere Termine hatte, leitete sie auch nicht das tägliche Yoga an und gab weder Englischunterricht, noch schloss sie das Computerzimmer auf.

Die einzige Garantie, auf die sich die Frauen wirklich verlassen konnten, war die, dass Revati sie bei Rückenschmerzen gut und gründlich massierte. Als ihre Rückenschmerzen besonders schlimm gewesen waren, hatte sich sogar Asha schon massieren lassen, und sie musste zugeben, dass sie sich danach viel besser gefühlt hatte.

Asha sah, wie die Mutter und ihre Mutter das Tor zum Haus öffneten, und drehte sich zu den Frauen im Fernsehzimmer um. »Sie sind da.«

Auf der Veranda wurden sie von Divya empfangen, die dort normalerweise mit dem Ohr am Handy dasaß und in einer Mischung aus Englisch und Telugu mit ihren Freunden quatschte. Weil sie am Handy ständig kicherte, stand Divya bei den Frauen im Haus unter dem Verdacht, einen Freund zu haben.

Mit klopfendem Herzen hörte Asha zu, wie Divya angeregt mit der Mutter und deren Mutter plauderte. Was sollte sie jetzt nur tun? Was um alles in der Welt erwarteten sie von ihr?

»Das Mittagessen ist vorbei, also werden alle auf der faulen Haut liegen«, sagte Divya, während sie die Frauen ins Haus führte. »Und bald genug wird man den Strom abstellen, also wird es auch kein Fernsehen mehr geben. Und wenn die Ventilatoren nicht mehr arbeiten, dann ist es unglaublich heiß – und man kann nichts weiter tun als ein Nickerchen halten.«

»Asha!«, rief die Mutter aus, als sie Asha erblickte, und ging auf sie zu, wobei sie darauf achtete, nicht auf die freien Matten auf dem Boden zu treten. Sie machte einen Schritt nach vorn und umarmte sie.

Einen Moment lang stand Asha steif da, entspannte sich dann jedoch.

»Es ist so wunderbar, Sie zu sehen«, sagte die Mutter und schaute auf Ashas Bauch, der sich unter dem blau-weißen Baumwollsari hervorwölbte. »Oh, Ihr Bauch ist so viel größer geworden.«

Die Mutter hatte Tränen in den Augen, was Asha ärgerlich machte. Warum all dieses Drama?

»Wie fühlen Sie sich?«, fragte die Mutter.

»Gut«, antwortete Asha.

»*Namaskaram*«, grüßte die Mutter der Mutter mit gefalteten Händen, was Asha dazu veranlasste, es ihr gleichzutun.

»Ich bin Sushila; ich bin Priyas Mutter.« Sie sprach Telugu. Akzentfrei.

»*Namaskaram*«, erwiderte Asha und fühlte sich nicht wohl in ihrer Haut. All die anderen Mütter schauten zu ihnen herüber.

»Warum setzen Sie sich nicht auf die Veranda?«, schlug Divya vor. »Dort ist es wegen der Bäume immer kühler.«

Asha folgte der Mutter und Sushila auf die Veranda, wo sie sich alle hinsetzten. Hier verbrachte Asha jeden Nachmittag mit Pratap und ihren Kindern. Zusammen mit Pratap schaute sie immer dabei zu, wie Mohini und Manoj um die Tulasipflanze in der Mitte des Hofes oder um die kleinen Büsche herumtollten. Manchmal gingen sie auch um das Haus herum und schauten sehnsüchtig an den hohen Mangobäumen hinauf, die das Haus umgaben und die sie noch nicht erklettern konnten. Die Besuchszeit war Ashas liebste Tageszeit, und jedes Mal, wenn sie die Veranda anschaute, verspürte sie Freude und ein Gefühl angenehmer Erinnerungen. Doch nun saß sie mit diesen Frauen hier und verspürte nicht die geringste Freude, sondern nur Anspannung.

Die Mutter öffnete schnell ihre Tasche und holte ein kleines Kästchen hervor. »Das ist für Sie«, sagte sie. »Ich wusste nicht, was ich Ihnen sonst geben könnte, aber … ich dachte … das gefällt Ihnen vielleicht.«

Asha schaute auf das kleine blaue Kästchen und runzelte die Stirn. Sie öffnete es und holte erschrocken Luft; kleine Perlenohrringe befanden sich darin: an einer großen Perle hingen drei kleinere.

»Gefallen sie Ihnen?«, fragte die Mutter.

»Das kann ich nicht annehmen«, sagte Asha schockiert. Das waren echte Perlen; sogar sie konnte das erkennen. Solche Dinge kosteten viel Geld.

»Sie mögen sie nicht?«, fragte die Mutter.

»Doch, sie sind wunderschön«, antwortete Asha. »Aber so teuer und …«

»Bitte, das macht gar nichts«, erwiderte die Mutter, als sei Schmuck zu kaufen nichts anderes, als Mangos am Obststand zu besorgen. »Sie müssen sie behalten.«

Widerstrebend nahm Asha das Geschenk an, und ein Teil von ihr war zugegebenermaßen euphorisch, so etwas Wunderschönes zu besitzen.

»Wie fühlen Sie sich?«, fragte Sushila.

»Ich fühle mich gut«, antwortete Asha. »Doktor Swati kümmert sich gut um mich.« Sie kam sich vor wie eine Marionette, als würde sie immer noch mit den Fernsehleuten reden.

»Wir haben die Klinik besichtigt«, sagte Sushila. »Sie ist schön.«

»Swati *Atha* hat sehr hart dafür gearbeitet, all dies möglich zu machen«, mischte sich Divya ein.

Asha hatte erwartet, dass Divya sie alleine lassen würde, doch sie saß bei ihnen und passte auf, genau wie sie es getan hatte, als die Fernsehsendung gedreht worden war. Als wollte sie sicherstellen, dass Asha nichts Ungehöriges sagte.

»Vielleicht können Sie uns später im Haus herumführen, Asha«, fuhr Sushila fort, als wäre Divya gar nicht anwesend, und Asha mochte sie dafür.

»Und wir hatten gehofft, wir bekommen eine Gelegenheit, Ihre Familie kennenzulernen«, ergänzte die Mutter.

»Wieso?«, fragte Asha, bevor sie sich zurückhalten konnte.

Die Mutter schien aus der Fassung gebracht. Doch Sushila lächelte. »Wir haben Geschenke für Ihre Kinder und Ihren Ehemann, und wir wollten sie einfach nur kurz sehen und Hallo sagen. Wäre das in Ordnung?«

Sie schien nett zu sein, dachte Asha, die Mutter der Mutter. Im Vergleich zur Mutter war Sushila definitiv indischer, und sie sprach sehr gut Telugu.

»Wenn das für Sie in Ordnung ist, natürlich«, fügte die Mutter hinzu, als würde ihr plötzlich bewusst, dass Asha ein Problem damit haben könnte, dass sie ihre Familie trafen.

Das war es, begriff Asha jetzt; die Mutter war vollkommen falsch, und das war der Grund, warum sie sie nie gemocht hatte. Sushila hingegen schien echt zu sein.

»Nein, nein«, sagte Asha. »Sie kommen um vier. Das ist die Zeit, zu der sie zu Besuch kommen dürfen. Sie beide dürfen jederzeit kommen, aber meine Familie kann nur um vier kommen und nur für eine Stunde. Das ist die Besuchszeit.«

Sie hatte nicht gewollt, dass es wie ein Vorwurf klang, so, als würden die Frauen bevorzugt behandelt, doch so kam es heraus.

»Nun, es ist fast drei«, stellte Sushila fest und schaute auf ihre Uhr. »Wir können warten. Möchten Sie die Ohrringe anprobieren und sehen, wie Sie an Ihnen aussehen?«

Jetzt war es Asha, die etwas die Fassung verlor, dennoch nahm sie die kleinen goldenen Stecker heraus, die ihre Eltern ihr zur Hochzeit geschenkt hatten. Sie waren wirklich klein und bestanden eher aus Kupfer als aus Gold, doch abgesehen von ihren beiden goldenen Armreifen und dem *Mangalsutra*, der Halskette, die ein Mann einer Frau um den Hals legte, um sie zur Frau zu nehmen, waren sie der einzige Schmuck, den sie besaß, und der war ihr lieb und teuer.

Sie legte ihre goldenen Ohrstecker in das Kästchen mit den Perlenohrringen und steckte sich langsam die anderen Ohrringe in die Ohrlöcher. Dabei genoss sie das glatte, kühle Gefühl der Perlen, als sie den goldenen Verschluss einhakte.

»Sie sehen wundervoll aus«, schwärmte Divya und klatschte laut in die Hände.

»Hier«, sagte Sushila und holte einen kleinen Spiegel aus ihrer Handtasche.

Asha bemerkte, dass sie leicht verkniffen aussah, wie immer, wenn sie verärgert war. Doch die Perlenohrringe hellten ihre Erscheinung dennoch auf.

»Sie sind wunderschön«, sagte Asha, und ihr stockte der Atem beim Anblick solch schönen Schmucks an ihren Ohren. »Vielen Dank.«

»Gern geschehen«, erwiderte die Mutter und klang sehr zufrieden mit sich selbst.

Ihre Stimme ging Asha auf die Nerven.

»Sie sollten sie drin lassen«, meinte Sushila. »Sie stehen Ihnen sehr gut.«

Asha schloss das Kästchen mit ihren Steckern und hielt sie

eng an ihren Babybauch.

»Vielleicht können Sie uns zeigen, wo Sie schlafen«, schlug die Mutter vor. »Und dann können Sie auch Ihre Ohrringe ablegen.«

Sie gingen alle durch das Fernsehzimmer in den Korridor, der sie zu den sieben kleinen nebeneinanderliegenden Schlafzimmern führte. Sechs der Zimmer befanden sich links und rechts vom Korridor, und das siebte, das groß genug für vier Frauen war, befand sich am Ende des Korridors.

»Wir haben uns andere Leihmütterhäuser angesehen, bevor wir das hier gebaut haben«, erzählte Divya Sushila und der Mutter. »Und dort wohnen alle Frauen in einem großen Raum, der einfach mit Betten und sonst nichts vollgestellt ist. Das wollten wir nicht. Wir wollten, dass die Frauen es angenehm haben. Privatsphäre ist sehr wichtig; diese Frauen sind weit weg von ihrem Zuhause und ihren Familien, und sie brauchen etwas Raum für sich.«

»Wann wurde dieses Haus erbaut?«, fragte Sushila, als sie zu Ashas Zimmer kamen.

Asha wünschte, sie könnte das klapprige kleine Fenster öffnen, denn im Zimmer roch es. Das Kästchen mit den Steckohrringen verstaute sie in ihrer Kiste unter ihrem Bett. Dann stand sie verlegen da und knetete nervös ihren *Pallu*. Was wollten sie nur von ihr?, dachte sie, der Verzweiflung nahe.

»Vor sieben Jahren«, antwortete Divya.

Sushila sah sich im Raum um. »Erst vor sieben Jahren? Es sieht viel älter aus.«

»Oh, wir hatten keine Zeit, es … Sie wissen schon … herauszuputzen. Die ganze Zeit über haben wir so viele Frauen hier«, rechtfertigte sich Divya und kaute dabei auf ihrer Unterlippe.

Divya war peinlich berührt, dachte Asha leicht amüsiert.

»Dennoch«, widersprach Sushila. »Hier muss es nicht

wie in einem Flüchtlingslager aussehen, wissen Sie? Vielleicht bekomme ich eine Gelegenheit, darüber mit Ihrer Tante zu sprechen.«

Die Mutter sagte auf Englisch etwas zu ihrer Mutter. Sie nannte sie Mummy, fiel Asha auf.

»Nein, nein, das ist okay«, sagte Divya ebenfalls auf Englisch.

Asha fühlte sich ausgeschlossen und war erleichtert. Vielleicht würden sie den Rest des Tages einfach auf Englisch miteinander weiterreden und sie aus der Sache heraushalten.

»Neben der Küche befindet sich ein Computerzimmer«, sagte Divya, als wollte sie die schmutzigen Wände und das schlecht in Schuss gehaltene Haus wiedergutmachen, und nahm sie zur Besichtigung des Raumes mit. Doch anscheinend war die Mutter nicht beeindruckt.

»Das ist ganz nett, aber nur zwei Computer?«, fragte sie.

»Nun ja, wir brauchen nicht mehr als das«, sagte Divya abwehrend.

»Können wir uns wieder nach draußen setzen?«, bat Sush auf Telugu, und ihr Unmut war deutlich zu spüren.

Sie gingen alle wieder hinaus, und als sie den Fernsehraum durchquerten, schauten ihnen alle Schwangeren hinterher.

»Bewegt sich das Baby viel?«, fragte die Mutter, als sie wieder auf den Stühlen und *Charpai* auf der Veranda saßen.

»Ja«, antwortete Asha. Einen Moment lang hielt sie inne und sagte dann: »Möchten Sie mal fühlen?« Die Mutter nickte. »Okay, beim nächsten Mal, wenn sie sich dreht, sage ich Ihnen Bescheid.«

Asha hatte es nicht anbieten wollen, doch die Mutter erschien ihr derart jämmerlich, dass sie nicht anders konnte, als etwas Mitleid für die Frau zu empfinden. Sie mochte vielleicht Geld haben und Asha Ohrringe kaufen können, aber ein Baby würde sie nie zur Welt bringen. Sie würde niemals erfahren, wie sich das anfühlt; niemals die Nähe zu einem Baby verspüren, während man es gebar; es nie in den Armen halten, sobald es auf der Welt war. Das weckte in Asha ein wenig Sympathie für die Mutter, auch wenn es ihr gleichzeitig das Gefühl gab, sie sei die bessere Frau, weil sie wusste, was es bedeutet, eine *echte* Mutter zu sein.

»Okay, Swati *Atha* möchte, dass wir in etwa fünfzehn Minuten zur Klinik kommen«, sagte Divya und schaute auf ihre Uhr. »Sie hat einen Ultraschall geplant.«

Das Gesicht der Mutter erstrahlte.

Und obwohl sie noch Sekunden zuvor Mitgefühl für sie verspürt hatte, wünschte sich Asha jetzt, sie könnte einen Weg finden, um der Mutter das glückliche Strahlen aus dem Gesicht zu schlagen. Vielleicht fiel ihr eine Ausrede ein, warum sie nicht zur Klinik mitkommen konnte, und dann könnte die Mutter das Baby nicht auf dem Bildschirm sehen.

Asha war schockiert über ihre bösartigen Gedanken. Sie ist kein gemeiner Mensch, aber irgendetwas geschah mit ihr; dieses Baby stellte etwas mit ihr an, machte sie missgünstig und wütend.

Beim Ultraschall weinte die Mutter noch etwas mehr. Diesmal schaute Asha nicht auf das Bild auf dem Monitor; sie hatte das Gefühl, darauf kein Recht zu haben.

»Oh, schau dir ihre kleinen Füßchen an!«, rief Sushila aus.

Die Mutter legte den Arm um Sushila, lehnte den Kopf an ihre Schulter und sagte etwas auf Englisch.

Als Asha die beiden Frauen ansah, sank ihr der Mut. Dieses Baby gehörte ihnen, wurde ihr schlagartig klar, und ein Gefühl von Panik stieg in ihr auf. Ashas Baby gehörte ihnen.

Die Mutter löste sich von Sushila und legte Asha eine Hand auf die Schulter. »Vielen Dank«, flüsterte sie mit vor Rührung belegter Stimme.

Asha erwiderte nichts, schaute nur mit leerem Blick vom

Monitor weg. Das Baby gehörte der Mutter. Sie hatte es die ganze Zeit über gewusst, doch wie es schien, war da ein kleiner Teil von ihr gewesen, der die Hoffnung gehegt hatte, dass das Baby irgendwie, auf welchem Weg auch immer, ihr eigenes sein könnte. Jetzt, da die Mutter hier stand und ihren Besitz beanspruchte, verpufften ihre Fantasien, und sie kam sich mehr als nur dämlich vor. »Sie müssen nicht warten, bis die Kinder kommen«, sagte sie, so höflich sie konnte, auf Telugu. »Ich meine … wenn Sie fortfahren müssen, dann ist das okay.«

»Wir sind nicht in Eile«, erwiderte Sushila. »Wir haben das Auto für den gesamten Tag, für die Woche, wenn wir möchten.«

Die Mutter schien ihr Anliegen besser zu verstehen und fragte in ihrem seltsamen Telugu mit Akzent: »Möchten Sie nicht, dass wir Ihre Kinder treffen?«

»Nein, nein«, sagte Asha schnell. »Sie können sie gern treffen. Ich wollte einfach nur nicht … ich meine, warum sollte ich nicht wollen, dass Sie meine Kinder treffen? Lernen Sie meine Kinder kennen. Es sind wundervolle Kinder.«

Sie kam sich albern vor, so zu reden. Warum konnte sie ihnen nicht einfach sagen, dass sie die fremden Frauen nicht hier haben wollte, dass sie die beiden nicht in ihr Leben lassen wollte? Hatten diese Leute sie nicht schon genug beschämt, indem sie in sie hineingeschaut hatten? Jetzt wollten sie auch einen Blick in ihre Familie werfen? Was denn, wollten sie die vielleicht auch nach Amerika mitnehmen?

»Sie haben erwähnt, dass Ihr Sohn sehr klug ist«, sagte die Mutter.

Was denn, können arme Leute etwa keine klugen Kinder haben?, dachte Asha bissig.

»Ja, das ist er«, erwiderte sie stolz. »Er ist erst fünf, aber man hat ihn in die dritte Klasse gesteckt, weil er den Kindern seines Alters weit voraus ist.«

»Ashas Sohn ist ein ganz Süßer«, sagte Divya. »Jeden Tag

kommt er zu Besuch. Asha ist die einzige Leihmutter hier, deren Familie regelmäßig zu Besuch kommt. Die anderen stammen aus Orten, die zu weit entfernt liegen.«

»Geht er auf eine besondere Schule für begabte Kinder?«, fragte Sushila.

Asha fühlte sich unwohl. »Dafür hatten wir nicht das Geld …« Sie hielt inne, da sie sich ärmer fühlte als je zuvor. »Doch jetzt, durch das hier«, sie blickte auf ihren Bauch, »hoffen wir, ihn auf eine Spezialschule schicken zu können. Es gibt eine kurz vor Srirampuram. Doktor Swati hat gesagt, dass sie uns mit einer Empfehlung helfen will, und dann kann er dort vielleicht nächstes Jahr anfangen.«

»Diese Schulen sind sehr teuer«, sagte Sushila. »Wie viel Geld bekommen Sie hierfür? Wie viel, Priya?«

»Mummy«, protestierte die Mutter.

»Bitte, diese Unterhaltung ist unangebracht«, fügte Divya hinzu und warf Asha einen strengen Blick zu.

»Ach komm schon, der Junge braucht eine Ausbildung«, beharrte Sushila. »Wie viel?«

Divya hob die Hand und stellte sich vor Sushila auf. »Bitte, Sie regen sie nur auf.«

Asha war froh über Divyas Eingreifen. Es war demütigend, dachte sie, auf diese Weise über Geld zu sprechen. Vielleicht hatte sie Sushila am Ende doch zu schnell ins Herz geschlossen.

»Wir schaffen das schon«, sagte Asha mit hoch erhobenem Kopf, bevor Divya weitersprechen konnte. »Wir werden sicherstellen, dass unser Sohn eine Zukunft hat.«

»Ich bin mir sicher, dass Sie das tun werden«, erwiderte Sushila. »Damit will ich sagen, man sieht, welches Opfer sie bereits bringen, um das zu ermöglichen. Sie sind eine wundervolle Mutter, weil Sie das für ihn tun.«

Da hätte Asha beinahe erwidert, dass sie das ebenfalls tat, um Sushilas Tochter und ihrem Schwiegersohn zu helfen, doch da öffnete sich das Tor, und Asha erblickte Pratap. Er trug Mohini auf dem Arm, und hinter ihnen kam Manoj durchs Tor. Mit der einen Hand hielt er sich am Hemd seines Vaters fest, in der anderen hielt er ein Notizbuch.

Als er Asha erblickte, ließ er seinen Vater los, um zu ihr zu laufen. »Schau mal, *Amma*, schau, was ich bekommen habe!« Er streckte ihr das Notizbuch entgegen, und Asha blätterte darin. »Ich habe hundert Prozent in Mathe bekommen«, sagte er. »Niemand hat hundert bekommen. Nur ich.«

Asha schwoll die Brust vor Stolz, und sie umarmte ihn. »Du bist so ein kluger Junge.«

Da hielt er inne, bemerkte die anderen auf der Veranda und lächelte. »Ich bin Manoj«, stellte er sich auf Telugu vor.

»Ich bin Sushila.«

»Und ich bin Priya«, sagte die Mutter und streckte die Hand aus, damit Manoj sie schütteln konnte.

Pratap stellte Mohini auf den Boden, faltete die Hände und grüßte die Frauen mit *Namaskaram*. Asha hatte ihm erzählt, dass sie kommen würden, und ihm versichert, dass sie sicher schon lange fort wären, wenn er mit den Kindern kam.

Divya ließ sie jetzt alleine, und alle setzten sich, ohne sich in der Anwesenheit der anderen unbefangen zu fühlen. Nur Mohini und Manoj schienen die Anspannung nicht zu spüren.

Die Mutter hatte für Pratap und die Kinder Geschenke mitgebracht. Mohini bekam ein wunderschönes Prinzessinnenkleid in Rosa und Weiß mit einer Krone. Sofort bestand sie darauf, es zu tragen. Sie stolzierte darin herum und fragte, ob sie hübsch aussehe.

»Ich habe die Leute im Spielwarenladen gefragt, was für einen begabten Jungen wie Manoj gut wäre, und sie haben mir das hier gegeben«, sagte die Mutter und hielt einen in hübschen Farben eingepackten großen Karton hoch. Manoj nahm ihn. »Ich habe ihm auch ein paar Bücher gekauft.« Sie hielt einen weiteren verpackten Karton hoch, den sie Pratap reichte.

Manoj bedankte sich auf Englisch und stürzte sich auf das Geschenkpapier.

»Es ist ein Bausatz«, erklärte die Mutter. »Das soll für klügere Kinder wie Manoj gut sein. Es hilft ihnen, kreativ zu sein; damit kann man alles bauen.«

Manoj sah auf den Karton und las mit Leichtigkeit vor: »Capsela, einundneunzig Teile, siebenundvierzig Modelle, fünfzehn Prinzipien.«

»Ausgezeichnet«, lobte Sushila. »Du bist *wirklich* ein sehr kluger Junge, nicht wahr?«

»Ich habe hundert in Mathe«, gab er zur Antwort.

Während er den Karton öffnete, gab die Mutter Pratap einen weiteren Karton.

»Nein, nein«, sagte er und hob abwehrend die Hände. »Sie haben mir bereits eine Uhr geschenkt; mehr kann ich nicht annehmen.«

»Bitte«, sagte die Mutter. »Das ist nur ein kleines Geschenk. Ich glaube … ich glaube, es wird Ihnen gefallen.«

Pratap schaute Asha an, und sie nickte. Sie würde Pratap bitten müssen, etwas für die Mutter mitzubringen – aber welches Geschenk konnten sie ihr überhaupt machen?

Pratap holte zischend Luft, als er das Geschenkpapier entfernte. Darunter befand sich ein Karton mit dem Bild einer Fotokamera darauf.

»Sie braucht keinen Film. Sie hat einen Chip, und egal, in welchen Fotoladen Sie ihn bringen, das habe ich recherchiert, überall können Sie sich die Bilder ausdrucken lassen«, erklärte die Mutter schnell.

Mit seinen großen Händen drehte Pratap den Karton um, öffnete ihn und zog die schwarze Kamera heraus, die schützend in durchscheinendes Papier eingewickelt war. »Ich habe noch nie eine Kamera besessen«, sagte Pratap ungläubig. »Und ich wollte schon immer eine haben. Vor allem, um Bilder von den Kindern zu machen.«

Die Mutter lächelte breit. »Ich bin sehr froh, dass sie Ihnen gefällt. Ich kann Ihnen zeigen, wie man sie bedient.«

»Oh Gott«, sagte Divya, als sie auf die Veranda kam. Es war ganz eindeutig, dass sie die Gruppe vom Hausinneren aus beobachtet hatte und nur scheinbar fortgegangen war. »Das ist wirklich ein teures Geschenk.«

»*Challa* – danke«, sagte Pratap rot vor Begeisterung. »Das muss wirklich teuer gewesen sein. Sie brauchen uns wirklich keine Geschenke zu …«

»Das war *nicht* teuer«, unterbrach ihn Sushila. »Daran sollten Sie nicht denken. Genießen Sie einfach die Kamera. Machen Sie Fotos von Ihren Kindern und Ihrer Familie. Das ist etwas, auf das Sie zurückblicken können, wenn Ihre Kinder älter sind.«

Danach gestaltete sich der Abend ganz entspannt. Die Mutter brachte Pratap bei, wie man die Kamera benutzt. Er fotografierte alles, und sofort, wenn er ein Foto geschossen hatte, zeigte er es Asha und den Kindern. Divya setzte sich etwas weiter von ihnen weg und schien sich vollkommen auf das Handy mit dem großen Bildschirm zu konzentrieren. Endlich behielt sie sie nicht mehr wachsam im Auge.

Asha hätte es nur widerwillig zugegeben, doch die Geschenke hatten sie gegenüber der Mutter weicher werden lassen. Sie zeigte Pratap ihre neuen Ohrringe, und er war ebenfalls der Meinung, dass sie Asha erstrahlen ließen.

»Ist Manoj getestet worden?«, fragte die Mutter, als sie über die Kinder sprachen.

»Getestet?«, fragte Asha.

»Ja, um zu sehen, wie klug er ist.«

Asha runzelte die Stirn. »Er ist klug. Haben Sie Zweifel daran?«

»Das ist nicht, was sie damit sagen wollte«, hakte Sushila

ein. »Das ist nur eine Methode, um herauszufinden, auf welchem Niveau er ist, damit er besser unterrichtet werden kann.«

Asha schaute Pratap an, und sie zuckten mit den Schultern. Von Tests wussten sie nichts.

Sushila nickte. »Sie haben gesagt, Doktor Swati hilft Ihnen mit der Schule?«

»Richtig. Es gibt eine besondere Schule … kurz vor Srirampuram«, antwortete Pratap. »Doktor Swati wird Manoj in diese Schule bekommen.«

»Aber er ist von dieser Schule nicht getestet worden?«, fragte die Mutter.

»Nein«, antwortete Pratap. »Sie hat gesagt, dass es zu spät ist, um sich für dieses Jahr zu bewerben, aber für nächstes Jahr geht es. Er wird nächstes Jahr dort anfangen.«

Die Mutter und Sushila tauschten vielsagende Blicke aus und lächelten dann Pratap und Asha an.

»Was ist?«, fragte Asha.

»Nun«, begann Sushila und seufzte dann. »Es ist seltsam, dass er nicht geprüft wurde. Jede Schule würde ihn testen wollen, bevor sie auch nur in Betracht ziehen würde, ihn aufzunehmen.«

»Doktor Swati hat gesagt, dass man uns die Anmeldeformulare bald zuschicken wird«, sagte Asha. »Wollen Sie damit sagen, dass er nicht aufgenommen werden kann?«

»Ich bin sicher, dass er aufgenommen werden kann«, beschwichtigte die Mutter. »Können Sie mir den Namen der Schule sagen? Vielleicht können wir uns auch einmal kundig machen und sehen, wie gut sie ist.«

»Es ist eine gute Schule. Wir wissen, dass es eine gute Schule ist«, wehrte Asha ab, obwohl sie sich nicht mehr so sicher war. Doktor Swati hatte gesagt, dass es so war, und sie glaubte ihr, doch jetzt sprachen diese Leute von Tests und dergleichen. Und wenn sie jetzt darüber nachdachte, dann wurde sie tatsächlich misstrauisch, weil die Schule ihnen einfach geglaubt hatte, dass ihr Sohn klug war. Woher wussten sie, dass das stimmte?

»Ich bin mir sicher, dass es eine gute Schule ist«, wiederholte die Mutter. »Es ist nur … ach wissen Sie, ich bin sicher, Sie wissen, was Sie tun.«

Da sagte Asha ihnen, wie die Schule hieß. »Das ist eine der besten Schulen hier«, sagte sie erneut.

»Danke«, sagte die Mutter und schaute auf die Uhr.

»Wie wär's, wenn Sie ein Bild von uns allen machen, Pratap?«, schlug Sushila vor und stand auf.

»Stellt euch zusammen«, wies er die Frauen an.

Die Mutter und Sushila nahmen Asha in die Mitte, die verunsichert die Hände um ihren Bauch legte.

Pratap drückte auf den Auslöser, und Asha wünschte, er hätte es nicht getan. Er hatte diese Zeit für die Ewigkeit festgehalten; diese Zeit, als sie schwanger war und neben diesen Frauen stand, die Asha niemals kennengelernt hätten, wenn da nicht der Umstand gewesen wäre, dass die Mutter keine Kinder bekommen konnte.

Kapitel 19

»Okay, erst machst du mir die Hölle heiß, weil ich eine Leihmutter engagiert habe, und jetzt kümmerst du dich wie eine Glucke um Asha«, sagte Priya zu Sushila auf der Rückfahrt nach Hyderabad.

»Es ist ja nicht ihre Schuld, dass du sie ausbeutest«, erwiderte Sush und zuckte dann kopfschüttelnd mit den Schultern. »Ich war hart zu dir, ich weiß. Andrew hat mir verdeutlicht, wie sich das in deinen Ohren angehört haben muss.«

Priya wartete. Kam da etwa eine Entschuldigung? Das wäre das allererste Mal.

Sush atmete tief durch. »Also möchte ich es wiedergutmachen. Ich weiß, dass ich hart zu dir war, und ich hätte das besser handhaben können. Andrew hat ebenfalls gesagt, dass du uns nicht erlauben würdest, unsere Enkelin zu sehen, wenn ich dich zu sehr verärgere. Und … da ich mein Enkelkind gern kennenlernen möchte …«

»Ah«, sagte Priya und konnte nicht aufhören zu lächeln.

»Und wir werden nicht mehr davon sprechen«, endete Sush und lächelte ebenfalls.

»Ja, Mummy«, stimmte Priya ihr zu und spürte, wie ihr

eine Last von den Schultern fiel. »Die Sache mit der Schule hört sich nicht ganz astrein an, oder?«, wechselte Priya das Thema. »Wie kann es sein, dass sie ohne ein Gespräch die Zulassung für eine Schule für begabte Kinder bekommen?«

»Ich mochte diese Ärztin nicht«, sagte Sushila.

»Doktor Swati ist wunderbar«, erwiderte Priya. »Deiner Meinung nach beutet sie diese Frauen nur aus. Aber das Geld ermöglicht es überhaupt erst, dass Manoj eine Ausbildung bekommt.«

»Du weißt schon, dass fünf Lakh Rupien nicht sehr weit reichen, oder?«, fragte Sushila. »Vor langer Zeit war das mal eine Menge Geld, aber heute ist das nicht genug, um sich ein Leben davon aufzubauen.«

»Zuerst einmal muss der Junge getestet werden«, sagte Priya. »Und wir sollten uns die Schule mal ansehen. Und dann … wie können wir ihm mit der Schulausbildung helfen? Ich meine … wenn ich einen Job hätte, dann würde ich Madhu sagen, dass wir es ihm einfach finanzieren sollten, aber ich habe keinen Job, und ich weiß nicht, wann ich wieder einen haben werde.«

Sushila nickte. »Nein, das ist eine große Last für eine Einzelperson, aber vielleicht können wir ein Stipendium für ihn finden.«

»Das ist eine super Idee«, sagte Priya. »Kennst du jemanden bei UNICEF, der dabei helfen könnte?«

Sushila wirkte nachdenklich. »Ich denke mal drüber nach. Aber ich bin mir sicher, dass wir etwas auftreiben können. Mit den Parikshits könnten wir ebenfalls sprechen. Sie engagieren sich sehr dafür, Schulen und Schülern zu helfen. Das könnte eine Option sein.«

»Das wäre großartig! Oder ich könnte eine E-Mail-Aktion starten und Geld sammeln; was meinst du?«

Sush nickte erneut, hörte aber nicht wirklich zu. »Es ist

wie eine Babyfabrik dort«, sagte sie. »Und dieses Haus? Mein Gott, der Putz blättert von den Wänden. Ich weiß, ich weiß, immer noch besser als die Elendsviertel. Das ist eben Indien, alles könnte besser sein, doch andererseits könnte alles noch um einiges schlimmer sein.«

***

Als sie wieder zurück waren, rief Priya Madhu an und weckte ihn auf. Er wollte geweckt werden, hatte er ihr am Abend zuvor gesagt; er wollte hören, wie es dem Baby und Asha ging.

»Sie hat zehn Zehen und zehn Finger«, erzählte ihm Priya vom Ultraschall, und er lachte.

»Und sie ist wunderhübsch, stimmt's?«

»Sie sieht aus wie eine Wetterkarte, aber wie die schönste Wetterkarte, die ich je gesehen habe«, antwortete Priya. »Die Ohrringe haben Asha sehr gut gefallen. Sie war unglaublich beeindruckt von ihnen, und wenn man bedenkt, dass ich sie im Ausverkauf erstanden hab … siebzig Prozent Rabatt bei Macy's. Ich hab sie fast umsonst bekommen.«

»Und hat ihm die Kamera gefallen?«

»Total«, sagte Priya. »Aber ich weiß nicht … ich hatte das Gefühl, dass sie sich durch unsere Geschenke herabgesetzt gefühlt haben, als seien sie arm.«

»Sie sind arm, Priya«, sagte Madhu. »Wenn sie Geld hätten, dann müssten sie das nicht tun.«

Priya erzählte ihm von Manoj und seinen Schulproblemen. Sie hegte den Verdacht, dass Doktor Swati sich gar nicht über Spezialschulen erkundigt, sondern das einfach nur behauptet hatte, um Asha zu beruhigen, und vielleicht auch, um sie dazu zu motivieren, sich später nochmals als Leihmutter anzubieten.

»Vielleicht solltest du mit Doktor Swati sprechen«, schlug

Madhu vor.

»Und was soll ich sagen? Ich will keine Schwierigkeiten machen, nicht jetzt, nicht vor dem Geburtstermin in acht Wochen«, erwiderte Priya. »Aber ich werde recherchieren. Mummy hat gesagt, sie würde sich wegen eines Stipendiums erkundigen.«

»Hast du eben Mummy gesagt? Normalerweise sagst du doch Sush oder einfach nur ›sie‹«, bemerkte Madhu.

»Sie unterstützt mich jetzt. Sie will es wiedergutmachen; genau genommen hat *sie* das Wort *wiedergutmachen* verwendet, weil sie sich Sorgen macht, dass ich ihr sonst nicht erlaube, ihre Enkeltochter zu sehen. Sie hat zugegeben, dass sie mich hart angegangen hat«, erzählte Priya.

»Und dabei ist doch noch gar nicht Sankt-Nimmerleins-Tag«, scherzte Madhu. »Sie meint also, dass sie einen Weg finden kann, dem Jungen zu helfen?«

»Sie hat gesagt, dass sie sich wegen eines Stipendiums erkundigen wird.«

»Weißt du, wenn's nur am Geld hängt, dann können wir einfach … keine Ahnung … eine E-Mail an alle rausschicken, die wir kennen, und so viel Geld wie möglich einsammeln. Wenn jeder auch nur fünfzig Dollar gibt, können wir einen netten Batzen zusammenbekommen«, überlegte Madhu.

»Daran habe ich auch schon gedacht. Aber wird das für eine jahrelange Schulausbildung reichen? Ich glaube, ein Stipendium wäre besser. Wenn das nicht funktioniert, dann können wir immer noch Geld sammeln oder, na ja, Geld schicken, soviel wir können«, sagte Priya.

»Wir sind nicht die Rockefellers, Schatz«, wandte Madhu ein. »Und niemand verlangt, dass wir die Welt retten. Aber wir können versuchen, diesem Jungen zu helfen. Wirst du ihn testen lassen?«

»Mummy hat gesagt, sie wird sich erkundigen, wie wir

das arrangieren können«, antwortete Priya. »Wir könnten ihn dafür nach Hyderabad holen. Die Parikshits waren übrigens ganz großartig. Sie haben mir ein Auto samt Fahrer überlassen.«

»Im Vergleich dazu wird dir das Haus meiner Eltern wie eine armselige Bude vorkommen«, sagte Madhu, doch Priya hörte, dass er witzelte.

»Vielleicht sollte ich hierbleiben. Sie haben mir angeboten, die gesamten zwei Monate hier zu wohnen, wenn ich möchte«, warf Priya ein.

»Du willst ja nur einer Szene zwischen meinen Eltern und Sush aus dem Weg gehen«, sagte er.

»Ich weiß nicht, Madhu. Es ist, als sei sie hier ein ganz anderer Mensch. Sie ist weder kritisch noch wertend. Die Leute hier mögen sie wirklich«, sagte Priya. »Und auf der Fahrt zu Asha war sie wie ein Fels in der Brandung. Sie gibt sich wirklich Mühe. Ich schwöre, dass wir uns noch nie so nahe gewesen sind.«

»Es ist nie zu spät«, meinte Madhu.

Sie unterhielten sich noch ein wenig, und dann legte Priya lachend auf, weil sich Madhu zwar charmant, aber erfolglos um Telefonsex mit ihr bemühte.

Beim Abendessen war die gesamte Familie anwesend, so wie fast jeden Abend. Vikas legte großen Wert darauf, jeden Tag mindestens eine Mahlzeit zu Hause einzunehmen, hatte er Priya erzählt.

Das gute Verhältnis, das Mona mit ihren Schwiegereltern hatte, war für Priya unübersehbar, und sie hoffte, dass die Zeit, die sie bei Prasanna und Sairam verbringen würde, genauso harmonisch verlief.

Sush hatte den Parikshits vom Leihmutterhaus berichtet und von Manoj erzählt. Nachdem Priya Mona von Asha erzählt hatte, hatte Sush den Anlass für ihre Indienreise nicht länger verschwiegen, als sei er irgendein schmutziges Geheimnis.

»Wir vergeben ein Stipendium pro Jahr«, sagte General Parikshit. »Und wenn ich ›wir‹ sage, dann meine ich unsere Stiftung. Wir haben sie vor mehreren Jahren auf Beharren von Vishal, meinem ältesten Sohn, gegründet. Mehreren jungen Menschen haben wir bereits geholfen, ihren Masterabschluss in den USA zu machen, und wir unterstützen Studenten, die für unterschiedliche Kurse ins Ausland gehen. Für derart kleine Kinder bieten wir normalerweise keine Unterstützung an, aber wenn der Junge so intelligent ist, wie du sagst, dann können wir vielleicht etwas arrangieren.«

»Meinst du das wirklich ernst?«, fragte Priya und konnte kaum glauben, dass es tatsächlich so einfach sein sollte.

»Vollkommen«, antwortete der General. »Priya, in Indien geht es immer nur darum, wen man kennt.«

»Natürlich müssen wir ihn zuerst testen lassen«, sagte Vikas. »Jedes Jahr gibt es mehrere Bewerber für dieses Stipendium. Wir vergeben nur eins und versuchen, es dem bestmöglichen Bewerber zu geben.«

»Eure Empfehlung wird ihn definitiv ganz oben auf unsere Liste setzen«, sagte Mona. »Ich manage die Stiftung mehr oder weniger, weil Papa und Vikas immer viel zu beschäftigt sind.«

Priya schaute Mona neugierig an. »Was genau machst du … ich meine in der Stiftung?«, fragte sie und lehnte eine weitere Portion Butterhühnchen ab. An diesem Abend gab es nur einen Diener, da nur die Familie und sie zum Abendessen anwesend waren. Daran könnte sie sich gewöhnen. Gutes Essen, von jemand anderem zubereitet, serviert von einem Diener – das war kein schlechtes Leben.

»Alles«, warf Romila stolz ein. »Sie kümmert sich um die Finanzen. Natürlich gibt es einen Buchhalter, aber sie arbeitet mit ihm zusammen. Mona hat einen Bachelorabschluss in

Finanzen und ist sogar zertifizierte Wirtschaftsprüferin. Es ist nicht ganz leicht, die Prüfung dafür zu bestehen, doch unsere Mona hat sie beim ersten Anlauf geschafft.«

Mona errötete. »Das war kein großes Ding.«

»Natürlich war es das«, protestierte Vikas. »Außerdem betreut Mona die Spendensammlungen und die Verteilung der Gelder. Vom Stipendium abgesehen, haben wir noch ein weiteres Programm, das alleinstehenden Müttern besonders in den Dörfern hilft. Wenn ihre Ehemänner sterben, werden sie sozial ausgegrenzt und haben Geldnöte. Mona reist in die Dörfer und arbeitet mit Hilfsorganisationen zusammen, die sich auf solche Probleme spezialisiert haben. Und letztes Jahr haben wir eine Farm gekauft. Sie befindet sich eine Autostunde von Hyderabad entfernt. Wenn sich in einem Dorf jemand mit HIV infiziert hat, dann wird die Person verbannt. Auf dieser Farm können die Betroffenen alle zusammen leben und auch arbeiten. Einige Gerichte auf diesem Tisch wurden aus Produkten zubereitet, die auf der Farm erzeugt wurden – und das ist Monas Baby. Sie hat das Land gekauft und die Farm aufgebaut. Und sie hat die richtige Hilfsorganisation gefunden, um die Arbeit dort am Laufen zu halten, einfach alles.«

Priya hatte nicht gedacht, dass Mona sonderlich viel auf dem Kasten hat. Sie sah aus wie jemand, dessen Vorstellung von Stress darin bestand, pünktlich zu ihren Gesichtsbehandlungen, Pediküren, Maniküren und Friseurbesuchen zu erscheinen. Offenbar war etwas dran an dem englischen Sprichwort: »Man sollte ein Buch nicht nach seinem Umschlag beurteilen.« Priya war beeindruckt.

»Alle glauben, es sei *unheimlich viel Arbeit*, aber das ist es nicht«, sagte Mona.

»Was du tust, ist wirklich vorbildlich«, lobte Sush. »Ich bin stolz darauf, was du da alles leistest.«

Mona versprach, dabei zu helfen, innerhalb der nächsten

beiden Wochen einen Intelligenztest für Manoj zu arrangieren und dann mit ihnen daran zu arbeiten, die richtige Schule für ihn zu finden. Sie gab jedoch zu bedenken, dass sich die meisten dieser Schulen in den großen Städten befinden, und sie bezweifelte, dass Manoj weiter zu Hause wohnen könnte. Ein Internat wäre wahrscheinlich die einzige machbare Alternative.

***

Als Priya das nächste Mal zu ihrer Leihmutter nach Srirampuram fuhr, kam Mona mit. Dieses Mal fühlte sich Priya viel sicherer, was ihren Besuch betraf. Sie hatte Asha etwas mitzuteilen. Mona hatte einen Intelligenztest bei MENSA organisiert. Sie mussten mit Asha sprechen und herausfinden, ob sie Manoj nach Hyderabad mitnehmen könnten, damit er dort seinen Test ablegen konnte. Danach würden sie ihn wieder nach Hause bringen. Doch Srirampuram war zwei Autostunden von Hyderabad entfernt, was bedeutete, dass Manoj über Nacht bleiben musste. Priya wusste nicht, was Asha davon halten würde, wenn Manoj bei Fremden übernachtete. »Vielleicht können wir Asha ebenfalls mitnehmen«, schlug Mona auf der Fahrt nach Srirampuram vor.

»Ich glaube nicht, dass die Klinik das gestattet«, zweifelte Priya. »Und ehrlich gesagt würde ich das auch nicht wollen. Sie ist fast im neunten Monat schwanger, und ich will es nicht riskieren.«

»Und davon abgesehen muss sie es lernen, von dem Jungen getrennt zu sein«, sagte Mona. »Ich habe zwei Schulen in Hyderabad und eine in Visakhapatnam gefunden, die mir bei MENSA als die richtigen Schulen für diesen Jungen empfohlen wurden … das heißt, wenn sein IQ über hundertvierzig ist.«

»Er ist fünf und kann fließend lesen und schreiben«, sagte Priya. »Und das kann er schon seit einer ganzen Weile, und zwar auf Englisch und auf Telugu. Seine Mathekenntnisse sind ebenfalls sehr gut. Die Mathearbeit, die er mir gezeigt hat und bei der er hundert Prozent erreicht hat, enthielt auch Division und Multiplikation. Das ist seinem Alter weit voraus.«

»Nun, den Test muss er ablegen, damit wir sichergehen können«, sagte Mona. »Und die Schulen werden ihn ebenfalls prüfen wollen. Genauso gut kann er es jetzt bei MENSA machen und damit späteren Schwierigkeiten aus dem Weg gehen.«

Mit Mona daran zu arbeiten hatte Priya gutgetan, denn es lenkte ihre Gedanken vom Baby und von den Sorgen über all den rechtlichen und bürokratischen Nonsens ab, den sie erledigen mussten, bevor sie ihre Tochter nach Hause mitnehmen konnten. Sie hatte ernsthaft darüber nachgedacht, ihren Aufenthalt bei den Parikshits zu verlängern, bis alles geklärt war. Doch als sie das Thema am Telefon mit Madhus Eltern auch nur ansatzweise ansprach, konnte sie die Enttäuschung aus Prasannas Stimme heraushören, also verwarf sie die Idee. Außerdem hatte sie mit Mayuri gesprochen, die Priya so gut wie angefleht hatte, so bald wie möglich zu kommen – ihre Eltern trieben sie in den Wahnsinn.

»Da ich jetzt nicht in London lebe und weder ein Arbeitsvisum noch eine Arbeit habe, meinen sie, es sei das Beste, wenn ich heirate«, hatte Mayuri erzählt. »Sie haben mein Profil in die Datenbank einer Partneragentur vor Ort eingegeben und sind entschlossen, mir einen ›netten Jungen‹ zu finden.«

»Und, was ist so schlimm daran? Du bist jetzt … wie alt, dreißig? Auch du wirst nicht jünger, und da du auch früher keine längeren Beziehungen hattest, ist eine arrangierte Ehe vielleicht wirklich das Beste für dich«, sagte Priya neckend.

»Ach, du kannst mich mal!«, hatte Mayuri darauf erwidert.

Sie saßen wieder auf der Veranda. Divya saß bei ihnen, und Priya fragte sich, warum diese Frau ständig wie eine Klette an ihnen kleben musste. Es war offensichtlich, dass Divya sie überwachte – sicherstellte, dass Asha nichts Ungehöriges über »Happy Mothers« sagte. Der Gedanke war Priya unheimlich. Was lag hier im Argen, dass man solche Sorge hatte, jemand könnte davon erfahren? Waren ihre Telefonate mit Asha etwa auch abgehört worden?

»Und, was meinen Sie?«, fragte Priya Asha, nachdem sie ihr zusammen mit Mona den Plan für Manoj unterbreitet hatte.

»Er wird mit Ihnen allein sein?«, fragte Asha.

»Nun … meine Mutter wird auch da sein, ebenso wie Monas Schwiegereltern«, antwortete Priya. »Vielleicht kann Ihr Mann mitkommen?«

»Er muss arbeiten«, sagte Asha etwas benommen.

»Natürlich«, sagte Mona. »Aber wir werden gut auf Ihren Sohn aufpassen. Wir versprechen es. Er kann bei uns im Haus bleiben. Meine Schwiegereltern lieben Kinder.«

Asha schien skeptisch zu sein, also bat Priya sie, den Plan mit Pratap zu besprechen und ihnen dann Bescheid zu geben. Wenn sie nächste Woche wiederkam, könnten sie dann weitersprechen und feste Pläne machen.

Als Mona erzählte, dass die meisten Schulen für begabte Kinder in den großen Städten seien und das bedeutete, dass ein Internat die einzige Wahl für den Jungen wäre, war Asha noch abgeneigter, Manoj mit ihnen fahren zu lassen.

»Sie könnten aber auch nach Hyderabad umziehen«, schlug Mona vor. »Wäre das eine Möglichkeit für Sie?«

»Ich weiß es nicht«, antwortete Asha. »Ich weiß nicht, ob es für Pratap leicht wird, dort Arbeit zu finden, und es ist auch sehr teuer dort. Hier können wir es uns leisten, eine Wohnung zu kaufen. Dort sicher nicht, oder?« Dann seufzte sie, lehnte sich in ihrem Stuhl zurück und strich sich über den Bauch. Sie sah Priya an und lächelte. »Sie bewegt sich; möchten Sie mal fühlen?«

Priya ging zögerlich zu ihr hin und legte ihr die Hand auf den Bauch. Durch Ashas Haut hindurch fühlte sie die winzige Berührung ihres Kindes und spürte in ihrem Inneren als Reaktion ein Ziehen. Jetzt legte sie beide Hände auf Ashas Bauch; sie lagen auf ihrer nackten Haut, unter Ashas Bluse, und der *Pallu* ihres Baumwollsaris umgab Priyas Hände.

»Oh, mein Gott«, hauchte Priya. »Hallo, Baby. Hallo, mein Schatz.« Das Baby bewegte sich erneut, als würde es auf ihre Berührung reagieren, und Tränen traten ihr in die Augen. Oh, ich wünschte mir so sehr, du wärst in mir, dachte sie. Nichts, so gut wie gar nichts war mit dem Gefühl zu vergleichen, ihr Kind auf diese Weise zu berühren. In diesem Augenblick wusste Priya, ihr Baby im Arm zu halten würde das Allerwichtigste in ihrem Leben sein, ein sinnstiftender Moment, ein alles durchdringendes Gefühl.

Das Baby hörte auf, sich zu bewegen, und Priya nahm widerwillig ihre Hände fort. »Vielen Dank«, sagte sie.

»Es ist Ihr Baby«, sagte Asha leise.

Sie fingen wieder an, über die Schulen für Manoj zu sprechen. Mona berichtete, wie viele Schulen es im Bundesstaat Andhra Pradesh gab und welches Kaliber sie hatten.

»Ein Internat – aber dann wird er nicht bei uns sein«, beanstandete Asha. »Und was ist mit dem Geld – wird das nicht sehr teuer werden?«

»Es wird Sie überhaupt nichts kosten«, antwortete Mona. »Wir werden ein Stipendium für ihn finden.«

Asha schien nur mit Mühe zu verstehen, was sie ihr *wirklich* sagten. »Manchmal wünschte ich, Manoj wäre ein normaler Junge. Jetzt soll er auf ein Internat, aber wie soll ich es ertragen, ihn nicht jeden Tag zu sehen?«

»Deshalb hat Swati *Atha* die Schule in der Nähe von Srirampuram vorgeschlagen. Sie haben sogar einen Schulbus«, mischte sich Divya ein.

»Aber das ist keine Schule für begabte Kinder«, betonte Priya. Das hatte sie recherchiert. Es war eine Privatschule. Außerdem hatte sie erfahren, dass Doktor Swatis Ehemann, Doktor Ravi Gudla, Mitglied im Schulaufsichtsrat war. Priya verstand nicht, warum Doktor Swati so eine große Sache aus ihrer Empfehlung gemacht und gleichzeitig behauptet hatte, dass Manoj dieses Jahr nicht aufgenommen werden konnte. Es war eine neu eröffnete Schule, die auf der Suche nach Schülern war. Vor allem wunderte Priya sich über die Tatsache, warum Doktor Swati die Schulgebühren für Manoj nicht einfach gleich erlassen hatte. Immerhin würde ein Kind mit hohem IQ das Ansehen der Schule doch nur weiter steigern.

»Aber es ist eine gute Schule«, beharrte Divya. »Wir haben jede Menge Beziehungen dort. Wir können dafür sorgen, dass Ashas Sohn dort aufgenommen wird.«

»Dennoch ist es eine gewöhnliche Schule«, wiederholte Priya. »Und wenn Manoj auf eine gewöhnliche Schule gehen muss, kann er genauso gut dort bleiben, wo er jetzt ist.«

»Das ist *keine* gute Schule«, sagte Divya gereizt. »Ich kenne die Schulen in diesem Viertel, das ist eine drittklassige Schule.«

Priya bemerkte Ashas entgeistertes Gesicht.

»Es ist eine gute Schule«, sagte Asha. »Wir zahlen fünfhundert Rupien pro Monat dafür.«

Divya zuckte mit den Schultern. »Hören Sie, es ist Ihre Entscheidung. Swati *Atha* hat eine Menge Beziehungen für Ihren Sohn spielen lassen – aber wenn Sie ihn auf eine andere Schule schicken wollen, dann ist das Ihre Angelegenheit.«

»Wenn Manoj einen hohen IQ hat, dann wird diese Schule seine Ausbildung nicht fördern können«, erklärte

Priya, um Divya den Wind aus den Segeln zu nehmen. Sie fand diese Frau gruselig; wie sie die ganze Zeit dabeisaß, sich in ihr Gespräch einmischte und Asha manipulierte.

Divya zuckte erneut mit den Schultern und wandte sich dann wieder dem Magazin zu, das sie las.

Priya war sich nicht sicher, ob sie die Ärztin oder ihre Nichte mochte. Versuchten sie etwa, Asha dazu zu bringen, ihren Sohn in diese Schule zu schicken, die einen exorbitanten Geldbetrag für eine gewöhnliche Schulausbildung von ihr verlangte? Würde Doktor Swatis Ehemann als Mitglied des Schulaufsichtsrats davon profitieren? Und wie sollten arme Leute wie Asha und Pratap fortlaufend die Schulgebühren zahlen? Wahrscheinlich indem Asha – und Priya hasste den Gedanken – wieder zu »Happy Mothers« zurückkehrte und sich als Leihmutter anbot, wovon Doktor Swati ganz sicher profitierte.

Priya hatte sich gefragt, ob Doktor Swati die Schule erwähnen würde, wenn sie später mit ihr sprachen, doch das tat sie nicht. Stattdessen riet sie Priya, Asha nicht zu viele Geschenke mitzubringen.

»Ich verstehe Ihr Bedürfnis, ihr Geschenke machen zu wollen, aber bringen Sie nicht jedes Mal, wenn Sie herkommen, etwas mit«, sagte Doktor Swati. »Im Haus befinden sich noch andere Frauen, und wir wollen doch nicht, dass unter ihnen Neid aufkommt, nicht wahr?«

Eigentlich hatte Priya Doktor Swati immer gemocht. Doch nun, von Angesicht zu Angesicht, schien sie nicht ganz so nobel und aufrichtig zu sein wie über Skype. Nachdem Priya sich entschuldigt und versprochen hatte, in Zukunft umsichtiger zu sein, sprach Doktor Swati über die Wehen und die Geburt und wie sie danach verfahren sollten.

»Wir werden Sie anrufen, wenn die Wehen einsetzen«, sagte Doktor Swati. »Da Sie vor Ort sind, nehme ich an, dass

Sie in die Klinik kommen werden.«

»Ja, unbedingt«, sagte Priya. »Madhu ist dann möglicherweise ebenfalls hier, je nachdem, wann sie einsetzen.«

»Ich weiß nicht, ob Sie im Kreißsaal dabeisein können. Das hängt von Asha ab, und normalerweise bevorzugen es die Frauen, nur jemanden aus ihrer Familie dabeizuhaben«, fuhr Doktor Swati fort. »Aber andererseits kommen alle Eltern normalerweise erst her, nachdem das Baby geboren wurde. Sie sind ein ungewöhnlicher Fall.«

»Also niemand kommt vor dem Baby her?«

»Oh doch, aber nur eine Woche vorher, höchstens zwei ... eine Geburt kann man nicht planen, manchmal kommt das Baby früher, und die Eltern kommen kurz danach«, erklärte Doktor Swati. »Ich kann Asha fragen, wenn Sie im Kreißsaal dabeisein möchten.«

Priya überlegte kurz und sagte: »Nein, bitte nicht. Ich will sie nicht unter Druck setzen. Das ist eine derart persönliche Angelegenheit, und ich will mich nicht noch mehr aufdrängen, als wir es ohnehin schon tun.«

»Okay, ich werde Ihre Wünsche respektieren«, sagte Doktor Swati. »Ehrlich gesagt bin ich erleichtert darüber, denn das würde die Dinge auch für uns komplizierter machen.«

»Wie das?«, fragte Mona. Die gesamte Zeit über hatte sie geschwiegen, ergriff nun aber das Wort.

»Wenn das Baby kommt, ist es niemals einfach, die biologische Mutter und die Leihmutter im selben Raum zu haben. Ich könnte Ihnen Geschichten erzählen ... Wir wollen uns ja ganz auf das Baby konzentrieren und müssen uns stattdessen um hysterische Ausbrüche im Kreißsaal kümmern – und ich spreche hier nicht von der Gebärenden«, antwortete Doktor Swati.

Mona schenkte Doktor Swati ein kleines Lächeln für ihren Versuch, humorvoll zu sein. Zwar hatte sie gegenüber Priya beim Anblick all der schwangeren Frauen, die in das Leihmutterhaus eingepfercht waren, kein kritisches Wort fallen lassen, doch Priya spürte Monas Missfallen.

Priya hatte der Anblick ebenfalls mitgenommen. Sicher, sie war schon einmal hier gewesen, dennoch hatte sie die Verwahrlosung um sie herum überrascht. So hatte sie das Haus nicht in Erinnerung gehabt. Damals hatte sie alles durch eine rosarote Brille betrachtet, und sie hatte Asha auch noch nicht gekannt. Das Haus hatte behaglich gewirkt. Jetzt wirkte es schäbig, heruntergekommen, abgewohnt und schlecht instandgehalten.

»Vielleicht sollten wir ihr mehr Geld geben«, sagte Priya zu Mona auf der Heimfahrt nach Hyderabad.

Mona schüttelte den Kopf. »Nein, bloß nicht mehr Geld geben. Man meint immer, mehr Geld sei hilfreich, aber das stimmt nicht. Das richtige Rüstzeug zu geben ist die Lösung. Ein Stipendium für ihren Sohn ist das Richtige. Meinst du, Asha wird erlauben, dass er getestet wird?«

»Ja, sicher. Ich meine, seine Zukunft beschäftigt sie sehr. Für sie dreht sich alles darum – nur dafür trägt sie unser Kind aus«, antwortete Priya. »Aber es bricht jeder Mutter das Herz, ihr Kind so weit wegzuschicken. Und er ist noch so jung. Wird ihn das nicht negativ prägen?«

»Es würde ihm noch mehr schaden, wenn er nicht gefordert wird«, widersprach Mona. »Begabte Kinder sind tendenziell sehr ungeduldig und brauchen ständig neue Reize, sonst werden sie aggressiv. Der Sohn meines Schwagers Vishal ist Mitglied bei MENSA. Er ist sechzehn und hat einen IQ von hundertfünfzig. Ein sehr kluger Junge. Und als er klein war, wollten sie ihn nicht auf eine Schule für Hochbegabte schicken. Sie wollten, dass Kabir mit seiner Schwester Mira auf dieselbe Schule ging. Doch bald war Kabir, der drei Jahre jünger ist als Mira, in derselben Klasse wie sie. Er geriet in

Schwierigkeiten, weil er sich unglaublich langweilte. Sie hatten also keine andere Wahl, als ihn in eine andere Schule zu schicken. Und das stellte sich als richtig heraus. Er besucht bereits die Universität und wird seinen Doktortitel haben, bevor er einundzwanzig ist.«

Priya dachte einen Moment darüber nach und sagte dann: »Aber Asha und Pratap haben nicht die Möglichkeiten, die dein Bruder hat. Er ist Arzt in New York. Pratap ist Anstreicher in Srirampuram, und Asha bessert das Einkommen der Familie mit Leihmutterschaft auf. Ich frage mich, ob Manoj tatsächlich die Zukunft erreichen kann, die ein Kind wie er verdient.«

»Wenn er den Verstand dazu hat und wir sicherstellen, dass er die richtige Anleitung hat, warum nicht?«, fragte Mona. »Ich weiß, dass es hoffnungslos aussieht. Man schaut sich die Armut in Indien an und denkt, sie ist derart massiv, so groß, dass wir nichts dagegen tun können. Aber ich glaube, wir können etwas bewirken – ein Kind nach dem anderen, eine alleinstehende Mutter nach der anderen.«

»Menschen zu helfen scheint deine große Leidenschaft zu sein«, sagte Priya lächelnd. Von Mona hatte sie nur Leidenschaft für Schuhe von Prada und für ihre Familie erwartet – in genau dieser Reihenfolge.

Mona lächelte. »Ich weiß, ich weiß. Die Leute schauen mich an und sehen eine hübsche junge Frau, die kaum dreiundzwanzig ist und in eine reiche Familie eingeheiratet hat, und sie schlussfolgern daraus, dass ich eine Vorzeigegattin sein muss. Aber Tatsache ist, dass ich selbst aus einer reichen Familie stamme. Ich hätte so oder so in eine reiche Familie eingeheiratet – außer wenn ich mich in einen Busfahrer verliebt hätte, was aber nur im Film passiert. Denn, mal ehrlich, wann fährt schon jemand wie ich mit dem Bus?«

Sie war nicht herablassend, sondern einfach nur ehrlich

und aufrichtig. Sie war in Reichtum aufgewachsen und hatte Reichtum geheiratet, und sie verstand nicht, warum jemand Wind darum machen sollte.

»Ich habe mich für dieses Leben entschieden«, sagte Mona. »Ich habe kein schlechtes Gewissen, weil ich Geld habe. Ich mag Geld; man kann damit Dinge kaufen, und es macht unser Leben sehr angenehm. Aber ich kann es genauso gut dafür verwenden, Gutes zu tun. Und nicht nur mit unserem Geld; ich veranstalte Spendengalas, damit Papas Freunde sich ebenfalls in unserer Stiftung engagieren.«

»Das ist eine ausgezeichnete Lebensphilosophie«, sagte Priya. »Und wenn du Asha und ihrem Sohn helfen kannst, dann stehe ich bis zu meinem Lebensende in deiner Schuld.«

Mona lachte. »Und diese Schulden *werde* ich auch eintreiben«, sagte sie. »Nur, dass du es weißt.«

Kapitel 20

Hundertsechzig.

Immerzu wiederholten sie diese Zahl, betonten immer wieder, wie hoch sie war, und Asha verstand nicht, was sie genau bedeutete. Priya war ganz aufgeregt gewesen und hatte gesagt, dass sich die andere Frau, Mona, die in der vorherigen Woche mitgekommen war, um ein Stipendium für Manoj kümmern würde.

»Das hat so viel Spaß gemacht, *Amma*«, erzählte Manoj. »Monas Eltern haben so ein großes Haus. Und ich durfte in Priyas Zimmer schlafen, mit Priya.«

Priya lächelte ihn an und berührte sanft sein Gesicht.

Das ist nicht dein Baby, dieses ist meins, hätte Asha am liebsten gesagt. Manoj hingegen war blind für ihre Eifersucht.

»Sie haben ganz viele Diener, aber am besten war Monas Schwiegervater. Er war mal General in der Armee und er war so lustig. Wir haben im Garten Kricket gespielt. Ich hab den Ball danebengeworfen und ein Fenster zerschossen …«

»Oh Gott, waren sie sehr böse mit dir?«, fragte Asha.

Manoj schüttelte den Kopf, als sei das eine seltsame Frage. »Nein. Aber er hat gesagt, dass wir so tun sollen, als wüssten wir nicht, was passiert ist, wenn Romila – das ist seine Frau – nachfragt«, erzählte Manoj und lachte dann. »Aber sie hat's gewusst und mir trotzdem einen Schokoriegel gegeben.«

Priya saß auf dem *Charpai* neben der Schaukel, auf der Manoj mit seiner Mutter saß. Aus jeder neuen Geschichte, die er erzählte, sprach seine Begeisterung.

»Er war ein richtiger Engel, und alle waren ganz verliebt in ihn«, berichtete Priya. »Er hätte sein eigenes Zimmer haben können, aber ich dachte, mit fünf ist er vielleicht noch zu klein dafür.«

»Und das war so ein tolles Zimmer«, sagte Manoj. »Und ich habe auf Priyas iPad gespielt. Das ist wie ein Computer, aber nur so groß wie eine Zeitschrift. Priya hat mir drei Spiele runtergeladen und ich habe sie alle gewonnen.«

Asha wollte ihn einfach nur umarmen und ihn bitten, nicht weiterzusprechen. Er redete derart schnell über Dinge, die sie nicht kannte.

»Er hat sich gut amüsiert«, sagte Priya lächelnd. »Er ist ein toller Junge.«

»Und der Test, war der Test schwer?«, fragte Asha Manoj.

Manoj verzog das Gesicht. »Nein, gar nicht. Er war wirklich leicht. Ich habe einen IQ von hundertsechzig, *Amma*. Das haben sie mir gesagt. Das ist ein hoher IQ.«

Er war bereits nicht mehr ihr Manoj, dachte Asha. Eine Nacht – nach nur einer Nacht war er wie ausgewechselt; er hatte eine andere Art von Stolz an sich. Er sprach anders. Er schien sich verändert zu haben.

»Oh, und die Schule war … fantastisch.« Manoj sagte den Satz auf Telugu, doch das Wort *fantastisch* am Ende auf Englisch, so wie sie es im Film taten.

Asha verabscheute den Gedanken an ein Internat. Er würde nicht bei ihnen leben können, und sie würden sich nur alle drei bis vier Monate sehen können, außer, sie zogen nach Hyderabad. Und sogar dann würden sie ihn nur am Wochenende sehen können. Priya hatte gesagt, das sei die einzige Möglichkeit. Wenn sie daran dachte, ihren Sohn nicht jeden Tag in den Arm nehmen zu können, brach es ihr das Herz. Aber hatte sie überhaupt eine andere Wahl?

»Sollten wir dann besser nach Hyderabad ziehen?«, überlegte Pratap später.

Als Asha ihn gefragt hatte, ob sie erlauben sollten, dass die Mutter Manoj über Nacht nach Hyderabad mitnahm, hatte er gemeint, das sei okay; warum nicht, hatte er gesagt; sein Sohn würde es genießen, in einem großen, klimatisierten Auto zu fahren, in einem schicken Haus zu übernachten und diesen reichen Leuten zu zeigen, wie klug er war. Doch jetzt wurde er langsam wahr, dieser Traum, ihn auf eine Schule für kluge Kinder zu schicken, und Asha konnte sehen, dass Pratap unschlüssig war. »Ich weiß nicht, ob Manoj in ein Internat gehen sollte«, sagte er.

»Das ist zu seinem eigenen Besten, für seine Zukunft. Ich finde es auch schrecklich, aber … das müssen wir tun«, sagte Asha. »Vielleicht sollte ich Priya bitten, mit dir zu sprechen.«

»Wie kannst du auch nur daran denken, ihn fortzuschicken?«, fragte Pratap. »Du konntest es dir nicht einmal vorstellen, ihn nicht täglich sehen zu können, während du hier bist.«

»Ich weiß«, erwiderte Asha traurig. »Aber wir müssen auch an Mohini denken. Wir können nicht einfach nach Hyderabad ziehen und Mohinis Chance auf ein geordnetes Leben ruinieren. Sie wird hier ein Zuhause bei uns haben, ein anständiges Zuhause, eine Wohnung. Und … Hyderabad ist nur drei Stunden mit dem Bus entfernt. Wir können jederzeit hinfahren und Manoj sehen.«

»Jetzt willst du also doch eine Wohnung kaufen?«

»Wenn Manoj das Stipendium bekommt, dann sollten wir das tun, meinst du nicht auch?«

»Ja«, antwortete Pratap.

»Er ist wirklich klug, haben sie gesagt«, sagte Asha und

lächelte. »Und Manoj redet unaufhörlich über das Haus, in dem er übernachtet hat. Es war voll mit Bediensteten, und statt Reis hat er Hühnchencurry mit *Chapati*s zu essen bekommen.«

»Und Schokoladeneiscreme«, ergänzte Pratap. »Zu Hause hat er auch endlos davon erzählt. Priya ist viel netter, als ich ursprünglich angenommen hatte.«

»Das ist sie«, stimmte Asha zu. »Sie ist derart entschlossen, dafür zu sorgen, dass Manojs Zukunft gesichert ist. Ich hätte nicht gedacht, dass ihr das wichtig sein würde. Ich meine ... ich dachte, das Einzige, was sie kümmert, sei das Baby.«

Asha hatte Priya nicht mögen wollen. Doch nun war sie beeindruckt von ihrem Engagement für Manoj und davon, wie sie ihre reichen Freunde dazu brachte, ihrem Kind zu helfen. Wie konnte Asha jemanden nicht mögen, der versucht, ihr Kind zu retten?

Sie schauten Manoj und Mohini zu: Er half ihr, die Erde von ihren Händen abzuwischen, bevor sie sich zu ihren Eltern setzten.

»Wie fandest du die Leute, bei denen du übernachtet hast?«, fragte Asha Manoj aufs Neue. Sie wollte sichergehen, denn nächste Woche würde er wieder mit Priya dorthinfahren, um in der Schule für Kinder mit ähnlich hohen IQs wie seinem interviewt zu werden.

»Sie waren so nett, *Amma*«, antwortete Manoj. »Und die eine Frau dort, Mona, die hat mich zusammen mit Priya in die Schule mitgenommen. Ich könnte auf diese Schule gehen. Es war großartig dort, *Amma*. Da gab es überall Computer und Blumen und Gärten. In der Schule gab es Pferde, Pferde zum Reiten. Alle Schüler dürfen reiten lernen, und es gab ein großes Schwimmbecken zum Schwimmenlernen. Es gab auch Zimmer, in denen die Schüler wohnen. Dort würde ich auch wohnen, wenn sie mich aufnehmen. Für Jungen in meinem Alter gibt es Zimmer, in denen sie zu viert wohnen. Aber die Zimmer sind riesig, größer als Kaveri *Athas* ganze Wohnung.«

»Also würdest du gerne dort wohnen?«, fragte Asha mit belegter Stimme.

»Ich werde dich und *Nana* und Mohini und Kaveri *Atha* und Sairam *Mava* und Sirish und Girish *Anna* vermissen. Wärst du sehr böse mit mir, wenn ich sagen würde, dass ich gerne dort wohnen würde?«, fragte Manoj.

»Nein, ich wäre nicht böse«, antwortete Asha. Priya nahm ihr das Baby weg, das in ihr wuchs, und nun nahm sie ihr auch noch Manoj, dachte sie eine Sekunde lang, bevor der Gedanke wie eine Wolke an einem sonnigen Tag davonzog.

»Dann möchte ich dort gerne wohnen«, sagte Manoj. »Dort gibt es riesige Klassenzimmer und … es gibt Chemielabore, wo Sachen gemischt werden und neue Sachen gemacht werden. Und … *Amma*, es gab ein Biologielabor, wo sie Frösche und Mäuse aufgeschnitten und dann hineingeschaut haben. Ich will ein Doktor werden, *Amma*. Ich will am Gehirn von Menschen operieren und es wieder in Ordnung bringen, wenn etwas nicht stimmt. Solche Leute werden Neurochirurgen genannt. Monas Mann Vikas ist ein Colonel in der Armee, und sein Bruder ist ein Neurochirurg in New York.«

Er sagte das Wort *Neurochirurg* auf Englisch, und Asha konnte es nicht einmal fehlerfrei wiederholen. Sie hatte ihn schon lange nicht mehr – wenn überhaupt jemals – so begeistert erlebt. Sein Bedürfnis, neue Dinge aufzunehmen, war wirklich groß. Ihr wurde klar, dass sie ihm nicht im Weg stehen durfte. Sie würde ihn fortschicken müssen.

Schon als Manoj gerade mal zwei Jahre alt gewesen war, hatten sie gewusst, dass er anders war. Wenn er etwas zeichnete, dann zog er die Linien ordentlich und malte auch die Flächen sauber aus, als wäre er zehn statt zwei. Er beherrschte den Bleistift ausgezeichnet, und als er drei Jahre alt war, konnte er Bilder mit seinem Namen signieren. Asha erinnerte sich daran, wie stolz sie gewesen waren – aber auch verängstigt. Er war derart reif für sein Alter, verstand seine Umgebung dermaßen gut, dass Asha manchmal vergaß, dass er erst fünf Jahre alt war. Er war einfach nur ein kleiner Junge. Und er wollte fortgehen und lernen.

***

Priya kam erneut zu Besuch, diesmal mit der Schwester des Vaters. Mayuri war sehr hübsch und hatte lange, glatte Haare. Unter einer strahlend blauen *Kurta* trug sie eine enge Hose und wunderschöne strahlend blaue Slipper mit goldenen Stickereien. Ihr Telugu war nicht so gut wie das des Vaters, aber besser als Priyas.

»Sie sehen so wunderhübsch aus«, sagte sie zu Asha. »Sie haben das Strahlen der Schwangeren.«

»Es ist, was es ist«, meinte Asha.

»Ihr Sohn ist also sehr klug«, sagte Mayuri. »Ich meine, ein IQ von hundertsechzig ist unglaublich. Freuen Sie sich darauf, ihn auf eine neue Schule zu schicken?«

»Ich freue mich, habe aber auch etwas Angst«, hatte Asha geantwortet.

»Sie brauchen keine Angst zu haben«, sagte Priya daraufhin. »Sie brauchen sich keinerlei Sorgen zu machen. Die Schule ist sehr gut, und ich denke, Manoj wird nach dem Eingangsgespräch aufgenommen werden. Mona meint, da gebe es kein Problem, weil sein Testergebnis derart hoch ist. Und sie richtet ein Stipendium für ihn ein.«

»Sie müssen sehr reich sein«, bemerkte Asha.

»Das sind sie, aber solche speziellen Schulen geben auch einen Zuschuss … sie ermäßigen den Preis, wenn das Kind so klug ist wie Manoj«, erklärte Priya. »Und alle fanden Manoj ganz zauberhaft. Er ist so klug, so aufgeweckt. Es war wundervoll, ihn bei uns zu haben.«

Manoj hatte viel von dem Zimmer erzählt, das er sich mit Priya geteilt hatte. Er hatte das Bett als groß beschrieben, dass aber auch alles andere im Haus groß war und es nach Sandelholz roch. Er versprach Asha, dass er ebenfalls ein großes Haus haben würde, wenn er mal ein Doktor war, und dass sie dort mit ihm wohnen konnte, sie und Pratap und Mohini.

»Wann werden Sie ihn für das Gespräch an der Schule mitnehmen?«, fragte Asha.

»Heute«, antwortete Priya. »Es findet morgen früh um neun Uhr statt. Er wird bei mir im Haus meiner Schwiegereltern übernachten. Es ist nicht so schick wie Monas Haus, aber es wird ihm gefallen, denke ich.«

»Und wir werden gut auf ihn aufpassen«, fügte Mayuri hinzu.

Asha fühlte sich eigenartig dabei, ihr Kind einer weiteren Fremden anzuvertrauen, andererseits schien es ihr aber auch nur gerecht zu sein. Zuerst hatten Priya und der Vater ihr Kind Asha anvertraut, und nun übergab sie ihnen ihr eigenes Kind. Obwohl sie einander kaum kannten, bestand ein Band des Vertrauens zwischen ihnen, nicht wahr?

»Alles passiert so schnell«, sagte sie.

»Das geht schon in Ordnung«, sagte Mayuri beruhigend. »Sie werden schon sehen; alles wird gut. Sie werden sich eine hübsche Wohnung kaufen, und Ihr Sohn wird eine wunderbare Schule besuchen.«

Asha lächelte Mayuri leicht schief an. All diese Menschen waren Teil ihres Lebens geworden – Menschen, denen sie normalerweise nie im Leben begegnet wäre. Doch aufgrund dieses Babys waren sie hier und halfen ihr. »Vielen Dank, Priya«, sagte Asha. Zum ersten Mal sprach sie den Namen der Mutter laut aus, und es fühlte sich gut an.

»Das ist doch nicht der Rede wert«, antwortete Priya etwas

verlegen. »Sie helfen uns, und wir helfen Ihnen. So läuft das in der Welt.«

Während der nächsten Untersuchung am selben Nachmittag brachte Doktor Swati die Schule ins Gespräch. Priya und Mayuri hatten den begeisterten Manoj mitgenommen. Noch während er in das große schwarze Auto mit dem Fahrer einstieg, bat er Priya bereits um das Pad-Ding mit den Spielen.

Asha war wegen dieser Unterhaltung bange gewesen. Sie hatte befürchtet, dass Doktor Swati beleidigt sein würde, weil sie die andere Schule wählte statt derjenigen, die sie empfohlen hatte, und Asha hatte tatsächlich recht damit. Doktor Swati war sauer, dass all die Mühe, die sie sich gegeben habe, umsonst gewesen sei.

»Ich habe nur versucht, Ihnen zu helfen«, sagte Doktor Swati. »Ich weiß, Sie glauben, Priya hilft Ihnen, und ich bin sicher, dass dem auch so ist, aber … Ihrem Sohn wird es in der Schule hier sehr gut gehen.«

»Aber Manoj ist äußerst klug«, widersprach Asha.

»Natürlich ist er das«, sagte Doktor Swati. »Aber …«

»Er hat einen IQ von hundertsechzig«, warf Asha ein, obwohl sie keine Ahnung hatte, was das wirklich bedeutet. Mona hatte gesagt, es sei wie ein Maß für Intelligenz, doch Asha konnte nicht verstehen, wie man so etwas wie Intelligenz überhaupt messen könne. Sie hatte Manoj über den Test ausgefragt, doch er war sehr vage gewesen und hatte etwas von Kästchen und Farben und Formen erzählt.

Doktor Swati hob erstaunt die Augenbrauen. »Hundertsechzig? Wirklich?«

»Ja«, bestätigte Asha. »Priya hat Manoj mitgenommen und ihn testen lassen, bei so einer men… menses… ich weiß nicht mehr. Heute hat sie ihn für ein Gespräch an der Schule mitgenommen. Und sie haben sogar ein Stipendium für ihn gefunden. Wenn alles gut geht, dann fängt er diesen September in der Schule an.«

Darauf erwiderte Doktor Swati nichts mehr, sondern verdaute die Informationen.

»Das ist ein sehr hoher IQ«, sagte sie. »Mir war nicht bewusst, dass er ein derart schlauer Junge ist. Sie müssen sehr stolz sein.«

»Pratap und ich sind sehr glücklich«, sagte Asha. »Ich kann es selbst noch kaum glauben.«

»Dann ist die Sache mit der Schule erledigt?«

»So gut wie, aber … es ist ein Internat. Die Schule ist in Hyderabad. Und das wird sehr hart für uns werden, aber es ist zu Manojs Bestem«, antwortete Asha.

»Nun, ich freue mich für Sie. Das Baby dieser Leute auszutragen hat sich für Sie auf mehr als nur eine Weise ausgezahlt. Ich hoffe nur, dass die anderen Mütter nicht glauben, dass ihnen solche Dinge ebenfalls wie durch Zauberei zufallen«, sagte Doktor Swati mit einem schmalen Lächeln.

Keertana konnte Priya überhaupt nicht ausstehen. Sie war eine von diesen Gutmenschen, hatte sie zu Asha gesagt, und sie traute ihr nicht. Die anderen Frauen im Leihmutterhaus stimmten darin überein, dass Priya weit über das übliche Maß hinaus versuchte, Manoj zu helfen, und dass sie nicht anders konnten, als ein wenig neidisch auf Ashas Glück zu sein.

Das gab sogar Kaveri bei einem ihrer Besuche zu. »Ich bin so neidisch«, gestand sie Asha ehrlich. »Erst segnen dich die Götter und schenken dir Manoj, und dann schicken sie dir Priya.«

»Auf gewisse Weise ist der Umgang mit ihr schwerer geworden, weil sie so nett ist«, meinte Asha zu ihr. »Vorher war es viel leichter, sie zu hassen.«

Asha hatte niemandem erzählt, dass sie sich manchmal der Fantasie hingab, das Baby sei ihr Kind. Dann strich sie sich über den Bauch und stellte sich vor, wie sie die Kleine an die Brust legte, nachdem sie geboren war, und wie sie dieses Ziehen in den Brüsten verspüren würde, wenn sie die Milch bildeten. Sie würde dieses Kind im Arm wiegen – und die Kleine dann mit nach Hause nehmen, zu Manoj, Mohini und Pratap.

Asha brauchte es nicht auszusprechen; Kaveri wusste es. Kaveri hatte genauso empfunden. »Beim nächsten Mal werde ich Doktor Swati sagen, dass ich keinen Kontakt mit den Eltern haben möchte«, sagte sie.

»Dann willst du es also noch mal machen?«

Kaveri nickte. »Wir müssen. Raman will sein eigenes Geschäft gründen. Bis dahin bist du wieder zurück und kannst dich um meine Jungs kümmern.«

»Hast du mit Doktor Swati gesprochen?«

»Ja«, antwortete Kaveri. »Und sie meinte, es könnte bald etwas anstehen.«

»Kaveri, wenn du das nicht tun willst, dann mach es auch nicht«, sagte Asha. »Wenn du dich so schlecht dabei fühlst, wenn es so schwer auf dir lastet …«

»Ich habe keine andere Wahl, Asha«, erwiderte sie. »Wir brauchen das Geld. Wenn Raman ein Geschäft und ein regelmäßiges Einkommen hat, dann können die Jungs auch Geld verdienen, wenn sie groß sind. Das ist die richtige Entscheidung.«

»Bist du dir sicher?«

»Nachdem das Baby geboren war, habe ich mir geschworen, es nie wieder zu tun. Aber dann vergeht die Zeit, man vergisst, wie es war, und denkt sich, das ist schon okay, das wird schon gut gehen«, erwiderte Kaveri.

»Ich weiß nicht, wie es für mich sein wird«, gab Asha zu. »Aber es wird mir gut gehen müssen. Ich werde nach Hause zurückkehren und wieder Asha sein müssen.«

»Nur, weil du dieses Baby austrägst, hast du nicht aufgehört, Asha zu sein«, wandte Kaveri ein.

»Doch, das habe ich«, widersprach Asha. »Ich bin jemand

geworden, den ich nicht mag. Ich trage Bitterkeit in mir. Ich spüre eine Schlechtigkeit in mir, die sich ausbreitet. Ich streite mich mit Pratap, was ich noch nie zuvor getan habe. Ich hatte gemeine Gedanken über die Mutter … über Priya. Und sie hat sich als so liebenswert herausgestellt. Du kannst dir gar nicht vorstellen, welche Gedanken ich darüber hatte, dass sie mein Baby nimmt.«

»Nicht *dein* Baby, *ihr* Baby«, mahnte Kaveri. »Das ist dir doch klar, nicht wahr?«

Asha nickte. »Ich weiß.«

Kapitel 21

Priya fuhr alleine zum Flughafen. Sie wollte Madhu mit niemandem teilen. Noch nie waren sie so lange voneinander getrennt gewesen, es waren beinahe sieben Wochen. Als sie Madhu mit dem Rucksack über einer Schulter und den Koffer hinter sich herziehend erblickte, schwor sie sich, dass sie nie wieder so lange von ihm getrennt sein wollte.

Er ließ den Rucksack fallen und den Koffer los und umarmte sie. »Gott, hab ich dich vermisst«, flüsterte er in ihr Haar. »Das war viel, viel zu lange.«

Priyas Herz machte einen Freudensprung. Sie hatte doch ihn, dachte sie. Warum hatte sie je so lautstark auf ein Baby gedrängt? Er war doch genug.

Auf der Fahrt zurück brachte sie Madhu auf den neuesten Stand, was Manojs Schulausbildung betraf. »Der Junge ist ein kleines Wunder. Mayuri und ich sind ganz verliebt in ihn.«

Am ersten Tag, den er bei ihnen verbrachte, hatte er ihnen gestanden, dass er eine Freundin hatte. »Sie heißt Shilpa«, erzählte er. »Und sie ist sehr nett.«

»Ach, wirklich?«, fragte Mayuri.

»Sie mag es, wenn ich ihr die Füße küsse«, sagte Manoj düster. »Und ich habe ihr gesagt, dass ich nichts dagegen habe, ihr die Füße zu küssen, dass ich sie aber nicht heiraten werde.«

Mayuri und Priya waren in Gelächter ausgebrochen. »Der Junge hat bereits begriffen, wie es zwischen Männern und Frauen abläuft«, kommentierte Mayuri.

Priya hatte Madhu detailliert von all den Dingen berichtet, die sie für Manoj unternommen hatten, und er hatte sich Sorgen gemacht, Asha könnte das missverstehen und glauben, dass sie ihr Manoj wegnehmen wollten.

»Meinst du wirklich?«, hatte Priya gefragt; dieser Gedanke war ihr noch gar nicht gekommen.

»Sie *könnte* diesen Eindruck haben«, gab Madhu zu bedenken. »Immerhin helft ihr ihm dabei, auf ein Internat zu kommen. Wärst du in der Lage, dein Kind wegzuschicken?«

»Nein, aber andererseits haben wir die Mittel, um in solch einer Situation trotzdem unserem Kind nahe zu sein«, sagte Priya. »Sie nicht.«

»Das erscheint mir unfair«, hatte Madhu gesagt.

Eine ähnliche Unterhaltung hatte Priya mit ihrer Mutter geführt, bevor sie nach Hause abgereist war. Sush fand es ebenfalls unfair, doch so war Indien für die Millionen, die arm waren – ein ungerechter und schwieriger Ort.

Priya hatte Sush gesagt, dass sie jetzt, wo sie mit eigenen Augen gesehen hatte, wie es in Indien ist, verstehen konnte, wieso ihre Mutter die Leihmutterschaft als eine Art der Ausbeutung ansah. Doch sie war überzeugt davon, dass sie es auch mit all dem Wissen, das sie jetzt darüber hatte, wieder tun würde. »Hinzu kommt«, fuhr sie fort, »dass ich Manoj helfe; wir haben ihm ein Stipendium und die Zulassung zu einer großartigen Schule besorgt. Diese Chance hätte er niemals bekommen, wenn er uns nicht getroffen hätte.«

Sush hatte ihr in die Augen gesehen. »Du hast ein gutes Herz, Priya. Daran hatte ich nie einen Zweifel. Aber du hilfst dem Jungen auch, um dein Gewissen zu beruhigen. Das ist nicht wirklich eine selbstlose Tat.«

»Komm schon, Mummy, ich tue, was ich kann«, hatte Priya erwidert.

»Aber vielleicht fühlst du dich schlecht, weil du eine Leihmutter nutzt, und da du sie jetzt kennst, sorgst du dich darum, wie es ihr damit geht«, erklärte Sush. Sie klagte nicht an; sie war unterstützend und verständnisvoll. Sie verstand, wie Priya sich fühlte – eine Mischung aus schlechtem Gewissen und Verantwortung und dem Bemühen, zu zeigen, dass sie ein guter Mensch ist. Sie war ein guter Mensch. Ja, sie benutzte Asha, doch sie gab ebenfalls etwas zurück. War die Waage nun ausgeglichen?

»Sie hat sich sehenden Auges darauf eingelassen«, hatte Priya gesagt.

»Ja, aber hast *du* das?«, hatte Sush gefragt, und Priya hatte keine Antwort darauf gefunden.

Als sie im Haus seiner Eltern ankamen, hatte sie Madhu loslassen müssen. Prasanna umarmte ihn und verlangte, dass er sich ihr gegenüber hinsetzte, so wie immer, wenn sie sich sahen. »Es ist zu lange her, seit wir uns gesehen haben«, sagte sie mit Tränen in den Augen und hielt die Hände ihres Sohnes in ihren Händen. »Und du siehst müde aus.«

»*Amma*, ich habe zwanzig Stunden im Flugzeug gesessen. Ich *bin* müde«, antwortete Madhu freundlich. »Aber nach einer deiner guten Mahlzeiten werde ich wieder so gut wie neugeboren sein.«

»Also weißt du, ich wurde ganz anders empfangen, als ich zurückgekommen bin«, warf Mayuri ein. »Ich wurde gegrillt. ›Hast du deinen Job verloren? Hast du einen Freund? Ist er weiß? Dieses Mal werden wir deine Hochzeit arrangieren. Keine Diskussion.‹ Mir hat sie nicht die Hände gehalten und gesagt, ich sehe müde aus. Und ich war fix und fertig.«

»Oh, sei still«, sagte Prasanna. »Du hast deinen Job verloren. Im Augenblick hast du keinerlei Aussichten. Das ist die beste Zeit, um zu heiraten.«

»Ich will nicht heiraten«, maulte Mayuri.

»Du bist über dreißig Jahre alt; wenn du dich hättest verlieben sollen, dann wäre das inzwischen schon passiert«, erwiderte Prasanna. »Wir werden einen netten Brahminjungen für dich finden. Einen Arzt, der in London lebt. Würde das passen?«

»Wenn ich will, kann ich selbst einen netten Arzt in London finden«, entgegnete Mayuri und schaute ihren Bruder an. »Ein bisschen Unterstützung wäre nett.«

»Ich kenne einige indische Ärzte in Kalifornien«, neckte Madhu grinsend. »Nette Jungs. Kleine *Pappu*-Typen mit Kokosnussöl in den Haaren, aber ausgezeichnete Ärzte, die viel Geld scheffeln.«

»Ich soll also meine Seele verkaufen?«

»Daran ist doch nichts auszusetzen«, meinte Prasanna. »Und du würdest nicht deine Seele verkaufen, sondern nur jemanden heiraten, der eine Zukunft hat. Die du nicht hast. Dieses Modeding hat eben nicht funktioniert.«

»Ich habe als Designerin für eine große internationale Handelskette gearbeitet«, sagte Mayuri entgeistert.

»Und jetzt bist du arbeitslos«, machte Prasanna ihren Punkt.

Priya beobachtete Madhus Familie und konnte es kaum erwarten, ihre eigene Familie mit ihrem eigenen Kind zu gründen. Würden sie auch solche Wortgeplänkel austauschen? Wie würde ihre Tochter sein, wenn sie erwachsen war? Würde sie mal Designerin werden? Oder Ärztin? Eine Familie war alles, was sie jemals hatte haben wollen. Mehr nicht.

Kapitel 22

Wir werden in unser Dorf gehen, dachte Asha. So werden wir es machen. Wir nehmen das Baby, Mohini und Manoj und kehren in unser Dorf zurück. Dort wird uns niemand finden können. *Und dann wird das Baby wirklich mein eigenes sein.*

Als der Geburtstermin immer näher rückte, wachte Asha jeden Morgen mit dem gleichen Gedanken auf. Zwar war sie nicht mehr so reizbar wie zuvor, doch die Traurigkeit wuchs stetig weiter in ihr an. Sie war so groß wie das Baby und ebenso greifbar. Und dann war da noch ein Schuldgefühl, das genauso groß war. Es war Priyas Baby. Obwohl die gute Priya Ashas Familie half, spielte Asha mit dem Gedanken, Priya ihr Baby, ihre Glückseligkeit und ihre Zukunft zu stehlen.

Solche Gedanken hasste Asha an sich. Sie war eine gute Frau und keine gemeine Person. Doch ihr Verstand hatte sich verselbstständigt, und Asha begriff, dass sie ihre Gefühle nicht mehr kontrollieren konnte. Am Anfang waren es nur einzelne Gedanken hier und da gewesen – Gedanken wie: Was, wenn ich das Baby durch irgendeinen glücklichen Zufall behalten könnte? Doch nun wünschte sie sich, sie könnte etwas tun, damit dieses Wunder tasächlich eintrat.

Die Gedanken zermürbten sie. Dieses ständige Hin und Her in ihrem Inneren; dieses starke Unglück, das sie empfand;

diese Melancholie, die sie nicht abschütteln konnte. Es war fast so weit. Eigentlich sollte sie sich freuen. Bald konnte sie nach Hause und zurück bei *ihrer* Familie sein, diesen Pflichten wieder nachkommen.

Asha wünschte sich, zu sein wie Keertana, die einfach darauf wartete, dass das Baby draußen war, und dann wieder in ihr eigenes Leben zurückkehren wollte. Stattdessen blies sie Trübsal. Sie brachte es fertig, dass sie sich selbst satt hatte.

»Ich kann es kaum erwarten, dass dieses Baby aus mir rauskommt«, sagte Keertana zu Asha, die im Fernsehzimmer auf und ab ging.

»Mir geht es auch so«, log Asha. Denn solange sich das Baby noch in ihr befand, gehörte die Kleine ihr.

»Kommen die Eltern heute auch zu Besuch?«

»Nein, erst wieder in ein paar Tagen. Der Vater ist hier, und sie haben gesagt, sie müssen einige Dinge erledigen, rechtliche Dinge, damit sie das Baby nach Amerika mitnehmen können«, erklärte Asha.

»Wirst du dir Medizin für die Wehen geben lassen?«, fragte Keertana.

»Ich weiß nicht.«

»Mach es«, riet Keertana. »Das nimmt dir all die Schmerzen. Das ist wundervoll. Allein beim Gedanken an die Schmerzen mache ich mir gleich in die Hosen. Aber letztes Mal hatte ich die Medizin, und es war gut.«

»Aber ist das nicht schlecht fürs Baby?«

»Es ist nicht mein Baby«, erwiderte Keertana. »Davon abgesehen, wenn die Medikamente nicht sicher wären, dann würde Doktor Swati sie uns nicht geben.«

»Ich frage mich, wann es so weit sein wird«, sagte Asha. »Das ist wirklich sehr seltsam, oder? Man kann mir das Baby von jemand anderem in den Bauch setzen, aber niemand kann das Datum vorhersagen, an dem ich es bekommen werde.«

Teil 5

Wehen und Geburt

Kapitel 23

Um ein Uhr morgens setzten Ashas Wehen ein. Der Schmerz begann im Rücken und schlang sich langsam um ihren Bauch. Sobald er begonnen hatte, wusste sie, was er bedeutete.

Von ihren beiden vorherigen Geburten wusste Asha, dass es am Anfang das Beste für sie war umherzugehen. Also stand sie auf, ganz vorsichtig, denn sie wusste, dass die Fruchtblase jederzeit platzen konnte. Sie ließ Gangamma schlafend im Zimmer zurück und machte sich auf die Suche nach Revati. Wie gewöhnlich war sie im Fernsehzimmer und döste auf einem *Charpai*, während der Fernseher leise lief.

»Revati!«, rief Asha aus, als sie neben der leise schnarchenden Frau stand. Beinahe augenblicklich wachte sie auf. Jedermann wusste, dass Revati einen sehr leichten Schlaf hatte, weil sie es gewohnt war, zu jeder Stunde geweckt zu werden.

»Ihre Zeit ist gekommen«, sagte sie und setzte sich auf.

Asha nickte und stöhnte leise, als sich ein Schmerz von ihren Oberschenkeln hinauf in den angespannten Bauch zog.

»Okay«, sagte Revati und stand auf. »Ich werde Doktor Swati rufen. Was brauchen Sie?«

»Mir geht's gut. Ich muss nur in Bewegung bleiben«,

antwortete Asha. Sie war müde, bemerkte sie plötzlich, dermaßen müde, dass sie zwischen den Wehen beinahe im Stehen einschlief.

Revati rief Doktor Swati zu Hause an und wurde gebeten, Asha sofort in die Klinik zu bringen. Sie legte den Arm um Asha, und gemeinsam gingen sie hinüber. »Fast da«, sagte Revati.

»Wie weit liegen sie auseinander?«, fragte Asha, weil sie wusste, dass Revati die Zeit im Auge behielt.

»Etwa zehn Minuten«, antwortete sie. »Sie haben also noch Zeit, womöglich ein paar Stunden.«

Da stieß Asha ein tiefes Stöhnen aus und krümmte sich vor Schmerz. Kurz bevor sie die Klinik betraten, platzte die Fruchtblase, ergoss sich über ihre Füße und durchnässte ihre *Chappals*. Revati stützte sie und brachte sie in die Klinik.

Nursamma erwartete sie bereits und bat Asha, sich in den Rollstuhl zu setzen. »Nein«, weigerte sich Asha. »Es ist besser, wenn ich gehe. Wenn ich mich hinsetze, sind die Schmerzen unerträglich. Und ich bin vollkommen nass. Meine Fruchtblase ist geplatzt.«

Nursamma nahm sie beim Wort und rief dann die *Dai*, die Hebamme. In der Klinik arbeiteten fünf Hebammen, und eine von ihnen befand sich immer mit Doktor Swati im Kreißsaal. Sie trugen weiße Saris wie Nursamma, doch ohne die weiße Kappe. Pratibha, eine der *Dais*, eilte an Ashas Seite und ging mit ihr zum Entbindungsraum.

Revati hatte sie nicht weiter begleitet, und Asha war traurig darüber. Sie fühlte sich alleine. Bei ihren anderen beiden Geburten war sie mit Kaveri und einer Hebamme zu Hause gewesen. Sie hatten kein Geld gehabt, um in die Klinik zu gehen oder einen Arzt zu holen. Aber im Dorf gab es eine *Dai*, die so viel Erfahrung hatte, dass man ihr ohnehin mehr vertraute als einem Arzt.

Davon abgesehen war das nächste staatliche Hospital eine Stunde mit dem Bus entfernt gewesen, und es war dort auch nicht so, dass ein Arzt da war, wenn man ihn brauchte. Als Manoj krank gewesen war, hatte sich Asha ein paarmal in ihrer Not dorthin begeben und schnell begriffen, dass es besser war, wenn sie zur Heilerin im Dorf ging.

Asha hatte gelernt, ihren Kindern statt der Pillen, die die Ärzte ihr gaben, lieber Kurkuma mit Milch zu geben, wenn sie erkältet waren. Und wenn sie Fieber hatten, dann hielt sie es mit einem Sud aus Ingwer und Rosinen niedrig, so wie es die Heilerin ihr gezeigt hatte.

Vor einer Geburt hatte Asha nie wirklich Angst gehabt. Kaveri hatte ihre beiden Jungen zur Welt gebracht, bevor Asha überhaupt schwanger geworden war, also hatte sie jemanden an ihrer Seite gehabt, der ihr Ratschläge geben konnte.

Puttamma, ihre Schwiegermutter, hatte ebenfalls immer zur Verfügung gestanden, was beruhigend gewesen war, denn was das Kinderkriegen betraf, war sie immer sehr gelassen. Doch diesmal war niemand da. Keine Familie, keine Verwandten, niemand, den sie kannte. Sie war allein mit Pratibha und Nursamma in diesem sterilen Raum.

»Wenn Sie umhergehen möchten, dann tun Sie das einfach«, sagte Nursamma und deutete auf den Bereich um das Bett herum. »Wenn Sie sich hinlegen möchten, dann sollten Sie das tun. Wenn Sie ein Mittel gegen die Schmerzen haben möchten, dann sagen Sie uns bitte Bescheid.« Asha nickte. »Zuerst hätten wir gerne, dass Sie Ihre Kleider ausziehen und diesen Kittel anlegen, und dann möchte ich Sie bitten, sich kurz hinzulegen, damit ich Sie untersuchen kann«, sagte Nursamma. »Doktor Swati wird bald hier sein.«

Asha hörte nur halb zu. Halb wartete sie darauf, dass die Wehen wiederkamen. Pratibha musste ihr aus dem Sari und in den hellblauen Kittel helfen, der im Rücken zusammengebunden wurde. Sie war dankbar, dass sie aus dem Sari herauskam, da er nass vom Fruchtwasser war. Doch der Kittel konnte nicht ganz geschlossen werden, und es war ihr peinlich, dass ihr Hinterteil zu sehen war. Das peinliche Gefühl hielt jedoch nur kurz an, denn die Wehen kamen in immer kürzeren Abständen.

Das Baby würde bald hier sein. Priyas Baby.

»Hat jemand Priya angerufen?«, fragte sie zwischen den Wehen. Ihr Gesicht entspannte sich, nachdem die Schmerzwelle ausgelaufen war.

»Ja, haben wir«, antwortete Nursamma. »Darüber sollten Sie sich keine Gedanken machen. Entspannen Sie sich einfach, atmen Sie.«

Als Asha es nicht mehr aushielt, begab sie sich aufs Bett, halb sitzend, halb liegend. Nursamma kontrollierte sie oft und sagte, es wäre bald so weit.

Erneut wurde sie gefragt, ob sie Medikamente haben wollte, doch Asha lehnte ab. Schmerzen waren ein Teil des Vorgangs. Sie konnte Mutter Natur nicht um ihr Recht betrügen.

Eine Stunde nach Asha traf Doktor Swati in der Klinik ein. Sie las die Notizen, die Nursamma auf einem Klemmbrett gemacht hatte, das an Ashas Bett hing, und lächelte. »Wie es aussieht, werden Sie bald ein Baby bekommen. Sie sind fast so weit.«

Pratibha wischte Asha die Stirn ab, sagte ihr, sie solle atmen, und beruhigte sie zwischen den Wehen.

Asha vermisste die *Dai* aus ihrem Dorf, die Frau, die Manoj und Mohini in ihrer Hütte auf die Welt geholt hatte. Vielleicht war es dort nicht so sauber gewesen wie hier, und vielleicht hatte sie nicht all die Drähte an ihrem Körper gehabt, die den Herzschlag des Babys kontrollierten, doch es hatte sich um einiges sicherer angefühlt. Es war schon komisch, dass Asha hier, wo alle Lösungen für eventuell auftretende Probleme bereitstanden, nur noch daran denken konnte, welche Gefahren es gab.

Was, wenn etwas schiefging? Das war eine Angst, die jede Frau hatte, wenn sie ein Kind gebar. Sie schrie laut auf, da die Wehen intensiver, stärker und schneller zu kommen schienen.

***

Um zwei Uhr morgens klingelte Madhus Handy. Ashas Wehen hatten begonnen.

Auf diesen Anruf hatten sie gewartet. Darauf waren sie vorbereitet gewesen. Die Tasche fürs Baby war gepackt; winzige Kleidung, eine Decke, Windeln, Babytücher, ein Wollmützchen. Die Tasche stand neben einem Kindersitz fürs Auto. Madhu hatte ihn in den Staaten gekauft, damit er den US-Bestimmungen entsprach. In Kalifornien durfte man sein Baby nicht mit nach Hause nehmen, wenn man keinen Kindersitz fürs Auto hatte.

Madhu weckte seine Eltern und sagte ihnen, sie würden jetzt losfahren, um ihre Tochter nach Hause zu holen. Prasanna versprach, sofort das Haus dafür vorzubereiten. Sie würde Madhus alten Schreibtisch zu einem Wickeltisch umfunktionieren und alles bereitlegen, was das Baby brauchte – Windeln, Desinfektionstücher, Babyseife und Babycreme –, und sicherstellen, dass die Korbwiege mit frischen Laken ausgekleidet war. Und ja, sie würden ein großes Festmahl mit Unmengen von Süßigkeiten vorbereiten. Ein Freudenfest.

Madhu fuhr wie ein Verrückter, und Priya musste abwechselnd weinen und lachen.

»Endlich, Madhu, endlich«, sagte sie.

Als sie »Happy Mothers« erreichten, waren alle Lichter an. Priya stürzte aus dem Auto, und Madhu folgte ihr auf dem Fuß. Am Eingang holte er sie ein und zog sie an sich. »Priya«, sagte er. »Du weißt, dass ich dich liebe.«

»Ja«, antwortete sie kurz und wollte nur noch hineineilen. Doch etwas an der Art, wie er sie ansah – so eindringlich –, ließ sie stehen bleiben, und sie sagte: »Ich liebe dich. Über alles. Mit oder ohne Baby, Madhu, ich liebe dich.«

»Du hast gesagt, du hast Angst, dass ich gehe, wenn dem Baby etwas passiert, erinnerst du dich?«, fragte Madhu, und als Priya nickte, sah er ihr direkt in die Augen: »Das werde ich nicht. Niemals. Aber … wenn etwas passiert … dann …«

»Du machst dir Sorgen, ob ich dann wieder zur babyverrückten Priya werde«, vervollständigte sie seinen Satz und legte ihm die Hände an die Wangen. Dann zog sie ihn an sich und küsste ihn auf den Mund. »In den letzten paar Monaten habe ich so einiges gelernt. Und eine wichtige Sache ist, dass du und ich schon eine komplette Familie sind. Unser Kind … vergrößert unsere Familie und verändert die Dynamik, aber es berührt nicht ihren Kern.«

Man konnte die Vergangenheit nicht auslöschen. Die Worte, die zwischen ihnen gefallen waren, die Dinge, die passiert waren, konnten sie nicht einfach fortwischen, doch sie konnten vorwärts gehen. Und sie waren vorwärtsgegangen, ohne dass sie es bemerkt hatten. Die Wunden waren geheilt. Womöglich hatte sich Priya das Baby am Anfang mehr gewünscht als Madhu. Nachdem sich das Kind jedoch von einem abstrakten Fötus zu einem angeschwollenen Babybauch entwickelt hatte, war Madhu jetzt genauso engagiert. Er liebte dieses Kind ebenso sehr wie sie.

Madhu gab ihr einen Kuss auf die Nasenspitze. »Wollen wir reingehen und schauen, ob unsere Tochter da ist?«

Als sie die Klinik von »Happy Mothers« betraten, klopfte Priya das Herz bis zum Hals. Sie hatte Angst. Was, wenn etwas schiefging? Was, wenn ihr Baby starb? Was, wenn Asha starb?

Was wäre besser, wenn Asha starb oder das Baby?

Vielleicht entschieden sich einige Eltern aus diesem Grund dafür, die Leihmutter nicht kennenzulernen. Priya sorgte sich nicht nur um ihr Baby, sondern auch um Asha. Sie hatte Asha und ihre Familie kennengelernt, hatte mit Manoj in einem Bett geschlafen, seine Hand gehalten und mit ihm über seine Träume gesprochen. Asha gehörte jetzt zur Familie, und Priya wollte genauso wenig, dass ihr etwas zustieß wie ihrem Kind.

***

»Wir sind jetzt so weit zu pressen«, sagte Doktor Swati. Ihre Hände steckten in langen Handschuhen, und ein grüner Krankenhauskittel bedeckte ihren Sari.

»Pressen?« Asha sagte das Wort, als würde sie es nicht kennen; es glitt ihr über die Zunge, und sie fühlte einen Stich. Es war Zeit, das Baby gehen zu lassen. Es war Zeit, es hinauszupressen. Sie wollte sagen, dass sie das nicht wollte. Sie wollte, dass das Baby in ihr blieb.

»Kommen Sie, Asha. Bei der nächsten Wehe müssen Sie pressen«, sagte Doktor Swati.

Pratibha nahm Ashas Hand. »Ich werde zählen, und wenn ich bei zehn bin, dann müssen Sie pressen, okay? *Okati*, *rondu*, *mudu*, *nalgu* …« Sie zählte die Zahlen auf Telugu durch. Als sie »*padhi*« sagte, presste Asha mit aller Kraft. Es fühlte sich an, als würde alles in ihr zerreißen.

»Kommen Sie, noch einmal!«, rief Doktor Swati aus.

Es fing von vorne an, das Zählen und das Pressen. Asha konnte nicht aufhören zu weinen, konnte nicht aufhören, sich zu wünschen, dieses Baby in sich zu behalten, es für sich zu behalten.

Doch nach nur viermal Pressen fühlte sie, wie das Baby

aus ihr hinausglitt, und sie hörte den ersten Schrei. Das war das letzte Mal, dass sie das Baby gespürt hatte, das letzte Mal, dass sie es gehört hatte, das letzte Mal, dass sie mit ihm verbunden war. Als die Nabelschnur durchgeschnitten wurde, brach in ihr ein Damm, und Asha heulte auf.

»Haben Sie Schmerzen?«, fragte Doktor Swati.

Asha schloss die Augen und schüttelte den Kopf. Lieber Gott, bitte bewahre mich davor, das Baby zu sehen, dachte sie. Bitte, sie sollen es wegbringen, weit, weit weg von mir. Ich kann das nicht ertragen.

Obwohl sich ihre Arme schmerzlich danach sehnten, das winzige Leben festzuhalten, und diese Sehnsucht sie mit einer Qual weinen ließ, die sich furchtbarer anfühlte als die Wehen, bat sie nicht darum, das Baby zu sehen. Sie konnte nicht darum bitten. Es war nicht ihr Kind. Es war nicht ihr Kind.

»Asha, Sie müssen es mir sagen, wenn Sie Schmerzen haben«, beharrte Doktor Swati.

»Ist das Baby hier?«, fragte Asha schluchzend.

»Nein, wir mussten die Kleine für die Untersuchung in einen anderen Raum bringen«, antwortete Doktor Swati. »Möchten Sie sie sehen?«

Asha schüttelte den Kopf. »Nein.« Sie kniff die Augen fest zusammen und verschloss sich vor der Welt um sie herum.

»Okay«, sagte Doktor Swati, beugte sich vor und umarmte Asha. »Das haben Sie gut gemacht, Asha. Sie haben das sehr gut gemacht. Sie werden bald wieder bei Kräften sein.«

»*Oh Gott*«, sagte Asha und öffnete die Augen, die sie, seit das Baby aus ihr herausgeglitten war, geschlossen gehalten hatte. »Oh Gott, Doktor Swati.«

»Es ist vorbei«, sagte Doktor Swati. »Und das Baby ist …«

»Sagen Sie es mir nicht«, kam Asha ihr zuvor. »Ich will es nicht wissen.«

»Okay. Priya und Madhu werden bald hier sein. Möchten Sie sie sehen?«

Asha wollte Nein sagen, doch sie hatte das Gefühl, ihnen noch ein letztes Treffen zu schulden, und sagte, es sei okay.

Es war drei Uhr morgens. Nur zwei kurze Stunden hatte es gedauert, das Baby zur Welt zu bringen – und das Baby aufzugeben. Zwei Stunden. Neun Monate und zwei Stunden.

Während sich Doktor Swati um die Nachgeburt kümmerte, lag Asha einfach nur leise weinend da. Sie konnte die Tränen nicht aufhalten. Pratibha massierte ihr den Bauch, um jegliches Restblut zu entfernen, und Asha schwieg, sagte kein Wort und lag einfach da wie eine weinende Puppe.

Dann legte sie sich die Hand auf den Bauch; er war nicht flach, doch es befand sich kein Baby mehr darin. Er war weich, so wie nasser Lehm, und schlaff. Er sah verletzt aus, fast schwarz, genau wie die letzten beiden Male auch, nachdem sie ihre Babys zur Welt gebracht und auf ihre Brust gelegt bekommen hatte.

***

Nursamma öffnete Madhu und Priya die Tür.

»Sind alle okay?«, fragte Priya auf Englisch.

»Das Baby ist auf der Welt, und Asha geht es gut«, antwortete Nursamma mit ihrem schweren Akzent auf Englisch. »Sie möchten das Baby sehen, nehme ich an.«

»Sie ist schon geboren? So schnell?«, staunte Priya.

»Es war eine einfache Geburt«, berichtete Nursamma, als sie die beiden ins Säuglingszimmer brachte. »Asha hat nicht einmal Schmerzmedikamente genommen. Es ging alles wirklich schnell.«

Madhu griff nach Priyas Hand.

Das Säuglingszimmer war am anderen Ende des Korridors, wo sich ebenfalls die Untersuchungs- und Entbindungsräume befanden.

Nur eine der vier Babykrippen war belegt. Sie hatten ihr ein rosa Mützchen und einen weißen Strampler angezogen. Sie schlief; ein kleiner pinkfarbener Burrito. Auf der einen Seite der Krippe stand BABY RAO.

»Kommen Sie, das ist Ihr Baby«, sagte Nursamma.

Priya hob die Kleine hoch, zwar noch etwas ungelenk und unsicher, wie sie sie halten sollte, doch wie durch Zauberhand, so glaubte sie, wusste sie, wie. Sie legte ihre Hand unter Ayeshas Kopf, um ihn zu stützen; woher wusste sie das? Voll Staunen betrachtete sie die Kleine und schaute dann Madhu an. »Sie gehört uns«, flüsterte sie.

Das Baby öffnete die Augen und machte sie gleich wieder zu.

»Sie hat blaue Augen«, sagte Madhu.

»Und dunkle Haare«, ergänzte Priya.

»Sie ist … mein Gott, sie ist hier, ganz und gar. Hallo, mein Liebling«, sagte Madhu, und Tränen liefen ihm über die Wangen.

»Hallo, Ayesha«, sagte Priya und drückte sie an sich.

Madhu umarmte sie beide und drückte Priya einen Kuss ins Haar. »Ich liebe euch beide«, sagte er. »Ich liebe euch beide so sehr.«

***

»Das war eine gute Geburt«, sagte Doktor Swati zu Asha. Nachdem sie sie sauber gemacht und aus dem Entbindungsraum verlegt hatten, reichte ihr die Ärztin eine Fanta. »Trinken Sie etwas davon; Sie werden sich gleich besser fühlen.«

Asha lag gegen weiche Kissen gelehnt und sog gehorsam am Trinkhalm. Sie befand sich jetzt in einem anderen Zimmer, das wie ein normales Zimmer im Krankenhaus aussah. Manchmal lagen zwei oder drei Frauen zusammen hier, wenn sie alle zur selben Zeit ihre Babys geboren hatten. Doktor Swati hatte vorhergesagt, dass Ashas Geburtstermin in etwa einer Woche sein würde. Doch Mutter Natur hatte es eilig gehabt, sie von dem Baby zu trennen.

»Warum weinen Sie?«, fragte Doktor Swati.

»Ich weiß es nicht«, log Asha.

»Es ist normal, sich nach der Geburt traurig zu fühlen«, sagte Doktor Swati. »Aber das werden Sie überwinden, das verspreche ich Ihnen. Schneller, als Sie glauben. Sie werden nicht einmal mehr daran denken.«

»Sind Priya und Madhu hier?«, fragte Asha.

»Ja«, antwortete Doktor Swati. »Sie sind eben eingetroffen. Sie sind überglücklich, das Baby in die Arme zu schließen. Möchten Sie sie sehen?«

»Ja … aber ohne Baby«, sagte Asha. »Ich will das Baby nicht sehen.«

»Okay. Sie haben das wirklich gut gemacht, Asha.«

»Danke«, sagte Asha spröde und auf Englisch.

***

»Sie will Sie sehen, aber nicht das Baby«, sagte Doktor Swati zu Madhu und Priya, als sie sich mit ihr in ihrem Büro trafen.

Priya hielt Ayesha immer noch im Arm und konnte sich nicht vorstellen, dieses warme Bündel loszulassen. Nursamma hatte bereits eine Flasche Muttermilchersatz zubereitet, und Priya stellte fest, dass sie wusste, einfach so, wie sie Ayesha halten und wie sie ihr die Flasche geben musste, während sie sich mit Doktor Swati unterhielten.

Warum hatte sie nur solch eine Panik gehabt? Warum hatte sie sich Sorgen gemacht, dass sie nicht wissen konnte, wie man ein Baby versorgt? Ja, ja, die schlaflosen Nächte und die schwierigen Tage würden schon noch kommen, doch Priya hatte keine Angst davor. Madhu war bei ihr.

»Ist es normal, dass die Leihmutter das Baby nicht sehen will?«, fragte Madhu.

»Ja; einige sehen es nur einmal, und einige sagen, sie wollen es lieber nicht sehen«, erklärte Doktor Swati. »Asha hat eben erst ein Kind geboren. Da sind Hormone im Spiel. Natürlich ist sie emotional. Aber sie ist eine starke Frau, und sie hat das ganz wundervoll gemacht.«

»Ist sie wohlauf?«, fragte Priya.

»Sie ist auf bestem Weg dazu«, antwortete Doktor Swati.

Priya stellte das leere Fläschchen auf den Tisch. Ayesha schlief schon wieder. »Sie gehört quasi zur Familie. Ich meine, ich kenne ihre Familie, ihren Sohn, und ... ich hatte gehofft ...« Priya verlor den Faden, während sie in Ayeshas wunderhübsches Gesicht schaute. Dieses kleine Wunder hier hatte Asha ihr geschenkt; sie hatte dieses Kind erst vor wenigen Stunden zur Welt gebracht. Sie hatte das Baby aus ihrem Körper herausgepresst, hatte es neun Monate lang versorgt, es beruhigt, wenn es in ihrem Bauch gezuckt hatte.

»Hören Sie, sie wird nach vorne blicken wollen; das ist normal. Sie sollten sie nicht dazu drängen, mehr zu geben, als sie kann«, warnte Doktor Swati. »Nur weil Sie ihr Geschenke geschickt und all diese Dinge für ihren Sohn getan haben, wird sie nicht zu Ihrer Freundin oder Ihrer Familie werden.«

Doktor Swati hörte sich bissig an, als sei sie verärgert über Priya und Madhu. Sie zeigte es nicht offen; nach wie vor war sie genauso geduldig mit ihnen wie eh und je, doch da war ein Unterton.

»Ich kann das Baby bei Nursamma lassen«, sagte Priya widerstrebend. »Und dann können wir Asha besuchen.«

Nursamma brachte Ayesha ins Säuglingszimmer, und

Doktor Swati begleitete sie zu dem Zimmer, in dem Asha lag. Es gab drei Betten, zwei waren leer.

In den weißen Laken wirkte Asha klein, sie war wie ein Wust aus schwarzen Haaren und dunkler Haut und lag zusammengerollt auf der Seite, den Blick von der Tür abgewandt.

***

Asha konnte Priya und den Vater nicht ansehen, also schaute sie an die Decke. Hier blätterte die Farbe nicht ab. Sie war vollkommen weiß, und es gab keinen Deckenventilator – es war keiner nötig, denn die Klinik war komplett klimatisiert.

»Sie sieht entzückend aus«, erzählte Priya. Sie hielt Ashas Hand und saß neben ihr. »Sie hat blaue Augen. Es ist unglaublich.«

Asha wollte nichts von dem Baby wissen, doch sie sagte nichts. Für dieses letzte Treffen hatte sie es geschafft, ihre Tränen zu stoppen, sie in ihr Inneres umzuleiten. Innerlich begann sie ein Lied zu summen, um die Laute von Priyas Begeisterung zu übertönen.

»Sie ist gesund und perfekt«, sagte Priya. »Wie geht es Ihnen?«

»Gut«, antwortete Asha leise. Sie wollte nicht sprechen, denn beim Sprechen kamen die Tränen wieder.

»Madhu und ich hatten gehofft, Manoj und Mohini … und Ihren Mann noch ein letztes Mal zu sehen, bevor wir in die Staaten zurückkehren«, sagte Priya. »Wir dachten, wir kommen in ein paar Tagen mit dem Baby vorbei. Was halten Sie davon?«

Da schaute Asha Priya direkt an, und ihre Fassung bröckelte, die Tränen drohten zu fließen. »Nein«, sagte sie mit fester Stimme.

Priya sah überrascht aus. Doch dann schien sie zu verstehen und nickte. Sie beugte sich vor und küsste Asha auf die Stirn. »Sie haben uns unbeschreiblich glücklich gemacht«, sagte sie. »Ich kann Ihnen nicht genug danken für Ihren Mut und Ihre Großzügigkeit.«

Asha wollte etwas Gemeines sagen – doch sie konnte es nicht. Diese Frau hatte ebenfalls gelitten, über Jahre hinweg. Priya hatte ihr alles über die Fehlgeburten erzählt und dass sie nicht schwanger werden konnte. Diese Qual konnte Asha sich vorstellen. Sie kannte Frauen, die ihre Schwangerschaften nicht hatten beenden können, und einige, die nicht einmal schwanger werden konnten. Sie wurden von ihren Ehemännern, ihren eigenen Familien, von allen schlecht behandelt. Eine Frau musste schwanger werden können, sie musste Kinder bekommen – das war Teil des Lebens als Frau, genauso natürlich, wie Brüste und eine Gebärmutter zu haben. Eine Frau, die niemals Mutter wurde, war unvollständig.

»Vielen Dank«, sagte der Vater. Er legte einen Briefumschlag aufs Kissen neben Asha. »Das sind unsere Telefonnummer und unsere Adresse. Wenn Sie je etwas brauchen sollten, dann können Sie uns anrufen. Ich habe aufgeschrieben, wie Sie uns von hier aus kostenlos anrufen können. Sie wählen eine Nummer und sagen unsere Nummer an, und dann müssen Sie für den Anruf nichts bezahlen.«

Warum sollte sie anrufen? Asha konnte sich keine Situation vorstellen, in der sie diese fremden Leute wegen irgendetwas anrufen würde. In ihrem Leben waren sie bedeutungslos. Es gab nichts mehr, was sie sich zu sagen hätten.

»Falls Sie jemals Hilfe brauchen sollten, Asha, dann rufen Sie uns bitte an«, wiederholte Priya. »Die Telefonnummer von Madhus Eltern steht ebenfalls dort, also können Sie auch dort anrufen, und sie werden es uns sagen.« Priya hielt einen Moment inne. »Doktor Swati hat gesagt, dass Sie das Baby nicht sehen möchten. Ich will nur ... sind Sie sich sicher?«

Asha konnte nur nicken, und Tränen traten ihr in die Augen.

»Wir werden Ihnen schreiben; wäre das okay für Sie?«, fragte Priya.

Asha wollte Nein sagen, nickte jedoch erneut. Sie würde die Briefe einfach ungeöffnet wegwerfen. »Ich bin müde«, sagte sie. »Ich muss schlafen.«

»Aber natürlich«, erwiderte Priya und stand dann auf. »Es tut uns leid, dass wir Sie behelligt haben, aber wir mussten Ihnen einfach persönlich danken. Passen Sie auf sich auf, Asha. Und grüßen Sie Ihre Familie von uns. Ich hoffe, Manoj wird es in der neuen Schule gefallen. Mona wird sich bei Ihnen melden.«

Asha wusste, dass sie für das, was Priya für ihre Familie getan hatte, auf immer in ihrer Schuld stehen würde. Priya hatte Manojs Leben gerettet und damit auch Ashas. Mag sein, dass Asha den beiden ein Geschenk gegeben hatte, das sie sich nicht selbst hatten geben können, ein Geschenk, nach dem sie sich verzehrt hatten. Doch die beiden hatten Asha ein noch viel größeres Geschenk gemacht – eine Zukunft für ihren Sohn.

***

Sie waren bereits an der Tür, als Asha schließlich doch nachgab. »Vielen Dank für Manoj!«, rief sie aus.

Priya blieb beinahe die Luft weg, und dann schwappte eine Welle der Erleichterung über sie hinweg. Sie drehte sich um und blickte Asha an, schaute ihr in die Augen. Asha hielt den Blickkontakt für einen Moment. Dann schloss sie die Augen und drehte den Kopf zur Seite.

Aufgrund ihrer sozialen Umstände und ihrer unterschiedlichen Welten hatten sie sich auf eine unwiderrufliche Art und Weise berührt. Zwar würde das Band zwischen ihnen nicht erneuert werden, dennoch war es unzerreißbar.

Die Namen beider Frauen standen für »Hoffnung«, und sie hatten sich gegenseitig Hoffnung gegeben. Das war es, was sie zusammengebracht und die Kluft zwischen ihnen geschlossen hatte. Hoffnung hatte die sozialen und die Rangunterschiede ausgelöscht und sie zu Schwestern, zu Müttern – sie ebenbürtig gemacht.

Danksagung

Dieses Buch wäre ohne meinen Agenten Rayhané Sanders niemals veröffentlicht worden. Er hat mir das Leben gerettet und mir zurückgegeben, was ich verloren hatte.

Ohne Danielle Marshall von Amazon würden Sie dieses Buch nicht lesen. Sie hat mich ans Licht geholt und meinem Buch ein Zuhause gegeben.

Meine Freunde, aber auch meine Kollegen, die zu Freunden geworden sind, halfen mir, den Kopf hochzuhalten, während dieses Buch geschrieben, lektoriert und veröffentlicht wurde. Mein Dank geht an: Fatima Aller für die vielen, vielen großartigen Gerichte und Liebe in Hülle und Fülle; Alice Verghese für ihre Unterstützung und ein offenes Ohr; Monika Gram Ritter, weil sie mich gelehrt hat, zu glauben, dass die Menschen gut sind; Valerie Soulier für ihre Kritik, Ermutigung und Anleitung; und Oliver Brunchmann, der sich mein Gejammer angehört hat und, wenn nötig, auch gesagt hat, ich soll die Klappe halten.

Und wie immer gehen meine Dankbarkeit, meine Liebe und meine Bewunderung an meine Babys, Tobias und Isaiah, und an meinen Mann, Søren Rasmussen, der das Beste in mir herausbringt, in guten wie in schlechten Zeiten.

17456665R00216

Printed in Poland
by Amazon Fulfillment
Poland Sp. z o.o., Wrocław